梁实秋·雅舍经典全集
同人阁文化传媒出品

TONGRENGE MEDIA
同人阁文化传媒

雅舍小品全集

梁实秋⊙著

天津出版传媒集团

天津人民出版社

图书在版编目（CIP）数据

雅舍小品全集/梁实秋著. -- 天津：天津人民出
版社, 2018.9（2022.11 重印）
ISBN 978-7-201-13457-4

Ⅰ.①雅… Ⅱ.①梁… Ⅲ.①散文集—中国—现代
Ⅳ.① I266

中国版本图书馆 CIP 数据核字 (2018) 第 161771 号

雅舍小品全集
YASHE XIAOPIN QUANJI

出　　版	天津人民出版社
出 版 人	刘　庆
地　　址	天津市和平区西康路 35 号康岳大厦
邮政编码	300051
邮购电话	（022）23332469
电子邮箱	reader@tjrmcbs.com
责任编辑	李　荣
装帧设计	同人内文化传媒
制版印刷	永清县晔盛亚胶印有限公司
经　　销	新华书店
开　　本	880 毫米 × 1230 毫米　1/32
印　　张	13.75
字　　数	419 千字
版次印次	2018 年 9 月第 1 版　2022 年 11 月第 3 次印刷
定　　价	79.80 元

代序：雅舍

　　到四川来，觉得此地人建造房屋最是经济。火烧过的砖，常常用来做柱子，孤零零的砌起四根砖柱，上面盖上一个木头架子，看上去瘦骨嶙嶙，单薄得可怜；但是顶上铺了瓦，四面编了竹篦墙，墙上敷了泥灰，远远的看过去，没有人能说不像是座房子。我现在住的"雅舍"正是这样一座典型的房子。不消说，这房子有砖柱，有竹篦墙，一切特点都应有尽有。讲到住房，我的经验不算少，什么"上支下摘""前廊后厦""一楼一底""三上三下""亭子间""茆草棚""琼楼玉宇"和"摩天大厦"，各式各样，我都尝试过。我不论住在哪里，只要住得稍久，对那房子便发生感情，非不得已我还舍不得搬。这"雅舍"，我初来时仅求其能蔽风雨，并不敢存奢望，现在住了两个多月，我的好感油然而生。虽然我已渐渐感觉它是并不能蔽风雨，因为有窗而无玻璃，风来则洞若凉亭，有瓦而空隙不少，雨来则渗如滴漏。纵然不能蔽风雨，"雅舍"还是自有它的个性。有个性就可爱。

　　"雅舍"的位置在半山腰，下距马路约有七八十层的土阶。前面是阡陌螺旋的稻田。再远望过去是几抹葱翠的远山，旁边有高粱地，有竹林，有水池，有粪坑，后面是荒僻的榛莽未除的土山坡。若说地点荒凉，则月明之夕，或风雨之日，亦常有客到。大抵好友不嫌路远，路远乃见情谊。客来则先爬几十级的土阶，进得屋来仍须上坡，因为屋内地板乃依山势而铺，一面高，一面低，坡度甚大，客来无不惊叹。我则久而安之，每日由书房走到饭厅是上坡，饭后鼓腹而出是下坡，亦不觉有大不便处。

"雅舍"共是六间，我居其二。篦墙不固，门窗不严，故我与邻人彼此均可互通声息。邻人轰饮作乐，咿唔诗章，喁喁细语，以及鼾声、喷嚏声、吮汤声、撕纸声、脱皮鞋声，均随时由门窗户壁的隙处荡漾而来，破我岑寂。入夜则鼠子瞰灯，才一合眼，鼠子便自由行动，或搬核桃在地板上顺坡而下，或吸灯油而推翻烛台，或攀援而上帐顶，或在门框桌脚上磨牙，使得人不得安枕。但是对于鼠子，我很惭愧地承认，我"没有法子"。"没有法子"一语是被外国人常常引用着的，以为这话最足代表中国人的懒惰隐忍的态度。其实我的对付鼠子并不懒惰。窗上糊纸，纸一戳就破；门户关紧，而相鼠有牙，一阵咬便是一个洞洞。试问还有什么法子？洋鬼子住到"雅舍"里，不也是"没有法子"？比鼠子更骚扰的是蚊子。"雅舍"的蚊风之盛，是我前所未见的。"聚蚊成雷"真有其事！每当黄昏时候，满屋里磕头碰脑的全是蚊子，又黑又大，骨骼都像是硬的。在别处蚊子早已肃清的时候，在"雅舍"则格外猖獗，来客偶不留心，则两腿伤处累累隆起如玉蜀黍，但是我仍安之。冬天一到，蚊子自然绝迹，明年夏天——谁知道我还是住在"雅舍"！

"雅舍"最宜月夜——地势较高，得月较先。看山头吐月，红盘乍涌，一霎间，清光四射，天空皎洁，四野无声，微闻犬吠，坐客无不悄然！舍前有两株梨树，等到月升中天，清光从树间筛洒而下，地上阴影斑斓，此时尤为幽绝。直到兴阑人散，归房就寝，月光仍然逼进窗来，助我凄凉。细雨濛濛之际，"雅舍"亦复有趣。推窗展望，俨然米氏章法，若云若雾，一片弥漫。但若大雨滂沱，我就又惶悚不安了。屋顶湿印到处都有，起初如碗大，俄而扩大如盆，继则滴水乃不绝，终乃屋顶灰泥突然崩裂，如奇葩初绽，訇然一声而泥水下注，此刻满室狼藉，抢救无及。此种经验，已数见不鲜。

"雅舍"之陈设，只当得简朴二字，但洒扫拂拭，不使有纤尘。我非显要，故名公巨卿之照片不得入我室；我非牙医，故无博士文凭张挂壁间；我不业理发，故丝织西湖十景以及电影明星之照片亦均不能张我四壁。我有一几一椅一榻，酣睡写读，均已有着，我亦不复他求。但是陈设虽简，我却喜欢翻新布置。西人常常讥笑妇人喜欢变更桌椅位置，以为这是妇人天性喜变之一证。诬否且不论，我是喜欢改变的。中国旧式家庭，陈设千篇一律，正厅上是一条案，前面一张八仙桌，一边一把靠椅，两旁是两把靠椅夹一只茶几。我以为陈设宜求疏落参差之致，最忌排偶。"雅舍"所有，毫无新奇，但一物一事之安排布置俱不从俗。人入我室，即知此是我室。笠翁《闲情偶寄》之所论，正合我意。

"雅舍"非我所有，我仅是房客之一。但思"天地者万物之逆旅"，人生本来如寄，我住"雅舍"一日，"雅舍"即一日为我所有。即使此一日亦不能算是我有，至少此一日"雅舍"所能给予之苦辣酸甜，我实躬受亲尝。刘克庄词："客里似家家似寄"，我此时此刻卜居"雅舍"，"雅舍"即似我家。其实似家似寄，我亦分辨不清。

长日无俚，写作自遣，随想随写，不拘篇章，冠以"雅舍小品"四字，以示写作所在，且志因缘。

目　录

雅舍小品

雅舍小品·续集

雅舍小品·三集

雅舍小品·四集

・6・

雅舍小品

孩　子

　　兰姆是终身未娶的，他没有孩子，所以他有一篇《未婚者的怨言》收在他的《伊利亚随笔》里。他说孩子没有什么稀奇，等于阴沟里的老鼠一样，到处都有，所以有孩子的人不必在他面前炫耀。他的话无论是怎样中肯，但在骨子里有一点酸——葡萄酸。

　　我一向不信孩子是未来世界的主人翁，因为我亲见孩子到处在做现在的主人翁。孩子活动的主要范围是家庭，而现代家庭很少不是以孩子为中心的。一夫一妻不能成为家，没有孩子的家像是一株不结果实的树，总缺点什么；必定等到小宝贝呱呱坠地，家庭的柱石才算放稳，男人开始做父亲，女人开始做母亲，大家才算找到各自的岗位。我问过一个并非"神童"的孩子："你妈妈是做什么的？"他说："给我缝衣的。""你爸爸呢？"小宝贝翻翻白眼："爸爸是看报的！"但是他随即更正说："是给我们挣钱的。"孩子的回答全对。爹妈全是在为孩子服务。母亲早晨喝稀饭，买鸡蛋给孩子吃；父亲早晨吃鸡蛋，买鱼肝油精给孩子吃。最好的东西都要献呈给孩子，否则，做父母的心里便起惶恐，像是做了什么大逆不道的事一般。孩子的健康及其舒适，成为家庭一切设施的一个主要先决问题。这种风气，自古已然，于今为烈。自有小家庭制以来，孩子的地位顿形提高。以前的"孝子"是孝顺其父母之子，今之所谓"孝子"，乃是孝顺其孩子之父母。孩子是一家之主，父母都要孝他！

"孝子"之说，并不偏激。我看见过不少的孩子，鼓噪起来能像一营兵；动起武来能像械斗；吃起东西来能像饿虎扑食；对于尊长宾客有如生番；不如意时撒泼打滚有如羊痫；玩得高兴时能把家具什物狼藉满室，有如惨遭洗劫……但是"孝子"式的父母则处之泰然，视若无睹，顶多皱起眉头，但皱不过三四秒钟仍复堆下笑容；危及父母的生存和体面的时候，也许要狠心咒骂几声，但那咒骂大部分是哀怨乞怜的性质，其中也许带一点威吓，但那威吓只能得到孩子的讪笑，因为那威吓是向来没有兑现过的。"孟懿子问孝，子曰：'无违。'"今之"孝子"深韪是说。凡是孩子的意志，为父母者宜多方体贴，勿使稍受挫阻。近代儿童教育心理学者又有"发展个性"之说，与"无违"之说正相符合。

体罚之制早已被人唾弃，以其不合儿童心理健康之故。我想起一个外国的故事：

一个母亲带孩子到百货商店。经过玩具部，看见一匹木马，孩子一跃而上，前摇后摆，踌躇满志，再也不肯下来。那木马不是为出售的，是商店的陈设。店员们叫孩子下来，孩子不听；母亲叫他下来，加倍不听；母亲说带他吃冰淇淋去，依然不听；买朱古力糖去，格外不听。任凭许下什么愿，总是还你一个不听。当时演成僵局，顿成胶着状态。最后一位聪明的店员建议说："我们何妨把百货商店特聘的儿童心理学专家请来解围呢？"众谋金同，于是把一位天生成有教授面孔的专家从八层楼请了下来。专家问明原委，轻轻走到孩子身边，附耳低声说了一句话，那孩子便像触电一般，滚鞍落马，牵着母亲的衣裙，仓皇遁去。事后有人问那专家到底对孩子说的是什么话，那专家说："我说的是：'你若不下马，我打碎你的脑壳！'"

这专家真不愧为专家，但是颇有不孝之嫌。这孩子假如平常受惯了不兑现的体罚、威吓，则这专家亦将无所施其技了。约翰孙博士主张不废体罚，他以为体罚的妙处在于直截了当，然而约翰孙博士是十八世纪的人，不合时代潮流！

哈代有一首小诗，写孩子初生，大家誉为珍珠宝贝，稍长都夸做玉树临风，长成则为非作歹，终至于陈尸绞架。这老头子未免过于悲观。但是"幼有神童之誉，少怀大志，长而无闻，终乃与草木同朽"——这确是个可以普遍应用的公式。"小时聪明，大时未必了了。"究竟是知言，然而为父母者多属乐观。孩子才能骑木马，父母便幻想他将来指挥十万貔貅时之马上雄姿；孩子才把一曲抗战小歌哼得上口，父母便幻想着他将来喉声一啭彩声雷动时的光景；孩子偶然拨动算盘，父母便暗中揣想他将来或能掌握财政大权，同时兼营投机买卖……这种乐观往往形诸言语，成为炫耀，使旁观者有说不出的感想。曾见一幅漫画：一个孩子跪在他父亲的膝头用他的玩具敲打他父亲的头，父亲眯着眼在笑，那表情像是在宣告"看看！我的孩子！多么活泼，多么可爱！"旁边坐着一位客人咧着大嘴作傻笑状，表示他在看着，而且感觉兴趣。这幅画的标题是《演剧术》。一个客人看着别人家的孩子而能表示感觉兴趣，这真确实需要良好的"演剧术"。兰姆显然是不欢喜演这样的戏。

孩子中之比较最蠢、最懒、最刁、最泼、最丑、最弱、最不讨人欢喜的，往往最得父母的钟爱。此事似颇费解，其实我们应该记得《西游记》中唐僧为什么偏偏欢喜猪八戒。

　　谚云："树大自直"，意思是说孩子不需管教，小时恣肆些，大了自然会好。可是弯曲的小树，长大是否会直呢？我不敢说。

音　　乐

一个朋友来信说："……我从来没有像现在这样烦恼过。住在我的隔壁的是一群在×××服务的女孩子，一回到家便大声歌唱，所唱的无非是些××歌曲，但是她们唱的腔调证明她们从来没有考虑过原制曲者所要产生的效果。我不能请她们闭嘴，也不能喊'通'！只得像在理发馆洗头时无可奈何地用棉花塞起耳朵来……"

我同情于这位朋友，但是他的烦恼不是他一个人有的。我尝想，音乐这样东西，在所有的艺术里，是最富于侵略性的。别种艺术，如图画雕刻，都是固定的，你不高兴欣赏便可以不必寓目，各不相扰；唯独音乐，声音一响，随着空气波荡而来，照直侵入你的耳朵，而耳朵平常都是不设防的，只得毫无抵御的任它震荡刺激。自以为能书善画的人，诚然也有令人不舒服的时候。据说有人拿着素扇跪在一位书画家面前，并非敬求墨宝，而是求他高抬贵手，别糟蹋他的扇子。这究竟是例外情形。书家画家并不强迫人家瞻仰他的作品，而所谓音乐也者，则对于凡是在音波所及的范围以内的人，一律强迫接受，也不管其效果是沁人肺腑抑是令人作呕。

　　我的朋友对于隔壁音乐表示不满，那情形还不算严重。我曾
经领略过一次四人合唱，使我以后对于音乐会一类的集会轻易不
敢问津。一阵彩声把四位歌者送上演台，钢琴声响动，四位歌者
同时张口，我登时感觉到有五种高低疾徐全然不同的调子乱擂我
的耳鼓，四位歌者唱出四个调子，第五个声音是从钢琴里发出来
的！五缕声音搅作一团，全不和谐。当时我就觉得心旌颤动，飘
飘然如失却重心，又觉得身临歧路，彷徨无主的样子。我回顾四
座，大家都面面相觑，好像都各自准备逃生，一种分崩离析的空
气弥漫于全室。像这样的音乐是极伤人的。

　　"音乐的耳朵"不是人人有的，这一点我承认，也许我就
是缺乏这种耳朵。也许是我的环境不好，使我的这种耳朵，没有
适当的发育。我记得在学校宿舍里住的时候，对面楼上住着一位
音乐家，还是"国乐"。每当夕阳下山，他就临窗献技，引吭高
歌，配合着胡琴他唱"我好比……"在这时节我便按捺不住，颇
想走到窗前去大声地告诉他，他好比是什么。我顶怕听胡琴，北
平最好的名手××我也听过多少次数，无论他技巧怎样纯熟，总
觉得唧唧的声音像是指甲在玻璃上抓。别种乐器，我都不讨厌，
曾听古琴弹奏一段《梧桐雨》，琵琶乱弹一段《十面埋伏》，都
觉得那确是音乐，唯独胡琴与我无缘。莎士比亚的《威尼斯商
人》里曾说起有人一听见苏格兰人的风笛便要小便，那只是个
人的怪癖。我对胡琴的反感亦只是一种怪癖罢？皮黄戏里的青衣
花旦之类，在戏院广场里令人毛发倒竖，若是清唱则尤不可当，
嘤然一叫，我本能地要抬起我的脚来，生怕是脚底下踩了谁的脖
子！近听汉戏，黑头花脸亦唧唧锐叫，令人坐立不安；秦腔尤为
激昂，常令听者随之手忙脚乱，不能自已。我可以听音乐，但若
声音发自人类的喉咙，我便看不得粗了脖子红了脸的样子。我看

着危险！我着急。

真正听京戏的内行人怀里揣着两包茶叶，踱到边厢一坐，听到妙处，摇头摆尾，随声击节，闭着眼睛体味声调的妙处，这心情我能了解，但是他付了多大的代价！他听了多少不愿意听的声音才能换取这一点音乐的陶醉！到如今，听戏的少，看戏的多。唱戏的亦竟以肺壮气长取胜，而不复重韵味。唯简单节奏尚是多数人所能体会，铿锵的锣鼓、油滑的管弦，都是最简单不过的，所以缺乏艺术教养的人，如一般大腹贾、大人先生、大学教授、大家闺秀、大名士、大豪绅，都趋之若鹜，自以为是在欣赏音乐！

在中西文化的交流中，我们的音乐（戏剧除外）也在蜕变，从"毛毛雨"起以至于现在流行×××之类，都是中国小调与西洋某一级音乐的混合，时而中菜西吃，时而西菜中吃，将来成为怎样的定型，我不知道。我对音乐既不能作丝毫贡献，所以也很坦然的甘心放弃欣赏音乐的权利，除非为了某种机缘必须"共襄盛举"不得不到场备员。至于像我的朋友所抱怨的那种隔壁歌声，在我则认为是一种不可避免的自然现象，恰如我们住在屠宰场的附近便不能不听见猪叫一样，初听非常凄绝，久后亦就安之。夜深人静，荒凉的路上往往有人高唱"一马离了西凉界……"我原谅他，他怕鬼，用歌声来壮胆，其行可恶，其情可悯。但是在天微明时练习吹喇叭，则是我所不解。"打——搭——大——滴——"一声比一声高，高到声嘶力竭，吹喇叭的人显然是很吃苦，可是把多少人的睡眠给毁了，为什么不在另一个时候练习呢？

在原则上，凡是人为的音乐，都应该宁缺毋滥。因为没有人为的音乐，顶多是落个寂寞。而按其实，人是不会寂寞的。小孩的哭声、笑声，小贩的吆喝声，邻人的打架声，市里的喧阗声，到处"吃饭了么？""吃饭了么？"的原是应酬而现在变成性命交关的问答声——实在寂寞极了，还有村里的鸡犬声！最令人难忘的还有所谓天籁。秋风起时，树叶飒飒的声音，一阵阵袭来，如潮涌，如急雨，如万马奔腾，如衔枚疾走；风定之后，细听还有枯干的树叶一声声的打在阶上。秋雨落时，初起如蚕食桑叶，窸窸嗦嗦，继而淅淅沥沥，打在蕉叶上清脆可听。风声雨声，再加上虫声鸟声，都是自然的音乐，都能使我发生好感，都能驱除我的寂寞，何贵乎听那"我好比……我好比……"之类的歌声？然而此中情趣，不足为外人道也。

信

　　早起最快意的一件事，莫过于在案上发现一大堆信——平、快、挂，七长八短的一大堆。明知其间未必有多少令人欢喜的资料，大概总是说穷诉苦、琐屑累人的居多，常常令人终日寡欢，但是仍希望有一大堆信来。Marcus Aurelius曾经说："每天早晨离家时，我对我自己说，'我今天将要遇见一个傲慢的人，一个忘恩负义的人，一个说话太多的人。这些人之所以如此，乃是自然而且必要的，所以不要惊讶。'"我每天早晨拆阅来信，亦先具同样心理，不但不存奢望，而且预先料到我今天将要接到几封催命符式的讨债信，生活比我优裕而反来向我告贷的信，以及看了不能令人喜欢的喜柬，不能令人不喜欢的讣闻等。世界上是有此等人、此等事，所以我当然也要接得此等信，不必惊讶。最难堪的，是遥望绿衣人来，总是过门不入，那才是莫可名状的凄凉，仿佛有被人遗弃之感。

　　有一种人把自己的文字润格订得极高，颇有一字千金之概，轻易是不肯写信的。你写信给他，永远是石沉大海。假如忽然间朵云遥颁，而且多半是又挂又快，隔着信封摸上去，沉甸甸的，又厚又重——放心，里面第一页必是抄自尺牍大全，"自违雅教，时切遐思，比维起居清泰为颂为祷"这么一套，正文自第二页开始，末尾于顿首之后，必定还要标明"鹄候回音"四个大字，外加三个密圈，此外必不可少的是另附恭楷履历硬卡片一张。这种信也有用处，至少可以令我们知道此人依然健在，此种信不可不复，复时以"……俟有机缘，定当驰告"这么一套为最得体。

另一种人，好以纸笔代喉舌，不惜工本，写信较勤。刊物的编者大抵是以写信为其主要职务之一，所以不在话下。因误会而恋爱的情人们，见面时眼睛都要进出火星，一旦隔离，焉能不情急智生，烦邮差来传书递简？Herrick有句云："嘴唇只有在不能接吻时才肯歌唱。"同样的，情人们只有在不能喁喁私语时才要写信。情书是一种紧急救济，所以亦不在话下。我所说的爱写信的人，是指家人朋友之间聚散匆匆，暌违之后，有所见，有所闻，有所忆，有所感，不愿独秘，愿人分享，则乘兴奋笔，借通情愫。写信者并无所求，受信者但觉情谊翕如，趣味盎然，不禁色起神往。在这种心情之下，朋友的信可作为宋元人的小简读，家书亦不妨当作社会新闻看。看信之乐，莫过于此。

写信如谈话。痛快人写信，大概总是开门见山。若是开门见雾，模模糊糊，不知所云，则其人谈话亦必是丈八罗汉，令人摸不着头脑。我又尝接得另外一种信，突如其来，内容是讲学论道，洋洋洒洒，作者虽未要我代为保存，我则觉得责任太大，万一庋藏不慎，岂不就要湮没名文。老实讲，我是有收藏信件的癖好的，但亦略有抉择：多年老友，误入仕途，使用书记代笔者，不收；讨论人生观一类大题目者，不收；正文自第二页开始者，不收；用钢笔写在宣纸上，有如在吸墨纸上写字者，不收；横写或在左边写起者，不收；有加新式标点之必要者，不收；没有加新式标点之可能者亦不收；恭楷者，不收；潦草者，亦不收；作者未归道山，即可公开发表者，不收；如果作者已归道山，而仍不可公开发表者，亦不收！……因为有这样多的限制，所以收藏不富。

信里面的称呼最足以见人情世态。有一位业教授的朋友告诉我，他常接到许多信件，开端如果是"夫子大人函丈"或"××老师钧鉴"，写信者必定是刚刚毕业或失业的学生，甚而至于并不是同时同院系的学生，其内容泰半是请求提携的意思。如果机缘凑巧，真个提携了他，以后他来信时便改称"×先生"了。若是机缘再凑巧，再加上铨叙合格，连米贴房贴算在一起足够两个教授的薪水，他写起信来便干干脆脆的称兄道弟了！我的朋友言下不胜歊歔，其实是他所见不广。师生关系，原属雇佣性质，焉能不受阶级升黜的影响？

书信写作西人尝称之为"最温柔的艺术"，其亲切细腻仅次于日记。我国尺牍，尤多精粹之作。但居今之世，心头萦绕者尽是米价涨落问题，一袋袋的邮件之中要拣出几篇雅丽可诵的文章来，谈何容易！

女　人

　　有人说女人喜欢说谎，假如女人所捏撰的故事都能抽取版税，便很容易致富。这问题在什么叫作说谎。若是运用小小的机智，打破眼前小小的窘僵，获取精神上小小的胜利，因而牺牲一点点真理，这也可以算是说谎，那么，女人确是比较的富于说谎的天才。有具体的例证。你没有陪过女人买东西吗？尤其是买衣料，她从不干干脆脆地说要做什么衣，要买什么料，准备出多少钱；她必定要东挑西拣，翻天覆地，同时口中念念有词，不是嫌这匹料子太薄，就是怪那匹料子花样太旧，这个不禁洗，那个不禁晒，这个缩头大，那个门面窄，批评得人家一文不值。其实，满不是这么一回事，她只是嫌价码太贵而已！如果价钱便宜，其他的缺点全都不成问题，而且本来不要买的也要购储起来。一个女人若是因为炭贵而不生炭盆，她必定对人解释说："冬天生炭盆最不卫生，到春天容易喉咙痛！"屋顶渗漏，塌下盆大的灰泥，在未修补之前，女人便会向人这样解释："我预备在这地方安装电灯。"自己上街买菜的女人，常常只承认散步和呼吸新鲜空气是她上市的唯一理由。艳羡汽车的女人常常表示她最厌恶汽油的臭味。坐在中排看戏的女人常常说前排的头等座位最不舒适。一个女人馈赠别人，必说："实在买不到什么好的……"其实这东西根本不是她买的，是别人送给她的。一个女人表示愿意陪你去上街走走，其实是她顺便要买东西。总之，女人总欢喜拐弯抹角的，放一个小小的烟幕，无伤大雅，颇占体面。这也是艺术，王尔德不是说过"艺术即是说谎"么？这些例证还只是一些并无版权的谎话而已。

女人善变，多少总有些哈姆雷特式，拿不定主意。问题大者如离婚结婚，问题小者如换衣换鞋，都往往在心中经过一读二读三读，决议之后再复议，复议之后再否决。女人决定一件事之后，还能随时做一百八十度的大转弯，做出那与决定完全相反的事，使人无法追随。因为变得急速，所以容易给人以"脆弱"的印象。莎士比亚有一名句："'脆弱'呀，你的名字叫作'女人'！"但这脆弱，并不永远使女人吃亏。越是柔韧的东西越不易摧折。女人不仅在决断上善变，即便是一个小小的别针位置也常变，午前在领扣上，午后就许移到了头发上。三张沙发，能摆出若干阵势；几根头发，能梳出无数花头。讲到服装，其变化之多，常达到荒谬的程度。外国女子的帽子，可以是一根鸡毛，可以是半只铁锅，或是一个畚箕。中国女人的袍子，变化也就够多，领子高的时候可以使她像一只长颈鹿，袖子短的时候恨不得使两腋生风，至于纽扣盘花、滚边镶绣，则更加是变幻莫测。"上帝给她一张脸，她能另造一张出来"，"女人是水做的"，是活水，不是止水。

女人善哭。从一方面看，哭常是女人的武器，很少人能抵抗她这泪的洗礼。俗语说"一哭二睡三上吊"，这一哭确实其势难当。但从另一方面看，哭也常是女人的内心的"安全瓣"。女人的忍耐的力量是伟大的，她为了男人，为了小孩，能忍受难堪

的委屈。女人对于自己的享受方面，总是属于"斯多亚派"的
居多。男人不在家时，她能立刻变成为素食主义者，火炉里能爬
出老鼠，开电灯怕费电，再关上又怕费开关。平素既已极端刻
苦，一旦精神上再受刺激，便忍无可忍，一腔悲怨天然地化作一
把把的鼻涕眼泪，从"安全瓣"中汩汩而出，腾出空虚的心房，
再来接受更多的委屈。女人很少破口骂人（骂街便成泼妇，其实
甚少），很少揎袖挥拳，但泪腺就比较发达。善哭的也就常常善
笑，迷迷的笑，吃吃的笑，格格的笑，哈哈的笑，笑是常驻在女
人脸上的，这笑脸常常成为最有效的护照。女人最像小孩，她能
为了一个滑稽的姿态而笑得前仰后合、肚皮痛、淌眼泪，以至于
翻筋斗！哀与乐都像是常川有备，一触即发。

　　女人的嘴，大概是用在说话方面的时候多。女孩子从小就
往往口齿伶俐，就是学外国语也容易琅琅上口，不像嘴里含着一
个大舌头。等到长大之后，三五成群，说长道短，声音脆，嗓门
高，如蝉噪，如蛙鸣，真当得好几部鼓吹！等到年事再长，万一
堕入"长舌"型，则东家长，西家短，飞短流长，搬弄多少是
非，惹出无数口舌；万一堕入"喷壶嘴"型，则琐碎繁杂，絮聒
唠叨，一件事要说多少回，一句话要说多少遍，如喷壶下注、万
流齐发，当者披靡，不可向迩！一个人给他的妻子买一件皮大
衣，朋友问他"你是为使她舒适吗？"那人回答说："不是，为
使她少说些话！"

　　女人胆小，看见一只老鼠而当场昏厥，在外国不算是奇闻。
中国女人胆小不致如此，但是一声霹雷使得她拉紧两个老妈子的
手而仍战栗不止，倒是确有其事。这并不是做作，并不是故意在
男人面前做态，使他有机会挺起胸脯说："不要怕，有我在！"
她是真怕。在黑暗中或荒僻处，没有人，她怕；万一有人，她更

怕！屠牛宰羊，固然不是女人的事，杀鸡宰鱼，也不是不费手脚。胆小的缘故，大概主要的是体力不济。女人的体温似乎较低一些，有许多女人怕发胖而食无求饱，营养不足，再加上怕臃肿而衣裳单薄，到冬天瑟瑟打战，袜薄如蝉翼，把小腿冻得作"浆米藕"色，两只脚放在被里一夜也暖不过来，双手捧热水袋，从八月捧起，捧到明年五月，还不忍释手。抵抗饥寒之不暇，焉能望其胆大。

女人的聪明，有许多不可及处，一根棉线，一下子就能穿入针孔，然后一下子就能在线的尽头处打上一个结子，然后扯直了线在牙齿上砰砰两声，针尖在头发上擦抹两下，便能开始解决许多在人生中并不算小的苦恼，例如缝上衬衣的扣子，补上袜子的破洞之类。至于几根篾棍，一上一下地编出多少样物事，更是令人叫绝。有学问的女人，创辟"沙龙"，对任何问题能继续谈论至半小时以上，不但不令人入睡，而且令人疑心她是内行。

男 人

　　男人令人首先感到的印象是脏! 当然, 男人当中亦不乏刷洗干净洁身自好的, 甚至还有油头粉面衣裳楚楚的, 但大体讲来, 男人消耗肥皂和水的数量要比较少些。某一男校, 对于学生洗澡是强迫的, 入浴签名, 每周计核, 对于不曾入浴的初步惩罚是宣布姓名, 最后的断然处置是定期强迫入浴, 并派员监视, 然而日久玩生, 签名簿中尚不无浮冒情事。有些男人, 西装裤尽管挺直, 他的耳后脖根, 土壤肥沃, 常常宜于种麦! 袜子手绢不知随时洗涤, 常常日积月累, 到处塞藏, 等到无可使用时, 再从那一堆污垢存货当中拣选比较干净的去应急。有些男人的手绢, 拿出来硬像是土灰面制的百果糕, 黑糊糊黏成一团, 而且内容丰富。男人的一双脚, 多半好像是天然的具有泡菜霉干菜再加糖蒜的味道, 所谓"濯足万里流"是有道理的, 小小的一盆水确是无济于事, 然而多少男人却连这一盆水都吝而不用, 怕伤元气。两脚既然如此之脏, 偏偏有些"逐臭之夫"喜于脚上藏垢纳污之处往复挖掘, 然后嗅其手指, 引以为乐! 多少男人洗脸都是专洗本部, 边疆一概不理, 洗脸完毕, 手背可以不湿。有的男人是在结婚后才开始刷牙。"扪虱而谈"的是男人。还有更甚于此者, 曾有人当众搔背，结果是从袖口里面摔出一只老鼠！除了不可挽救的脏相之外，男人的脏大概是由于懒。

对了！男人懒。他可以懒洋洋坐在旋椅上，五官四肢，连同他的脑筋（假如有），一概停止活动，像呆鸟一般；"不闻夫博弈者乎……"那段话是专对男人说的。他若是上街买东西，很少时候能令他的妻子满意，他总是不肯多问几家，怕跑腿，怕费话，怕讲价钱。什么事他都嫌麻烦，除了指使别人替他做的事之外，他像残废人一样，对于什么事都愿坐享其成，而名之曰"室家之乐"。他提前养老，至少提前三二十年。

紧毗连着"懒"的是"馋"。男人大概有好胃口的居多。他的嘴，用在吃的方面的时候多，他吃饭时总要在菜碟里发现至少一英寸见方半英寸厚的肉，才能算是没有吃素。几天不见肉，他就喊："嘴里要淡出鸟儿来！"若真个三月不知肉味，怕不要淡出毒蛇猛兽来！有一个人半年没有吃鸡，看见了鸡毛帚就流涎三尺。一餐盛馔之后，他的人生观都能改变，对于什么都乐观起来。一个男人在吃一顿好饭的时候，他脸上的表情硬是在感谢上天待人不薄；他饭后衔着一根牙签，红光满面，硬是觉得可以骄人。主中馈的是女人，修食谱的是男人。

男人多半自私。他的人生观中有一基本认识，即宇宙一切均是为了他的舒适而安排下来的。除了在做事赚钱的时候不得不忍气吞声地向人奴膝婢颜外，他总是要作出一副老爷相。他的家便是他的国度，他在家里称王。他除了为赚钱而吃苦努力外，他是一个"伊比鸠派"，他要享受。他高兴的时候，孩子可以骑在他的颈上，他引颈受骑，他可以像狗似的满地爬；他不高兴时，他看着谁都不顺眼，在外面受了闷气，回到家里来加倍的发作。他不知道女人的苦处。女人对于他的殷勤委屈，在他看来，就如同犬守户鸡司晨一样的稀松平常，都是自然现象。他说他爱女人，其实他不是爱，是享受女人。他不问他给了别人多少，但是他要在别人身上尽量榨取。他觉得他对女人最大的恩惠，便是把赚来的钱全部或一部拿回家来；但是当他把一卷卷的钞票从衣袋里掏出来的时候，他的脸上的表情是骄傲的成分多，亲爱的成分少，好像是在说："看我！你行么？我这样待你，你多幸运！"他若是感觉到这家不复是他的乐园，他便有多样的借口不回到家里来。他到处云游，他另辟乐园。他有聚餐会，他有酒会，他有桥会，他有书会画会棋会，他有夜会，最不济的还有个茶馆。他的享乐的方法太多。假如轮回之说不假，下世侥幸依然投胎为人，很少男人情愿下世做女人的。他总觉得这一世生为男身，而享受未足，下一世要继续努力。

　　"群居终日，言不及义"，原是人的通病，但是言谈的内容，却男女有别。女人谈的往往是"我们家的小妹又病了！""你们家每月开销多少？"之类。男人的是另一套，普通的方式，男人的谈话，最后不谈到女人身上便不会散场。这一个题目对男人最有兴味。如果有一个桃色案他们唯恐其和解得太快。他们好议论人家的隐私，好批评别人的妻子的性格相貌。"长舌男"是到处有的，不知为什么这名词尚不甚流行。

洋　罪

有些人，大概是觉得生活还不够丰富，于顽固的礼教、愚昧的陋俗、野蛮的禁忌之外，还介绍许多外国的风俗习惯，甘心情愿的受那份洋罪。

例如：宴集茶会之类偶然恰是十三人之数，原是稀松平常之事，但往往就有人把事态扩大，认为情形严重，好像人数一到十三，其中必将有谁虽欲"寿终正寝"而不可得的样子。在这种场合，必定有先知先觉者托故逃席，或临时加添一位，打破这个凶数，又好像只要破了十三，其中人人必然"寿终正寝"的样子。对于十三的恐怖，在某种人中间近已颇为流行。据说，它的来源是外国的。耶稣基督被他的使徒犹大所卖，最后晚餐时便是十三人同席。因此十三成为不吉利的数目。在外国，听说不但宴集之类要避免十三，就是旅馆的号数也常以12A来代替十三。这种近于迷信而且无聊的风俗，移到中国来，则于迷信与无聊之外，还应该加上一个可嗤！

再例如：划火柴给人点纸烟，点到第三人的纸烟时，则必有热心者迫不及待的从旁嘘一口大气，把你的火柴吹熄。一根火柴不准点三支纸烟。据博闻者说，这风俗也是外国的。好像这风俗还不怎样古，就在上次大战的时候，夜晚战壕里的士兵抽烟，如果火柴的亮光延续到能点燃三支纸烟那么久，则敌人的枪弹炮弹必定一齐飞来。这风俗虽"与抗战有关"，但在敌人枪炮射程以外的地方，若不加解释，则仍容易被人目为近于庸人自扰。

又例如：朋辈对饮，常见有碰杯之举，把酒杯碰得哨一声响，然后同时仰着脖子往下灌，咕噜咕噜的灌下去，点头咂嘴，踌躇满志。为什么要碰那一下子呢？这又是外国规矩。据说在相当古的时候，而人心即已不古，于揖让酬应之间，就许在酒杯里下毒药，所以主人为表明心迹起见，不得不与客人喝个"交杯酒"，交杯之际，哨的一声是难免的。到后来，去古日远，而人心反倒古起来了，酒杯里下毒药的事情渐不多见，主客对饮只需做交杯状，听那哨然一响，便可以放心大胆的喝酒了。碰杯之起源，大概如此。在"安全第一"的原则之下，喝交杯酒是未可厚非的。如果碰一下杯，能令我们警惕戒惧，不致忘记了以酒肉相饷的人同时也有投毒的可能，而同时酒杯质料相当坚牢不致磕裂碰碎，那么，碰杯的风俗却也不能说是一定要不得。

大概风俗习惯，总是慢慢养成，所以能在社会通行。如果生吞活剥的把外国的风俗习惯移植到我们的社会里来，则必窒碍难行，其故在不服水土。讲到这里我也有一个具体的而且极端的例子：

四月一日，打开报纸一看，皇皇启事一则如下："某某某与某某某今得某某某与某某某先生之介绍及双方家长之同意，订于四月一日在某某处行结婚礼，国难期间一切从简，特此敬告诸亲友。"结婚只是男女两人的事，与别人无关，而别人偏偏最感兴趣。启事一出，好事者奔走相告，更好事者议论纷纷，尤好事者拍电致贺。

四月二日报纸上有更皇皇的启事一则如下："某某某启事，

昨为西俗万愚节，友人某某某先生遂假借名义，代登结婚启事一则以资戏弄，此事概属乌有，诚恐淆乱听闻，特此郑重声明。"好事者嗒然若丧，更好事者引为谈助，尤好事者则去翻查百科全书，寻找万愚节之源起。

四月一日为万愚节，西人相绐以为乐。其是否为陋俗，我们管不着，其是否把终身大事也划在相绐的范围以内，我们亦不得知。我只觉得这种风俗习惯，在我们这国度里，似嫌不合国情。我觉得我们几乎是天天在过万愚节。舞文弄墨之辈，专作欺人之谈，且按下不表，单说市井习见之事，即可见我们平日颇不缺乏相绐之乐。有些店铺高高悬起"言无二价""童叟无欺"的招牌，这就是反映着一般的诳价欺骗的现象。凡是约期取件的商店，如成衣店、洗衣店、照相馆之类，因爽约而使我们徒劳往返的事是很平常的，然对外国人则不然，与外国人约甚少爽约之事。我想这原因大概就是外国人只有在四月一日那一天才肯以相绐为乐，而在我们则一年三百六十五天，随便哪一天都无妨定为万愚节。

万愚节的风俗，在我个人，并不觉得生疏，我不幸从小就进洋习甚深的学校，到四月一日总有人伪造文书诈欺取乐，而受愚者亦不以为忤。现在年事稍长，看破骗局甚多，更觉谑浪取笑无伤大雅。不过一定要仿西人所为，在四月一日这一天把说谎普遍化、合理化，而同时在其余的三百六十多天又并不仿西人所为，仍然随时随地的言而无信互相欺诈，我终觉得大可不必。

外国的风俗习惯永远是有趣的，因为异国情调总是新奇的居多。新奇就有趣。不过若把异国情调生吞活剥的搬到自己家里来，身体力行，则新奇往往变成为桎梏，有趣往往变成为肉麻。基于这种道理，很有些人至今喝茶并不加白糖与牛奶。

谦　　让

　　谦让仿佛是一种美德，若想在眼前的实际生活里寻一个具体的例证，却不容易。类似谦让的事情近来似很难得发生一次。就我个人的经验说，在一般宴会里，客人入席之际，我们最容易看见类似谦让的事情。

　　一群客人挤在客厅里，谁也不肯先坐，谁也不肯坐首座，好像"常常登上座，渐渐入祠堂"的道理是人人所不能忘的。于是你推我让，人声鼎沸。辈分小的，官职低的，垂着手远远的立在屋角，听候调遣。自以为有占首座或次座资格的人，无不攘臂而前，拉拉扯扯，不肯放过他们表现谦让的美德的机会。有的说："我们叙齿，你年长！"有的说："我常来，你是稀客！"有的说："今天非你上座不可！"事实固然是为让座，但是当时的声浪和唾沫星子却都表示像在争座。主人面见着一张笑脸，偶然插一两句嘴，作鸳鸯笑。这场纷扰，要直到大家的兴致均已低落，该说的话差不多都已说完，然后急转直下，突然平息，本就该坐上座的人便去就了上座，并无苦恼之相，而往往是显着踌躇满志顾盼自雄的样子。

　　我每次遇到这样谦让的场合，便首先想起《聊斋》上的一个故事：一伙人在热烈的让座，有一位扯着另一位的袖子，硬往上拉，被拉的人硬往后躲，双方势均力敌，突然间拉着袖子的手一松，被拉的那只胳臂猛然向后一缩，胳臂肘尖正撞在后面站着的一位驼背朋友的两只特别凸出的大门牙上，喀吱一声，双牙落地！我每忆起这个乐极生悲的故事，为明哲保身起见，在让座时我总躲得远远的。等风波过后，剩下的位置是我的，首座也可以，坐上去并不头晕，末座亦无妨，我也并不因此少吃一嘴。我不谦让。

　　考让座之风之所以如此地盛行，其故有二。第一，让来让去，每人总有一个位置，所以一面谦让，一面稳有把握。假如主人宣布，位置只有十二个，客人却有十四位，那便没有让座之事了。第二，所让者是个虚荣，本来无关宏旨，凡是半径都是一般长，所以坐在任何位置〈假如是圆桌〉都可以享受同样的利益。假如明文规定，凡坐过首席若干次者，在铨叙上特别有利，我想让座的事情也就少了。我从不曾看见，在长途公共汽车车站售票的地方，如果没有木制的长栅栏，而还能够保留一点谦让之风！因此我发现了一般人处世的一条道理，那便是：可以无需让的时候，则无妨谦让一番，于人无利，于己无损；在该让的时候，则不谦让，以免损己；在应该不让的时候，则必定谦让，于己有利，于人无损。

　　小时候读到孔融让梨的故事，觉得实在难能可贵，自愧弗如。一只梨的大小，虽然是微屑不足道，但对于一个四五岁的孩子，其重要或者并不下于一个公务员之心理盘算简、荐、委。有人猜想，孔融那几天也许肚皮不好，怕吃生冷，乐得谦让一番。我不敢这样妄加揣测。不过我们要承认，利之所在，可以使人忘形，谦让不是一件容易的事。孔融让梨的故事，发扬光大起来，确有教育价值，可惜并未发生多少实际的效果：今之孔融，并不多见。

　　谦让作为一种仪式，并不是坏事，像天主教会选任主教时所举行的仪式就蛮有趣。就职的主教照例的当众谦逊三回，口说"nolo episcopari"意即"我不要当主教"，然后照例的敦促三回终于勉为其难了。我觉得这样的仪式比宣誓就职之后再打通电声明固辞不获要好得多。谦让的仪式行久了之后，也许对于人心有潜移默化之功，使人在争权夺利奋不顾身之际，不知不觉的也举行起谦让的仪式。可惜我们人类的文明史尚短，潜移默化尚未能奏大效，露出原始人的狰狞面目的时候要比雍雍穆穆的举行谦让仪式的时候多些。我每次从公共汽车售票处杀进杀出，心里就想先王以礼治天下，实在有理。

衣　裳

　　莎士比亚有一句名言："衣裳常常显示人品。"又有一句："如果我们沉默不语，我们的衣裳与体态也会泄露我们过去的经历。"可是我不记得是谁了，他曾说过更彻底的话：我们平常以为英雄豪杰之士，其仪表堂堂确是与众不同，其实，那多半是衣裳装扮起来的，我们在画像中见到的华盛顿和拿破仑，固然是奕奕赫赫，但如果我们在澡堂里遇见二公，赤条条一丝不挂，我们会有异样的感觉，会感觉得脱光了大家全是一样。这话虽然有点玩世不恭，确有至理。

　　中国旧式士子出而问世必须具备四个条件：一团和气，两句歪诗，三斤黄酒，四季衣裳。可见衣裳是要紧的。我的一位朋友，人品很高，就是衣裳"普罗"一些，曾随着一伙人在上海最华贵的饭店里开了一个房间，后来走出饭店，便再也不得进去，司阍的巡捕不准他进去，理由是此处不施舍。无论怎样解释也不得要领，结果是巡捕引他从后门进去，穿过厨房，到账房内去理论。这不能怪那巡捕，我们几曾看见过看家的狗咬过衣裳楚楚的客人？

　　衣裳穿得合适，煞费周章，所以内政部礼俗司虽然绘定了各种服装的式样，也并不曾推行。幸而没有推行！自从我们剪了小辫儿以来，衣裳就没有了体制，绝对自由，中西合璧的服装也不算违警，这时候若再推行"国装"，只是于错杂纷歧之中更加重些纷扰罢了。

　　李鸿章出使外国的时候，袍褂顶戴，完全是"满大人"的服装。我虽无爱于清朝章制，但对于他的不穿西装，确实是很佩服的。可是西装的势力毕竟太大了，到如今理发匠都是穿西装的居多。我忆起了二十年前我穿西装的一幕。那时候西装还是一件比较新奇的事物，总觉得有点"机械化"，其构成必相当复杂。一班几十人要出洋，于是西装逼人而来。试穿之日，适值严冬，或缺皮带，或无领结，或衬衣未备，或外套未成，但零件虽然不齐，吉期不可延误，所以一阵骚动，胡乱穿起，有的宽衣博带如稻草人，有的细腰窄袖如马戏丑，大体是赤着身体穿一层薄薄的西装裤，冻得涕泗交流，双膝打战。那时的情景足当得起"沐猴而冠"四个字。当然后来技术渐渐精进，有的把裤脚管烫得笔直，视如第二生命，有的在衣袋里插一块和领结花色相同的手绢，俨然是一个绅士，猛然一看，国籍都要发生问题。

　　西装是有一定的标准的。譬如，做裤子的材料要厚，可是我看见过有人在光天化日之下穿夏布西装裤，光线透穿，真是骇人！衣服的颜色要朴素沉重，可是我见过著名自诩讲究穿衣裳的男子们，他们穿的是色彩刺目的宽格大条的材料，颜色惊人的衬衣，如火如荼的领结，那样子只有在外国杂耍场的台上才偶然看得见！大概西装破烂，固然不雅，但若崭新而俗恶则更不可当。所谓洋场恶少，其气味最下。

　　中国的四季衣裳，恐怕要比西装更麻烦些。固然西装讲究起来也是不得了的，历史上著名的一例，詹姆斯第一的朋友白金翰爵士有衣服一千六百二十五套。普通人有十套八套的就算很好了。中装比较的花样要多些,虽然终年一两件长袍也能度日。中装有一件好处,舒适。中装像是变形虫,没有一定的形式,随着穿的人身体变。不像西装,肩膊上不用填麻布使你冒充宽肩膀,脖子上不用戴枷系索,裤子里面有的是"生存空间",而且冷暖平均,不像西装咽喉下面一块只是一层薄衬衣,容易着凉,裤子两边插手袋处却又厚至三层,特别郁热!中国长袍还有一点妙处,马彬和先生(英国人入我国籍)曾为文论之。他说这钟形长袍是没有差别的、平等的,一律的遮掩了贫富贤愚。马先生自己就是穿一件蓝长袍,他简直崇拜长袍。据他看,长袍不势利,没有阶级性。可是在中国,长袍同志也自成阶级,虽然四川有些抬轿的也穿长袍。中装固然比较随便,但亦不可太随便,例如脖子底卜的纽扣,在西装可以不扣,长袍便非扣不可,否则便不合于"新生活"。再例如即便在蚊虫甚多的地方,裤脚管亦不可放进袜筒里去,做绍兴师爷状。

男女服装之最大不同处,便是男装之遮盖身体无微不至,仅仅露出一张脸和两只手可以吸取日光紫外线,女装的趋势,则求遮盖愈少愈好。现在所谓旗袍,实际上只是大坎肩,因为两臂已经齐根划出。两腿尽管细直如竹筷,扭曲如松根,也往往一双双的摆在外面。袖不蔽肘,赤足裸腿,从前在某处都曾悬为厉禁,在某一种意义上,我们并不惋惜。还有一点可以指出,男子的衣服,经若干年的演化,已达到一个固定的阶段,式样色彩大概是千篇一律的了,某一种人一定穿某一种衣服,身体丑也好,美也好,总是要罩上那么一套。女子的衣裳则颇多个人的差异,仍保留大量的装饰的动机,其间大有自由创造的余地。既是创造,便有失败,也有成功。成功者便是把身体的优点表彰出来,把劣点遮盖起来；失败者便是把劣点显示出来，优点根本没有。我每次从街上走回来，就感觉得我们除了优生学外，还缺乏妇女服装杂志。不要以为妇女服装是琐细小事，法朗士说得好："如果我死后还能在无数出版书籍当中有所选择，你想我将选什么呢？……在这未来的群籍之中我不想选小说，亦不选历史，历史若有兴味亦无非小说。我的朋友，我仅要选一本时装杂志，看我死后一世纪中妇女如何装束。妇女装束之能告诉我未来的人文，胜过于一切哲学家、小说家、预言家及学者。"

衣裳是文化中很灿烂的一部分。所以，裸体运动除了在必要的时候之外（如洗澡等等），我总不大赞成。

结　婚　典　礼

　　结婚这件事，只要成年的一男一女两相情愿就成，并不需要而且不可以有第三者的参加。但是《民法》第八百九十二条规定要有公开仪式，再加上社会的陋俗（大部分似"野蛮的遗留"：），以及爱受洋罪者的参酌西法，遂形成了近年来通行于中上阶级之所谓结婚典礼，又名"文明结婚"，犹戏中之有"文明新戏"。婚姻大事，不可潦草，单凭父母之命媒妁之言就把一对无辜男女捏合起来，这不叫作潦草；只因一时冲动而遂盲目的订下偕老之约，这也不叫潦草；唯有不请亲戚朋友街坊四邻来胡吃乱叫，或不当众提出结婚人来验明正身，则谓之曰潦草，又名不隆重。假如人生本来像戏，结婚典礼便似"戏中戏"，越隆重则越像。这出戏定期开演，先贴海报，风雨无阻，"撒网"敛钱，鼎惠不辞；届时悬灯结彩，到处猩红；在音乐方面则或用乞丐兼任的吹鼓手，或用卖仁丹游街或绸缎店大减价的铜乐队，或钢琴或风琴或口琴；少不了的是与演员打成一片的广大观众，内中包括该回家去养老的，该寻正当娱乐的，该受别种社会教育以及平时就该摄取营养的……演员的服装，或买或借或赁，常见的是蓝袍马褂及与环境全然不调和的一身西装大礼服，高冠燕尾，还有那短得像一件斗篷而还特烦两位小朋友牵着的那一橛子粉红纱！那出戏的尾声是，主人的腿子累得发麻，客人醉翻三五辈，门外的车夫一片叫嚣。评剧家曰："很热闹！"

这戏的开始照例是证婚人致词。证婚人照例是新郎的上司，或新娘家中比较拿出来最像样的贵戚。他的身份等于"跳加官"，但他自己不知道，常常误会他是在做主席，或是礼拜堂里的牧师，因此他的职务成为善颂善祷，和那些在门口高叫"正念喜，抬头观，空中来了福禄寿三仙……"的叫化子是异曲而同工！他若是身通"国学"，诗云子曰的一来，那就不得了，在讲《易经》阴阳乾坤的时候，牵纱的小朋友们就非坐在地上不可，而在人丛后面伸长颈子的那位客人，一定也会把其颈项慢慢缩回去了。我们应该容忍他，让他毕其辞，甚而至于违着良心的报之以稀稀拉拉的掌声。放心，他将得意不了几次！

介绍人要两个，仿佛从前的一男媒一女媒，其实是为站在证婚人身旁时一边一个，较有对称之美。介绍人宜于是面团团一团和气，谁见了他都会被他撮合似的。所以常害胃病的，专吃平价米的都不该入选。许多荣任介绍人的常喜欢当众宣布他们只是名义上的介绍人，新郎新娘是早已就……好像是生恐将来打离婚官司时要受连累，所以特先自首似的。其实是他多虑。所谓介绍，是指介绍结婚，这是婚书上写得明明白白的，并不曾要他介绍新郎新娘认识或恋爱，所以以前的因误会而恋爱和以后的因失望而反目，其责任他原是不负的。从前俗语说，"新娘搀上床，媒人扔过墙"，现在的介绍人则毋须等待新娘上床便已解除职务了。

新郎新娘的"台步"是值得注意的，从这里可以看出导演者的手法。新郎应该像是一只木鸡，由两个傧相挟之而至；应该脸上微露苦相，好像做下什么坏事现在败露了要受裁判的样子，这才和身份相称。新娘走出来要像蜗牛，要像日移花影，只见她的位置移动，而不见她行走，头要垂下来，但又不可太垂，要表示出头和颈子还是连着的，扶着两个煞费苦心才寻到的不比自己美的傧相，随着一派乐声，在众目睽睽之下，由大家尽量端详。礼毕，新娘要准备迎接一阵"天雨粟"，也有羼杂粮的，也有带干果的，像冰雹似的没头没脸的打过来。有在额角上被命中一颗核桃的，登时皮肉隆起如舍利子。如果有人扫拢来，无疑的可以熬一大锅"腊八粥"。还有人抛掷彩色纸条，想把新娘做成一个茧子。客人对于新娘的种种行为，由品头论足以至大闹新房，其实在《刑法》上都可以构成诽谤、侮辱、伤害、侵入私宅和有伤风化等等罪名的，但是在隆重的结婚典礼里，这些丑态是属于"撑场面"一类，应该容许！

　　曾有人把结婚比做"蛤蟆跳井"——可以得水，但是永世不得出来。现代人不把婚姻看得如此严重，法律也给现代人预先开了方便的后门或太平梯之类，所以典礼的隆重并不发生任何担保的价值。没有结过婚的人，把结婚后幻想成为神仙的乐境，因此便以结婚为得意事，甘愿铺张，唯恐人家不知，更恐人家不来，所以往往一面登报"一切从简"，一面却是倾家荡产的"敬治喜筵"，以为诱饵。来观婚礼的客人，除了真有友谊的外，是来签到，出钱看戏，或真是双肩承一喙的前来就食！

　　我们能否有一种简便的节俭的合理的愉快的结婚仪式呢？这件事需要未婚者来细想一下，已婚者就不必多费心了。

病

　　鲁迅曾幻想到吐半口血扶两个丫鬟到阶前看秋海棠，以为那是雅事。其实天下雅事尽多，唯有生病不能算雅。没有福分扶丫鬟看秋海棠的人，当然觉得那是可羡的，但是加上"吐半口血"这样一个条件，那可羡的情形也就不怎样可羡，似乎还不如独自一个硬硬朗朗到菜圃看一畦萝卜白菜。

　　最近看见有人写文章，女人怀孕写作"生理变态"，我觉得这人倒有点"心理变态"。病才是生理变态。病人的一张脸就够瞧的，有的黄得像讣闻纸，有的青得像新出土的古铜器，比髑髅多一张皮，比面具多几个眨眼。病是变态，由活人变成死人的一条必经之路。因为病是变态，所以病是丑的。西子捧心蹙颦，人以为美，我想这也是私人癖好，想想海上还有逐臭之夫，这也就不足为奇。

　　我由于一场病，在医院住了很久。我觉得我们中国人最不适宜于住医院。在不病的时候，每个人在家里都可以做土皇帝，佣仆不消说是用钱雇来的奴隶，妻子只是供膳宿的奴隶，父母是志愿的奴隶，平日养尊处优惯了，一旦他老人家欠安违和，抬进医院，恨不得把整个的家〈连厨房在内〉都搬进去！病人到了医院，就好像是到了自己的别墅似的，忽而买西瓜，忽而冲藕粉，忽而打洗脸水，忽而灌暖水壶。与其说医院家庭化，毋宁说医院旅馆化，最像旅馆的一点，便是人声嘈杂。四号病人快要咽气，这并不妨碍五号病房的客人的高谈阔论；六号病人刚吞下两包安眠药，这也不能阻止七号病房里扯着嗓子喊黄嫂。医院是生与死的决斗场，呻吟号啕以及欢呼叫嚣之声，当然都是人情之所不能已，圣人弗禁；所苦者是把医院当作养病之所的人。

但是有一次我对于我隔壁病房所发的声音，是能加以原谅的。是夜半，是女人声音，先是摇铃随后是喊"小姐"，然后一声铃间一声喊，由元板到流水板，愈来愈促，愈来愈高，我想医院里的人除了住了太平间的之外大概谁都听到了，然而没有人送给她所要用的那件东西。呼声渐变成嘎声，情急渐变成哀恳，等到那件东西等因奉此的辗转送到时，已经过了时效，不复成为有用的了。

旧式讣闻喜用"寿终正寝"字样，不是没有道理的。在家里养病，除了病不容易治好之外，不会为病以外的事情着急。如果病重不治必须寿终，则寿终正寝是值得提出来傲人的一件事，表示死者死得舒服。

人在大病时，人生观都要改变。我在奄奄一息的时候，就感觉得人生无常，对一切不免要多加一些宽恕。例如对于一个冒领米贴的人，平时绝不稍予假借，但在自己连打几次强心针之后，再看着那个人贸贸然来，也就不禁心软，认为他究竟也还可以算作一个圆颅方趾的人。鲁迅死前遗言"不饶恕人，也不求人饶恕"，那种态度当然也可备一格。不似鲁迅那般伟大的人，便在体力不济时和人类容易妥协。我僵卧了许多天之后，看着每个人都有人性，觉得这世界还是可留恋的。不过我在体温脉搏都快恢复正常时，又故态复萌，眼睛里揉不进沙子了。

　　弱者才需要同情，同情要在人弱时施给，才能容易使人认识那份同情。一个人病得吃东西都需要喂的时候，如果有人来探视，那一点同情就像甘露滴在干土上一般，立刻被吸收了进去。病人会觉得人类当中彼此还有联系，人对人究竟比兽对人要温和得多。不过探视病人是一种艺术，和新闻记者的访问不同，和吊丧又不同。我最近一次病，病情相当曲折，叙述起来要半小时，如用欧化语体来说半小时还不够；而来看我的人是如此诚恳，问起我的病状便不能不详为报告，而讲述到三十次以上时，便感觉像一位老教授年年在讲台上开话匣片子那样单调而且惭愧。我的办法是，对于远路来的人我讲得要稍为扩大一些，而且要强调病的危险，为的是叫他感觉此行不虚，不使过于失望；对于邻近的朋友们则不免一切从简诸希矜宥！有些异常热心的人，如果不给我一点什么帮助，一定不肯走开，即使走开也一定不会愉快。我为使他愉快起见，口虽不渴也要请他倒过一杯水来，自己做"扶起娇无力"状。有些道貌岸然的朋友，看见我就要脱离苦海，不免悟出许多佛门大道理，脸上愈发严重，一言不发，愁眉苦脸。对于这朋友我将来特别要借重，因为我想他于探病之外还适于守尸。

匿 名 信

邮局递来一封匿名信，没启封就知道是匿名信，因为一来我自己心里明白，现在快要到我接匿名信的时候了（如果竟无匿名信到来，那是我把人性估计太低了），二来那只信封的神情就有几分尴尬，信封上的两行字，倾斜而不潦草，正是书法上所谓"生拙"，像是郑板桥体，又像是小学生的涂鸦，不是撇太长，就是捺太短，总之是很矜持，唯恐露出本来面目。下款署"内详"二字。现代的人很少有写"内详"的习惯，犹之乎很少有在信封背面写"如瓶"的习惯，其所以写"内详"者，乃是平常写惯了下款，如今又不能写真姓名，于是于不自觉间写上了"内详"云云。

我同情写匿名信的人，因为他或她肯干这种勾当，必定是极不得已，等于一个人若不为生活所逼便绝不至于会男盗女娼一样。当其蓄谋动念之时，一定有一副血脉偾张的面孔，"怒从心上起，恶向胆边生"，硬是按捺不住。几度心里犹豫，"何必？"又几度心里坚决，"必！"于是关门闭户独自去写那将来不便收入文集的尺牍。愤怒怨恨，如果用得其当，是很可宝贵的一种情感，所谓"文王一怒"那是无人不知的了，但是匿名信则除了发泄愤怒怨恨之外还表现了人性的另一面——怯懦。怯懦也不希奇。听说外国的杀人不眨眼的海盗,如果蓄谋叛变开始向船长要挟的时候,那封哀的美敦书的署名是很成问题的,领衔的要冒较大的危险,所以他们发明了Round Robin法以姓名连串的写成一圆圈,无始无末,浑然无迹。这种办法也是怯懦,较之匿名信还是大胆得多。凡是当着人不好说出口的话,或是说出口来要脸红的事,或是根本不能从口里说出来的东西,在匿名的掩护之下可以一泄如注。

匿名信作家在伸纸呒笔之际也有一番为难,笔迹是一重难关,中国的书法比任何其他国的文字更容易表现性格。有人写字匀整如打字机打出来的,其人必循规蹈矩;有人写字不分大小一律出格,其人必张牙舞爪。甚至字体还和人的形体有关,如果字如墨猪,其人往往似"五百斤油";如果笔画干瘦如柴,其人往往亦似一堆排骨。匿名信总是熟人写的,熟人的字迹谁还看不出来?所以写的人要费一番思索。匿名信不能托别人写,因为托别人写,便至少有一个人知道了你的姓名,而且也难得找到志同道合的人,所以只好自己动笔。外国人(如绑票匪)写匿名信,往往从报纸上剪下应用的字母,然后拼成字粘上去。此法甚妙。可惜中国字拉丁化运动尚未成功,从报上剪字便非先编一索引不可。唯一可行的方法是竭力变更字体。然而谈何容易!善变莫如狐,七变八变,总还变不脱那条尾巴。

文言文比白话文难于令人辨出笔调,等于唱西皮二黄,比说话难于令人辨出嗓音。之乎者也的一来,人味减少了许多,再加上成语典故以及《古文观止》上所备有的古文笔法,我们便很难推测作者是何许人。(当然,如果韩文公或柳子厚等唐宋八大家写匿名信,一定不用文言,或者要用语录体罢?)本来文理粗通的人，或者要故意的写上几个别字，以便引人的猜测走上歧途。文言根本不必故意往坏里写，因为竭力往好里写，结果也是免不了拗涩别扭。

匿名信的效力之大小，是视收信人性格之不同而大有差异的。譬如一只苍蝇落在一碗菜上，在一个用火酒擦筷子的人必定要大惊小怪起来，一定屏去不食；一个用开水洗筷子的人就要主张烧开了再食；但是在司空见惯了的人，不要说苍蝇落在菜上，就是拌在菜里，驱开摔去便是，除了一刹那间的厌恶以外，别无其他反应。引人恶心这一点点功效，匿名信是有的，不过又不是匿名信所独有。记得十几年前（就是所谓普罗文学鼎盛的那一年）的一个冬夜，我睡在三楼亭子间，楼下电话响得很急，我穿起衣服下楼去接："找谁？""我请×××先生说话。""我就是。""啊，你就是×××先生吗？""是的，我就是。"这时节那方面的声音变了，变得很粗粝，厉声骂一句"你是□□□！"正惊愕间，呱啦一声，寂然无声了。我再上三层楼，脱衣服，睡觉。在冬天三更半夜上下三层楼挨一句骂，这是令人作呕的事，我记得我足足为之失眠者约一小时！这和匿名信是异趣同工的，不过一个是用语言，一个是用文字。

天下事有不可预防不便追究者，如匿名信便是。要预防，很难，除非自己是文盲，并且专结交文盲；要追究，很苦，除非自甘暴弃与写匿名信者一般见识。其实匿名信的来源不是不可破获的。核对笔迹是最方便的法子，犹之核对指纹。有一位细心而嗅觉发达的人曾经在启开匿名信之后嗅到一股脂粉香，按照警犬追踪的办法，他可以一直跟踪到人家的闺阁。不过问题是，万一破坏了来源，其将何以善其后？尤其是，万一证明了那写信的人是天天见面的一个好朋友，这个世界将如何住得下去！Marcus

Aurelius说："每天早晨我离家时便对自己说：'我今天将要遇见一个傲慢的人，一个忘恩负义的人，一个说话太多的人。这些人之所以要这样，乃是自然的而且必然的，所以不可惊异。'"我觉得这态度很好。世界上是有一种人要写匿名信，他或她觉得愤慨委屈，而又没有一根够硬的脊椎支持着，如果不写匿名信，情感受了压抑，会生出变态，所以写匿名信是自然的而且必然的，不可惊异。这也就是俗话所说，见怪不怪。

　　写匿名信给我的人以后见了我，不难过吗？我想他一定不敢两眼正视我，他一定要臊不搭的走开，或是搭讪着扯几句淡话，同时他还要努力镇定，要使我不感觉他与往常有什么不同。他写过匿名信后，必定天天期望着他所希冀的效果，究竟有效呢？无效呢？这将使他惶惑不宁。写了匿名信的人一定不会一觉睡到大天光的。

第　六　伦

　　君臣父子夫妇兄弟朋友，是为五伦，如果要添上一个六伦，便应该是主仆。主仆的关系是每个人都不得逃脱的。高贵如一国的元首，他还是人民的公仆；低贱如贩夫走卒，他回到家里，颐指气使，至少他的妻子媳妇是不免要做奴卜奴的。不过我现在所要谈的"仆"，是以伺候私人起居为专职的那种仆。所谓"主"，是指用钱雇买人的劳力供其驱使的人而言。主仆这一伦，比前五伦更难敦睦。

　　在主人的眼里，仆人往往是一个"必需的罪恶"，没有他不成，有了他看着讨厌。第一，仆人不分男女，衣履难得整齐，或则蓬首垢面，或则蒜臭袭人，有些还跣足赤背，瘦骨嶙嶙，活像甘地先生，也公然升堂入室，谁看着也是不顺眼。一位唯美主义者（是王尔德还是优思曼）曾经设计过，把屋里四面墙都糊上墙纸，然后令仆人穿上与墙纸同样颜色同样花纹的衣裳，于是仆人便有了"保护色"，出入之际，不至引人注意。这是一种办法，不过尚少有人采用。有些作威作福的旅华外人，以及"二毛子"之类，往往给家里的仆人穿上制服，像番菜馆的侍者似的；东交民巷里的洋官僚，则一年四季的给看门的赶车的戴上一顶红缨帽。这种种，无非是想要减少仆人的一些讨厌相，以适合他们自己的其实更为可厌的品位而已。

仆人，像主人一样，要吃饭，而且必然吃的更多。这在主人看来，是仆人很大的一个缺点。仆人举起一碗碰鼻尖的满碗饭往嘴里扒的时候，很少主人（尤其是主妇）看着不皱眉的，心痛。很多主人认为是怪事，同样的是人，何以一旦沦为仆役，便要努力加餐到这种程度。

主人的要求不容易完全满足，所以仆人总是懒的，总是不能称意。王褒的《僮约》虽是一篇游戏文字，却表示出一般人唯恐仆人少做了事，事前一桩桩的列举出来，把人吓倒。如果那个仆人件件应允，件件做到，主人还是不会满意的，因为主人有许多事是主人自己事前也想不到的。法国中古有一篇短剧，描写一个人雇用一个仆人，也是仿王褒笔意，开列了一篇详尽的工作大纲，两相情愿，立此为凭。有一天，主人落井，大声呼援，仆人慢腾腾的取出那篇工作大纲，说："且慢，等我看看，有没有救你出井那一项目。"下文怎样，我不知道，不过可见中西一体，人同此心。主人所要求于仆人的，还有一点，就是绝对服从，不可自作主张，要像军队临阵一般的听从命令。不幸的是，仆人无论受过怎样折磨，总还有一点个性存留，他也是父母养育的，所以也受过一点发展个性的教育，因此总还有一点人性的遗留，难免顶撞主人。现在人心不古，仆人的风度之合于古法的已经不多，像北平的男仆、三河县的女仆，那样的应对得体、进退有节，大概是要像美洲红人似的需要特别辟地保护，勿令沾染外习。否则这一类型是要绝迹于人寰的了。

驾驭仆人之道，是有秘诀的，那就是，把他当作人。这样一来，凡是人所不容易做到的，我们也就不苛责于他；凡是人所容易犯的毛病，我们也可加以曲宥。陶渊明介绍一个仆人给他的儿子，写信嘱咐他说："彼亦人子也，可善视之。"这真是一大发明！J. M. Barrie爵士在《可敬爱的克来顿》那一出戏里所描写的，也可使人恍然于主仆一伦的精义。主仆二人漂海遇险，在一荒岛上过活。起初主人不能忘记他是主人，但是主人的架子不能搭得太久，因为仆人是唯一能砍柴打猎的人，他是生产者，他渐渐变成了主人，他发号施令，而主人渐渐变成为一助手，一个奴仆了。这变迁很自然，环境逼他们如此。后来遇救返回到"文明世界"，那仆人又局促不安起来，又自甘情愿的回到仆人的位置，那主人有所凭借，又回到主人的位置了。这出戏告诉我们，主仆的关系，不是天生成的，离开了"文明世界"，主仆的位置可能交换。我们固不必主张反抗文明，但是我们如果让一些主人明白，他不是天生成的主人，讲到真实本领他还许比他的仆人矮一大截，这对于改善主仆一伦，也未始没有助益哩！

　　五世同堂，乃得力于百忍。主仆相处，虽不及五世，但也需双方相当的忍。仆人买菜赚钱，洗衣服偷肥皂，这时节主人要想，国家借款不是也有回扣吗？仆人倔强顶撞傲慢无礼，这时节主人要想，自己的儿子不也是时常反唇相讥，自己也只好忍气吞声么？仆人调笑谑浪，男女混杂，这时节主人要想，所谓上层社会不也有的是桃色案件吗？肯这样想便觉心平气和，便能发现每一个仆人都有他的好处。在仆人一方面，更需要忍。主人发脾气，那是因为赌输了钱，或是受了上司的气而无处发泄，或是夜里没有睡好觉，或是肠胃消化不良。

　　Swift在他的《婢仆须知》一文里有这样一段："这应该定为例规，凡下房或厨房里的桌椅板凳都不得有三条以上的腿。这是古老定例，在我所知道的人家里都是如此。据说有两个理由，其一，用以表示仆役都是在桌兀不定的状态；其二，算是表示谦卑，仆人用的桌椅比主人用的至少要缺少一条腿。我承认这里对于厨娘有一个例外，她依照旧习惯可以有一把靠手椅备饭后的安息，然而我也少见有三条以上的腿的。仆人的椅子之发生这种传染性跛疾，据哲学家说是由于两个原因，即造成邦国的最大革命者：我是指恋爱与战争。一条凳，一把椅子，或一张桌子，在总攻击或小战的时候，每被拿来当作兵器；和平以后，椅子——倘若不是十分结实——在恋爱行为中又容易受损，因为厨娘大抵肥重，而司酒的又总是有点醉了。"

这一段讽刺的意义是十分明白的，虽然对我们国情并不甚合。我们国里仆人们坐的凳子，固然有只有三条腿的，可是在三条以上的也甚多。一把普通的椅子最多也不过四条腿，主仆之分在这上面究竟找不出多大距离。我觉得惨的是，仆人大概永远像莎士比亚《暴风雨》中的那个卡力班，又蠢笨，又狡猾，又怯懦，又大胆，又服从，又反抗，又不知足，又安天命，陷入极端的矛盾。这过错多半不在仆人方面。如果这世界上的人，半是主人半是仆，这一伦的关系之需要调整是不待言的了。

狗

　　我初到重庆，住在一间湫隘的小室里，窗外还有三两棵肥硕的芭蕉，屋里益发显得阴森森的。每逢夜雨，凄惨欲绝。但凄凉中毕竟有些诗意。旅中得此，尚复何求？我所最感苦恼的乃是房门外的那一只狗。

　　我的房门外是一间穿堂，亦即房东一家老小用膳之地，餐桌底下永远卧着一条脑满肠肥的大狗。主人从来没有扫过地，每餐的残羹剩饭、骨屑稀粥，以及小儿便溺，全都在地上星罗棋布着，由那只大狗来舐得一干二净。如果有生人走进，狗便不免有所误会，以为是要和它争食，于是声色俱厉的猛扑过去。在这一家里，狗完全担负了"洒扫应对"的责任。

　　"君子有三畏"，猘犬其一也。我知道性命并无危险，但是每次出来进去总要经过它的防次，言语不通，思想亦异，每次都要引起摩擦，酿成冲突，日久之后真觉厌烦之至。其间曾经谋求种种对策，一度投以饵饼，期收绥靖之效，不料饵饼尚未啖完，乘我返身开锁之际，无警告的向我的腿部偷袭过来；又一度改取"进攻乃最好之防御"的方法，转取主动，见头打头，见尾打尾，虽无挫衄，然积小胜终不能成大胜，且转战之余，血脉偾张，亦大失体统。因此外出即怵回家，回到房里又不敢多饮茶。不过使我最难堪的还不是狗，而是它的主人的态度。

狗从桌底下向我扑过来的时候，如果主人在场，我心里是存着一种奢望的：我觉得狗虽然也是高等动物、脊椎动物哺乳类，然而，究竟，至少在外形上，主人和我是属于较近似的一类，我希望他给我一些援助或同情。但是我错了，主客异势，亲疏有别，主人和狗站在同一立场。我并不是说主人也帮着狗猖猖然来对付我，他们尚不至于这样的合群；我是说主人对我并不解救，看着我的狼狈而哄然嗤笑，泛起一种得意之色，面带着笑容对狗嗔骂几声："小花！你昏了？连×先生你都不认识了！"骂的是狗，用的是让我所能听懂的语言。那弦外之音是："我已尽了管束之责了，你如果被狗吃掉莫要怪我。"然后他就像是在罗马剧场里看基督徒被猛兽扑食似的作壁上观。俗语说："打狗看主人"，我觉得不看主人还好，看了主人我倒要狠狠的再打狗几棍。

后来我疏散下乡，遂脱离了这恶犬之家。听说继续住那间房的是一位军人，他也遭遇了狗的同样的待遇，也遭遇了狗的主人的同样的待遇，但是他比我有办法，他拔出枪来把狗当场格毙了。我于称快之余，想起那位主人的悲怆，又不能不付予同情了。特别是，残茶剩饭丢在地下无人舐，主人势必躬亲洒扫，其凄凉是可想而知的。

在乡下不是没有犬厄。没有背景的野犬是容易应付的，除了菜花黄时的疯犬不计外，普通的野犬都是些不修边幅的夹尾巴的可怜的东西，就是汪汪的叫起来也是有气无力的，不像人家豢养的狗那样振振有词自成系统。有些人家在门口挂着牌示"内有恶犬"，我觉得这比门里埋伏恶犬的人家要忠厚得多。我遇见过埋伏，往往猝不及防，惊惶大呼。主人闻声搴帘而出，嫣然而笑，肃客入座，从容相告狗在最近咬伤了多少人。这是一种有效的安慰，因为我之未及于难是比较可庆幸的事了。但是我终不明白，他为什么不索兴养一只虎？来一个吃一个，来两个吃一双，岂不是更为体面么？

　　这道理我终于明白了。雅舍无围墙，而盗风炽，于是添置了一只狗。一日邮差贸贸然来，狗大声咆哮，邮差且战且走，蹒跚而逸，主人拊掌大笑。我顿有所悟。别人的狼狈永远是一件可笑的事，被狗所困的人是和踏在香蕉皮上面跌跤的人同样的可笑。养狗的目的就要它咬人，至少作吃人状。这就是等于养鸡是为要它生蛋一样，假如一只狗像一只猫一样，整天晒太阳睡觉，客人来便咪咪叫两声，然后逡巡而去，我想不但主人惭愧，客人也要惊讶。所以狗咬客人，在主人方面认为狗是克尽厥职，表面上尽管对客抱歉，内心里是有一种愉快，觉得我的这只狗并非是挂名差事，它守在岗位上发挥了作用，所以对狗一面苛责，一面也还要嘉勉；因此脸上才泛出那一层得意之色。还有衣裳楚楚的人，狗是不大咬的，这在主人也不能不有"先护我心"之感。所可遗憾者，有些主人并不以衣裳取人，亦并不以衣裳废人，而这种道理无法通知门上，有时不免要慢待佳宾。不过就大体论，狗的眼力总是和它的主人差不了多少。所以，有这样多的人家都养狗。

客

　　"只有上帝和野兽才喜欢孤独。"上帝吾不得而知之，至于野兽，则据说成群结党者多，真正孤独者少。我们凡人，如果身心健全，大概没有不好客的。以欢喜幽独著名的Thoureau他在树林里也将来客安排得舒舒贴贴。我常幻想着"风雨故人来"的境界，在风飒飒、雨霏霏的时候，心情枯寂百无聊赖，忽然有客款扉，把握言欢，莫逆于心。来客不必如何风雅，但至少第一不谈物价升降，第二不谈宦海浮沉，第三不劝我保险，第四不劝我信教，乘兴而来，兴尽即返，这真是人生一乐。但是我们为客所苦的时候也颇不少。

　　很少的人家有门房，更少的人家有拒人千里之外的阍者，门禁既不森严，来客当然无阻，所以私人居处，等于日夜开放。有时主人方在厕上，客人已经升堂入室，回避不及，应接无术，主人鞠躬如也，客人呆若木鸡；有时主人方在用饭，而高轩贲止，便不能不效周公之"一饭三吐哺"，但是来客并无归心，只好等送客出门之后再补充些残羹剩饭；有时主人已经就枕，而不能不倒屣相迎。一天二十四小时之内，不知客人何时入侵，主动在客，防不胜防。

　　在西洋，所谓客者是很希罕的东西，因为他们办公有办公的地点，娱乐有娱乐的场所，住家专做住家之用。我们的风俗稍为不同一些，办公、打牌、吃茶、聊天都可以在人家的客厅里随时举行。主人既不能在座位上遍置针毡，客人便常有如归之乐。从前官场习惯，有所谓端茶送客之说。主人觉得客人应该告退的时候，便举起盖碗请茶；那时节一位训练有素的豪仆在旁一眼瞥见，便大叫一声"送客！"另有人把门帘高高打起。客人除了告辞之外，别无他法。可惜这种经济时间的良好习俗，今已不复存在，而且这种办法也只限于官场，如果我在我的小小客厅之内端起茶碗，由荆妻稚子在旁嘤然一声"送客"，我想客人会要疑心我一家都发疯了。

　　客人久坐不去，驱禳至为不易。如果你枯坐不语，他也许发表长篇独白，像个垃圾口袋一样，一碰就泄出一大堆；也许一根一根的纸烟不断的吸着，静听挂钟滴答滴答的响。如果你暗示你有事要走，他也许表示愿意陪你一道走。如果你问他有无其他的事情见教，他也许干脆告诉你来此只为闲聊天。如果你表示正在为了什么事情忙，他会劝你多休息一下。如果你一遍一遍的给他斟茶，他也许就一碗一碗的喝下去而连声说"主人别客气"。乡间迷信，恶客盘踞不去时，家人可在门后置一扫帚，用针频频刺之，客人便会觉得有刺股之痛，坐立不安而去。此法有人曾经实验，据云无效。

　　"茶，泡茶，泡好茶；坐，请坐，请上座。"出家人犹如此势利，在家人更可想而知。但是为了常遭客灾的主人设想，茶与座二者常常因客而异，盖亦有说。夙好牛饮之客，自不便奉以"水仙""云雾"，而精研《茶经》之士，又断不肯尝试那"高末""茶砖"。茶卤加开水，浑浑满满一大盅，上面泛着白沫如啤酒，或漂着油彩如汽油，这固然令人恶心；但是如果名茶一盏，而客人并不欣赏，轻咂一口，盅缘上并不留下芬芳，留之无用，弃之可惜，这也是非常讨厌之事。所以客人常被分为若干流品，有能启用平夙主人自己舍不得饮用的好茶者；有能享受主人自己日常享受的中上茶者；有能大量取用茶卤冲开水者，飨以"玻璃"者是为未入流。至于座处，自以直入主人的书房绣闼者为上宾，因为屋内零星物件必定甚多，而主人略无防闲之意，于亲密之中尚含有若干敬意，做客至此，毫无遗憾；次焉者廊前檐下随处接见，所谓班荆道故，了无痕迹；最下者则肃入客厅，屋内只有桌椅板凳，别无长物，主人着长袍而出，寒暄就座，主客均客气之至；在厨房后门伫立而谈者是为未入流。我想此种差别待遇，是无可如何之事，我不相信孟尝门客三千而待遇平等。

　　人是永远不知足的。无客时嫌岑寂，有客时嫌烦嚣，客走后扫地抹桌又另有一番冷落空虚之感。问题的症结全在于客的素质。如果素质好，则未来时想他来，既来了想他不走，既走想他再来；如果素质不好，未来时怕他来，既来了怕他不走，既走怕他再来。虽说物以类聚，但不速之客甚难预防。"夜半待客客不至，闲敲棋子落灯花"，那种境界我觉得最足令人低徊。

握　　手

　　握手之事，古已有之，《后汉书》："马援与公孙述少同里闾相善，以为既至常握手，如平生欢。"但是现下通行的握手，并非古礼，既无明文规定，亦无此种习俗，大概还是剃了小辫以后的事。我们不能说马援和公孙述握过手，便认为是过去有此礼节的明证。

　　西装革履我们都可以忍受，简便易行而且惠而不费的握手我们当然无需反对。不过有几种人，若和他握手，会感觉痛苦。

　　第一是做大官或自以为做大官者，那只手不好握。他常常挺着胸膛，伸出一只巨灵之掌，两眼望青天，等你趁上去握的时候，他的手仍是直僵的伸着，他并不握，他等着你来握。你事前不知道他是如此爱惜气力，所以不免要热心的迎上去握，结果是孤掌难鸣，冷涔涔的讨一场没趣。而且你还要及早罢手，赶快撒手，因为这时候他的身体已转向另一个人去，他预备把那巨灵之掌给另一个人去握——不是握，是摸。对付这样的人只有一个办法，便是，你也伸出一只巨灵之掌，你也别握，和他作"打花巴掌"状，看谁先握谁！

　　另一种人过犹不及。他握着你的四根手指，恶狠狠的一挤，

使你痛彻肺腑，如果没有寒暄笑语偕以俱来，你会误以为他是要
和你角力。此种人通常有耐久力，你入了他的掌握，休想逃脱出
来。如果你和他很有交情，久别重逢，情不自禁，你的关节虽然
痛些，我相信你会原谅他的。不过通常握手用力最大者，往往交
情最浅。他是要在向你使压力的时候使你发生一种错觉，以为此
人遇我特善。其实他是握了谁的手都是一样卖力的。如果此人曾
在某机关做过干事之类，必能一面握手，一面在你的肩头重重的
拍一下子，“哈喽，哈喽，怎样好？”

　　单就握手时的触觉而论，大概愉快时也就不多。春笋般的
纤纤玉指，世上本来少有，更难得一握。我们常握的倒是些冬笋
或笋干之类，虽然上面更常有蔻丹的点缀，干到还不如熊掌。迭
更斯的《大卫·高拍菲尔》里的乌利亚，他的手也是令人不能忘
的，永远是湿津津的冷冰冰的，握上去像是五条鳝鱼。手脏一点
无妨，因为握前无暇检验，唯独带液体的手不好握，因为事后不
便即揩，事前更不便先给他揩。

　　“有一桩事，男人站着做，女人坐着做，狗翘起一条腿儿
做。”这桩事是——是握手。和狗行握手礼，我尚无经验，不知
狗爪是肥是瘦，亦不知狗爪是松是紧，姑置不论。男女握手之法
不同。女人握手无需起身，亦无需脱手套，殊失平等之旨，尚未
闻妇女运动者倡议纠正。在外国，女人伸出手来，男人照例只握
手尖，约一英寸至二英寸，稍握即罢，这一点在我们中国好像禁
忌少些，时间空间的限制都不甚严。

　　朋友相见，握手言欢，本是很自然的事，有甚于握手者，亦
未曾不可，只要双方同意，与人无涉。唯独大庭广众之下，宾客
环坐，握手势必普遍举行，面目可憎者，语言无味者，想饱以老
拳尚不足以泄忿者，都要一亲炙，皮肉相接，在这种情形之下握

手，我觉得是一种刑罚。

　　《哈姆雷特》中波娄尼阿斯诫其子曰："不要为了应酬每一个新交而磨粗了你的手掌。"我们是要爱惜我们的手掌。

下　棋

　　有一种人我最不喜欢和他下棋，那便是太有涵养的人。杀死他一大块，或是抽了他一个车，他神色自若，不动火，不生气，好像是无关痛痒，使得你觉得索然寡味。君子无所争，下棋却是要争的。当你给对方一个严重威胁的时候，对方的头上青筋暴露，黄豆般的汗珠一颗颗的在额上陈列出来，或哭丧着脸作惨笑，或咕嘟着嘴做吃屎状，或抓耳挠腮，或大叫一声，或长吁短叹，或自怨自艾口中念念有词，或一串串的噫嗝打个不休，或红头涨脸如关公，种种现象，不一而足，这时节你"行有余力"便可以点起一支烟，或啜一碗茶，静静的欣赏对方的苦闷的象征。我想猎人困逐一只野兔的时候，其愉快大概略相仿佛。因此我悟出一点道理，和人下棋的时候，如果有机会使对方受窘，当然无所不用其极，如果被对方所窘，便努力作出不介意状，因为既不能积极的给对方以苦痛，只好消极的减少对方的乐趣。

　　自古博弈并称，全是属于赌的一类，而且只是比"饱食终日无所用心"略胜一筹而已。不过弈虽小术，亦可以观人。相传有慢性人，见对方走当头炮，便左思右想，不知是跳左边的马好，还是跳右边的马好，想了半个钟头而迟迟不决，急得对方拱手认输。是有这样的慢性人，每一着都要考虑，而且是加慢的考虑。我常想这种人如加入龟兔竞赛，也必定可以获胜。也有性急的人，下棋如赛跑，劈劈拍拍，草草了事，这仍就是饱食终日无所用心的一贯作风。下棋不能无争，争的范围有大有小，有斤斤计较而因小失大者，有不拘小节而眼观全局者，有短兵相接作生死斗者，有各自为战而旗鼓相当者，有赶尽杀绝一步不让者，有好勇斗狠同归于尽者，有一面下棋一面诮骂者，但最不幸的是争的范围超出了棋盘而拳足交加。有下象棋者，久而无声响，排闼视之，阒不见人，原来他们是在门后角里扭作一团，一个人骑在另一个人的身上，在他的口里挖车呢。被挖者不敢出声，出声则口张，口张则车被挖回，挖回则必悔棋，悔棋则不得胜，这种认真的态度憨得可爱。我曾见过二人手谈，起先是坐着，神情潇洒，望之如神仙中人，俄而棋势吃紧，两人都站起来了，剑拔弩张，如斗鹌鹑，最后到了生死关头，两个人跳到桌上去了！

　　笠翁《闲情偶寄》说弈棋不如观棋，因观者无得失心，观棋是有趣的事，如看斗牛、斗鸡、斗蟋蟀一般。但是观棋也有难过处，观棋不语是一种痛苦，喉间硬是痒得出奇，思一吐为快。看见一个人要入陷阱而不作声是几乎不可能的事。如果说得中肯，其中一个人要厌恨你，暗暗的骂一声："多嘴驴！"另一个人也不感激你，心想："难道我还不晓得这样走！"如果说得不中肯，两个人要一齐嗤之以鼻，"无见识奴！"如果根本不说，憋在心里，受病。所以有人于挨了一个耳光之后还要抚着热辣辣的嘴巴大呼："要抽车，要抽车！"

　　下棋只是为了消遣，其所以能使这样多人嗜此不疲者，是因为它颇合于人类好斗的本能，这是一种"斗智不斗力"的游戏。所以瓜棚豆架之下，与世无争的村夫野老不免一枰相对，消此永昼；闹市茶寮之中，常有有闲阶级的人士下棋消遣，"不为无益之事，何以遣此有涯之生？"宦海里翻过身最后退隐东山的大人先生们，髀肉复生而英雄无用武之地，也只好闲来对弈，了此残生，下棋全是"剩余精力"的发泄。人总是要斗的，总是要勾心斗角的和人争逐的。与其和人争权夺利，还不如在棋盘上多占几个官；与其招摇撞骗，还不如在棋盘上抽上一车。宋人笔记曾载有一段故事："李讷仆射，性卞急，酷好弈棋，每下子安详，极于宽缓。往往躁怒作，家人辈则密以弈具陈于前。讷睹，便忻然改容，以取其子布弄，都忘其恚矣。"（《南部新书》）下棋，有没有这样陶冶性情之功，我不敢说，不过有人下起棋来确实是把性命都可置诸度外。我有两个朋友下棋，警报作，不动声色。俄而弹落，棋子被震得在盘上跳荡，屋瓦乱飞。其中一位棋瘾较小者变色而起，被对方一把拉住，"你走！那就算是你输了。"此公深得棋中之趣。

写　　字

　　在从前，写字是一件大事，在"念背打"教育体系当中占一个很重要的位置，从描红模子的横平竖直，到写墨卷的黑大圆光，中间不知有多大艰苦。记得小时候写字，老师冷不防的从你脑后把你的毛笔抽走，弄得你一手掌的墨，这证明你执笔不坚，是要受惩罚的。这样恶作剧还不够，有的在笔管上套大铜钱，一个，两个，乃至三四个，摇动笔管只觉头重脚轻。这原理是和国术家腿上绑沙袋差不多，一旦解开重负便会身轻似燕极尽飞檐走壁之能事。如果练字的时候笔管上驮着好几两重的金属，一旦握起不加附件的竹管，当然会龙飞蛇舞，得心应手了。写一寸径的大字，也有人主张用悬腕法，甚至悬肘法，写字如站桩，挺起腰板，咬紧牙关，正襟危坐，道貌岸然。在这种姿态中写出来的字，据说是能力透纸背。现代的人无需受这种折磨。"科举"已经废除了，只会写几个"行""阅""如拟""照办"，便可为官。自来水笔代替了毛笔，横行左行也可以应酬问世，写字一道，渐渐的要变成"国粹"了。

　　当作一种艺术看，中国书法是很独特的。因为字是艺术，所以什么"永字八法"之类的说教，其效用也就和"新诗作法""小说作法"相差不多。绳墨当然是可以教的，而巧妙各有不同，关键在于个人。写字最容易泄露一个人的个性，所谓"字如其人"大抵不诬。如果每个字都方方正正，其人大概拘谨；如果伸胳臂拉腿的都逸出格外，其人必定豪放；字瘦如柴，其人必如排骨；字如墨猪，其人必近于"五百斤油"。所以郑板桥的字，就应该是那样的倾斜古怪，才和他吃狗肉傲公卿的气概相称；颜鲁公的字就应该是那样的端庄凝重，才和他的临难不苟的品格相合，其间无丝毫勉强。

在"文字国"里，需要写字的地方特别多。擘窠大字至蝇头小楷，都有用途。可惜的是，写字的人往往不能用其所长，且常用错了地方。譬如，凿石摹壁的大字，如果不能使山川生色，就不如给当铺酱园写写招牌，至不济也可以给煤栈写"南山高煤"。有些人的字不宜在壁上题诗，改写春联或"抬头见喜"就合适得多。有的人写字技术非常娴熟，在茶壶盖上写"一片冰心"是可以胜任的，却偏爱给人题跋字画。中堂条幅对联，其实是人人都可以写的，不过悬挂的地点应该有个分别，有的宜于挂在书斋客堂，有的宜于挂在饭铺理发馆，求其环境配合，气味相投，如是而已。

"善书者不择笔"，此说未必尽然，秃笔写铁线篆，未尝不可，临赵孟頫《心经》就有困难。字写得坚挺俊俏，所用大概是尖毫。笔墨纸砚，对于字的影响是不可限量的。有时候写字的人除了工具之外，还讲究一点特殊的技巧。最妙者无过于某公之一笔虎，八尺的宣纸，布满了一个虎字，气势磅礴，一气呵成，尤其是那一直竖，顶天立地的笔直一根杉木似的，煞是吓人。据说，这是有特别办法的，法用马弁一名，牵着纸端，在写到那一竖的时候把笔顿好，喊一声"拉"，马弁牵着纸就往后扯，笔直的一竖自然完成。

　　写字的人有瘾，瘾大了就非要替人写字不可，看着人家的白扇面，就觉得上面缺点什么，至少也应该有"精气神"三个字。相传有人爱写字，尤其是爱写扇子，后来腿坏，以至无扇可写；人问其故，原来是大家见了他就跑，他追赶不上了。如果字真写到好处，当然不需腿健，但写字的人究竟是腿健者居多。

画　展

　　我参观画展，常常感觉悲哀。大抵一个人不到山穷水尽的时候，不肯把他所能得到的友谊一下子透支净尽，所以也就不会轻易开画展。门口横挂着一条白布，如果把上面的"画展"二字掩住，任何人都会疑心是追悼会。进得门去"一片缟素"，仔细一看，是一幅幅的画，三三两两的来宾在那里指指点点，吱吱喳喳，有的苦笑，有的撇嘴，有的愁眉苦脸，有的挤眉弄眼，大概总是面带戚容者居多。屋角里坐着一个蓬首垢面的人，手心上直冒冷汗，这一位大概就是精通六法的画家。好像这不是欣赏艺术的地方，而是仁人君子解囊救命的地方。这一幅像八大，那一幅像石涛，幅幅后面都隐现着一个面黄肌瘦嗷嗷待哺的人影，我觉得惨。

　　任凭你参观的时候是多么早，总有几十幅已经标上了红签，表示已被人赏鉴而订购了。可能是真的。因为现在世界上是有一种人，他有力量造起亭台楼阁，有力量设备天棚鱼缸石榴树肥狗胖丫头，偏偏白汪汪的墙上缺少几幅画。这种人很聪明，他的品位是相当高的，他不肯在大厅上挂起福禄寿三星，也不肯挂刘海戏金蟾，因为这是他心里早已有的，一闭眼就看得清清楚楚用不着再挂在面前，他要的是近似四王吴恽甚至元四大家之类的货色。这一类货色是任何画展里都不缺乏的，所以我说那些红签可能是真的，虽然是在开幕以前即已成交。不过也不一定全是真的，第一天三十个红签，如果生意兴隆，有些红签是要赶快取下的，免得耽误了真的顾主，所以第二天就许只剩二十个红签，千万不要以为有十个悬崖勒马的人又退了货。

一幅画如何标价，这虽不见于六法，却是一种艺术。估价要根据成本，此乃不易之论。纸张的质料与尺寸，一也；颜料的种类与分量，二也；裱褙的款式与工料，三也；绘制所用之时间与功力，四也；题识者之身份与官阶，五也。——这是全要顾虑到的。至于画的本身之优劣，可不具论。于成本之外应再加多少盈利，这便要看各人心地之薄与脸皮之厚到如何程度了。但亦有两个学说：一个是高抬物价，一幅枯树牛山，硬标上惊人的高价，观者也许咋舌，但是谁也不愿对于风雅显着外行，他至少也要赞叹两声，认为是神来之笔，如果一时糊涂就许订购而去；一个是廉价多卖，在求人订购的时候比较的易于启齿而不太伤感情。

画展闭幕之后，画家的苦难并未终止。他把画一轴轴的必恭必敬的送到顾主府上，而货价的交割是遥遥无期的，他需要踵门乞讨。如果遇到"内有恶犬"的人家，逡巡不敢入，勉强叩门而入，门房的颜色更可怕，先要受盘查，通报之后主人也许正在午睡或是有事不能延见，或是推托改日再来。这时节他不能急，他要隐忍，要有艺术家的修养。几曾看见过油盐店的伙计讨账敢于发急？

画展结束之后，检视行箧，卖出去的是哪些，剩下的是哪些，大概可得如下之结论：着色者易卖，山水中有人物者易卖，花卉中有翎毛者易卖，工细而繁复者易卖，霸悍粗犷吓人惊俗者易卖，章法奇特而狂态可掬者易卖，有大人先生品题者易卖。总而言之，有卖相者易于脱手，无卖相者便"只供自怡悦"了。绘画艺术的水准就在这买卖之间无形中被规定了。下次开画展的时候，多点石绿，多泼胭脂，山水里不要忘了画小人儿，"空亭不见人"是不行的，花卉里别忘了画只鸟儿，至少也要是一只螳螂即了，要细皴细点，要回环曲折，要有层峦叠嶂，要有亭台楼阁，用大笔，用枯墨，一幅山水可以画得天地头不留余地，五尺捶宣也可以描上三朵梅花而尽是空白。在画法上是之谓"画蠹"，在画展里是之谓"成功"。

有人以为画展之事是附庸风雅，无补时艰。我倒不这样想。写字、刻印以及词章、考证，哪一样又有补时艰？画展只是一种市场，有无相易，买卖自由，不愧于心，无伤大雅。我怕的是，蜀山图里画上一辆卡车，寒林图里画上一架飞机。

脸　谱

　　我要说的脸谱不是旧剧里的所谓"整脸""碎脸""三块瓦"之类，也不是麻衣相法里所谓观人八法"威、厚、清、古、孤、薄、恶、俗"之类。我要谈的脸谱乃是每天都要映入我们眼帘的形形色色的活人的脸。旧戏脸谱和麻衣相法的脸谱，那乃是一些聪明人从无数活人脸中归纳出来的几个类型公式，都是第二手的资料，可以不管。

　　古人云："人心不同，各如其面。"那意思承认人面不同是不成问题的。我们不能不叹服人类创造者的技巧的神奇，差不多的五官七窍，但是部位配合，变化无穷，比七巧板复杂多了。对于什么事都讲究"统一""标准化"的人，看见人的脸如此复杂离奇，恐怕也无法训练改造，只好由它自然发展罢？假使每一个人的脸都像是从一个模子里翻出来的，一律的浓眉大眼，一律的虎额隆隼，在排起队来检阅的时候固然甚为壮观整齐，但不便之处必定太多，那是不可想象的。

　　人的脸究竟是同中有异，异中有同，否则也就无所谓谱。就粗浅的经验说，人的脸大别为二种，一种是令人愉快的，一种是令人不愉快的。凡是常态的、健康的、活泼的脸，都是令人愉快的，这样的脸并不多见。令人不愉快的脸，心里有一点或很多不痛快的事，很自然的把脸拉长一尺，或是罩上一层阴霾，但是这张脸立刻形成人与人之间的隔阂，立刻把这周围的气氛变得阴沉。假如，在可能范围之内，努力把脸上的筋肉松弛一下，嘴角上挂出一个微笑，自己费力不多，而给予人的快感甚大，可以使得这人生更值得留恋一些。我永不能忘记那永长不大的孩子潘彼得，他嘴角上永远挂着一颗微笑，那是永恒的象征。一个成年人若是完全保持一张孩子脸，那也并不是理想的事，除了给"婴儿自己药片"做商标之外，也不见得有什么用处。不过赤子之天真，如在脸上还保留一点痕迹，这张脸对于人类的幸福是有贡献的。令人愉快的脸，其本身是愉快的，这与老幼妍媸无关。丑一点，黑一点，下巴长一点，鼻梁塌一点，都没有关系，只要上面漾着充沛的活力，便能辐射出神奇的光彩，不但有光，还有热。这样的脸能使满室生春，带给人们兴奋、光明、调谐、希望、欢欣。一张眉清目秀的脸，如果恹恹无生气，我们也只好当作石膏像来看待了。

我觉得那是一个很好的游戏：早起出门，留心观察眼前活动的脸，看看其中有多少类型，有几张使你看了一眼之后还想再看？

不要以为一个人只有一张脸。女人不必说，常常"上帝给她一张脸，她自己另造一张"。不涂脂粉的男人的脸，也有"卷帘"一格，外面摆着一副面孔，在适当的时候呱嗒一声如帘子一般卷起，另露出一副面孔。《杰克博士与海德先生》（Dr. Jekyll and Mr. Hyde），那不是寓言。误入仕途的人往往养成这一套本领。对下司道貌岸然，或是面部无表情，像一张白纸似的，使你无从观色，莫测高深；或是面皮绷得像一张皮鼓，脸拉得驴般长，使你在他面前觉得矮好几尺！但是他一旦见到上司，驴脸得立刻缩短，再往瘪里一缩，马上变成柿饼脸，堆下笑容，直线条全变成曲线条；如果见到更高的上司，连笑容都凝结得堆不下来，未开言嘴唇要抖上好大一阵，脸上作出十足的诚惶诚恐之状。帘子脸是傲下媚上的主要工具，对于某一种人是少不得的。

不要以为脸和身体其他部分一样的受之父母，自己负不得责。不，在相当范围内，自己可以负责的。大概人的脸生来都是和善的，因为从婴儿的脸看来，不必一定都是颜如渥丹，但是大概都是天真无邪，令人看了喜欢的。我还没见过一个孩子带着一副不得善终的脸。脸都是后来自己作践坏了的。人们多半不体会自己的脸对于别人发生多大的影响。脸是到处都有的。在送殡的行列中偶然发现的哭丧脸，作讣闻纸色，眼睛肿得桃儿似的，固然难看；一行行的囚首垢面的人，如稻草人，如丧家犬，脸上作黄蜡色，像是才从牢狱里出来，又像是要到牢狱里去，凸着两只没有神的大眼睛，看着也令人心酸；还有一大群心地不够薄脸皮不够厚的人，满脸泛着平价米色，嘴角上也许还沾着一点平价油，身穿着一件平价布，一脸的愁苦，没有一丝的笑容，这样的脸是颇令人不快的。但是这些贫病愁苦的脸还不算是最令人不愉快，因为只是消极得令人心里堵得慌，而且稍微增加一些营养（如肉糜之类）或改善一些环境，脸上的神情还可以渐渐恢复常态。最令人不快的是一些本来吃得饱、睡得着、红光满面的脸，偏偏带着一股肃杀之气，冷森森地拒人千里之外，看你的时候眼皮都不抬，嘴撇得瓢儿似的，冷不防抬起眼皮给你一个白眼，黑眼球不知翻到哪里去了，脖梗子发硬，脑壳朝天，眉头皱出好几道熨斗都熨不平的深沟——这样的神情最容易在官办的业务机关的柜台后面出现。遇见这样的人，我就觉得惶惑：这个人是不是昨天赌了一夜以致睡眠不足，或是接连着腹泻了三天，或是新近遭遇了什么闵凶，否则何以乖戾至此，连一张脸的常态都不能维持了呢？

中　年

　　钟表上的时针是在慢慢的移动着的，移动得如此之慢，使你几乎不感觉到它的移动。人的年纪也是这样的，一年又一年，总有一天会蓦然一惊，已经到了中年。到这时候大概有两件事使你不能不注意：讣闻不断的来，有些性急的朋友已经先走一步，很煞风景，同时又会忽然觉得一大批一大批的青年小伙子在眼前出现，从前也不知是在什么地方藏着的，如今一齐在你眼前摇晃，磕头碰脑的尽是些昂然阔步满面春风的角色，都像是要去吃喜酒的样子。自己的伙伴一个个的都入蛰了，把世界交给了青年人。所谓"耳畔频闻故人死，眼前但见少年多"，正是一般人中年的写照。

　　从前杂志背面常有"韦廉士红色补丸"的广告，画着一个憔悴的人，弓着身子，手拊在腰上，旁边注着"图中寓意"四字。那寓意对于青年人是相当深奥的。可是这幅图画却常在一般中年人的脑里涌现，虽然他不一定想吃"红色补丸"，那点寓意他是明白的了。一根黄松的柱子，都有弯曲倾斜的时候，何况是二十六块碎骨头拼凑成的一条脊椎？年青人没有不好照镜子的，在店铺的大玻璃窗前照一下都是好的，总觉得大致上还有几分姿

色。这顾影自怜的习惯逐渐消失，以至于有一天偶然揽镜，突然
发现额上刻了横纹，那线条是显明而有力，像是吴道子的"莼菜
描"，心想那是抬头纹，可是低头也还是那样。再一细看头顶上
的头发有搬家到腮旁颔下的趋势，而最令人怵目惊心的是，鬓角
上发现几根白发。这一惊非同小可，平夙一毛不拔的人到这时候
也不免要狠心的把它拔去，拔毛连茹，头发根上还许带着一颗鲜
亮的肉珠。但是没有用，岁月不饶人！

　　一般的女人到了中年，更着急。哪个年轻女子不是饱满丰
润得像一颗牛奶葡萄，一弹就破的样子？哪个年轻女子不是玲珑
矫健得像一只燕子，跳动的那么轻灵？到了中年，全变了。曲线
都还存在，但满不是那么回事，该凹入的部分变成了凸出，该凸
出的部分变成了凹入，牛奶葡萄要变成金丝蜜枣，燕子要变鹌
鹑。最暴露在外面的是一张脸，从"鱼尾"起皱纹撒出一面网，
纵横辐辏，疏而不漏，把脸逐渐织成一幅铁路线最发达的地图。
脸上的皱纹已经不是熨斗所能烫得平的，同时也不知怎么在皱纹
之外还常常加上那么多的苍蝇屎。所以脂粉不可少。除非粪土之
墙，没有不可圬的道理。在原有的一张脸上再罩上一张脸，本是
最简便的事。不过在上妆之前下妆之后，容易令人联想起《聊斋
志异》的那一篇《画皮》而已。女人的肉好像最禁不起地心的吸
力，一到中年便一齐松懈下来往下堆摊，成堆的肉挂在脸上，挂
在腰边，挂在踝际。听说有许多西洋女子用擀面杖似的一根棒子
早晚浑身乱搓，希望把浮肿的肉压得结实一点，又有些人干脆忌
食脂肪忌食淀粉，扎紧裤带，活生生的把自己"饿"回青春去。
有多少效果，我不知道。

　　别以为人到中年就算完事，不，譬如登临，人到中年像是
攀跻到了最高峰。回头看看，一串串的小伙子正在"头也不回呀

汗也不揩"的往上爬。再仔细看看，路上有好多块绊脚石，曾把自己磕碰得鼻青脸肿，有好多处陷阱，使自己做了若干年的井底蛙。回想从前，自己做过扑灯蛾，惹火焚身，自己做过撞窗户纸的苍蝇，一心想奔光明，结果落在粘苍蝇的胶纸上！这种种景象的观察，只有站在最高峰上才有可能。向前看，前面是下坡路，好走得多。

　　施耐庵《水浒》序云："人生三十未娶，不应再娶；四十未仕，不应再仕。"其实"娶""仕"都是小事，不娶不仕也罢，只是这种说法有点中途弃权的意味，西谚云："人的生活在四十才开始。"好像四十以前，不过是几出配戏，好戏都在后面。我想这与健康有关。吃窝头米糕长大的人，拖到中年就算不易，生命力已经蒸发殆尽。这样的人焉能再娶？何必再仕？服"维他赐保命"都嫌来不及了。我看见过一些得天独厚的男男女女，年轻的时候愣头愣脑的，浓眉大眼，生僵挺硬，像是一些又青又涩的毛桃子，上面还带着挺长的一层毛。他们是未经琢磨过的璞石。可是到了中年，他们变得润泽了，容光焕发，脚底下像是有了弹簧，一看就知道是内容充实的。他们的生活像是在饮窖藏多年的陈酿，浓而芳冽！对于他们，中年没有悲哀。

　　四十开始生活，不算晚，问题在"生活"二字如何诠释。如果年届不惑，再学习溜冰踢毽子放风筝，"偷闲学少年"，那自然有如秋行春令，有点勉强。半老徐娘，留着"刘海"，躲在茅房里穿高跟鞋当作踩高跷般的练习走路，那也是惨事。中年的妙趣，在于相当的认识人生，认识自己，从而做自己所能做的事，享受自己所能享受的生活。科班的童伶宜于唱全本的大武戏，中年的演员才能担得起大出的轴子戏，只因他到中年才能真懂得戏的内容。

送　行

　　"黯然销魂者，别而已矣。"遥想古人送别，也是一种雅人深致。古时交通不便，一去不知多久，再见不知何年，所以南浦唱支骊歌，灞桥折条杨柳，甚至在阳关敬一杯酒，都有意味。李白的船刚要启碇，汪伦老远的在岸上踏歌而来，那幅情景真是历历如在目前。其妙处在于纯朴真挚，出之以潇洒自然。平夙莫逆于心，临别难分难舍。如果平常我看着你面目可憎，你觉得我语言无味，一旦远离，那是最好不过，只恨世界太小，唯恐将来又要碰头，何必送行？

　　在现代人的生活里，送行是和拜寿送殡等等一样的成为应酬的礼节之一。"揪着公鸡尾巴"起个大早，迷迷糊糊的赶到车站码头，挤在乱哄哄人群里面，找到你的对象，扯几句淡话，好容易耗到汽笛一叫，然后鸟兽散，吐一口轻松气，噘着大嘴回家。这叫作周到。在被送的那一方面，觉得热闹，人缘好，没白混，而且体面，有这么多人舍不得我走，斜眼看着旁边的没人送的旅客，相形之下，尤其容易起一种优越之感，不禁精神抖擞，恨不得对每一个送行的人要握八次手，道十回谢。死人出殡，都讲究要有多少亲友执绋，表示恋恋不舍，何况活人？行色不可不壮。

　　悄然而行似是不大舒服，如果别的旅客在你身旁耀武扬威的与送行的话别，那会增加旅中的寂寞。这种情形，中外皆然。Max Beerbohm写过一篇《谈送行》，他说他在车站上遇见一位以演剧为业的老朋友在送一位女客，始而喁喁情话，俄而泪湿双颊，终乃汽笛一声，勉强抑止哽咽，向女郎频频挥手，目送良久而别。原来这位演员是在做戏，他并不认识那位女郎，他是属于"送行会"的一个职员。凡是旅客孤身在外而愿有人到站相送的，都可以到"送行会"去雇人来送。这位演员出身的人当然是送行的高手，他能放进感情，表演逼真。客人纳费无多，在精神上受惠不浅。尤其是美国旅客，用金钱在国外可以购买一切，如果"送行会"真的普遍设立起来，送行的人也不虞缺乏了。

　　送行既是人生中所不可少的一桩事，送行的技术也便不可不注意到。如果送行只限于到车站码头报到，握手而别，那么问题就简单，但是我们中国的一切礼节都把"吃"列为最重要的一个项目。一个朋友远别，生怕他饿着走，饯行是不可少的，恨不得把若干天的营养都一次囤积在他肚里。我想任何人都有这种经验，如有远行而消息外露（多半还是自己宣扬），他有理由期望着饯行的帖子纷至沓来，短期间家里可以不必开伙。还有些思虑更周到的人，把食物携在手上，亲自送到车上船上，好像是你在半路上会要挨饿的样子。

　　我永远不能忘记最悲惨的一幕送行。一个严寒的冬夜，车站上并不热闹，客人和送客的人大都在车厢里取暖，但是在长得没有止境的月台上却有黑查查的一堆送行的人，有的围着斗篷，有的戴着风帽，有的脚尖在洋灰地上敲鼓似的乱动。我走近一看，全是熟人，都是来送一位太太的。车快开了，不见她的踪影，原来在这一晚她还有几处饯行的宴会。在最后的一分钟，她来了。

送行的人们觉得是在接一个人，不是在送一个人，一见她来到大家都表示喜欢，所有惜别之意都来不及表现了。她手上抱着一个孩子，吓得直哭，另一只手扯着一个孩子，连跑带拖；她的头发蓬松着，嘴里喷着热气，像是冬天载重的骡子；她顾不得和送行的人周旋，三步两步的就跳上了车。这时候车已在蠕动。送行的人大部分都手里提着一点东西，无法交付，可巧我站在离车门最近的地方，大家把礼物都交给了我："请您偏劳给送上去罢！"我好像是一个圣诞老人，抱着一大堆礼物。我一个箭步蹿上了车，我来不及致辞，把东西往她身上一扔，回头就走。从车上跳下来的时候，打了几个转才立定脚跟。事后我接到她一封信，她说：

那些送行的都是谁？你丢给我那一堆东西，到底是谁送的？我在车上整理了好半天，才把那堆东西聚拢起来打成一个大包袱。朋友们的盛情算是给我添了一件行李。我愿意知道哪一件东西是哪一位送的，你既是代表送上车的，你当然知道，盼速见告。

计开：水果三筐，泰康罐头四个，果露两瓶，蜜饯四盒，饼干四罐，豆腐乳四罐，蛋糕四盒，西点八盒，纸烟八听，信纸、信封一匣，丝袜两双，香水一瓶，烟灰碟一套，小钟一具，衣料两块，酱菜四篓，绣花拖鞋一双，大面包四个，咖啡一听，小宝剑两把……

这问题我无法答复，至今是个悬案。

我不愿送人，亦不愿人送我，对于自己真正舍不得离开的人，离别的那一刹那像是开刀。凡是开刀的场合照例是应该先用麻醉剂，使病人在迷蒙中度过那场痛苦，所以离别的苦痛最好避免。一个朋友说："你走，我不送你；你来，无论多大风多大雨，我要去接你。"我最赏识那种心情。

旅　行

我们中国人是最怕旅行的一个民族。闹饥荒的时候都不肯轻易逃荒，宁愿在家乡吃青草啃树皮吞观音土，生怕离乡背井之后，在旅行中流为饿莩，失掉最后的权益——寿终正寝。至于席丰履厚的人更不愿轻举妄动，墙上挂一张图画，看看就可以当"卧游"，所谓"一动不如一静"。说穿了，"太阳下没有新鲜事物"。号称山川形胜，还不是几堆石头一汪子水？我记得做小学生的时候，郊外踏青，是一桩心跳的事，多早就筹备，起个大早，排成队伍，擎着校旗，鼓乐前导，事后下星期还得作一篇《远足记》，才算功德圆满。旅行一次是如此的庄严！我的外祖母，一生住在杭州城内，八十多岁，没有逛过一次西湖，最后总算去了一次，但是自己不能行走，抬到了西湖，就没有再回来——葬在湖边山上。

古人云："一生能着几两屐？"这是劝人及时行乐，莫怕多费几双鞋。但是旅行果然是一桩乐事吗？其中是否含着有多少苦恼的成分呢？

出门要带行李，那一个几十斤重的五花大绑的铺盖卷儿便是旅行者的第一道难关。要捆得紧，要捆得悄，要四四方方，要见棱见角，与稀松露馅的大包袱要迥异其趣，这已经就不是一个手无缚鸡之力的人所能胜任的了。关卡上偏有好奇人要打开看看，看完之后便很难得再复原。"乘兴而来，兴尽而返"。很多人在打完铺盖卷儿之后就觉得游兴已尽了。在某些国度里，旅行是不需要携带铺盖的，好像凡是有床的地方就有被褥，有被褥的地方就有随时洗换的被单——旅客可以无牵无挂，不必像蜗牛似的顶着安身的家伙走路。携带铺盖究竟还容易办得到，但是没听说过带着床旅行的，天下的床很少没有臭虫设备的。我很怀疑一个人于整夜输血之后，第二天还有多少精神游山逛水。我有一个朋友发明了一种服装，按着他的头躯四肢的尺寸做了一件天衣无缝的睡衣，人钻在睡衣里面，只留眼前两个窟窿，和外界完全隔绝——只是那样子有些像是KKK，夜晚出来曾经几乎吓死一个人！

　　原始的交通工具，并不足为旅客之苦。我觉得"滑竿""架子车"都比飞机有趣。"御风而行，泠然善也"，那是神仙生涯。在尘世旅行，还是以脚能着地为原则。我们要看朵朵的白云，但并不想在云隙里钻出钻进；我们要"横看成岭侧成峰，远近高低各不同"，但并不想把世界缩小成假山石一般玩物似的来欣赏。我惋惜米尔顿所称述的中土有"挂帆之车"尚不曾坐过。交通工具之原始不是病，病在于舟车之不易得，车夫舟子之不易缠，"衣帽自看"固不待言，还要提防青纱帐起。刘伶"死便埋我"，也不是准备横死。

　　旅行虽然夹杂着苦恼，究竟有很大的乐趣在。旅行是一种逃避——逃避人间的丑恶。"大隐藏人海"，我们不是大隐，在人海里藏不住。岂但人海里安不得身，在家园也不容易遁迹。成年的圈在四合房里，不必仰屋就要兴叹；成年的看着家里的那一张脸，不必牛衣也要对泣。家里面所能看见的那一块青天，只有那么一大块。取之不尽用之不竭的清风明月，在家里都不能充分享受，要放风筝需要举着竹竿爬上房脊，要看日升月落需要左右邻居没有遮拦。走在街上，熙熙攘攘，磕头碰脑的不是人面兽，就是可怜虫。在这种情形之下，我们虽无勇气披发入山，至少为什么不带着一把牙刷捆起铺盖出去旅行几天呢？在旅行中，少不了风吹雨打，然后倦飞知还，觉得"在家千日好，出门一时难"，这样便可以把那不可容忍的家变成为暂时可以容忍的了。下次忍耐不住的时候，再出去旅行一次。如此的折腾几回，这一生也就差不多了。

　　旅行中没有不感觉枯寂的，枯寂也是一种趣味。哈兹利特（Hazlitt）主张在旅行时不要伴侣，因为，"如果你说路那边的一片豆田有股香味，你的伴侣也许闻不见。如果你指着远处的一件东西，你的伴侣也许是近视的，还得戴上眼镜看"。一个不合意的伴侣，当然是累赘。但是人是个奇怪的动物，人太多了嫌闹，没人陪着嫌闷；耳边嘈杂怕吵，整天咕嘟着嘴又怕口臭。旅行是享受清福的时候，但是也还想拉上个伴。只有神仙和野兽才受得住孤独。在社会里我们觉得面目可憎语言无味的人居多，避之唯恐或晚，在大自然里又觉得人与人之间是亲切的。到美国落基山上旅行过的人告诉我，在山上若是遇见另一个旅客，不分男女老幼，一律脱帽招呼，寒暄一两句。这是很有意味的一个习惯。大概只有在旷野里我们才容易感觉到人与人是属于一门一类的动物，平常我们太注意人与人的差别了。

　　真正理想的伴侣是不易得的，客厅里的好朋友不见得即是旅行的好伴侣。理想的伴侣须具备许多条件，不能太脏，如嵇叔夜"头面常一月十五日不洗，不太闷痒不能沐"，也不能有洁癖，什么东西都要用火酒揩；不能如泥塑木雕，如死鱼之不张嘴，也不能终日喋喋不休，整夜鼾声不已；不能油头滑脑，也不能蠢头呆脑。要有说有笑，有动有静，静时能一声不响的陪着你看行云、听夜雨，动时能在草地上打滚像一条活鱼！这样的伴侣哪里去找？

"旁若无人"

　　在电影院里，我们大概都常遇到一种不愉快的经验。在你聚精会神的静坐着看电影的时候，会忽然觉得身下坐着的椅子颤动起来，动得很匀，不至于把你从座位里掀出去，动得很促，不至于把你颠摇入睡，颤动之快慢急徐，恰好令你觉得他讨厌。大概是轻微地震罢？左右探察震源，忽然又不颤动了。在你刚收起心来继续看电影的时候，颤动又来了。如果下决心寻找震源，不久就可以发现，毛病大概是出在附近的一位先生的大腿上。他的足尖踏在前排椅撑上，绷足了劲，利用腿筋的弹性，很优游的在那里发抖。如果这拘挛性的动作是由于羊癫疯一类的病症的暴发，我们要原谅他，但是不像，他嘴里并不吐白沫。看样子也不像是神经衰弱，他的动作是能收能发的，时作时歇，指挥如意。若说他是有意使前后左右两排座客不得安生，却也不然。全是陌生人无仇无恨，我们站在被害人的立场上看，这种变态行为只有一种解释，那便是他的意志过于集中，忘记旁边还有别人，换言之，便是"旁若无人"的态度。

　　"旁若无人"的精神表现在日常行为上者不只一端。例如欠伸，原是常事，"气乏则欠，体倦则伸"。但是在稠人广众之中，张开血盆巨口，作吃人状，把口里的獠牙显露出来，再加上伸胳臂伸腿如演太极，那样子就不免吓人。有人打哈欠还带音乐的，其声呜呜然，如吹号角，如鸣警报，如猿啼，如鹤唳，音容并茂。《礼记》："侍坐于君子，君子欠伸，撰杖屦，视日蚤莫，侍坐者请出矣。"是欠伸合于古礼，但亦以"君子"为限，平民岂可援引！对人伸胳臂张嘴，纵不吓人，至少令人觉得你是在逐客，或是表示你自己不能管制你自己的肢体。

邻居有叟，平常不大回家，每次归来必令我闻知。清晨有三声喷嚏，不只是清脆，而且洪亮，中气充沛。根据那声音之响我揣测必有异物入鼻，或是有人插入纸捻，那声音撞击在脸盆之上有金石声！随后是大排场的漱口，真是排山倒海，犹如骨鲠在喉，又似苍蝇下咽。再随后是三餐的饱嗝，一串串的咯声，像是下水道不甚畅通的样子。可惜隔着墙没能看见他剔牙，否则那一份刮垢磨光的钻探工程，场面也不会太小。

这一切"旁若无人"的表演究竟是偶然突发事件，经常令人困恼的乃是高声谈话。在喊"救命"的时候，声音当然不嫌其大，除非是脖子被人踩在脚底下，但是普通的谈话似乎可以令人听见为度，而无需一定要力竭声嘶的去振聋发聩。生理学家告诉我们，发音的器官是很复杂的，说话一分钟要有九百个动作，有一百块筋肉在弛张；但是大多数人似乎还嫌不足，恨不得嘴上再长一个扩大器。有个外国人疑心我们国人的耳鼓生得异样，那层膜许是特别厚，非扯着脖子喊不能听见，所以说话总是像打架。这批评有多少真理，我不知道。不过我们国人会嚷的本领，是谁也不能否认的。电影场里电灯初灭的时候，总有几声"暧哟，小三儿，你在哪儿哪？"在戏院里，演员像是演哑剧，大锣大鼓之声依稀可闻，主要的声音是观众鼎沸，令人感觉好像是置身蛙塘。在旅馆里，好像前后左右都是庙会，不到夜深休想安眠，安眠之后难免没有响皮底的大皮靴，毫无惭愧的在你门前踱来踱去。天未大亮，又有各种市声前来侵扰。一个人大声说话，是本能；小声说话，是文明。以动物而论，狮吼、狼嗥、虎啸、驴鸣、犬吠，即是小如促织、蚯蚓，声音都不算小，都不会像人似的有时候也会低声说话。大概文明程度愈高，说话愈不以声大见长。群居的习惯愈久，愈不容易存留"旁若无人"的幻觉。我们以农立国，乡间地旷人稀，畎亩阡陌之间，低声说一句"早安"是不济事的，必得扯长了脖子喊一声"你吃过饭啦？"可怪的是，在人烟稠密的所在，人的喉咙还是不能缩小。更可异的是，纸驴嗓、破锣嗓、喇叭嗓、公鸡嗓，并不被一般的认为是缺陷，而且麻衣相法还公然的说，声音洪亮者主贵！

叔本华有一段寓言：

　　一群豪猪在一个寒冷的冬天挤在一起取暖；但是他们的刺毛开始互相击刺，于是不得不分散开。可是寒冷又把他们驱在一起，于是同样的事故又发生了。最后，经过几番的聚散，他们发现最好是彼此保持相当的距离。同样的，群居的需要使得人形的豪猪聚在一起，只是他们本性中的带刺的令人不快的刺毛使得彼此厌恶。他们最后发现的使彼此可以相安的那个距离，便是那一套礼貌；凡违犯礼貌者便要受严词警告——用英语来说——请保持相当距离。用这方法，彼此取暖的需要只是相当的满足了；可是彼此可以不至互刺。自己有些暖气的人情愿走得远远的，既不刺人，又可不受人刺。

　　逃避不是办法。我们只是希望人形的豪猪时常的提醒自己：这世界上除了自己还有别人，人形的豪猪既不止我一个，最好是把自己的大大小小的刺毛收敛一下，不必像孔雀开屏似的把自己的刺毛都尽量的伸张。

诗　人

　　有人说："在历史里一个诗人似乎是神圣的，但是一个诗人在隔壁便是个笑话。"这话不错。看看古代诗人画像，一个个的都是宽衣博带，飘飘欲仙，好像不食人间烟火的样子。《辋川图》里的人物，弈棋饮酒，投壶流觞，一个个的都是儒冠羽衣，意态萧然。我们只觉得摩诘当年，千古风流，而他在苦吟时堕入醋瓮里的那副尴尬相，并没有人给他写画流传。我们凭吊浣花溪畔的工部草堂，遥想杜陵野老典衣易酒、卜居茅茨之状，吟哦沧浪，主管风骚，而他在耒阳狂啖牛炙、白酒胀饫而死的景象，却不雅观。我们对于死人，照例是隐恶扬善，何况是古代诗人，篇章遗传，好像是痰唾珠玑，纵然有些小小乖僻，自当加以美化，更可资为谈助。王摩诘堕入醋瓮，是他自己的醋瓮，不是我们家的水缸；杜工部旅中困顿，累的是耒阳知县，不是向我家叨扰。一般人读诗，犹如观剧，只是在前台欣赏，并无须侧身后台打听优伶身世，即使刺听得多少奇闻轶事，也只合作为梨园掌故而已。

　　假如一个诗人住在隔壁，便不同了。虽然几乎家家门口都写着"诗书继世长"，懂得诗的人并不多。如果我是一个名利中

人，而隔壁住着一个诗人，他的大作永远不会给我看，我看了也
必以为不值一文钱；他会给我以白眼，我看看他一定也不顺眼。
诗人没有常光顾理发店的，他的头发作飞蓬状，作狮子狗状，作
艺术家状。他如果是穿中装的，一定像是算命瞎子，两脚泥；他
如果是穿西装的，一定是像卖毛毯子的白俄，一身灰。他游手好
闲；他白昼做梦；他无病呻吟；他有时深居简出，闭门谢客；他
有时终年流浪，到处为家；他哭笑无常；他饮食无度；他有时贫
无立锥；他有时挥金似土。如果是个女诗人，她口里可以衔只大
雪茄；如果是男的，他向各形各色的女人去膜拜。他喜欢烟、
酒、小孩、花草、小动物——他看见一只老鼠可以作一首诗；他
在胸口上摸出一只虱子也会作成一首诗。他的生活习惯有许多与
人不同的地方。有一个人告诉我，他曾和一个诗人比邻。有一次
同出远游，诗人未带牙刷，据云留在家里为太太使用。问之曰：
"你们原来共用一把么？"诗人大惊曰："难道你们是各用一
把么？"

　　诗人住在隔壁，是个怪物，走在街上尤易引起误会。伯朗宁
有一首诗《当代人对诗人的观感》，描写一个西班牙的诗人性好
观察社会人生，以致被人误认为是一个特务。这是何等的讥讽！
他穿的是一身破旧的黑衣服，手杖敲着地，后面跟着一条秃瞎老
狗，看着鞋匠修理皮鞋，看人切柠檬片放在饮料里，看焙咖啡的
火盆，用半只眼睛看书摊，谁虐打牲畜谁咒骂女人都逃不了他的
注意所以他大概是个特务，把观察所得呈报国王。看他那个模样
儿，上了点年纪，那两道眉毛，亏他的眼睛在下面住着！鼻子的
形状和颜色都像鹰爪。某甲遇难，某乙失踪，某丙得到他的情妇
还不都是他干下的事？他费这样大的心机，也不知得多少报酬。
大家都说他回家用晚膳的时候，灯火辉煌，墙上挂着四张名画，

二十名裸体女人给他捧盘换盏。其实，这可怜的人过的乃是另一
种生活。他就住在桥边第三家，新油刷的一幢房子，全街的人都
可以看见他交叉着腿，把脚放在狗背上，和他的女仆在打纸牌，
吃的是酪饼水果，十点钟就上床睡了。他死的时候还穿着那件破
大衣，没膝的泥，吃的是面包壳，脏得像一条熏鱼！

　　这位西班牙的诗人还算是幸运的，被人当作特务。在另一个
国度里，这样一个形迹可疑的诗人可能成为特务的对象。

　　变戏法的总要念几句咒，故弄玄虚，增加他的神秘。诗人也
不免几分江湖气，不是谪仙，就是鬼才，再不就是梦笔生花，总
有几分阴阳怪气。外国诗人更厉害，作诗时能直接的祷求神助，
好像是仙灵附体的样子。

　　　　　　一颗沙里看出一个世界，
　　　　　　一朵野花里看出一个天堂。
　　　　　　把无限抓在你的手掌里，
　　　　　　把永恒放进一刹那的时光。

　　若是没有一点慧根的人，能说出这样的鬼话么？你不懂？你
是蠢材！你说你懂，你便可跻身于风雅之林。你究竟懂不懂，天
知道。

　　大概每个人都曾经有过做诗人的一段经验。在"怨黄莺儿作
对，怪粉蝶儿成双"的时节，看花谢也心惊，听猫叫也难过，诗
就会来了，如枝头舒叶那么自然。但是入世稍深，渐渐煎熬成为
一颗"煮硬了的蛋"，散文从门口进来，诗从窗户出去了。"嘴
唇在不能亲吻的时候才肯唱歌"。一个人如果达到相当年龄，还
不失赤子之心，经风吹雨打，方寸间还能诗意盎然，他是得天独

厚，他是诗人。

诗不能卖钱。一首新诗，如拈断数根须即能脱稿，那成本还是轻的；怕的是像牡蛎肚里的一颗明珠，那本是一块病，经过多久的滋润涵养才能磨炼孕育成功，写出来到哪里去找顾主？诗不能给富人客厅里摆设作装潢，诗不能给广大的读者以娱乐。富人要的是字画珍玩，大众要的是小说戏剧。诗，短短一橛，充篇幅都不中用。诗是这样无用的东西，所以以诗为业的诗人，如果住在你的隔壁，自然是个笑话，将来在历史上能否就成为神圣，也很渺茫。

汽　车

　　在大雨中，我在路边踉跄而行。路的泥泞，像一只大墨盒，坑洼处形成一片断续的小沼。忽闻汽车声，迎面而来，路上行人顿时起了骚动，纷纷的逃避，有的落荒而走，有的蹲在伞后作隐身于防御工事状。汽车过处，只听得訇然一声，泥浆四溅，腿脚慢一点的行人有的变成满脸花，有的浑身洒金，哭笑不得。这时候汽车里面坐着的士女懵然罔觉，怡然自若，士曰："雨景如绘。"女曰："凉意袭人。"风驰电掣而去，只留下受难的行人在那里怔愕诅咒。我回想起法国大革命的前夕，巴黎贵族们的高轩驷马，在街上也是横行直撞，也是把水坑里的泥浆泼溅在行人身上，行人脸上也冒着怒火。

　　汽车是最明显的阶级标识之一。如果去拜访一位贵友或是场面较大的机关，而你是坐着汽车去的，到门无须下车敲门投刺那一套手续，只消汽车夫呜呜的搋两声喇叭，便像是《天方夜谭》里盗窟的魔术一般，两扇大门霍然而开，一个穿制服的阍人在门旁拱立，春风满面，一头不穿制服的獒犬在另一边立着，尾巴摇动，满面春风，汽车长驱直入。但如果你是人力车的乘客，甚而是安步当车者流，于按门铃之后要鹄立许久，然后大门上开一小洞，里面露出两只眼睛，向你上下扫射，用喝门令的腔调问你找谁，同时獒犬大吠，大门一扇略开小缝，阍者堵着门缝向你盘查。如果应对得体，也许放你进去，也许还要在门外鹄立，等他去报告他也不知是否在家的主人。在许多人的眼里，人分两种：一种是坐汽车的人，一种是没得汽车坐的人。至于汽车是怎样来的，租的、买的、公家的、接收的，也没有关系。汽车的样式也没有关系，四方矗耸的高轩也行，摇几十下才能开动的也行，水缸随时开锅冒热气的也行，只要是个能走动的汽车，就能保证车里面的人受到人的待遇。

从宴会出来也往往不能避免一幕悲剧，兴阑人散，主人送客，门口一大串的汽车一个个的把客人接走。这时节你若是无车阶级的，便只好门前伫立，乘人不注意的时候拔步便溜，但是为顾全性命起见，又不能不瞻前顾后的逡巡、徘徊。好心肠的主人一眼瞥见，绝对不准你步行归家，你说想散步也不行，你说想踏月色也不行，非要仆人喊人力车不可。仆人跑到胡同口大喊"洋车！洋车！"声调凄绝，你和主人冷清清的立在门口，要说的话早已说完，该握的手早已握过，灯光惨淡，夜色阑珊，相对无言。有些更体贴的主人老早就替你安排，打听路线，求人顺便把你载回家去。这固然可以省却一番受窘，但是除了一饭之恩以外，又无端的加上了一回车送之恩！而且在车里你还不能咕嘟着嘴，须要强作欢颜，没话找话。

冯驩弹铗而歌，于食有鱼之后，就叹出无车，颇有见地，不是无病呻吟。想冯驩当时，必定饱受无车之苦。

世间最艳羡汽车者，当无过于某一些个女人。浓妆淡抹之后，风摆荷叶，摇曳生姿，而犹能昂然阔步一去二三里者，实在少见，所以古宜乘以油壁香车，今宜乘以汽车。精雕细塑的造像，自然应该衬上红木架座。我知道许多女人把汽车设备列为择偶的基本条件之一，此种设备究能保持多久固不敢必，总以眼前具备此种条件为原则。汽车本身的便利自不消说，由汽车而附带发生的许多花样可以决定整个的生活方式。对于她们，婚姻减去汽车而还能相当美满是不可能的。为了汽车而牺牲其他的条件，也是值得的交易。汽车代表许多东西，优裕、娱乐、虚荣的满足，人们的青睐、殷勤，都会随以俱来。至于婚姻的对方究竟是怎样的一块材料，那是次要的事。一个丈夫顶多重到二百磅，一辆汽车可以重到一吨，小疵大醇，轻重若判。

外国一位小说家新出一部作品，许多读者求他在作品上亲笔签署以为光宠，其中有一个读者不仅拿这一部新作品，而且把他过去的作品也都拿来请他签署。这个读者说他的妻子很喜欢他的作品，最近是她的生日，他想拿这一堆她所喜欢的作品作为生日礼物。小说家很是得意，欣然承诺之余，说："你想出其不意的给她一惊，是不是？""是的，她一定会大吃一惊，她原是希望生日那天能得一辆雪佛兰！"这是美国杂志上的一个小故事。在号称平均五人有一辆汽车的美国，也还有想得汽车而不可得的妻子，何况是在洋车、三轮车满街跑的国度里？

一队骆驼挂着铜铃，驮着煤袋，从城墙旁边由一个棉衣臃肿的乡下人牵着走过，那个侧影可以成为一幅很美妙的摄影题材，悬在外国人客厅里显着很朴雅可爱。外国人到中国来，喜欢坐人力车，跷起一条长腿拿着一根小杖敲着车夫的头指示他转弯，外国人喜欢看"骆驼祥子"，外国人喜欢给洋车夫照相。可是我们不愿保存这样的国粹，我们也要汽车载货，我们也要汽车代步。我们不要老牛破车，我们要舒适速度，汽车应该成为日用品。可是有一样，如果汽车几十年内还不能成为大众的日用品，只是给少数人利用享受，作为大众的诅咒的对象，这时节汽车便是有一点"不合国情"。

讲　　价

　　韩康采药名山，卖于长安市，三十余年，口不二价。这并不是说三十余年物价没有波动，这是说他三十余年没有讲过一次谎。就凭这一点怪脾气，他的大名便入了《后汉书》的《逸民列传》。这并不证明买卖东西无需讲价是我们古已有之的固有道德，这只是证明自古以来买卖东西就得要价还价，出了一位韩康，便是人瑞，便可以名垂青史了。韩康不但在历史上留下了佳话，在当时也是颇为著名的。一个女子向他买药，他守价不移，硬是没得少。女子大怒，说："难道你是韩康，一个钱没得少？"韩康本欲避名，现在小女子都知道他的大名，吓得披发入山。卖东西不讲价，自古以来是多么难得！我们还不要忘记韩康"家世著姓"，本不是商人，如果是个"逐什一之利"的，有机会能得什二什三时岂不更妙？

　　从前有些店铺讲究货真价实，"言不二价""童叟无欺"的金字招牌偶然还可以很骄傲的悬挂起来，不必大减价雇吹鼓手，主顾自然上门。这种事似乎渐渐少了。童叟根本也不见得好欺侮，而且买卖大半是流动的，无所谓主顾，不讲价还是不过瘾，不七折八扣显着买卖不和气，交易一成买者就又会觉得上当。在尔虞我诈的情形之下，讲价便成为交易的必经阶段，反正是"漫天要价，就地还钱"，看看谁有本事谁讨便宜。

我买东西很少的时候能不比别人的贵。世界上有一种人，喜欢到人家里面调查物价，看看你家里有什么东西都要打听一下是用什么价钱买的，除非你在每一事物上都粘上一个纸签标明价格，否则将不胜其啰唆。最扫兴的是，我已经把真的价钱瞒起，自欺欺人的只说了一半的价钱来搪塞他，他有时还会把头摇得像个拨浪鼓似的，表示你上了弥天的大当！我承认，有些人是特别的善于讲价，他有政治家的脸皮，外交家的嘴巴，杀人的胆量，钓鱼的耐心，坚如铁石，韧似牛皮，所以他能压倒那待价而沽的商人。我尝虚心请教，大概归纳起来讲价的艺术不外下列诸端：

第一，要不动声色。进得店来，看准了他没有什么你就要什么，使得他显得寒伧，先有几分惭愧，然后无精打采的道出你所真心要买的东西。伙计于气馁之余，自然欢天喜地的捧出他的货色，价钱根本不会太高。如果偶然发现一项心爱的东西，也不可失声大叫，如获异宝，必要行若无事，淡然处之，于打听许多种物价之后，随意问询及之，否则你打草惊蛇，他便奇货可居了。

第二，要无情的批评。甘瓜苦蒂，天下物无全美。你把货物捧在手里，不忙鉴赏，先求其疵缪之所在，不厌其详的批评一番，尽量的道出它的缺点。有些物事，本是无懈可击的，但是"嗜好不能争辩"，你这东西是红的，我偏喜欢白的，你这东西是大的，我偏喜欢小的。总之，是要把东西褒贬得一文不值缺点百出，这时候伙计的脸上也许要一块红一块白的不大好看，但是他的心里软了，价钱上自然有了商量的余地，我在委曲迁就的情形之下来买东西，你在价钱上还能不让步么？

第三，要狠心还价。先假设，自从韩康入山之后每个商人都是说谎的。不管价钱多高，拦腰一砍。这需要一点胆量，狠得下心，说得出口，要准备看一副嘴脸。人的脸是最容易变的，用不了加多少钱，那副愁云惨雾的苦脸立刻开霁，露出一缕春风。但这是最紧要的时候，这是耐心的比赛，谁性急谁失败，他一文一文的减，你就一文一文的加。

第四，要有反顾的勇气。交易实在不成，只好掉头而去，也许走不了多远，他会请你回来，如果他不请你回来，你自己要有回来的勇气，不能负气，不能讲究"义不反顾，计不旋踵"。讲价到了这个地步，也就山穷水尽了。

这一套讲价的秘诀，知易行难，所以我始终未能运用。我怕费工夫，我怕伤和气，如果我粗脖子红脸，我身体受伤，如果他粗脖子红脸，我精神上难过。我聊以解嘲的方法是记起郑板桥爱写的那四个大字："难得糊涂"。

《淮南子》明明的记载着"东方有君子之国"，但是我在地图上却找不到。《山海经》里也记载着"君子国衣冠带剑，其人好让不争"，但只有《镜花缘》给君子国透露了一点消息。买物的人说："老兄如此高货，却讨恁般贱价，教小弟买去，如何能安？务求将价加增，方好遵教。若再过谦，那是有意不肯赏光交易了。"卖物的人说："既承照顾，敢不仰体？但适才妄讨大价，已觉厚颜，不意老兄反说货高价贱，岂不更教小弟惭愧？况敝货并非'言无二价'，其中颇有虚头。"照这样讲来，君子国交易并非言无二价，也还是要讲价的，也并非不争，也还有要费口舌唾液的。什么样的国家才能买东西不讲价呢？我想与其讲价而为对方争利，不如讲价而为自己争利，比较的合于人类本能。

有人传授给我在街头雇车的秘诀：街头孤零零的一辆车，车夫红光满面鼓腹而游的样子，切莫睬他；如果三五成群鸠形鹄面，你一声吆喝便会蜂拥而来，竞相延揽，车价会特别低廉。在这里我们发现人性的一面——残忍。

猪

　　猪没有什么模样儿，笨拙臃肿，漆黑一团，四川猪是白的，但是也并不俊俏，像是遍体白癫疯，像是"天佬儿"，好像还没有黑色来得比较可以遮丑。俗话说："三年不见女人，看见一只老母猪，也觉得它眉清目秀。"一般人似尚不至如此，老母猪离眉清目秀的境界似乎尚远。只看看它那个嘴巴，尽管有些近于帝王之相，究竟占面部面积过多，作为武器固未尝不可，作为五官之一就嫌不称。它那两扇鼓动生风的耳轮，细细的两根脚杆，辫子似的一条尾巴，陷在肉坑里的一对小眼和那快擦着地的膨亨大腹，相形之下，全不成比例。当然，如果它能竖起来行走，大腹便便也并不妨事，脑满肠肥的一副相说不定还许能赢得许多人的尊敬，脸上的肉叠成褶，也许还能讨若干人的欢喜。可惜它只能四脚着地，辜负了那一身肉，只好谥之曰"猪猡"。

　　任何事物不可以貌相，并且相貌的丑俊也不是自己所能主宰的。上天造物是有那么多的变化，有蠢的，有俏的。可恼的是猪儿除了那不招人爱的模样之外，它的举止动作也全没有一点风度。它好睡，睡无睡相。人讲究"坐如钟，睡如弓"，猪不足以语此。它睡起来是四脚直挺，倒头便睡，而且很快的就鼾声雷动，那鼾声是肐胳噜苏的，很少悦耳的成分。一经睡着，天大的事休想能惊醒它，打它一棒它能翻过身再睡，除非是一桶猪食哗喇一声倒在食槽里。这时节它会连爬带滚的争先恐后的奔向食槽，随吃随挤，随咽随咂，嚼菜根则戛戛作响，吸豆渣则呼呼有声，吃得嘴脸狼藉，可以说没有一点"新生活"。动物的叫声无论是哀也好，凶也好，没有像猪叫那样讨厌的，平常没有事的时候，只会在嗓子眼儿里呦呦嚷嚷，没有一点痛快，等到大限将至被人揪住耳朵提着尾巴的时候，便放声大叫，既不惹人怜，更不使人怕，只是使人听了刺耳。它走路的时候，踯躅蹒跚，活泼的时候，盲目的乱窜，没有一点规矩。

　　虽然如此，猪的人缘还是很好。我在乡间居住的时候，女佣不断的要求养猪。她常年茹素，并不希冀吃肉，更不希冀赚钱，她只是觉得家里没有几只猪儿便不像是个家，虽然有了猫、狗和孩子，还是不够。我终于买了两只小猪。她立刻眉开眼笑，于抚抱之余给了小猪我所梦想不到的一个字的评语曰："乖！"孟子曰："食而弗爱，豕交之也；爱而不敬，兽畜之也。"我看我们的女佣在喂猪的时候是兼爱敬而有之。她根据"食不厌精，脍不厌细"的道理，对于猪食是细切久煮、敬谨用事的，一日三餐，从不误时，伺候猪食之后倒是没有忘记过给主人做饭。天朗气清、惠风和畅的时候，她坐在屋檐下补袜子，一对小猪伏在她的腿上打瞌睡。等到"架子"长成"催肥"的时候来到，她加倍努力的供应，像灌溉一株花草一般的小心翼翼。它越努力加餐，她越心里欢喜，她俯在圈栏上看着猪儿进膳，没有偏疼，没有愠意，一片慈祥。有一天，猪儿高卧不起，见了食物也无动于心，似有违和之意，她急得烧香焚纸，再进一步就是在猪耳根上放一点血，烧红一块铁在猪脚上烙一下，最后一着是一服万金油拌生鸡蛋。年关将届，她噙着眼泪烧一大锅开水，给猪洗第一次也是最后一次的热水澡。猪圈不能空着，紧接着下一代又继承了上来。

看猪的一生，好像很是无聊，大半时间都是被关在圈里，如待决之囚，足迹不出栅门，也不能接见亲属，而且很早的就被阉割，大欲就先去了一半，浑浑噩噩的度过一生，临了还不免冰凉的一刀。但是它也有它的庸福。它不用愁吃，到时候只消饭来张口，它不用劳力，它有的是闲暇。除了它最后不得善终好像是不无遗憾以外，一生的经过比起任何养尊处优的高级动物也并无愧色。"闻其声不忍食其肉"，是君子，但是我常以为猪叫的声音不容易动人的不忍之心。有一个时期，我的居处与屠场为邻，黎明就被惊醒，其鸣也不哀，随后是血流如注的声音，叫声顿止，继之以一声叹气，最后的一口气，再听便只有屋檐滴雨一般的沥血的声音，滴滴答答的落在桶里。我觉得猪经过这番洗礼，将超升成为一种有用的东西，无负于豢养它的人，是一件公道而可喜的事。

仓颉造字，天雨粟，鬼夜哭，虽是神话，也颇有一点意思。"家"字是屋子底下一口猪。屋子底下一个人，岂不简捷了当？难道猪才是家里主要的一员？有人说豕居引申而为人居，有人引《曲礼》"问庶人之富，数畜以对"之义，以为豕是主要的家畜。我养过几年猪之后，顿有所悟。猪在圈里的工作，主要的是"吃、喝、拉、撒、睡"，此外便没有什么。圈里是脏的，顶好的卫生设备也会弄得一塌糊涂。吃了睡，睡了吃，毫无顾忌，便当无比。这不活像一个家么？在什么地方"吃喝拉撒睡"比在家里更方便？人在家里的生活比在什么地方更像一只猪？仓颉泄露天机倒未必然，他洞彻人生，却是真的，怪不得天雨粟、鬼夜哭。

理　　发

　　理发不是一件愉快事。让牙医拔过牙的人，望见理发的那张椅子就会怵怵不安，两种椅子很有点相像。我们并不希望理发店的椅子都是檀木螺钿，或是路易十四式，但至少不应该那样的丑，方不方圆不圆的，死橛橛硬邦邦的，使你感觉到坐上去就要受人割宰的样子。门口担挑的剃头挑儿，更吓人，竖着的一根小小的旗杆，那原是为挂人头的。

　　但是理发是一种必不可免的麻烦。"君子整其衣冠，尊其瞻视，何必蓬头垢面，然后为贤？"理发亦是观瞻所系。印度锡克族，向来是不剪发不剃须的，那是"受诸父母，不敢毁伤"的意思，所以一个个的都是满头满脸毛毧毧的，滔滔皆是，不以为怪。在我们的社会里就不行了，如果你蓬松着头发，就会有人疑心你是在丁忧，或是才从监狱里出来。髭须是更讨厌的东西，如果蓄留起来，七根朝上八根朝下都没有关系，嘴上有毛受人尊敬，如果刮得光光的露出一块青皮，也行，也受人尊敬，唯独不长不短的三两分长的髭须，如鬃鬣，如刺猬，如刈后的稻秆，看起来令人不敢亲近。鲁智深"腮边新剃，暴长短须，戗戗的好惨濑人"，所以人先有五分怕他。钟馗须髯如戟，是一副啖鬼之相。我们既不想吓人，又不欲唉鬼，而且不敢不以君子自勉，如何能不常到理发店去？

理发匠并没有令人应该不敬重的地方，和刽子手屠户同样的是一种为人群服务的职业，而且理发匠特别显得高尚，那一身西装便可以说是高等华人的标识。如果你交一个刽子手朋友，他一见到你就会相度你的脖颈，何处下刀相宜，这是他的职业使然。理发匠俟你坐定之后，便伸胳臂挽袖相度你那一脑袋的毛发，对于毛发所依附的人并无兴趣。一块白绸布往你身上一罩，不见得是新洗的，往往是斑斑点点的如虎皮宣。随后是一根布条在咽喉处一勒。当然不会致命，不过箍得也就够紧，如果是自己的颈子大概舍不得用那样大的力。头发是以剪为原则，但是附带着生薅硬拔的却也不免，最适当的抗议是对着那面镜子狞眉皱眼的做个鬼脸，而且希望他能看见。人的头生在颈上，本来是可以相当的旋转自如的，但是也有几个角度是不大方便的。理发匠似乎不大顾虑到这一点，他总觉得你的脑袋的姿势不对，把你的头扳过来扭过去，以求适合他的刀剪。我疑心理发匠许都是孔武有力的，不然腕臂间怎有那样大的力气？

椅子前面竖起一面大镜子是颇有道理的，倒不是为了可以顾影自怜，其妙在可以知道理发匠是在怎样收拾你的脑袋，人对于自己的脑袋没有不关心的。戴眼镜的朋友摘下眼镜，一片模糊，所见亦属有限，尤其是在刀剪晃动之际，呆坐如僵尸，轻易不敢动弹，对于左右坐着的邻客无从瞻仰，是一憾事。左边客人在挺着身子刮脸，声如割草，你以为必是一个大汉，其实未必然，也许是个女客；右边客人在喷香水擦雪花，你以为必是佳丽，其实亦未必然，也许是个男子。所以不看也罢，看了怪不舒服。最好是废然枯坐。

其中比较最愉快的一段经验是洗头。浓厚的肥皂汁滴在头上，如醍醐灌顶，用十指在头上搔抓，虽然不是麻姑，却也手似鸟爪。令人着急的是头皮已然搔得清痛，而东南角上一块最痒的地方始终不曾搔到。用水冲洗的时候，难免不泛滥入耳，但念平夙盥洗大概是以脸上本部为限，边远陬隅辄弗能届，如今痛加涤荡，亦是难得的盛举。电器吹风，却不好受，时而凉卯习习，时而夹上一股热流，热不可当，好像是一种刑罚。

最令人难堪的是刮脸。一把大刀锋利无比，在你的喉头上、眼皮上、耳边上滑来滑去，你只能瞑目屏息，捏一把汗。Robert Lynd写过一篇《关于刮脸》的讲道，他说：

当剃刀触到我的脸上，我不免有这样的念头："假使理发匠忽然疯狂了呢？"很幸运的，理发匠从未发疯狂过，但我遭遇过别种差不多的危险。例如，有一个矮小的法国理发匠在雷雨中给我刮脸，电光一闪，他就跳得老高。还有一个喝醉了的理发匠，举着剃刀找我的脸，像个醉汉的样子伸手去一摸却扑了个空。最后把剃刀落在我的脸上了，他却靠在那里镇定一下，靠得太重了些，居然把我的下颊右方刮下了一块胡须，刀还在我的皮上，我连抗议一声都不敢。就是小声说一句，我觉得，都会使他丧胆而失去平衡，我的颈静脉也许要在他不知不觉间被他割断。后来剃刀暂时离开我的脸了，大概就是法国人所谓Reculer pour mieuxsauter（退回去以便再向前扑），我趁势立刻用梦魇的声音叫起来："别刮了，别刮了，够了，谢谢你。"……

这样的怕人的经验并不多有。不过任何人都要心悸，如果在刮脸时想起相声里的那段笑话，据说理发匠学徒的时候是用一个

带茸毛的冬瓜来做试验的，有事走开的时候便把刀向瓜上一剁，
后来出师服务，常常错认人头仍是那个冬瓜。刮脸的危险还在其
次，最可恶的是他在刮后用手毫无忌惮的在你脸上摸，摸完之后
你还得给他钱！

鸟

　　我爱鸟。

　　从前我常见提笼架鸟的人，清早在街上溜达（现在这样有闲的人少了）。我感觉兴味的不是那人的悠闲，却是那鸟的苦闷。胳膊上架着的鹰，有时头上蒙着一块皮子，羽翮不整的蜷伏着不动，哪里有半点瞵视昂藏的神气？笼子里的鸟更不用说，常年的关在栅栏里，饮啄倒是方便，冬天还有遮风的棉罩，十分的"优待"，但是如果想要"抟扶摇而直上"，便要撞头碰壁。鸟到了这种地步，我想它的苦闷，大概是仅次于黏在胶纸上的苍蝇，它的快乐，大概是仅优于在标本室里住着罢？

　　我开始欣赏鸟是在四川。黎明时，窗外是一片鸟啭，不是吱吱喳喳的麻雀，不是呱呱噪啼的乌鸦，那一片声音是清脆的，是嘹亮的，有的一声长叫，包括着六七个音阶，有的只是一个声音，圆润而不觉其单调，有时是独奏，有时是合唱，简直是一派和谐的交响乐。不知有多少个春天的早晨，这样的鸟声把我从梦境唤起。等到旭日高升，市声鼎沸，鸟就沉默了，不知到哪里去了。一直等到夜晚，才又听到杜鹃叫，由远叫到近，由近叫到远，一声急似一声，竟是凄绝的哀乐。客夜闻此，说不出的酸楚!

在白昼，听不到鸟鸣，但是看得见鸟的形体。世界上的生物，没有比鸟更俊俏的。多少样不知名的小鸟，在枝头跳跃，有的曳着长长的尾巴，有的翘着尖尖的长喙，有的是胸襟上带着一块照眼的颜色，有的是飞起来的时候才闪露一下斑斓的花彩。几乎没有例外的，鸟的身躯都是玲珑饱满的，细瘦而不干瘪，丰腴而不臃肿，真是减一分则太瘦，增一分则太肥那样的秾纤合度，跳荡得那样轻灵，脚上像是有弹簧。看它高踞枝头，临风顾盼——好锐利的喜悦刺上我的心头。不知是什么东西惊动它了，它倏的振翅飞去，它不回顾，它不悲哀，它像虹似的一下就消逝了，它留下的是无限的迷惘。有时候稻田里伫立着一只白鹭，拳着一条腿，缩着颈子，有时候"一行白鹭上青天"，背后还衬着黛青的山色和釉绿的梯田。就是抓小鸡的鸢鹰，啾啾的叫着，在天空盘旋，也有令人喜悦的一种雄姿。

我爱鸟的声音、鸟的形体，这爱好是很单纯的，我对鸟并不存任何幻想。有人初闻杜鹃，兴奋的一夜不能睡，一时想到"杜宇""望帝"，一时又想到啼血，想到客愁，觉得有无限诗意。我曾告诉他事实上全不是这样的。杜鹃原是很健壮的一种鸟，比一般的鸟魁梧得多，扁嘴大口，并不特别美，而且自己不知构巢，依仗体壮力大，硬把卵下在别个的巢里，如果巢里已有了够多的卵，便不客气的给挤落下去，孵育的责任由别个代负了，孵出来之后，羽毛渐丰，就可把巢据为己有。那人听了我的话之后，对于这豪横无情的鸟，再也不能幻出什么诗意出来了。我想济慈的《夜莺》、雪莱的《云雀》，还不都是诗人自我的幻想，与鸟何干？

鸟并不永久的给人喜悦，有时也给人悲苦。诗人哈代在一首诗里说，他在圣诞的前夕，炉里燃着熊熊的火，满室生春，桌上摆着丰盛的筵席，准备着过一个普天同庆的夜晚，蓦然看见在窗外一片美丽的雪景当中，有一只小鸟踯躅缩缩的在寒枝的梢头踞立，正在啄食一颗残余的僵冻的果儿，禁不住那料峭的寒风，栽倒在地上死了，滚成一个雪团！诗人感谓曰："鸟！你连这一个快乐的夜晚都不给我！"我也有过一次类似的经验，在东北的一间双重玻璃窗的屋里，忽然看见枝头有一只麻雀，战栗的跳动抖擞着，在啄食一块干枯的叶子。但是我发见那麻雀的羽毛特别的长，而且是蓬松戟张着的：像是披着一件蓑衣，立刻使人联想到那垃圾堆上的大群褴褛而臃肿的人，那形容是一模一样的。那孤苦伶仃的麻雀，也就不暇令人哀了。

自从离开四川以后，不再容易看见那样多型类的鸟的跳荡，也不再容易听到那样悦耳的鸟鸣。只是清早遇到烟突冒烟的时候，一群麻雀挤在檐下的烟突旁边取暖，隔着窗纸有时还能看见伏在窗棂上的雀儿的映影。喜鹊不知逃到哪里去了。带哨子的鸽子也很少看见在天空打旋。黄昏时偶尔还听见寒鸦在古木上鼓噪，入夜也还能听见那像哭又像笑的鸱枭的怪叫。再令人触目的就是那些偶然一见的囚在笼里的小鸟儿了，但是我不忍看。

乞　丐

　　在我住的这一个古老的城里，乞丐这一种光荣的职业似乎也式微了。从前街头巷尾总点缀着一群三分像人七分像鬼的家伙，缩头缩脑的挤在人家房檐底下晒太阳，捉虱子，打瞌睡，啜冷粥，偶尔也有些个能挺起腰板，露出笑容，老远的就打躬请安，满嘴的吉祥话，追着洋车能跑上一里半里，喘的像只风箱。还有些扯着哑嗓穿行街巷大声的哀号，像是担贩的吆喝。这些人现在都到哪里去了？

　　据说，残羹剩饭的来源现在不甚畅了，大概是剩下来的鸡毛蒜皮和一些汤汤水水的东西都被留着自己度命了，家里的一个大坑还填不满，怎能把余沥去滋润别人！一个人单靠喝西北风是维持不了多久的。追车乞讨么？车子都渐渐现代化，在沥青路上风驰电掣，飞毛腿也追不上。汽车停住，砰的一声，只见一套新衣服走了出来。若是一个乞丐赶上前去，伸出胳臂，手心朝上，他能得到什么？给他一张大票，他找得开么？沿街托钵，呼天抢地也没有用。人都穷了，心都硬了，耳都聋了，偌大的城市已经养不起这种近于奢侈的职业。不过，乞丐尚未绝种，在靠近城根的大垃圾山上，还有不少同志在那里发掘宝藏，埋头苦干，手脚并用，一片喧阗。他们并不扰乱治安，也不侵犯产权，但是，说老实话，这群乞丐，无益税收，有碍市容，所以难免不像捕捉野犬那样的被捉了去。饿死的饿死，老成凋谢，继起无人，于是乞丐一业逐渐衰微。

在乞丐的艺术还很发达的时候，有一个乞讨的妇人给我很深的印象。她的巡回的区域是在我们学校左边。她很知道争取青年，专以学生为对象。她看见一个学生远远的过来，她便在路旁立定，等到走近，便大喊一声"敬礼"，举手、注视，一切如仪。她不喊"爷爷""奶奶"，她喊"校长"，她大概知道新的升官图上的晋升的层次。随后是她的申诉，其中主要的一点是她的一个老母，年纪是八十。她继续乞讨了五六年，老母还是八十。她很机警，她追随几步之后，若是觉得话不投机，她的申诉便戛然而止，不像某些文章那样噜苏。她若是得到一个铜板，她的申诉也戛然而止，像是先生听到下课铃声一般。这个人如果还活着，我相信她一定能编出更合时代潮流的一套新词。

我说乞丐是一种光荣的职业，并不含有鼓励懒惰的意思。乞丐并不是不劳而获的人，你看他晒得黧黑干瘦，跑得上气不接下气，何曾安逸。而且他取不伤廉，勉强维持他的灵魂与肉体不至涣散而已。他的乞食的手段不外两种：一种是引人怜，一是讨人厌。他满口"祖宗""奶奶"的乱叫，听者一旦发生错觉，自己的孝子贤孙居然沦落到这地步，恻隐之心就会油然而起。他若是背有瞎眼的老妈在你背后亦步亦趋，或是把畸形的腿露出来给你看，或是带着一窝的孩子环绕着你叫唤，或是在一块硬砖上稽颡在额上撞出一个大包，或是用一根草棍支着那有眼无珠的眼皮，或是像一个"人彘"似的就地擦着，或者申说遭遇，比"舍弟江南死，家兄塞北亡"还要来得凄怆，那么你那磨得帮硬的心肠也许要露出一丝的怜悯。怜悯不能动人，他还有一套讨厌的办法。
他满脸的鼻涕眼泪，你越厌烦，他挨得越近，看看随时都会贴上
去的样子，这时你便会情愿出钱打发他走开，像捐款做一桩卫生
事业一般。不管是引人怜或是讨人厌，不过只是略施狡狯，无伤
大雅。他不会伤人，他不会犯法；从没有一个人想伤害一个乞
丐，他的那一把骨头，不足以当尊臂，从没有一种法律要惩治乞
丐，乞丐不肯触犯任何法律所以才成为乞丐。乞丐对社会无益，
至少也是并无大害，顶多是有一点有碍观瞻，如有外人参观，稍
稍避一下也就罢了。有人认为乞丐是社会的寄生虫，话并不错，
不过在寄生虫这一门里，白胖的多得是，一时怕数不到他罢？

　　从没有听说过什么人与乞丐为友，因而亦流于乞丐。乞丐
永远是被认为现世报的活标本，他的存在饶有教育意义。无论交
友多么滥的人，交不到乞丐，乞丐自成为一个阶级，真正的无产
阶级（除了那只砂锅），乞丐是人群外的一种人。他的生活之最
优越处是自由，鹑衣百结，无拘无束，街头流浪，无签到请假
之烦，只求免于冻馁，富贵于我如浮云。所以俗语说："三年要
饭，给知县都不干。"乞丐也有他的穷乐。我曾想象一群乞丐享
用一只"花子鸡"的景况，我相信那必是一种极纯洁的快乐。
Charles Lamb对于乞丐有这样的赞颂：

　　褴褛的衣衫，是贫穷的罪过，却是乞丐的袍褂，他的职业的
优美的标识，他的财产，他的礼服，他公然出现于公共场所的服
装。他永远不会过时，永远不追在时髦后面。他无须穿着宫廷的
丧服。他什么颜色都穿，什么也不怕。他的服装比桂格教派的人
经过的变化还少。他是宇宙间唯一可以不拘外表的人。世间的变
化与他无干，只有他屹然不动。股票与地产的价格不影响他，农

业的或商业的繁荣也与他无涉，最多不过是给他换一批施主。他不必担心有人找他做保。没有人肯过问他的宗教或政治倾向。他是世界上唯一的自由人。

话虽如此，谁不到山穷水尽谁也不肯做这样的自由人。只有一向做神仙的，如李铁拐和济公之类，游戏人间的时候，才肯短期的化身为一个乞丐。

运　动

　　大概是李鸿章罢，在出使的时候道出英国，大受招待。有一位英国的皇族特别讨好，亲自表演网球赛，以娱嘉宾。我们的特使翎顶袍褂的坐在那里参观，看得眼花缭乱。那位皇族表演完毕，气咻咻然，汗涔涔然，跑过来问大使表演如何。特使戚然曰："好是好，只是太辛苦，为什么不雇两个人来打呢？"我觉得他答得好，他充分的代表了我们国人多少年来对于运动的一种看法。看两个人打球，是很有趣味的，如果旗鼓相当，砰一声打过来，砰一声打过去，那趣味是不下于看斗鸡、斗鹌鹑、斗蟋蟀。人多少还有一点蛮性的遗留，喜欢站在一个安逸的地方看别个斗争，看到紧急处自己手心里冷津津的捏着两把汗，在内心处感觉到一种轻松。可是自己参加表演，就犯不着累一身大汗，何苦来哉？摔跤的，比武的，那是江湖卖艺者流，士君子所不取。虽然相传自黄帝时候就有"蹴鞠"之戏，可是自汉唐以降我们还不知道谁是蹴球健将，我看了《水浒传》才知道宋朝一个"浮浪破落户子弟""高俅那厮"，"最是踢得好脚气球"。我们自古以来就讲究雍容揖让，纵然为了身体的健康做一点运动，也要有分寸，顶多不过像陶侃之"日运百甓"，其用意也无非是习劳，并不曾想把身体锻炼得健如黄犊。

　　士大夫阶级太文明了，太安逸了，固然肢体都要退化，有变成侏儒的危险，肩不能挑担，手不能提篮，有变为废物的可能，但是在另一方面，所谓的广大民众又嫌太劳苦了，营养不足，疲劳过度，吃不饱，睡不足，一个个的面如削瓜，身体畸形发展，抬轿的肩膀上头有一块红肿的肉隆起如驼峰，挑水的脚筋上累累的疙瘩如瘿木，担石头的空手走路时也佝偻着腰像是个猿人，拉车子的鸡胸驼背，种庄稼的胼手胝足——对于这一般人，我们实在不愿意再提倡运动，我们要提倡的是生活水准的提高，然后他们可以少些运动。对于躺着吃饭坐着顿膘的朋友们，我们可以因势利导劝劝他们试行八段锦太极拳，大概不会发生什么大危险；对于天天在马路上赛跑的人力车夫们，田径赛是多余的。

　　外国人保留的蛮性要比我们多一些，也许是因为他们去古未远的缘故。看他们打架的方式就可以知道，一言不合，便是直接行动，看谁的胳臂力量大，不像我们之善于口角，干打雷不下雨。外国人的运动方式也多少和野蛮人的生活方式有些关联。我看过美国人赛足球，事前的准备不必提，单说比赛前夕的那个"鼓勇会"（Pep Meeting）就很吓人：在旷地燃起一堆烽火，大家围着火旋转叫嚣，熊熊的火光在每人的脸上照出一股"血丝糊拉"的狞恶相，队员被高高的举起在肩头上，像是要去做祭凶神的牺牲，只欠一阵阵冬冬的鼓，否则就很像印第安人战前的祭礼了。比赛的凶猛也不必提，只要看旁边助威的啦啦队，那真是如中疯魔生龙活虎一般，我们中国的所谓啦啦队轻描淡写的比起来只能算是幼年歌咏团。再说掷标枪，那不是和南非野人打猎一模一样的吗？打拳，那更是最直截了当的性命相扑。可是我说这些话并不含褒贬的意思。现在的外国人究竟不是野蛮人，他们很早的就在运动中建立起一套规矩，抽象的叫作运动道德。我们中国人夙来不好运动，可是一运动起来就很容易口咬足踢连骂带打了。

　　美国学校的球队训练员是薪给高高的职位，如果他能训练出一队如狼似虎的队员在运动场上建立几次殊勋，他立刻就可以给学校收很大的招徕的功效。"所谓大学，即是一座伟大运动场附设一个小小的学院。"把运动当作一种霓虹广告，在外国已为人诟病，在中国某一些学校里仍然不失其为时髦。学校里体育功课不可少，一星期一小时，好像是纪念性质。一大群面有菜色的青年总可以挑出若干彪形大汉，供以在中国算是特殊的膳食，施以在外国不算严格的训练，自然都还相当茁壮，伸出胳臂来一连串的凸出的肉腱子，像是成串的陈皮梅似的，再饰以一身鲜明的服装，相当的壮观，可惜是这仅仅是样品而已。这些样品能孳生出更有价值的样品——锦标、银杯。没有锦标银杯，校长室和会客室里面就太黯淡了。

　　有人说，人的筋肉、骨骼的发达是和脑筋的发达成正比例的。就整个的民族而言，也许是的，就个人分别而言，可是例外太多。在学校里谁都知道许多脑力过人的人往往长得像是一颗小蹦豆儿，好多在运动场上打破纪录的人在智力上并不常常打破纪录，除非是偶然的破留校年数的纪录。还有一层，运动和体育不同，犹之体格健壮与飞檐走壁不同。体格健壮是真正的本钱，可以令人少生病多做事，至于跳得高跑得快玩起球来"一似鳔胶黏在身上"，那当然也是一技之长，那意义不在耍坛子、举石锁、踩高跷、踏软绳之下。

　　为了四亿以上的人建筑一座运动场，不算奢侈。我参观过一座运动场，规模不算小，并且曾经用过一次，只是看台上已经长了好几尺高的青草，好像是要兼营牧畜的样子。我当时的感想，就和我有一次看见我们的一艘军舰的铁皮上长满海藻蚌蛤时的感想一般。

医　生

　　医生是一种神圣的职业，因为他能解除人的痛苦，着手成春。有一个人，有点老毛病，常常发作，闹得死去活来，只要一听说延医，病就先去了八分，等到医生来到，霍然而愈，试脉搏听心跳完全正常，医生只好愕然而退，延医的人真希望病人的痛苦稍延长些时。这是未着手就已成春的一例。可是医生一不小心，或是虽已小心而仍然错误，他随时也有机会减短人的寿命。据说庸医的药方可以辟鬼，比钟馗的像还灵，胆小的夜行人举着一张药方就可以通行无阻，因为鬼中有不少生前吃过那样药方的亏的，死后还是望而生畏。医生以济世活人为职志，事实上是掌握着生杀的大权的。

　　说也奇怪，在舞台上医生大概总是由丑角扮演的。看过《老黄请医》的人总还记得那个医生的脸上是涂着一块粉的。在外国也是一样，在莫里哀或是拉毕施的笔下，医生也是令人啼笑皆非的人物。为什么医生这样的不受人尊敬呢？我常常纳闷。

　　大概人在健康的时候，总把医药看作不祥之物，就是有点头昏脑热，也并不慌，保国粹者喝午时茶，通洋务者服阿斯匹灵，然后蒙头大睡，一汗而愈。谁也不愿常和医生交买卖。一旦病势转剧，伏枕哀鸣，深为造物小儿所苦，这时候就不能再忘记医生了。记得小时候家里延医，大驾一到，家人真是倒屣相迎，请入上座，奉茶献烟，环列伺候，毕恭毕敬。医生高踞上座并不谦让，吸过几十筒水烟，品过几盏茶，谈过了天气，叙过了家常，抱怨过了病家之多，此后才能开始他那一套望闻问切君臣佐使。再倒茶，再装烟，再扯几句淡话（这时节可别忘了偷偷的把"马钱"送交给车夫），然后恭送如仪。我觉得那威风不小。可是奉若神明也只限于这一短短的时期，一俟病人霍然，医生也就被丢在一旁。至于登报鸣谢悬牌挂匾的事，我总怀疑究竟是何方主使，我想事前总有一个协定。有一个病人住医院，一只脚已经伸进了棺木，在病人看来这是一件很关重要的事，在医生看来这是常见的事，老实说医生心里也是很着急的，他不能露出着急的样子，病人的着急是不能隐藏的，于是许愿说如果病瘥要捐赠医院若干若干，等到病愈出院早把愿心抛到九霄云外。医生追问他时，他说："我真说过这样的话吗？你看，我当时病得多厉害！"大概病人对医生没有多少好感，不病时以医生为不祥，既病则不能不委曲逢迎他，病好了就把他一脚踢开。人是这样的忘恩负义的一种动物，有几个人能像Androclus遇见的那只狮子？所以医生以丑角的姿态在舞台上出现，正好替观众发泄那平时不便表示的积愤。

可是医生那一方面也有许多别扭的地方。他若是登广告，和颜悦色的招徕主顾，立刻有人要挖苦他："你们要找庸医么，打开报纸一看便是。"所以他被迫采取一种防御姿势，要相当的傲岸。尽管门口鬼多人少，也得做出忙的样子。请他去看病，他不能去得太早，要等你三催六请，像大旱后之云霓一般而出现。没法子，忙。你若是登门求治，挂号的号码总是第九十八号，虽然不至于拉上自己的太太、小姐坐在候诊室里来壮声势，总得摆出一种排场，令你觉得他忙，忙得不能和你多说一句话，好像是算命先生如果要细批流年须要卦金另议一般。不过也不能一概而论，医生也有健谈的，病人尽管愁眉苦脸，他义能谈笑风生。我还知道一些工于应酬的医生，在行医之前，先实行一套相法，把病人的身份打量一番，对甚么样的人说甚么样的话。明明是西医，他对一位老太婆也会说一套阴阳五行的伤寒论，对于愿留全尸的人他不坚持打针，对于怕伤元气的人他不用泻药。明明的不知病原所在，他也得撰出一篇相当的脉案的说明，不能说不知道，"你不知道就是你没有本事"，说错了病原总比说不出病原令出诊费的人觉得不冤枉些。大概发烧即是火，咳嗽就是风寒，有痰就是肺热，腰疼即是肾亏，大致总没有错。摸不清病原也要下药，医生不开方就不是医生，好在符箓一般的药方也不容易被病人辨认出来。因为这种种情形的逼迫，医生不能不有一本生意经。

生意经最精的是兼营药业，诊所附设药房，开了方子立刻配药，几十个瓶子配来配去变化无穷，最大的成本是那盛药水的小瓶，收费言无二价。出诊的医生随身带着百宝箱，灵丹妙药一应俱全，更方便，连药剂师都自兼了。

天下是有不讲理的人，"医生治病不治命"，但是打医生摘匾的事却也常有；所以话要说在前头，芝麻大的病也要说得如火如荼不可轻视，病好了是他的功劳，病死了怪不得人。如果真的疑难大症撞上门来，第一步先得说明来治太晚，第二步要模棱的说如果不生变化可保无虞，第三步是姑投以某某药剂以观后果，第四步是敬谢不敏另请高明，或是更漂亮的给介绍到某某医院，其诀曰："推"。

我并不责难医生。我觉得医生里面固然庸医不少，可是病人里面浑虫也很多。有什么样子的病人就有什么样的医生，天造地设。

穷

人生下来就是穷的，除了带来一口奶之外，赤条条的，一
无所有，谁手里也没有握着两个钱。在稍稍长大一点，阶级渐渐
显露，有的是金枝玉叶，有的是"杂和面口袋"。但是就大体而
论，还是泥巴里打滚、袖口上抹鼻涕的居多。儿童玩具本是少得
可怜，而大概其中总还免不了一具"扑满"，瓦做的，像是陶器
时代的出品，大的小的挂绿釉的都有，间或也有形如保险箱，有
铁制的。这种玩具的用意就是警告孩子们，有钱要积蓄起来，免
得在饥荒的时候受穷，穷的阴影在这时候就已罩住了我们！好容
易过年赚来几块压岁钱，都被骗弄丢在里面了，丢进去就后悔，
想从缝里倒出是万难，用小刀拨也是枉然。积蓄是稍微有一点，
穷还是穷。而且事实证明，凡是积在扑满里的钱，除了自己早早
下手摔破的以外，大概后来就不知怎样就没有了，很少能在日后
发生什么救苦救难的功效。等到再稍稍长大一点，用钱的欲望更
大，看见什么都要流涎，手里偏偏是空空如也，那时候真想来一
个十月革命。就是富家子也是一样，尽管是绮襦纨绔，他还是恨
继承开始太晚。这时候他最感觉穷，虽然他还没认识穷。人在成
年之后，开始面对着糊口问题，不但糊自己的口，还要糊附属人

员的口。如果脸皮欠厚心地欠薄，再加上祖上是"忠厚传家诗书继世"的话，他这一生就休想能离开穷的掌握。人的一生，就是和穷挣扎的历史。和穷挣扎一生，无论胜利或失败，都是惨。能不和穷挣扎，或于挣扎之余还有点闲工夫做些别的事，那人是有福了。

所谓穷，也是比较而言。有人天天喊穷，不是今天透支，就是明天举债，数目大得都惊人，然后指着身上衣服的一块补丁或是皮鞋上的一条小小裂缝作为他穷的铁证。这是寓阔于穷，文章中的反衬法。也有人量入为出，温饱无虞，可是又担心他的孩子将来自费留学的经费没有着落，于是于自我麻醉中陷入于穷的心理状态。若是西装裤的后方越磨越薄，由薄而破，由破而织，由织而补上一大块布，细针密缝，老远的看上去像是一个圆圆的箭靶，（说也奇怪，人穷是先从裤子破起！）那么，这个人可是真有些近于穷了。但是也不然，穷无止境。"大雪纷纷落，我住柴火垛，看你们穷人怎么过！"穷人眼里还有更穷的人。

穷也有好处。在优裕环境里生活着的人，外加的装饰与铺排太多，可以把他的本来面目掩没无遗，不但别人认不清他真的面目，往往对他发生误会（多半往好的方面误会），就是自己也容易忘记自己是谁。穷人则不然，他的褴褛的衣裳等于是开着许多窗户，可以令人窥见他的内容，他的荜门蓬户，尽管是穷气冒三尺，却容易令人发见里面有一个人。人越穷，越靠他本身的成色，其中毫无夹带藏掖。人穷还可落个清闲，既少"车马驻江千"，更不会有人来求谋事，讣闻请笺都不会常常上门，他的时间是他自己的。穷人的心是赤裸的，和别的穷人之间没有隔阂，所以穷人才最慷慨。金错囊中所余无几，买房置地都不够，反正是吃不饱饿不死，落得来个爽快，求片刻的快意，此之谓"穷大手"。我们看见过富家弟兄析产的时候把一张八仙桌子劈开成两半，不曾看见两个穷人抢食半盂残羹剩饭。

穷时受人白眼是件常事，狗不也是专爱对着鹑衣百结的人汪汪吗？人穷则颈易缩，肩易耸，头易垂，须发许是特别长得快，擦着墙边逡巡而过，不是贼也像是贼。以这种姿态出现，到处受窘。所以人穷则往往自然的有一种抵抗力出现，是名曰：酸。穷一经酸化，便不复是怕见人的东西。别看我衣履不整，我本来不以衣履见长！人和衣服架子本来是应该有分别的；别看我囊中羞涩，我有所不取；别看我落魄无聊，我有所不为。这样一想，一股浩然之气火辣辣的从丹田升起，腰板自然挺直，胸膛自然凸出，徘徊啸傲，无往不宜。在别人的眼里，他是一块茅厕砖——臭而且硬，可是，人穷而不志短者以此，布衣之士而可以傲王侯者亦以此，所以穷酸亦不可厚非，他不得不如此，穷若没有酸支持着，它不能持久。

扬雄有逐贫之赋，韩愈有送穷之文，理直气壮的要与贫穷绝缘，反倒被穷鬼说服，改容谢过肃之上座，这也是酸极一种变化。贫而能逐，穷而能送，何乐而不为？逐也逐不掉，送也送不走，只好硬着头皮甘与穷鬼为伍。穷不是罪过，但也究竟不是美德，值不得夸耀，更不足以傲人。典型的穷人该是颜回，一箪食，一瓢饮，在陋巷，不改其乐。不改其乐当然是很好，箪食瓢饮究竟不大好，营养不足，所以颜回活到三十二岁短命死矣。孔子所说"饭疏食饮水，曲肱而枕之，乐亦在其中矣"，譬喻则可，当真如此就嫌其不大卫生。

雅舍小品·续集

旧

　　"我爱一切旧的东西——老朋友、旧时代、旧习惯、古书、陈酿；而且我相信，陶乐赛，你一定也承认我一向是很喜欢一位老妻。"这是高尔斯密的名剧《委曲求全》（She Stoops to Conquer）中那位守旧的老头儿哈德卡索先生说的话。他的夫人陶乐赛听了这句话，心里有一点高兴，这风流的老头子还是喜欢她，但是也不是没有一点愠意，因为这一句话的后半段说穿了她的老。这句话的前半段没有毛病，他个人有此癖好，干别人什么事？而且事实上有很多人颇具同感，也觉得一切东西都是旧的好，除了朋友、时代、习惯、书、酒之外，有数不尽的事物都是越老越古越旧越陈越好。所以有人把这半句名言用花体正楷字母抄了下来，装在玻璃框里，挂在墙上，那意思好像是在向喜欢除旧布新的人挑战。

　　俗语说："人不如故，衣不如新。"其实，衣着之类还是旧的舒适。新装上身之后，东也不敢坐，西也不敢靠，战战兢兢。我看见过有人全神贯注在他的新西装裤管上的那一条直线，坐下之后第一桩事便是用手在膝盖处提动几下，生恐膝部把他的笔直的裤管撑得变成了口袋。人生至此，还有什么趣味可说！看见过爱因斯坦的小照么？他总是披着那一件敞着领口胸怀的松松大大的破夹克，上面少不了烟灰烧出的小洞，更不会没有一片片的汗斑、油渍，但是他在这件破旧衣裳遮盖之下，优哉游哉的神游于太虚之表。《世说新语》记载着："桓车骑不好着新衣，浴后妇故进新衣与，车骑大怒，催使持去。妇更持还，传语云：'衣不经新，何由得故？'桓公大笑着之。"桓冲真是好说话，他应该说："有旧衣可着，何用新为？"也许他是为了保持阃内安宁，所以才一笑置之。"杀头而便冠"的事情，我还没有见过；但是"削足而适履"的行为，则颇多类似的例证。一般人穿的鞋，其制作、设计很少有顾到一只脚是有五个趾头的，穿这样的鞋虽然无需"削"足，但是我敢说五个脚趾绝对缺乏生存空间。有人硬是觉得，新鞋不好穿，敝屣不可弃。

"新屋落成"，金圣叹列为"不亦快哉"之一，快哉尽管快哉，随后那"树小墙新"的一段暴发气象却是令人难堪。"欲存老盖千年意，为觅霜根数寸栽"，但是需要等待多久！一栋建筑要等到相当破旧，才能有"树林阴翳，鸟声上下"之趣，才能有"苔痕上阶绿，草色入帘青"之乐。西洋的庭园，不时的要剪草，要修树，要打扮得新鲜耀眼，我们的园艺的标准显然的有些不同，即使是帝王之家的园囿，也要在亭阁楼台、画栋雕梁之外安排一个"濠濮间""谐趣园"，表示一点点陈旧古老的萧瑟之气。至于讲学的上庠，要是墙上没有多年蔓生的常春藤，基脚上没有远年积留的苔藓，那还能算是第一流么？

旧的事物之所以可爱，往往是因为它有内容，能唤起人的回忆。例如阳历尽管是我们正式采用的历法，在民间则阴历仍不能废，每年要过两个新年，而且只有在旧年才肯"新桃换旧符"。明知地处亚热带，仍然未能免俗要烟熏火燎的制造常常带有尸味的腊肉。端午节的龙舟粽子是不可少的，有几个人想到那"露才扬己，怨怼沉江"的屈大夫？还不是旧俗相因，虚应故事？中秋赏月，重九登高，永远一年一度的引起人们的不可磨灭的兴味。甚至腊八的那一锅粥，都有人难以忘怀。至于供个人赏玩的东西，当然是越旧越有意义。一把宜兴砂壶，上面有陈曼生制铭镌句，纵然破旧，气味自然高雅。"樗蒲锦背元人画，金粟笺装宋版书"，更是足以使人超然远举，与古人游。我有古钱一枚，"临安府行用，准参百文省"，把玩之余不能不联想到南渡诸公之观赏西湖歌舞。我有胡桃一对，祖父常常放在手里揉动，嘎咯嘎咯的作响；后来又在我父亲手里揉动，也嘎咯嘎咯的响了几十年，圆滑红润，有如玉髓，真是先人手泽；现在轮到我手里嘎咯嘎咯的响了，好几次险些儿被我的儿孙辈敲碎取出桃仁来吃！每一个破落户都可以拿出几件旧东西来，这是不足为奇的事。国家亦然。多少衰败的古国都有不少的古物，可以令人惊羡、欣赏、感慨、唏嘘！

旧的东西之可留恋的地方固然很多，人生之应该日新又新的地方亦复不少。对于旧日的典章文物，我们尽管欢喜赞叹，可是我们不能永远盘桓在美好的记忆境界里，我们还是要回到这个现实的地面上来。在博物馆里我们面对商周的吉金、宋元明的书画瓷器，可是溜酸双腿走出门外，便立刻要面对挤死人的公共汽车、丑恶的市招和各种饮料一律通用的玻璃杯！

旧的东西大抵可爱，唯旧病不可复发。诸如夜郎自大的脾气、奴隶制度的残余、懒惰自私的恶习、蝇营狗苟的丑态、畸形病态的审美观念，以及罄竹难书的诸般病症，皆以早去为宜。旧病才去，可能新病又来，然而总比旧病新恙一时并发要好一些。最可怕的是，倡言守旧，其实只是迷恋骸骨；唯新是骛，其实只是摭拾皮毛，那便是新旧之间两俱失之了。

洗　澡

　　谁没有洗过澡！生下来第三天，就有"洗儿会"，热腾腾的一盆香汤，还有果子彩钱，亲朋围绕着看你洗澡。"洗三"的滋味如何，没有人能够记得。被杨贵妃用锦绣大襁褓裹起来的安禄山也许能体会一点点"洗三"的滋味，不过我想当时禄儿必定别有心事在。

　　稍为长大一点，被母亲按在盆里洗澡永远是终身不忘的经验。越怕肥皂水流进眼里，肥皂水越爱往眼角里钻；胳肢窝怕痒，两肋也怕痒，脖子底下尤其怕痒，如果咯咯大笑把身子弄成扭股糖似的，就会顺手一巴掌没头没脸的拍了下来，有时候还真有一点痛。

　　成年之后，应该知道澡雪垢滓乃人生一乐，但亦不尽然。我读中学的时候，学校有洗澡的设备，虽是因陋就简，冷热水却甚充分。但是学校仍须严格规定，至少每三天必须洗澡一次。这规定比起汉律"吏五日得一休沐"意义大不相同。五日一休沐，是放假一天，沐不沐还不是在你自己。学校规定三日一洗澡是强迫性的，而且还有惩罚的办法，洗澡室备有签到簿，三次不洗澡者公布名单，仍不悛悔者则指定时间派员监视强制执行。以我所知，不洗澡而签名者大有人在，俨如伪造文书；从未见有名单公布，更未见有人在众目睽睽之下袒裼裸裎，法令徒成具文。

我们中国人一向是把洗澡当作一件大事的，自古就有沐浴而朝、斋戒沐浴以祀上帝的说法。曾点的生平快事是"浴于沂"。唯因其为大事，似乎未能视为日常生活的一部分。到了唐朝，还有人"居丧毁慕，三年不澡沐"。晋朝的王猛扪虱而谈，更是经常不洗澡的明证。白居易诗"今朝一澡濯，衰瘦颇有余"，洗一回澡居然有诗以纪之的价值。

旧式人家，尽管是深宅大院，很少有特辟浴室的。一只大木盆，能蹲踞其中，把浴汤泼溅满地，便可以称心如意了。在北平，街上有的是"金鸡未唱汤先热，红日东升客满堂"的澡堂，也有所谓高级一些的如"西升平"，但是很多人都不敢问津，倒不一定是如米芾之"好洁成癖至不与人同巾器"，也不是怕进去被人偷走了裤子，实在是因为医药费用太大。"早晨皮包水，晚上水包皮"，怕的是水不仅包皮，还可能有点什么东西进入皮里面去。明知道有些城市的澡堂里面可以搓澡、敲背、捏足、修脚、理发、吃东西、高枕而眠，甚而至于不仅是高枕而眠，一律都非常方便，有些胆小的人还是望望然去之，宁可回到家里去蹲踞在那一只大木盆里将就将就。

近代的家庭洗澡间当然是令人称便，可惜颇有"西化"之嫌，非我国之所固有。不过我们也无需过于自馁，西洋人之早雨浴晚雨浴一天溺洗两回，也只是很晚近的事。罗马皇帝喀拉凯拉之广造宏丽的公共浴室，容纳一万六千人同时入浴，那只是历史上的美谈；那些浴室早已由于蛮人入侵而沦为废墟。早期基督教的禁欲趋向又把沐浴的美德破坏无遗。在中古期间的僧侣，是不大注意他们的肉体上的清洁的。"与其澡于水，宁澡于德"（傅玄《澡盘铭》），大概是他们所信奉的道理。欧洲近代的修女学校还留有一些中古遗风，女生们隔两个星期才能洗澡一次，而且在洗的时候还要携带一件长达膝部以下的长袍作为浴衣，脱衣服的时候还有一套特殊技术，不可使自己看到自己的身体！英国维多利亚时代之"星期六晚的洗澡"是一般人民经常有的生活项目之一。平常的日子大概都是"不宜沐浴"。

我国的佛教僧侣也有关于沐浴的规定，请看《百丈清规·六》："展浴裓取出浴具于一边，解上衣，未卸直裰，先脱下面裙裳，以脚布围身，方可系浴裙，将裤袴卷折纳裓内。"虽未明言隔多久洗一次，看那脱衣层次规定之严，其用心与中古基督教会殆异趣同工。

在某些情形之下裸体运动是有其必要的，洗澡即其一也。在短短一段时间内，在一个适当的地方，即使于洗濯之余观赏一下原来属于自己的肉体，亦无伤大雅。若说赤身裸体便是邪恶，那么衣冠禽兽又好在哪里？

《礼·儒行》云："儒有澡身而浴德。"我看人的身与心应该都保持清洁，而且并行不悖。

树

　　北平的人家，差不多家家都有几棵相当大的树。前院一棵大槐树是很平常的。槐荫满庭，槐影临窗，到了六七月间槐黄满树，使得家像一个家，虽然树上不时的由一根细丝吊下一条绿颜色的肉虫子，不当心就要黏得满头满脸。槐树寿命很长，有人说唐槐到现在还有生存在世上的。这种树的树干就有一种纠绕蟠屈的姿态，自有一股老丑而并不自嫌的神气，有这样一棵矗立在前庭，至少可以把"树小墙新画不古"的讥诮免除三分之一。后院照例应该有一棵榆树，榆与余同音，示有余之意。否则榆树没有什么特别值得令人喜爱的地方，成年的往下洒落五颜六色的毛毛虫，榆钱做糕也并不好吃。至于边旁跨院里，则只有枣树的份，"叶小如鼠耳"，到处生些怪模怪样的能刺伤人的小毛虫。枣实只合做枣泥馅子，生吃在肚里就要拉枣酱，所以左邻右舍的孩子、老妪任意扑打也就算了。院子中央的四盆石榴树，那是给天棚鱼缸做陪衬的。

　　我家里还有些别的树。东院里有一棵柿子树，每年结一二百个高庄柿子，还有一棵黑枣。垂花门前有四棵西府海棠，艳丽到极点。西院有四棵紫丁香，占了半个院子。后院有一棵香椿和一棵胡椒，椿芽、椒芽成了烧黄鱼和拌豆腐的最好的佐料。榆树底下有一个葡萄架，年年在树根左近要埋一只死猫（如果有死猫可得）。在从前的一处家园里，还有更多的树，桃、李、胡桃、杏、梨、藤萝、松、柳，无不俱备。因此，我从小就对于树存有偏爱。我尝面对着树生出许多非非之想，觉得树虽不能言、不解语，可是它也有生老病死，它也有荣枯，它也晓得传宗接代，它也应该算是"有情"。

树的姿态各个不同。亭亭玉立者有之，矮墩墩的有之，有张牙舞爪者，有佝偻其背者，有戟剑森森者，有摇曳生姿者，各极其致。我想树沐浴在熏风之中，抽芽放蕊，它必有一番愉快的心情。等到花簇簇、锦簇簇，满枝头红红绿绿的时候，招蜂引蝶，自又有一番得意。落英缤纷的时候可能有一点伤感，结实累累的时候又会有一点迟暮之思。我又揣想，蚂蚁在树干上爬，可能会觉得痒痒出溜的；蝉在枝叶间高歌，也可能会觉得聒噪不堪。总之，树是活的，只是不会走路，根扎在哪里便住在那里，永远没有颠沛流离之苦。

小时候听"名人演讲"，有一次是一位什么"都督"之类的角色讲演"人生哲学"，我只记得其中一点点，他说："植物的根是向下伸，兽畜的头是和身躯平的，人是立起来的，他的头是在最上端。"我当时觉得这是一大发现，也许是生物进化论的又一崭新的说法。怪不得人为万物之灵，原来他和树比较起来是本末倒置的。人的头高高在上，所以"清气上升，浊气下降"。有道行的人，有坐禅，有立禅，不肯倒头大睡，最后还要讲究坐化。

可是历来有不少诗人并不这样想，他们一点也不鄙视树。美国的佛洛斯特有一首诗，名《我的窗前树》，他说他看出树与人早晚是同一命运的，都要倒下去，只有一点不同，树担心的是外在的险厄，人烦虑的是内心的风波。又有一位诗人名Kilmer，他有一首著名的小诗《树》，有人批评说那首诗是"坏诗"，我倒不觉得怎样坏，相反的，"诗是像我这样的傻瓜做的，只有上帝才能造出一棵树"，这两行诗颇有一点意思。人没有什么了不起，侈言创造，你能造出一棵树来么？树和人，都是上帝的创造。最近我到阿里山去游玩，路边见到那株"神木"，据说有三千年了，比起庄子所说的"以八千岁为春，以八千岁为秋"的上古大椿还差一大截子，总算有一把年纪，可是看那一副形容枯槁的样子，只是一具枯骸，何神之有！我不相信"枯树生华"那一套。我只能生出"树犹如此，人何以堪"的感想。

　　我看见阿里山上的原始森林，一片片、黑压压，全是参天大树，郁郁葱葱。但与我从前在别处所见的树木气象不同。北平公园大庙里的柏，以及梓橦道上的所谓"张飞柏"，号称"翠云廊"，都没有这里的树那么直、那么高。像黄山的迎客松，屈铁交柯，就更不用提，那简直是放大了的盆景。这里的树大部分是桧木，全是笔直的，上好的电线杆子材料。姿态是谈不到，可是自有一种榛莽未除、入眼荒寒的原始山林的意境。局促在城市里的人走到原始森林里来，可以嗅到"高贵的野蛮人"的味道，令人精神上得到解放。

读　画

《随园诗话》："画家有读画之说，余谓画无可读者，读其诗也。"随园老人这句话是有见地的。读是读诵之意，必有文章词句然后方可读诵，画如何可读？所以读画云者，应该是读诵画中之诗。

诗与画是两个类型，在对象、工具、手法各方面均不相同。但是类型的混淆，古已有之。在西洋，所谓"Ut picture poesis"，"诗既如此，画亦同然"，早已成为艺术批评上的一句名言。我们中国也特别称道王摩诘的"画中有诗，诗中有画"。究竟诗与画是各有领域的。我们读一首诗，可以欣赏其中的景物的描写，所谓"历历如绘"，但诗之极致究竟别有所在，其着重点在于人的概念与情感。所谓诗意、诗趣、诗境，虽然多少有些抽象，究竟是以语言文字来表达最为适宜。我们看一幅画，可以欣赏其中所蕴藏的诗的情趣，但是并非所有的画都有诗的情趣，而且画的主要的功用是在描绘一个意象。我们说读画，实在是在画里寻诗。

蒙娜丽莎的微笑，即是微笑，笑得美，笑得甜，笑得有味道，但是我们无法追问她为什么笑，她笑的是什么。尽管有许多人在猜这个微笑的谜，其实都是多此一举。有人以为她是因为发现自己怀孕了而微笑，那微笑代表女性的骄傲与满足；有人说："怎见得她是因为发觉怀孕而微笑呢？也许她是因为发觉并未怀孕而微笑呢？"这样的读下去，是读不出所以然来的。会心的微笑，只能心领神会，非文章词句所能表达。像《蒙娜丽莎》这样的画，还有一些奥秘的意味可供揣测。此外像Watts的《希望》，画的是一个女人跨在地球上弹着一只断了弦的琴，也还有一点象征的意思可资领会；但是Sorolla的《二姊妹》，除了耀眼的阳光之外还有什么诗可读？再如Sully的《戴破帽子的孩子》，画的是一个孩子头上顶着一个破帽子，除了那天真无邪的脸上的光线掩映之外还有什么诗可读？至于Chase的一幅《静物》，可能只是两条死鱼翻着白肚子躺在盘上，更没有什么可说的了。

也许中国画里的诗意较多一点。画山水不是"春山烟雨"，就是"江皋烟树"，不是"云林行旅"，就是"春浦帆归"，只看画题，就会觉得诗意盎然。尤其是文人画家，一肚皮不合时宜，在山水画中寄托了隐逸超俗的思想，所以山水画的境界成了中国画家人格之最完美的反映。即使是小幅的花卉，像李复堂、徐青藤的作品，也有一股豪迈潇洒之气跃然纸上。

画中已经有诗，有些画家还怕诗意不够明显，在画面上更题上或多或少的诗词字句。自宋以后，这已成了大家所习惯接受的形式，有时候画上无字反倒觉得缺点什么。中国字本身有其艺术价值，若是题写得当，也不难看。西洋画无此便利，《拾穗人》上面若是用鹅翎管写上一首诗，那就不堪设想。在画上题诗，至少说明了一点，画里面的诗意有用文字表达的必要。一幅酣畅的泼墨画，画着两棵大白菜，墨色浓淡之间充分表示了画家笔下控制水墨的技巧，但是画面的一角题了一行大字："不可无此味，不可有此色"，这张画的意味不同了，由纯粹的画变成了一幅具有道德价值的概念的插图。金冬心的一幅墨梅，篆籀纵横，密圈铁线，清癯高傲之气扑人眉宇，但是半幅之地题了这样的词句："晴窗呵冻，写寒梅数枝，胜似与猫儿狗儿盘桓也……"顿使我们的注意力由斜枝细蕊转移到那个清高的画士。画的本身应该能够表现画家所要表现的东西，不需另假文字为之说明，题画的办法有时使画不复成为纯粹的画。

　　我想画的最高境界不是可以读得懂的，一说到读便牵涉到文章词句，便要透过思想的程序，而画的美妙处在于透过视觉而直诉诸人的心灵，画给人的一种心灵上的享受，不可言说，说便不着。

手　杖

　　古希腊底比斯有一个女首狮身的怪物，拦阻过路行人说谜语，猜不出的便要被吃掉，谜语是："什么东西走路用四条腿，用两条腿，用三条腿，走路时腿越多越软弱？"古希腊的人好像是都不善猜谜，要等到埃迪帕斯才揭开谜底，使得那怪物自杀而死。谜底是"人"。婴儿满地爬，用四条腿，长大成人两腿竖立，等到年老杖而能行，岂不是三条腿了么？一根杖是老年人的标记。

　　杖这种东西，我们古已有之。《礼记·王制》："五十杖于家，六十杖于乡，七十杖于国，八十杖于朝，九十者，天子欲有问焉，则就其室，以珍从。"古人五十始衰，所以到了五十才可以用杖，未五十者不得执也。我看见过不止一位老者，经常佝偻着身子，鞠躬如也，真像一个疑问符号（？）的样子，若不是手里拄着一根杖，必定会失去重心。

　　杖所以扶衰弱，但是也成了风雅的一种装饰品，"孔子蚤作，负手曳杖，逍遥于门"，《礼记·檀弓》明明有此记载，手负在背后，杖拖在地上，显然这杖没有发生扶衰济弱的作用，但是把逍遥的神情烘托得跃然纸上。我们中国的山水画可以空山不见人，如果有人，多半也是扶着一根拐杖的老者，或是彳亍道上，或是伫立看山，若没有那一根杖便无法形容其老，人不老，山水都要减色。杜甫诗："年过半百不称意，明日看云还杖藜"，这位杜陵野老满腹牢骚，准备明天上山看云的时候也没有忘记带一根藜杖。豁达恣放的阮脩就更不必说，他把钱挂在杖头上到酒店去酣饮，那杖的用途更是推而广之的了。

从前的杖，无分中外，都是一人来高。我们中国的所谓"拐杖"，杖首如羊角，所以亦称丫杖，手扶的时候只能握在杖的中上部分。就是乞食僧所用"振时作锡锡声"的所谓"锡杖"也是如此。从前欧洲人到耶路撒冷去拜谒圣地的香客，少不得一顶海扇壳帽、一根拐杖，那杖也是很长的。我们现在所见的手杖，短短一橛，走起路来可以夹在腋下，可以在半空中划圆圈，可以滴滴嘟嘟的点地作响，也可以把杖的弯颈挂在臂上，这乃是近代西洋产品，初入中土的时候，无以名之，名之为"斯提克"。斯提克并不及拐杖之雅，不过西装革履也只好配以斯提克。

杖以竹制为上品，戴凯之《竹谱》云："竹之堪杖，莫尚于筇，磊砢不凡，状若人工。"筇杖不必一定要是四川出品，凡是坚实直挺而色泽滑润者，皆是上选。陶渊明《归去来辞》所谓"策扶老以流憩"，"扶老"即是筇杖的别称。筇杖妙在微有弹性，扶上去颤巍巍的，好像是扶在小丫鬟的肩膀上。重量轻当然也是优点。葛藤做杖亦佳，也是基于同样的理由。阿里山的桧木心所制杖，疙瘩噜苏的样子并不难看，只是拿在手里轻飘飘，碰在地上声音太脆。其他木制的、铁制的都难有令人满意的。而最恶劣的莫过于油漆贼亮，甚而至于嵌上螺钿，斑斓耀目。

我爱手杖。我才三十岁的时候，初到青岛，朋友们都是人手一杖，我亦见猎心喜。出门上下山坡，扶杖别有风趣，久之养成习惯，一起身便不能忘记手杖。行险路时要用它，打狗也要用它。一根手杖无论多么敝旧亦不忍轻易弃置，而且我也从不羡慕别人的手杖。如今，我已经过了杖乡之年，一杖一钵，正堪效法孔子之逍遥于门。武王《杖铭》曰："恶乎危于忿疐，恶乎失道于嗜欲，恶乎相忘于富贵！"我不需要这样的铭，我的杖上只沾有路上的尘土和草叶上的露珠。

牙　签

施耐庵《水浒》序有"进盘飧，嚼杨木"一语，所谓"嚼杨木"就是饭后用牙签剔牙的意思。晋高僧法显求法西域，著《佛国记》，有云："沙祇国南门道东佛在此嚼杨枝，刺土中即生……"这个"嚼"字当作"削"解。"嚼杨木"当然不是把一根杨木放在嘴里咀嚼。饭后嚼一块槟榔还可以，谁也不会吃饱了之后嚼木头。"嚼杨木"是借用"嚼杨枝"语，谓取一根牙签剔牙。杨枝净齿是西域风俗，所以中文里也借用佛书上的名词。《隋书·真腊传》："每旦澡洗，以杨枝净齿，读诵经咒。又澡洒，乃食，食罢，还用杨枝净齿，又读经咒。"可见他们的规矩在念经前和食后都要杨枝净齿。

为了好奇，翻阅赛珍珠女士译的《水浒传》，她的这一句的译文甚为奇特："take food, Chew a bit of this or that."我们若是把这句译文还原，便成了："进食，嚼一点这个又嚼一点那个。"衡以信、达、雅之义，显然不信。

牙缝里塞上一丝肉、一根刺，或任何残膏剩馥，我们都会自动的本能的思除之而后快。我不了解为什么这净齿的工具须要等到五世纪中由西域发明然后才得传入中土。我们发明了罗盘、火药、印刷术，没能发明用牙签剔牙！

　　西洋人使用牙签更是晚近的事。英国到了十六世纪末年还把牙签当作一件希奇的东西，只有在海外游历过的花花大少才口里衔着一根牙签招摇过市，行人为之侧目。大概牙签是从意大利传入英国的，而追究根源，又是从亚洲传到意大利的，想来是贸易商人由威尼斯到近东以至远东，把这净齿之具带到欧洲。莎士比亚的《无事自扰》有这样的句子："我愿从亚洲之最远的地带给你取一根牙签。"此外在其他三四出戏里也都提到牙签，认为那是"旅行家"的标记。以描述人物著名的散文家Overbury，也是莎士比亚同时代的人，在他的一篇《旅行家》里也说："他的牙签乃是他的一项主要的特点。"可见三百年前西洋的平常人是不剔牙的。藏垢纳污到了饱和点之后也就不成问题。倒是饭后在齿颊之间横剔竖抉的人，显着矫揉造作、自命不凡！

　　人自谦年长曰"马齿徒增"，其实人不如马，人到了年纪便要齿牙摇落，至少也是齿牙之间发生罅隙，有如一把烂牌，不是一三五，就是二四六，中间仅是嵌张！这时节便需要牙签。有象牙质的，有银质的，有尖的，有扁的，还有带弯钩的，都中看不中用。普通的是竹质的，质坚而锐，易折，易伤牙龈。我个人经验中所使用过的牙签，最理想的莫过于从前北平致美斋路西雅座所预备的那种牙签。北平饭馆的规矩，饭后照例有一碟槟榔豆蔻，外带牙签，这是由堂倌预备的，与柜上无涉。致美斋的牙签是特制的，其特点第一是长，约有自来水笔那样长，拿在手中可以摆出搦毛笔管的姿势，在口腔里到处探钻，无远弗届，第二是质韧，是真正最好的杨柳枝做的，拐弯抹角的地方都可以照顾得到，有刚柔相济之妙。现在台湾也有一种白柳木的牙签，但嫌其不够长，头上不够尖。如今想起致美斋的牙签，尤其想起当初在致美斋做堂倌后来做了大掌柜的初仁义先生（他常常送一大包牙签给我），不胜惆怅！

　　有些事是人人都做的，但不可当着人的面前公然做之。这当然也是要看各国的风俗习惯。例如牙签的使用，其状不雅，咧着血盆大口，狞眉皱眼，摘之，抠之，攒之，抉之，使旁观的人不快。纵然手搭凉棚放在嘴边，仍是欲盖弥彰，减少不了多少丑态。至于已经剔牙竣事而仍然叼着一根牙签昂然迈步于大庭广众之间者，我们只能佩服他的天真。

睡

　　我们每天睡眠八小时，便占去一天的三分之一，一生之中三分之一的时间于"一枕黑甜"之中度过，睡不能不算是人生一件大事。可是人在筋骨疲劳之后，眼皮一垂，枕中自有乾坤，其事乃如食色一般的自然，好像是不需措意。

　　豪杰之士有"闻午夜荒鸡起舞"者，说起来令人神往；但是五代时之陈希夷，居然隐于睡，据说"小则亘月，大则几年，方一觉"，没有人疑其为有睡病，而且传为美谈。这样的大量睡眠，非常人之所能。我们的传统的看法，大抵是不鼓励人多睡觉。昼寝的人早已被孔老夫子斥为不可造就，使得我们居住在亚热带的人午后小憩（西班牙人所谓"Siesta"）时内心不免惭愧。后汉时有一位边孝先，也是为了睡觉受他的弟子们的嘲笑："边孝先，腹便便，懒读书，但欲眠。"佛说在家戒法，特别指出"贪睡眠乐"为"精进波罗密"之一障。大概倒头便睡，等着太阳晒屁股，其事甚易，而掀起被衾，跳出软暖，至少在肉体上作"顶天立地"状，其事较难。

　　其实睡眠还是需要适量。我看倒是睡眠不足为害较大。"睡眠是自然的第二道菜"，亦即最丰盛的主菜之谓。多少身心的疲愆都在一阵"装死"之中涤除净尽。车祸的发生时常因为驾车的人在打瞌睡。衙门机构一些人员之一张铁青的脸,傲气凌人,也往往是由于睡眠不足,头昏脑涨,一肚皮的怨气无处发泄,如何能在脸上绽出人类所特有的笑容?至于在高位者,他们的睡眠更为重要,一夜失眠,不知要造成多少纰漏。

睡眠是自然的安排,而我们往往不能享受。以"天知地知我知子知"闻名的杨震,我想他睡觉没有困难,至少不会失眠,因为他光明磊落。心有恐惧,心有挂碍,心有忮求,倒下去只好辗转反侧,人尚未死而已先不能瞑目。《庄子》所谓"至人无梦",《楞严经》所谓"梦想消灭,寝寤恒一",都是说心里本来平安,睡时也自然踏实。劳苦分子,生活简单,日入而息,日出而作,不容易失眠。听说有许多治疗失眠的偏方,或教人计算数目字,或教人想象中描绘人体轮廓,其用意无非是要人收敛他的颠倒妄想,忘怀一切,但不知有多少实效。愈失眠愈焦急,愈焦急愈失眠,恶性循环,只好瞪大眼睛,不觉东方之既白。

睡眠不能无床。古人席地而坐卧,我由"榻榻米"体验之,觉得不是滋味。后来北方的土炕、砖炕,即较胜一筹。近代之床,实为一大进步。床宜大,不宜小。今之所谓双人床,阔不过四五尺,仅足供单人翻覆,还说什么"被底鸳鸯"?

莎士比亚《第十二夜》提到一张大床,英国Ware地方某旅舍有大床,七尺六寸高,十尺九寸阔,雕刻甚工,可睡十二人云。尺寸足够大了,但是睡上一打,其去沙丁鱼也几希,并不令人羡慕。讲到规模,还是要推我们上国的衣冠文物。我家在北平即藏有一旧床,杭州制,竹簟为绷,宽九尺余,深六尺余,床架高八尺,三面隔扇,下面左右床柜,俨然一间小屋,最可人处是床里横放架板一条,图书,盖碗,桌灯,四干四鲜,均可陈列其上,助我枕上之功。洋人的弹簧床，睡上去如落在棉花堆里，冬日犹可，夏日燠不可当。而且洋人的那种铺被的方法，将身体放在两层被单之间，把毯子裹在床垫之上，一翻身肩膀透风，一伸腿脚趾戳被，并不舒服。佛家的八戒，其中之一是"不坐高广大床"，和我的理想正好相反，我至今还想念我老家里的那张高广大床。

　　睡觉的姿态人各不同，亦无长久保持"睡如弓"的姿态之可能与必要。王右军那样的东床坦腹，不失为潇洒。即使佝偻着，如死蚯蚓，匍匐着，如癞蛤蟆，也不干谁底事。北方有些地方的人士，无论严寒酷暑，入睡时必脱得一丝不挂，在被窝之内实行天体运动，亦无伤风化。唯有鼾声雷鸣，最使不得。宋张端义《贵耳集》载一条奇闻："刘垂范往见羽士寇朝，其徒告以睡。刘坐寝外闻鼻鼾之声，雄美可听，曰：'寇先生睡有乐，乃华胥调。'"所谓"华胥调"见陈希夷故事，据《仙佛奇踪》："陈抟居华山，有一客过访，适值其睡。旁有一异人，听其息声，以墨笔记之。客怪而问之，其人曰：'此先生华胥调混沌谱也。'"华胥氏之国不曾游过，华胥调当然亦无从欣赏，若以鼾声而论，我所能辨识出来的谱调顶多是近于"爵士新声"，其中可能真有"雄美可听"者。不过睡还是以不奏乐为宜。

　　睡也可以是一种逃避现实的手段。在这个世界活得不耐烦而又不肯自行退休的人，大可以掉头而去，高枕而眠，或竟曲肱而枕，眼前一黑，看不惯的事和看不入眼的人都可以暂时撇在一边，像鸵鸟一般，眼不见为净。明陈继儒《珍珠船》记载着："徐光溥为相，喜论事，大为李旻等所嫉。光溥后不言，每聚议，但假寐而已，时号'睡相'。"一个做到首相地位的人，开会不说话，一味假寐，真是懂得明哲保身之道，比危行言逊还要更进一步。这种功夫现代似乎尚未失传。

垃　圾

　　人吃五谷杂粮，就要排泄。渣滓不去，清虚不来。家庭也是一样，有了开门七件事，就要产生垃圾。看一堆垃圾的体积之大小、品质之精粗，就可以约略看出其阶级门第，是缙绅人家还是暴发户，是书香人家还是买卖人，是忠厚人家还是假洋鬼子。吞纳什么样的东西，不免即有什么样的排泄物。

　　如何处理垃圾，是一个问题。最简便的方法是把大门打开，四顾无人，把一筐垃圾往街上一丢，然后把大门关起，眼不见心不烦。垃圾在黄尘滚滚之中随风而去，不干我事。真有人把烧过的带窟窿的煤球平平正正的摆在路上，他的理由是等车过来就会辗碎，正好填上路面的坑洼，像这样"好心肠"的人到处皆有。事实上每一个墙角、每一块空地，都有人善加利用，倾倒垃圾。多少人在此随意便溺，难道不可以丢些垃圾？行路人等有时也帮着生产垃圾，一堆堆的甘蔗渣、一条条的西瓜皮、一块块的橘子皮，随手抛来，潇洒自如。可怜老牛拉车，路上遗矢，尚有人随后铲除，而这些路上行人食用水果，反倒没有人跟着打扫！

　　我的住处附近有一条小河，也可以说是臭水沟，据说是什么圳的一个支流。当年小桥流水，清可见底，可以游泳其中；年久失修，渐渐壅淤，水流愈来愈窄而且表面上常漂着五彩的浮渣。这是一个大好的倾倒垃圾之处，邻近人家焉有不知之理。于是穿着条纹睡衣的主妇清早端着便壶往河里倾注；蓬头跣足的下女提着畚箕往河里倒土；还有仪表堂堂的先生往里面倒字纸篓，多少信笺、信封都缓缓的漂流而去，那位先生顾而乐之。手面最大的要算是修缮房屋的人家，把大批的灰泥、砖瓦向河边倒，形成了河埔新生地。有时还从上流漂来一只木板鞋，半个烂文旦，死猫死狗死猪涨得鼓溜溜的！不知是受了哪一位大人先生的恩典，这一条臭水沟被改为地下水道，上面铺了柏油路，从此这条水沟不复发生承受垃圾的作用，使得附近居民多么不便！

在较为高度开发的区域，家门口多置垃圾箱。在应该有两个石狮子或上马蹬的地方站立着一个四四方方的乌灰色的水泥箱子，那样子也够腌脏的。这箱子有门有盖，设想周到，可是不久就会门盖全飞，里面的宝藏全部公开展览。不设垃圾箱的左右高邻大抵也都不分彼此，惠然肯来，把一个垃圾箱经常弄得脑满肠肥。结果是谁安设垃圾箱，谁家门口臭气四溢。箱子虽说是钢骨水泥做的，经汽车三撞五撞，也就由酥而裂而破而碎而垮。

有人独出心裁，在墙根上留上一窦穴，装以铁门，门上加锁，墙里面砌垃圾箱，独家专门，谢绝来宾。但是亦不可乐观，不久那锁先被人取走，随后门上的扣环也不见了，终于是门户洞开，左右高邻仍然是以邻为壑。

对垃圾最感兴趣的是拾烂货的人。这一行夙兴夜寐，蛮辛苦的，每一堆垃圾都要加上一番爬梳的功夫，看有没有可以抢救出来的物资。人弃我取，而且取不伤廉。但是在那一爬一梳之下，原状不可恢复，堆变成了摊，狼藉满地，惨不忍睹。家门以内尽管保持清洁，家门以外不堪闻问。

　　世界上有许多问题永久无法解决，垃圾可能是其中之一，闻
说有些国家有火化垃圾的设备，或使用化学品蚀化垃圾于无形，
听来都像是《天方夜谭》的故事。我看了门口的垃圾，常常想到
朝野上下异口同声的所谓"起飞"、所谓"进步"。天下物无全
美，留下一点缺陷，以为异日起飞、进步的张本，不亦甚善？同
时我又想，难以处理的岂只是门前的垃圾，社会上各阶层的垃圾
滔滔皆是，又当如何处理？

观　　光

　　一位外国教授休假旅行，道出台湾，事前辗转托人来信要我予以照料，导游非我副业，但情不可却。事实证明"马路翻译"亦不易为，因为这一对老夫妇要我带他们到一条名为Hagglers Alley的地方去观光一番。我当时就踌躇起来，不知是哪一条街能有独享这样的一个名称的光荣。所谓"haggler"，就是"讨价还价的人"。他们没有见过这种场面，想见识一下，亦人情之常。我们在汉朝就有一位韩康，卖药长安，言不二价，名列青史，传为美谈。他若是和我谈起这段故事，我当然会比较的觉得面上有光，我再一想，韩康是一位逸士，在历史上并不多见，到如今当然更难找到。不提他也罢。一条街以"讨价还价"为名，足以证明其他的街道之上均不讨价还价，这也还是相当体面之事。好，就带他们到城里去走一遭。来客看出我有一点踌躇，便从箱箧中寻出一个导游小册，指给我看，台北八景之一的"讨价还价之街"赫然在焉。幸好其中没有说明中文街名，也没有说明在什么地方。在几乎任何一条街上都可以进行讨价还价之令人兴奋的经验。

　　按照导游小册，他们还要看山胞跳舞。讲到跳舞，我们古已有之，可惜"舞雩归咏"的情形只能在书卷里依稀体会之，就是什么霓裳羽衣、剑器浑脱之类，我们也只有其名。观光客要看的是更古老的原始的遗留！越简陋的越好！"祝发文身，错臂左衽"，都是有趣的。我告诉他们这种山胞跳舞需要到山地方能看到，这使他们非常失望。（我心里明白，虽然他们口里没有说出，他们也一定很想看看"出草"的盛况哩。读过Swift的《一个低调的建议》的人，谁不想参观一下福尔摩萨的生吃活人肉的风俗习惯？）后来他们在出卖"手工艺"的地方看到袖珍型的"国剧脸谱"，大喜过望，以为这必定是几千年几万年前的古老风俗的遗留。我虽然极力解释这只是"国剧"的"脸谱"，不同于他们在非洲内地或南海岛屿上所看到的土人的模型，但是他们仍很固执的表示衷心喜悦，嘴角上露出了所谓"a serendipic smile"（如获至宝的微笑），慷慨解囊，买了几份，预备回国去分赠亲友，表示他们看到一些值得一看的东西。

　　我有一个朋友，他家里曾经招待过一位观光女客。她饱餐了我们的世界驰名的佳肴之后，忽然心血来潮想要投桃报李，坚持要下厨房亲手做一顿她们本国的饭食，以娱主人，并且表示非亲自到市场采办不可。到我们的菜市场去观光！我们的市场里的物资充斥，可以表示出我们的生活的优裕，不需要配给券，人人都可以满载而归，个个菜筐都可以"青出于蓝"，而且当场杀鸡宰鱼，表演精彩不另收费。市场里虽然顾客摩肩接踵，依然可以撑着雨伞，任由雨水滴到别人的头上，依然可以推着脚踏车在人丛中横冲直撞，把泥水擦在别人的身上，因为彼此互惠之故，亦能相安。薄施脂粉的一位太太顺手把额外的一条五花三层的肉塞进她的竹篮里，眼明手快的屠商很迅速的就把那条肉又抽了出来，起初是两造怒目而视，随后不知怎的又相视而笑，适可而止，不伤和气。市场里的形形色色实在是大有可观，直把我们的观光客看得不仅目瞪口呆，而且心荡神怡。主人很天真，事后问她我们的菜市与她们国家的菜市有何分别，她很扼要的回答说："敝国的菜市地面上没有泥水。"

这位观光客又被招待到日月潭，下榻于落成不久的一座大厦中之贵宾室，一切都很顺利，即使拖人的船夫和钉人的照相师都没有使她丧胆，但是到了深更半夜，一只贼光溜亮的大型蟑螂舞动着两根长须爬上被单，她便大叫一声惊动了全楼的旅客。事情查明之后，同情似乎都在蟑螂那一方面。蟑螂遍布全世界，它的历史比人类的还要久远，这种讨厌的东西酷爱和平，打它杀它，永不抵抗，它唯一的武器是反对节育，努力生产。外国女人看见一只老鼠都会晕倒，见蟑螂而失声大叫又何足奇？舞龙舞狮可以娱乐嘉宾，小小一只蟑螂不成敬意。

来台观光而不去看故宫古物，岂不等于是探龙颔而遗骊珠？可是我真希望观光客不要遇到那大排长队的背着水壶拿着豆沙面包的小学生，否则他们会要误会我们的小学生已经恶补收效到能欣赏周彝汉鼎的程度了。江山无论多么秀美壮丽，那是"天开图画"，与人无关。讲到文化，那都是人为的。我们中国文化，在故宫古物中间可以找到实证，也可以说中国文化几尽萃于是。这样的文物展览，当然傲视全球，唯一遗憾的是，祖先的光荣无助于孝子贤孙之飘蓬断梗！而且纵然我们知道奋发，也不能再制"武丁甗"来炊饭，仍须乞灵于电锅。

脏

　　普天之下以哪一个民族为最脏，这个问题不是见闻不广的人所能回答的。约在半个世纪以前，蔡元培先生说："华人素以不洁闻于世界：体不常浴，衣不时浣，咯痰于地，拭涕以袖，道路不加洒扫，厕所任其熏蒸，饮用之水不经渗漉，传染之病不知隔离。"这样说来，脏的冠军我们华人实至名归、当之无愧。这些年来，此项冠军是否一直保持，是否业已拱手让人，则很难说。

　　蔡先生一面要我们以尚洁互相劝勉，一面又鳃鳃过虑生怕我们"因太洁而费时"，又怕我们因"太洁而使人难堪"。其实有洁癖的人在历史上并不多见，数来数去也不过南宋何佟之，元倪瓒，南齐王思远、庾炳之，宋米芾数人而已。而其中的米芾"不与人共巾器"，从现代眼光看来，好像也不算是"使人难堪"。所谓巾器，就是手巾、脸盆之类的东西，本来不好共用。从前戏园里有"毛巾把儿"供应，热腾腾、香喷喷的手巾把儿从戏园的一角掷到另一角，也算是绝活之一。纵然有人认为这是一大享受，甚且认为这是国剧艺术中不可或缺的节目之一，我一看享受手巾把儿的朋友们之恶狠狠的使用它，从耳根脖后以至于绕弯抹角的擦到两腋生风而后已，我就不寒而栗，宁可步米元章的后尘而"使人难堪"。现代号称观光的车上也有冷冰冰、香喷喷的小方块毛巾敬客，也有人深通物尽其用的道理，抹脸揩头，细吹细打，最后可能擤上一摊鼻涕。若是让米元章看到，怕不当场昏厥！如果大家都多多少少的染上一点洁癖，"使人难堪"的该是那些邋遢鬼。

人的身体本来就脏，佛家所谓"不净观"，特别提醒我们人的"九孔"无一不是藏垢纳污之处，经常像臭沟似的渗泄秽流。真是一涉九想，欲念全消。我们又何必自己作践自己，特别作出一副腌脏相，长发披头，于思满面，招人恶心，而自鸣得意？也许有人要指出，"蓬首垢面而谈诗书"，贤者不免，"扪虱而言"，无愧名士，"头面常一月十五日不洗，不太闷痒不能沐"，也正是风流适意。诚然，这种古已有之的流风遗韵，一直到了晚近尚未断绝，在民初还有所谓什么大师之流，于将近耳顺之年，因为续弦，才接受对方条件而开始刷牙。在这些固有的榜样之外，若是再加上西洋的堕落时髦，这份不洁之名不但闻于世界，且将永垂青史。

无论是家庭、学校、餐厅、旅馆、衙门，最值得参观的是厕所。古时厕所干净到什么地步，不得而知，我只知道豪富如石崇，厕所里侍列着丽服藻饰的婢女十余位，置甲煎粉、沉香汁之属。王敦府上厕所有漆箱盛干枣，用以塞鼻。这些设备好像都是消极的措施。恶臭熏蒸，羼上甲煎粉、沉香汁的香气，恐未必佳；至于鼻孔里塞干枣，只好张口呼吸，当亦于事无补。我们的文化虽然悠久，对于这一问题好像未曾措意，西学东渐之后才开始慢慢的想要"迎头赶上"。"全盘西化"是要不得的，所以洋式的卫生设备纵然安设在最高学府里，也不免要加以中式的处理——任其渍污、阻塞、泛滥、溃决。脏与教育程度有时没有关系，小学的厕所令人望而却步，上庠的厕所也一样的不可向迩。衙门里也有人坐在马桶上把一口一口的浓痰唾到墙上，欣赏那像蜗牛爬过似的一条条亮晶晶的痕迹。看样子，公共的厕所都需要编制，设所长一人，属员若干，严加考绩，甚至卖票收费亦无不可。

离厕所近的是厨房。在家庭里大概都是建在边边沿沿不惹人注意的地方，地基较正房要低下半尺一尺的，屋顶多半是平台。我们的烹饪常用旺油爆炒，油烟熏渍，四壁当然黯黮无光。其中无数的蟋蟀、蚂蚁、蟑螂之类的小动物昼伏夜出，大量繁衍，与人和平共处，主客翕然。在有些餐厅里，为了空间经济，厨房、厕所干脆不大分开，大师傅汗淋淋的赤膊站在灶前掌勺，白案子上的师傅吊着烟卷在旁边揉面，墙角上就赫然列着大桶供客方便。多少人称赞中国的菜肴天下独步，如果他在餐前净手，看看厨房的那一份脏，他的胃口可能要差一点。有一位回国的观光客，他选择餐馆的重要标准之一是看那里的厨房脏到什么程度，其次才考虑那里有什么拿手菜。结果选来选去，时常还是回到自己的寓所吃家常饭。

菜市场才是脏的集大成的地方。杀鸡、宰鸭、剖鱼，全在这里举行，血迹模糊，污水四溅。青菜在臭水沟里已经涮洗过，犹恐失去新鲜，要不时的洒上清水，斤两上也可讨些便宜。死翘翘的鱼虾不能没有冰镇，冰化成水，水流在地。这地方，地窄人稠，阳光罕至，泥泞久不得干，脚踏车、摩托车横冲直撞没有人管，地上大小水坑星罗棋布，买菜的人没有不陷入泥淖的，没有人不溅一腿泥的。妙在鲍鱼之肆，久而不觉其臭，在这种地方天天打滚的人，久之亦不觉其苦：怕踩水，可以穿一双雨鞋；怕溅泥，可以罩一件外衣；嫌弄一手油，可以顺便把手在任何柱子、台子上抹两抹——不要紧的，大家都这样。有人倡议改善，想把洋人的超级市场翻版，当然这又是犯了一下子"全盘西化"的毛病，病在不合国情。吃如此这般的菜，就有如此这般的厨房，就有如此这般的菜市场，天造地设。

　　其实，脏一点无伤大雅，从来没有听说过哪一个国家因脏而亡。一个个的纵然衣冠齐整望之岸然，到处一尘不染，假使内心里不大干净，一肚皮男盗女娼，我看那也不妙。

狗

　　《五代史·四夷》附录："狗国,人身狗首,长毛不衣,手搏猛兽,语为犬嗥。其妻皆人,能汉语,生男为狗,女为人,自相婚嫁。穴居食生,而妻女人食。"语出正史,不相信也只好姑妄听之。我倒是希望在什么地方真有这么一个古国,让我们前去观光。妻女能汉语,对观光客便利不少。人身狗首,虽然不及人面狮身那样的雄奇,也算另一种上帝的杰作,我们不可怀有种族偏见,何况在我们人群中,獐头鼠目而昂首上骧者也比比皆是。可惜史籍记载太欠详尽,使人无从问津。

　　我们的人口膨胀,狗的繁殖好像也很快。我从前在清晨时分曳杖街头,偶然看见一两只癞狗在人家门前蜷卧,或是在垃圾箱里从事发掘,我走我的路,各不相扰。如今则不然,常常遇见又高又大的狼犬,有时气咻咻的伸着大舌头从我背后赶来,原来是狗主人在训练它捡取东西。也常常遇到大耳披头的小猎犬,到小腿边嗅一下,摇头晃脑而去。更常看到三五只土狗在街心乱窜,是相扑为戏还是争风动武,我也无从知道。遇到这样的场面,我只好退避三舍,绕道而行。

　　不要以为我极不喜欢狗。马克·吐温说过:"狗与人不同。

一只丧家犬，你把他迎到家里，喂他，喂得他生出一层亮晶晶的新毛，他以后不会咬你。"我相信，所谓义犬，古今中外皆有之。《搜神记》记载着一桩义犬救主的故事；明人戏曲也有过一篇《义犬记》。养狗不一定望报，单看他默默的厮守着你的样子，就觉得他是可人。树倒猢狲散，猢狲与人同属于灵长类，树倒焉有不散之理；狗则不嫌家贫，他知道恋旧。不过狗咬主人的事也不是没有发生过。那是狗患了恐水病，他咬了别人，也咬了主人，他自己是不负责任的，犹之乎一个"心神丧失"的儿子杀死爸爸也会被判为无罪一样。（不过疯犬本身必无生理，无论有罪无罪，都不能再俯仰天地之间而克享天年。）印度外道戒，有一种狗戒，要人过狗一般的生活，真个的吃人粪便，《大智度论》批评说："如是等戒，智所不赞，痛苦无善报。"其实狗也有他的长处，大有值得我们人效法者在，吃粪是大可不必的，纵然二十四孝里也列为一项孝行。

狗与人类打交道，由来已久。周有犬人，汉有狗监，都是帝王近侍，可见在犬马声色之娱中间老早就占了重要的地位。犬为六畜之一，孟子说："鸡豚狗彘之畜，无失其时，七十者可以食肉矣。"老人有吃狗肉的权利，聂政屠狗养亲，没有人说他的不是。许多人不吃香肉，想想狗所吃的东西便很难欣赏狗肉之甘脆。我不相信及时进补之说，虽然那些先天不足、后天亏损的人是很值得同情的。但是有人说吃狗肉是虐待动物，是野蛮行为，这种说法就很令人惊异。《三字经》是近来有人提倡读的，里面就说"马牛羊，鸡犬豕，此六畜，人所饲"，人饲了他是为了什么？历来许多地方小规模的祭祀，不用太牢，便用狗。何以单单杀狗便是野蛮？法国人吃大蜗牛，无害于他们的文明。我看见过广州菜市场上的菜狗，胖胖嘟嘟的，一笼一笼的，虽然不是喂罐头长大的，想来决不会经常服用"人中黄"，清洁又好像不成问题。

狗的数目日增，也许是一件好事。"狗吠深巷中，鸡鸣桑树颠"，鸡犬之声相闻，是农村不可或缺的一种点缀。都市里的狗又是一番气象，真是"鸡鸣天上，犬吠云中"，身价不同。我清晨散步时所遇见的狗，大部分都是系出名门，而且所受的都是新式的自由的教育，横冲直撞，为所欲为。电线杆子本来天生的宜于贴标语，狗当然不肯放过在这上面做标识的机会。有些狗脖子上挂着牌子，表示他已纳过税，纳过税当然就有使用大街小巷的权利，也许其中还包涵随地便溺的自由。我听一些犬人、狗监一类的人士说，早晨放狗，目的之一便是让他在自己家门之外排泄。想想我们人类也颇常有"脚向墙头八字开"的时候，于狗又何尤？说实在话，狗主人也偶尔有几个思想顽固的，居然给狗戴上口罩，使得他虽欲"在人腿上吃饭"而不可得，或是系上一根皮带加以遥远控制。不过这种反常的情形是很少有的，通常是放狗自由，如入无人之境。

门上"内有恶犬"的警告牌示已少见，将来代之而兴的可能是"内无恶犬"。警告牌少见的原故之一是其必需性业已消失。黑鼻尖黑嘴圈的狼狗，脸上七棱八瓣的牛头狗，尖嘴白毛的狐狸狗，都常在门底下露出一部分嘴脸，那已经发生够多的吓阻力量。朱门蓬户，都各有其身份相当的狗居住其间。如果狗都关在门内，主人豢之饲之爱之宠之，与人无涉；如果放他出门，而没有任何防范，则一旦咬人固是小事一端，他自己却也有在香肉店寻得归宿的可能。屠宰名犬进补，实在煞风景。可是这责任不该由香肉店负。

老　年

　　时间走得很均匀，说快不快，说慢不慢。不知从什么时候起在宴会中总是有人簇拥着你登上座，你自然明白这是离入祠堂之日已不太远。上下台阶的时候常有人在你肘腋处狠狠的搀扶一把，这是提醒你，你已到达了杖乡杖国的高龄，怕你一跤跌下去，摔成好几截。黄口小儿一晃的功夫就蹿高好多，在你眼前跌跌跄跄的跑来跑去，喊着阿公阿婆，这显然是在催你老。

　　其实人之老也，不需人家提示。自己照照镜子，也就应该心里有数。乌溜溜、毛氅氅的头发哪里去了？由黑而黄，而灰，而斑，而耄耄然，而稀稀落落，而牛山濯濯，活像一只秃鹫。瓠犀一般的牙齿哪里去了？不是熏得焦黄，就是咧着罅隙，再不就是露出七零八落的豁口。脸上的肉七棱八瓣，而且平添无数雀斑，有时排列有序如星座，这个像大熊，那个像天蝎。下巴颏儿底下的垂肉变成了空口袋，捏着一揪，两层松皮久久不能恢复原状。两道浓眉之间有毫毛秀出，像是麦芒，又像是兔须。眼睛无端淌泪，有时眼角上还会分泌出一堆堆的桃胶凝聚在那里。总之，老与丑是不可分的。《尔雅》："黄发、齯齿、鲐背、耇老，寿也。"寿自管寿，丑还是丑。

　　老的征象还多的是。还没有喝忘川水，就先善忘。文字过目不旋踵就飞到九霄云外，再翻寻有如海底捞针。老友几年不见，觌面说不出他的姓名，只觉得他好生面善。要办事超过三件以上，需要结绳，又怕忘了哪一个结代表哪一桩事，如果笔之于书，又可能忘记备忘录放在何处。大概是脑髓用得太久，难免漫漶，印象当然模糊。目视茫茫，眼镜整天价戴上又摘下，摘下又戴上。两耳聋聩，无以与乎钟鼓之声，倒也罢了，最难堪是人家说东你说西。齿牙动摇，咀嚼的时候像反刍，而且有时候还需要戴围嘴。至于登高腿软，久坐腰酸，睡一夜浑身关节滞涩，而且睁着大眼睛等天亮，种种现象不一而足。

　　老不必叹，更不必讳。花有开有谢，树有荣有枯。桓温看到他"种柳皆已十围，慨然曰：'木犹如此，人何以堪！'攀枝执条，泫然流泪"。桓公是一个豪迈的人，似乎不该如此。人吃到老，活到老，经过多少狂风暴雨、惊涛骇浪，还能双肩承一喙，俯仰天地间，应该算是幸事。荣启期说，"人生有不见日月不免襁褓者"，所以他行年九十，认为是人生一乐。叹也无用，乐也无妨，生、老、病、死，原是一回事。有人讳言老，算起岁数来斤斤计较按外国算法还是按中国算法，好像从中可以讨到一年便宜。更有人老不歇心，怕以皤皤华首见人，偏要染成黑头。半老徐娘，驻颜无术，乃乞灵于整容郎中、化妆师，隆鼻隼，抽脂肪，扫青黛眉，眼眶涂成两个黑窟窿。"物老为妖，人老成精"，人老也就罢了，何苦成精？

　　老年人该做老年事，冬行春令实是不祥。西塞罗说："人无论怎样老，总是以为自己还可以再活一年。"是的，这愿望不算太奢。种种方面的人欠欠人，正好及时作个了结。贤者识其大，不贤者识其小，各有各的算盘，大主意自己拿。最低限度，别自寻烦恼，别碍人事，别讨人嫌。"有人问莎孚克利斯，年老之后还有没有恋爱的事，他回答得好：'上天不准！我好容易逃开了那种事，如逃开凶恶的主人一般。'"这是说，老年人不再追求那花前月下的旖旎风光，并不是说老年人就一定如槁木死灰一般的枯寂。人生如游山。年轻的男男女女携着手儿陟彼高冈，沿途有无限的赏心乐事，兴会淋漓，也可能遇到一些挫沮，歧路彷徨，不过等到日云暮矣，互相扶持着走下山冈，却正别有一番情趣。白居易《睡觉》诗："老眠早觉常残夜，病力先衰不待年。五欲已销诸念息，世间无境可勾牵。"话是很洒脱，未免凄凉一些。五欲指财、色、名、饮食、睡眠。五欲全销，并非易事，人生总还有可留恋的在。江州司马泪湿青衫之后，不是也还未能忘情于诗酒么？

聋

　　近来和朋友们晤谈，觉得有几位说话的声音越来越小，好像是随时要和我谈论什么机密大事，喁喁哝哝，生怕隔墙有耳。我不喜欢听扯着公鸡嗓、破锣嗓、哗啦哗啦叫的人说话，他们使我紧张。抚节悲歌的时候，不妨声振林木，响遏行云，普通谈话应以使对方听到为度。可是朋友们若是经常和我吱吱喳喳的私语，只见其嗫嚅，不闻其声响，尤其是说到一句话里的名词、动词，一律把调门特别压低，我也着急。很奇怪，这样对我谈话的人渐渐多起来了。我心想，怪不得相书上说，声若洪钟，主贵，而贵人本是不多见的。我应付的方法首先是把座席移近，近到促膝的地步，然后是把并非橡皮制的脖子伸长，揪起耳朵，敧耳而听，最后是举起双手附在耳后扩大耳轮的收听效果。饶是这样，我有时还只是断断续续的听清楚了对方所说的一些连接词、形容词和冠词而已。久之，我明白了，不是别人噤口，是我自己重听。

　　耳顺之年早过，当然不能再"耳闻其言，而知微旨"。聋聩毋宁说是人生到此的正常现象之一。《淮南子》说"禹耳三漏"，那是天下之大圣，聪明睿知，一个耳朵才能有三个穴，我们凡夫俗子修得人身，已比聋虫略胜一筹，不敢希望再有什么畸形发展。霜降以后，一棵树的叶子由黄而红，由枯萎而摇落，我们不以为异。为什么血肉之躯几十年风吹雨打之后，刚刚有一点老态龙钟，就要大惊小怪？世界上没有万年常青的树，蒲柳之姿，望秋先落，也不过是在时间上有迟早先后之别而已。所以我发现自己日益聋蔽，夷然处之。我知道古往今来，有多少好人在和我做伴。贝多芬二十七岁起就在听觉上有了碍障，患中耳炎，然后愈来愈严重，到了四十九岁完全聋了，人家对他谈话只能以纸笔代喉舌，可是聋没有妨碍他作曲。杜工部五十六岁作《耳聋》诗，"眼复几时暗？耳从前月聋！"好像"猿鸣秋泪缺，雀噪晚愁空"，皆叨耳聋之赐，独恨眼尚未暗！一定要耳不聪目不明才算满意！可是此后三数年他的诗作仍然不少。

耳聋当然有不便处。独坐斋中，有人按铃，我听不见，用拳头擂门，我还是听不见，急得那人翻墙跳了进来。我道歉一番，耸耸肩作鹭鸶笑。有时候和人晤言一室之内，你道东来我道西，驴唇不对马嘴，所答非所问，持续很久才能弄清话题，幽默者莞尔而笑，性急者就要顿足太息，我也觉得窘。闹市中穿道路，需要眼观四路耳听八方，要提防市虎和呼啸而来的骑摩托车的拼命三郎，耳不聪目不明的人都容易吃亏，好在我早已为我自己画地为牢，某一条路以西，某一条路以北，那一带我视为禁区。

聋子也有因祸得福的时候。凡是不愿或不便回答的问题，一概可以不动声色的置之不理，顾盼自若，面部无表情，大模大样的作大人物状，没有人疑到你是装聋。他一再的叮问，你一再的充耳不闻，事情往往不了了之。人世间的声音太多了，虫啾、蛙鸣、蝉噪、鸟啭、风吹落叶、雨打芭蕉，这一切自然的声音都是可以容忍的，唯独从人的喉咙里发出来的音波和人手操作的机械发出来的声响，往往令人不耐。在最需要安静的时候，时常有一架特大的飞机稀里哗啦的从头上飞过，或是芳邻牌局初散在门口呼车道别，再不就是汽车司机狂揿喇叭代替按门铃，对于这一切我近来就不大抱怨，因为"五音令人耳聋"，我听不大见。耳聋之益尚不止此。世上说坏话的人多，说好话的人少，至少好话常留在人死后再说。白居易香炉峰下草堂初成，高吟"从兹耳界应清净，免见啾啾毁誉声"。如果他耳聋，他自然耳根清净，无需诛茅到高峰之上了。有人说，人到最后关头，官感失灵，最后才是听觉，所以易箦之际，有人哭他，他心烦，没有人哭他，怕也不是滋味，不如干脆耳聋。

《时代》周刊（一九七〇年八月十日，第四十四页）有这样一段：

"我的听觉越来越坏，"贝多芬在一八〇一年写道，"一位庸医为我的耳朵处方是多饮茶。"自从他于一八二七年逝世以后，许多学者推测其死因可能是血液循环不佳、梅毒或伤寒症。科罗拉多大学医药中心的两位医生，斯提芬斯与海门威（Wrs. Kenneth M. Stevens and Wm. G. Hemenway）在A. M. A. Journal（美国医学会会刊）上说，事实并非如此。他的聋乃是耳蜗硬化所致（Cochlear Otosclerosis），现今用外科手术即可矫正。患此病症，中耳内之骨质生长过多，妨碍了震动之变成为神经冲动，于是无法把震动变成为声音。

贝多芬最初发觉对于高音调丧失听觉，是在二十七岁那一年。这样年轻的时候不可能有血液循环的病，也不可能有晚期梅毒的损伤。伤寒比较可信。不检视这位谱曲家的颞骨，谁也无法确定。一八六三年和一八八八年，他的脑壳两度接受检查，那些颞骨却不见了。显然的是最初解剖时即已取去。斯提芬斯与海门威下结论说，"也许在维也那的一个被人遗忘了的地窖里，有一只装满甲醛液的瓶子，里面藏着答案。"

不亦快哉

　　金圣叹作《三十三不亦快哉》，快人快语，读来亦觉快意。不过快意之事未必人人尽同，因为观点不同、时势有异。就观察所及，试编列若干则如下：

　　其一，晨光熹微之际，人牵犬（或犬牵人），徐步红砖道上，呼吸新鲜空气，纵犬奔驰，任其在电线杆上或新栽树上便溺留念，或是在红砖上排出一摊狗屎以为点缀。《庄子》曰："道在屎溺。"大道无所不在，不简秽贱，当然人犬亦应无所差别。人因散步而精神爽，犬因排泄而一身轻，而且可以保持自己家门以内之环境清洁，不亦快哉！

　　其一，烈日下行道上，口燥舌干，忽见路边有卖甘蔗者，急忙买得两根，一手挥舞，一手持就口边，才咬一口即入佳境，随走随嚼，旁若无人，蔗滓随嚼随吐。人生贵适意，兼可为"你丢我捡"者制造工作机会，潇洒自如，不亦快哉！

　　其一，早起，穿着有条纹的睡衣裤，趿着凉鞋，抱红泥小火炉置街门外，手持破蒲扇，对着火炉徐徐扇之，俄而浓烟上腾，火星四射，直到天地缊缊，一片模糊。烟火中人，谁能不事炊爨？这是表示国泰民安，有米下锅，不亦快哉！

其一，天近黎明，牌局甫散，匆匆登车回府。车进巷口距家门尚有三五十码之处，任司机狂按喇叭，其声呜呜然，一声比一声近，一声比一声急，门房里有人竖着耳朵等候这听惯了的喇叭声已久，于是在车刚刚开到之际，两扇黑漆大铁门呀然而开，然后又訇的一声关闭。不费吹灰之力就使得街坊四邻矍然惊醒，翻个身再也不能入睡，只好瞪着大眼等待天明。轻而易举的执行了鸡司晨的职务，不亦快哉！

其一，放学回家，精神愉快，一路上和伙伴们打打闹闹，说说笑笑，尚不足以畅叙幽情，忽见左右住宅门前都装有电铃，铃虽设而常不响，岂不形同虚设？于是举臂舒腕，伸出食指，在每个纽上按戳一下。随后，就有人仓皇应门，有人倒屣而出，有人厉声叱问，有人伸颈探问而瞠目结舌。躲在暗处把这些现象尽收眼底，略施小技，无伤大雅，不亦快哉！

其一，隔着墙头看见人家院内有葡萄架，结实累累，虽然不及"草龙珠"那样圆、"马乳"那样长、"水晶"那样白，看着纵不流涎三尺，亦觉手痒。爬上墙头，用竹竿横扫之，狼藉满地，损人而不利己，索兴呼朋引类乘昏夜越墙而入，放心大胆，各尽所能，各取所需，饱餐一顿。松鼠偷葡萄，何须问主人，不亦快哉！

其一，通衢大道，十字路口，不许人行。行人必须上天桥，下地道，岂有此理！豪杰之士不理会这一套，直入虎口，左躲右闪，居然波罗蜜多达彼岸，回头一看天桥上黑压压的人群犹在蠕动，路边的警察戟指大骂，暴躁如雷，而无可奈我何。这时节颔首示意，报以微笑，扬长而去，不亦快哉！

其一，宋周紫芝《竹坡诗话》："……有一人，极廉介。一日有家问，即令灭官烛，取私烛阅书。阅毕，命秉官烛如初。"

做官的人迂腐若是，岂不可嗤！衙门机关皆有公用之信纸信封，任人领用，便中抓起一叠塞入公事包里，带回家去，可供写私信、发请柬、寄谢帖之用，顺手牵羊，取不伤廉，不亦快哉！

其一，逛书肆，看书展，琳琅满目，真是到了嫏嬛福地。趁人潮拥挤、看守者穷于肆应之际，纳书入怀，携归细赏。虽蒙贼名，不失为雅，不亦快哉！

其一，电话铃响，错误常居什之二三，且常于高枕而眠之时发生，而其人声势汹汹，了无歉意，可恼可恼。在临睡之前或任何不欲遭受干扰的时间，把电话机翻转过来，打开底部，略做手脚，使铃变得喑哑。如是则电话可以随时打出去，而外面无法随时打进来，主动操之于我，不亦快哉！

其一，生儿育女，成凤成龙，由大学卒业，而漂洋过海，而学业有成，而落户定居，而缔结良缘。从此螽斯衍庆，大事已毕，允宜在报端大刊广告，红色套印，敬告诸亲友，兼令天下人闻知，光耀门楣，不亦快哉！

敬 老

重九那一天，报纸上嚷嚷说要敬老。我记得前几年敬老还有仪式，许多七老八十的人被邀请到大会堂，于敬聆官长致词之后，各得大碗面一碗，呼噜呼噜的当众表演吃面。在某一年，其中有某一位老者，不知是临面欢忻兴奋过度，还是饥火烧肠奋不顾身，竟白眼一翻当场噎死。从此敬老之面因噎废食，改为亲民之官致送礼品。根据《礼记·曲礼》："七十曰老。"我们这个市里七十以上的达一万七千多位，所以市长纡尊降贵，亲自登门送礼致敬的则限于年在百龄以上之人瑞，所以表示殊荣。

重九很快的过去，报纸忙着嚷嚷别的节日，谁还能天天敬老？一年一度，适可而止。敬老之事我已淡忘，有一天里干事先生亲自骑着脚踏车送来纸匣装着的饭碗一对，说明这是赠给拙荆的。不错，她今年七十，我还不够资格，我须到明年才能领受饭碗。我接过纸匣，手上并不觉得沉甸甸，知非金碗，当即放心收下。里干事先生掉头而去，我看他脚踏车上后面一大纸箱，里面至少有几十匣饭碗。

这一对饭碗，白白净净，光光溜溜，碗口好像微有起伏不平之状，碗底有英文字样，细辨之则为"Chilong China"，显然是准备外销或已外销而又被退回的国货。是国货我就喜欢。碗上有两丛兰花，像郑思肖画的露根兰花——不，不是兰花，是稻谷，所谓嘉禾。碗上硃笔写着"老人节纪念，台北市长高玉树敬赠"。我把玩了一阵，实在舍不得天天捧着使用，只好放在柜橱里什袭藏之。

　　饭碗当然是以纯金制者为最有分量，但是瓷质饭碗也就足够成为吉祥的象征。民以食为天，人最怕的就是没有饭吃，尤其是怕老来没有饭吃。饭碗是吃饭的家伙，先有了饭碗然后才可以进一步往里面装饭。若能把两碗饭装在一只碗里，高高的，凸凸的，吃起来碰鼻头，四川人所谓的"帽儿头"，那是人生最高境界。即或碗内常空，或只能装到几分满，令人吃不饱饿不死，也能给人带来一份职业清高的美誉。多少人栖栖皇皇的寻找饭碗，多少人蝇营狗苟的谋求饭碗，又有多少人战战兢兢的唯恐打破饭碗！

　　老年饱经世变，与人无争，只希望平平安安的有碗饭吃，就心满意足，所以在这时节送上饭碗一对，实在等于是善颂善祷，努力加飧饭，适合国情之至。

　　敬老尊贤四个字是常连用的，其实老未必皆贤，老而不死者比比皆是，贤亦未必皆老，不幸短命死矣的人亦实繁有徒，唯有老而且贤，贤而且老，才真值得受人尊敬。

　　这种事，大家都宁愿睁一眼闭一眼，不欲苦追求。

　　百龄人瑞，年年有人拜访，叩问的大率是养生之术，不及其他，可以说是纯敬老。

退　休

　　退休的制度，我们古已有之。《礼记·曲礼》："大夫七十
而致事。""致事"就是致仕，言致其所掌之事于君而告老，也
就是我们如今所谓的退休。礼，应该遵守，不过也有人觉得未尝
不可不遵守。"礼，岂为我辈设哉？"尤其是七十的人，随心所
欲不逾矩，好像是大可为所欲为。普通七十的人，多少总有些昏
聩，不过也有不少得天独厚的幸运儿，耄耋之年依然矍铄，犹能
开会剪彩，必欲令其退休，未免有违笃念勋者之至意。年轻的一
辈，劝你们少安勿躁，棒子早晚会交出来，不要抱怨"我在，久
压公等"也。

　　该退休而不退休，这种风气好像我们也是古已有之。白居易
有一首诗《不致仕》：

七十而致仕，礼法有明文。

何乃贪荣者，斯言如不闻？

可怜八九十，齿堕双眸昏。

朝露贪名利，夕阳忧子孙。

挂冠顾翠緌，悬车惜朱轮。

金章腰不胜，伛偻入君门。

谁不爱富贵？谁不恋君恩？

年高须告老，名遂合退身。

少时共嗤诮，晚岁多因循。

贤哉汉二疏，彼独是何人？

寂寞东门路，无人继去尘！

　　汉朝的疏广及其兄子疏受位至太子太傅、少傅，同时致仕，当时的"公卿大夫、故人邑子，设祖道供张东都门外，送者车数百辆。辞决而去。道路观者皆曰：'贤哉二大夫！'或叹息为之下泣"。这就是白居易所谓的"汉二疏"。乞骸骨居然造成这样的轰动，可见这不是常见的事，常见的是"伛偻入君门"的"爱富贵""恋君恩"的人。白居易"无人继去尘"之叹，也说明了二疏的故事以后没有重演过。

　　从前读书人十载寒窗，所指望的就是有一朝能春风得意，纡青拖紫，那时节踌躇满志，纵然案牍劳形，以至于龙钟老朽，仍难免有恋栈之情，谁舍得随随便便便的就挂冠悬车？真正老骥伏枥、志在千里的人是少而又少的，大部分还不是舍不得放弃那五斗米、千钟禄、万石食？无官一身轻的道理是人人知道的，但是身轻之后，囊橐也跟着要轻，那就诸多不便。何况一旦投闲置散，一呼百诺的烜赫的声势固然不可复得，甚至于进入了"出无车"的状态，变成了匹夫徒步之士，在街头巷尾低着头逡巡疾走不敢见人，那情形有多么惨。一向由庶务人员自动供应的冬季炭盆所需的白炭，四时陈设的花卉盆景，乃至于琐屑如卫生纸，不消说都要突告来源断绝，那又情何以堪？所以一个人要想致仕，不能不三思，三思之后恐怕还是一动不如一静了。

　　如今退休制度不限于仕宦一途，坐拥皋比的人到了粉笔屑快要塞满他的气管的时候也要引退。不一定是怕他春风风人之际忽然一口气上不来，是要他腾出位子给别人尝尝人之患的滋味。在一般人心目中，冷板凳本来没有什么可留恋的，平凤吃不饱饿不死，但是申请退休的人一旦公开表明要撤绛帐，他的亲戚朋友又会一窝蜂的皇皇然、戚戚然，几乎要垂泣而道的劝告说他："何必退休？你的头发还没有白多少，你的脊背还没有弯，你的两手也不哆嗦，你的两脚也还能走路……"言外之意好像是等到你头发全部雪白，腰弯得像是"？"一样，患上了帕金孙症，走路就地擦，那时候再申请退休也还不迟。是的，是有人到了易箦之际，朋友们才急急忙忙的为他赶办退休手续，生怕公文尚在旅行而他老先生沉不住气，弄到无休可退，那就只好鼎惠恳辞了。更有一些知心的抱有远见的朋友们，会慷慨陈辞："千万不可退休，退休之后的生活是一片空虚，那时候闲居无聊，闷得发慌，终日彷徨，悒悒寡欢。"把退休后生活形容得如此凄凉，不是没有原因的，因为平凤上班是以"喝喝茶、签签到、聊聊天、看看报"为主，一旦失去喝茶、签到、聊天、看报的场所，那是会要感觉无比的枯寂的。

　　理想的退休生活就是真正的退休，完全摆脱赖以糊口的职务，做自己衷心所愿意做的事。有人八十岁才开始学画，也有人五十岁才开始写小说，都有惊人的成就。"狗永远不会老得到了不能学新把戏的地步"。何以人而不如狗乎？退休不一定要远离尘嚣，遁迹山林，也无需大隐藏人海，杜门谢客——一个人真正的退休之后，门前自然车马稀。如果已经退休的人而还偶然被认为有剩余价值，那就苦了。

头　发

　　据考古学家的想象，周口店的北京人都是披头散发的，脑袋上像是顶着一个拖把。古代的夷狄曾被形容为披发左衽，那长发垂肩的样子也是可以想象得到的。好像在古代，发式是不分男女的，都像是披头疯子似的。人类文明进展，才知道把头发挽起来，编起来，结起来，加上笄，加上簪，弄成牛屎堆似的一团，顶在头上，扒在脑后，女人的髻花样渐渐繁多起来，美其名曰"云鬟雾鬓"。

　　台湾语谓头发为"头毛"，我觉得很好，毛字笔画少，而且简明恰当。身体肤发，受之父母，岂敢毁伤？其实这是瞎扯，锡克族的男子真是那样的迂，满脸胡须像刺猬一般，长发缠头如峨大冠。那副"红头阿三"的样子不能令人起敬。马掌厚了要削，人的指甲长了要剪，为什么头发不可以修理呢？人的头部是需要保护的，尤其是脑袋里真有脑筋的人，硬硬的头盖骨似乎还嫌不够，上面非再厚厚的生一层毛不可。但是这些头毛，在冷的地方不足以御寒，抵不过一顶瓜皮小帽，在热的地方就能使得头皮闷不通风，而且很容易培养一些密密丛丛的小动物在头发根处传宗接代，使得人痒得出奇，非请麻姑来搔不可。头发被谥为烦恼丝，不是没有道理的。削发出家不是容易事，出家人不用天天梳头实在令人羡煞。和尚买篦梳，是永远没有的事。有人天生的头发稀疏，甚至牛山濯濯，反倒要千方百计的搜求生发剂，即使三五根头发也涂抹润发膏。还有人干脆把死人的头发顶在自己的头上，自欺欺人。

　　有过梳辫子经验的男人应该还记得小时候早晨起来梳小辫儿的麻烦，长大了之后进剃头棚的苦恼。满清入关，雷厉风行的是剃头。所谓剃头，是用剃刀从两鬓到脑后刮得光光的，以露出青皮为度，然后把脑袋顶上的长发梳成猪尾巴似的长辫子。（现在的戏剧演员扮演清代脚色，往往只是把假辫子一条往头上一套，根本没有剃光周圈的头发，完全成了大姑娘的发式，雌雄不辨。）小辫被外国人奚落，张勋的辫子兵是现代史的笑柄，而辫子之最大的祸害则是一旦被人抓住便很难挣脱。

　　草坪经常修剪，纵然不必如茵似锦，也不能由它满目蒿莱。头发亦然。名士们不修边幅，怒发蓬松，其尤甚者可能被人指为当地八景之一，这都无可置评。在美国，水手式的平头已很少见，偶然在街头出现，会被人误会他是刚从监狱里服满刑期的犯人。我记得胡适之先生毕生都保持着这种发式，择善固执。如今披头猖獗，头发唯恐不长、不脏、不乱，其心理是反抗文明，返回到原始的状态。其实归真返朴是很崇高的理想，勘破世网尘劳，回到湛然寂静的境界，需要极度坚忍的修持功夫才能亲身体验。如果留长了头发就能皈返自然，天下哪有这样便宜的事！女孩子们后脑勺子一把清汤挂面是不大好看，不过一定要烫成一个鸟窝，或是梳成一个大柳罐，我也看不出其美在哪里。

怒

　　一个人在发怒的时候，最难看。纵然他平夙面似莲花，一旦怒而变青变白，甚至面色如土，再加上满脸的筋肉扭曲、眦裂发指，那副面目实在不仅是可憎而已。俗语说，"怒从心上起，恶向胆边生"，怒是心理的也是生理的一种变化。人逢不如意事，很少不勃然变色的。年少气盛，一言不合，怒气相加，但是许多年事已长的人，往往一样的火发暴躁。我有一位姻长，已到杖朝之年，并且半身瘫痪，每晨必阅报纸，戴上老花镜，打开报纸，不久就要把桌子拍得山响，吹胡瞪眼，破口大骂。报上的记载，他看不顺眼。不看不行，看了怄气。这时候大家躲他远远的，谁也不愿逢彼之怒。过一阵雨过天晴，他的怒气消了。

　　《诗》云："君子如怒，乱庶遄沮；君子如祉，乱庶遄已。"这是说有地位的人，赫然震怒，就可以收拨乱反正之效。一般人还是以少发脾气少惹麻烦为上。盛怒之下，体内血球不知道要伤损多少，血压不知道要升高几许，总之是不卫生。而且血气沸腾之际，理智不大清醒，言行容易逾分，于人于己都不相宜。希腊哲学家哀皮克蒂特斯说："计算一下你有多少天不曾生气。在从前，我每天生气；有时每隔一天生气一次；后来每隔

三四天生气一次；如果你一连三十天没有生气，就应该向上帝献
祭表示感谢。"减少生气的次数便是修养的结果。修养的方法，
说起来好难。另一位同属于斯多亚派的哲学家罗马的玛可斯·奥
瑞利阿斯这样说："你因为一个人的无耻而愤怒的时候，要这样
的问你自己：'那个无耻的人能不在这世界存在么？'那是不能
的。不可能的事不必要求。"坏人不是不需要制裁，只是我们不
必愤怒。如果非愤怒不可，也要控制那愤怒，使发而中节。佛家
把"瞋"列为三毒之一，"瞋心甚于猛火"，克服瞋恚是修持的
基本功夫之一。《燕丹子》说："血勇之人，怒而面赤；脉勇
之人，怒而面青；骨勇之人，怒而面白；神勇之人，怒而色不
变。"我想那神勇是从苦行修炼中得来的。生而喜怒不形于色，
那天赋实在太厚了。

　　清朝初叶有一位李绂，著《穆堂类稿》，内有一篇《无怒
轩记》，他说："吾年逾四十，无涵养性情之学，无变化气质之
功，因怒得过，旋悔旋犯，惧终于忿戾而已，因以'无怒'名
轩。"是一篇好文章，而其戒谨恐惧之情溢于言表，不失读书人
的本色。

沉　　默

　　我有一位沉默寡言的朋友。有一回他来看我，嘴边绽出微笑，我知道那就是相见礼，我肃客入座，他欣然就席。我有意要考验他的定力，看他能沉默多久，于是我也打破我的习惯，我也守口如瓶。二人默对，不交一语，壁上的时钟的答的答的声音特别响。我忍耐不住，打开一听香烟递过去，他便一支接一支的抽了起来，巴答巴答之声可闻。我献上一杯茶，他便一口一口的翕呷，左右顾盼，意态萧然。等到茶尽三碗，烟罄半听，主人并未欠伸，客人兴起告辞，自始至终没有一句话。这位朋友，现在已归道山，这一回无言造访，我至今不忘。想不到"闻所闻而来，见所见而去"的那种六朝人的风度，于今之世，尚得见之。

　　明张鼎思《琅玡代醉篇》有一段记载："刘器之待制对客多默坐，往往不交一谈，至于终日。客意甚倦，或谓去，辄不听，至留之再三。有问之者，曰：'人能终日危坐，而不欠伸敧侧，盖百无一二，其能之者必贵人也。'以其言试之，人皆验。"可见对客默坐之事，过去亦不乏其例。不过所谓"主贵"之说，倒颇耐人寻味。所谓贵，一定要有一副高不可攀的神情，纵然不拒人千里之外，至少也要令人生莫测高深之感，所以处大居贵之士多半有一种特殊的本领，两眼望天，面部无表情，纵然你问他一句话，他也能听若无闻，不置可否。这样的人，如何能不贵？因为深沉的外貌，正好掩饰内部的空虚，这样的人最宜于摆在庙堂之上。《孔子家语》明明的写着，孔子“入太祖后稷之庙，庙堂右阶之前有金人焉，三缄其口，而铭其背曰：‘古之慎言人也。’”这庙堂右阶的金人，不是为市井细民做榜样的。

　　謇谔之臣，骨鲠在喉，一吐为快，其实他是根本负有诤谏之责，并不是图一时之快。鸡鸣犬吠，各有所司，若有言官而箝口结舌，宁不有愧于鸡犬？至于一般的仁人君子，没有不愤世忧时的，其中大部分悯默无言，但间或也有“宁鸣而死，不默而生”的人，这样的人可使当世的人为之感喟，为之击节，他不能全名养寿，他只能在将来历史上享受他应得的清誉罢了。在有“不发言的自由”的时候而甘愿放弃这一项自由，这也是个人的自由。在如今这个时代，沉默是最后的一项自由。

　　有道之士，对于尘劳烦恼早已不放在心上，自然更能欣赏沉默的境界。这种沉默，不是话到嘴边再咽下去，是根本没话可说，所谓“知者木言，言者不知”。世尊在灵山会上，拈华示众，众皆寂然，唯迦叶破颜微笑，这会心微笑胜似千言万语。莲池大师说得好：“世间醴醯醇醴，藏之弥久而弥美者，皆繇封锢牢密不泄气故。古人云，‘二十年不开口说话，向后佛也奈何你不得。’旨哉言乎！”二十年不开口说话，也许要把口闷臭，但是语言道断之后，性水澄清，心珠自现，没有饶舌的必要。基督教Carthusian教派也是以沉默静居为修行法门，经常彼此不许说话。“此中有真意，欲辩已忘言”。

　　庄子说：“吾安得夫忘言之人，而与之言哉？”现在想找真正懂得沉默的朋友，也不容易了。

窗　外

　　窗子就是一个画框，只是中间加些榥子，从窗子望出去，就可以看见一幅图画。那幅图画是妍是媸，是雅是俗，是闹是静，那就只好随缘。我今寄居海外，栖身于"白屋"楼上一角，临窗设几，作息于是，沉思于是，只有在抬头见窗的时候看到一幅幅的西洋景。现在写出窗外所见，大概是近似北平天桥之大金牙的拉大篇吧？

　　"白屋"是地地道道的一座刷了白颜色油漆的房屋，既没有白茅覆盖，也没有外露本材，说起来好像是《韩诗外传》里所谓的"穷巷白屋"，其实只是一座方方正正的见棱见角的美国初期形式的建筑物。我拉开窗帘，首先看见的是一块好大好大的天。天为盖，地为舆，谁没看见过天？但是，不，以前住在人烟稠密天下第一的都市里，我看见的天仅是小小的一块，像是坐井观天，迎面是楼，左面是楼，右面是楼，后面还是楼，楼上不是水塔，就是天线，再不然就是五色缤纷的晒洗衣裳。井底蛙所见的天只有那么一点点。"白屋"地势荒僻，眼前没有遮拦，尤其是东边隔街是一个小学操场，绿草如茵，偶然有些孩子在那里蹦蹦跳跳；北边是一大块空地，长满了荒草，前些天还绽出一片星星点点的黄花，这些天都枯黄了，枯草里有几株参天的大树，有枞有枫，都直挺挺的稳稳的矗立着；南边隔街有两家邻居；西边也有一家。有一天午后，小雨方住，蓦然看见天空一道彩虹，是一百八十度完完整整的清清楚楚的一条彩带。所谓"虹饮江皋"，大概就是这个样子。虹销雨霁的景致，不知看过多少次，却没看过这样规模壮阔的虹。窗外太空旷了，有时候零雨潜潜，竟不见雨脚，不闻雨声，只见有人撑着伞，坡路上的水流成了渠。

路上的汽车往来如梭，而行人绝少。清晨有两个头发斑白的老者绕着操场跑步，跑得气咻咻的，不跑完几个圈不止，其中有一个还有一条大黑狗做伴。黑狗除了运动健身之外，当然不会轻易放过一根电线杆子而不留下一点记号，更不会不选一块芳草鲜美的地方施上一点肥料。天气晴和的时候，常有十八九岁的大姑娘穿着斜纹布蓝工裤，光着脚在路边走，白皙的两只脚光光溜溜的，脚底板踩得脏兮兮。路上万一有个图钉或玻璃碴之类的东西，不知如何是好？日本的武者小路实笃曾经说起："传有久米仙人者，因逃情，入山苦修成道。一日腾云游经某地，见一浣纱女，足胫甚白，目眩神驰，凡念顿生，飘忽之间已自云头跌下。"（见周梦蝶诗《无题》附记）我不会从窗头跌下，因为我没有目眩神驰。我只是想：裸足走路也算是年轻一代之反传统反文明的表现之一，以后恐怕还许有人要手脚着地爬着走，或索兴倒竖蜻蜓用两只手走路，岂不更为彻底更为前进？至于长发、大胡子的男子现在已经到处皆是，甚至我们中国人也有沾染这种习气的（包括一些学生与餐馆侍者）。习俗移人，一至于此！

星期四早晨清除垃圾，也算是一景。这地方清除垃圾的工作不由官办，而是民营。各家的垃圾贮藏在几个铅铁桶里，上面有

盖，到了这一天则自动送到门前待取。垃圾车来，并没有八音琴
乐，也没有叱咤吆喝之声，只闻稀里哗啦的铁桶响。车上一共两
个人，一律是彪形黑大汉，一个人搬铁桶往车里掼，另一个司机
也不闲着，车一停，他也下来帮着搬，而且两个人都用跑步，一
点也不从容。垃圾掼进车里，机关开动，立即压绞成为碎碴，要
想从垃圾里拣出什么瓶瓶罐罐的分门别类的放在竹篮里挂在车厢
上，殆无可能。每家月纳清洁费二元七角钱。包商叫苦，要求各
家把铁桶送到路边，节省一些劳力，否则要加价一元。

　　公共汽车的一个招呼站就在我的窗外。车里没有车掌，当
然也就没有晚娘面孔。所有开门、关门、收钱、掣给转站票，全
由司机一人兼理。幸亏坐车的人不多，司机还有闲情逸致和乘客
说声早安。二十分钟左右过一班车，当然是亏本生意，但是贴本
也要维持。每一班车都是疏疏落落的三五个客人，凄凄清清惨
惨。许多乘客是老年人，目视昏花，手脚失灵，耳听聋聩，反应
迟缓，公共汽车是他们唯一交通工具。也有按时上班的年轻人搭
乘，大概是怕城里没处停放汽车。有一位工人模样的候车人，
经常准时在我窗下出现，从容打开食盒，取出热水瓶，喝一杯咖
啡，然后登车而去。

　　我没有看见过一只过街鼠，更没看见过老鼠肝脑涂地的陈尸
街心。狸猫多得很，几乎个个是肥头胖脑的，毛也泽润。猫有猫
食，成瓶成罐的在超级市场的货架上摆着。猫刷子、猫衣服、猫
项链、猫清洁剂，百货店里都有。我几乎每天看见黑猫白猫在北
边荒草地里时而追逐，时而亲昵，时而打滚。最有趣的是松鼠，
弓着身子一窜一窜的到处乱跑，一听到车响，仓促的爬上枞枝。
窗下放着一盘鸟食，黍米之类，麻雀群来果腹，红襟鸟则望望然
去之，他茹荤，他要吃死的蛞蝓活的蚯蚓。

　　窗外所见的约略如是。王粲《登楼》，一则曰："虽信美而非吾土兮，曾何足以少留！"再则曰："昔尼父之在陈兮，有归欤之叹音。钟仪幽而楚奏兮，庄舄显而越吟。人情同于怀土兮，岂穷达而异心？"临楮凄怆，吾怀吾土。

　　　　　　　　　　　　一九七二．九．廿二　壬子中秋于西雅图

雪

　　李白句："燕山雪花大如席。"这话靠不住，诗人夸张，犹"白发三千丈"之类。据科学的报道，雪花的结成视当时当地的气温状况而异，最大者直径三至四英寸。大如席，岂不一片雪花就可以把整个人盖住？雪，是越下得大越好，只要是不成灾。雨雪霏霏，像空中撒盐，像柳絮飞舞，缓缓然下，真是有趣，没有人不喜欢。有人喜雨，有人苦雨，不曾听说谁厌恶雪。就是在冰天雪地的地方，爱斯基摩人也还利用雪块砌成圆顶小屋，住进去暖和得很。

　　赏雪，须先肚中不饿。否则雪虐风饕之际，饥寒交迫，就许一口气上不来，焉有闲情逸致去细数"一片一片又一片……飞入梅花都不见"？后汉有一位袁安，大雪塞门，无有行路，人谓已死。洛阳令令人除雪，发现他在屋里僵卧，问他为什么不出来，他说："大雪人皆饿，不宜干人。"此公憨得可爱，自己饿，料想别人也饿。我相信袁安僵卧的时候一定吟不出"风吹雪片似花落"之类的句子。晋王子猷居山阴，夜雪初霁，月色清朗，忽然想起远在剡的朋友戴安道，即便夜乘小舟就之，经宿方至，造门不前而返。假如没有那一场大雪，他固然不会发此奇兴，假如他自己饘粥不继，他也不会风雅到夜乘小船去空走一遭。至于谢安石一门风雅，寒雪之日与儿女吟诗，更是富贵人家事。

一片雪花含有无数的结晶，一粒结晶又有好多好多的面，每个面都反射着光，所以雪才显着那样的洁白。我年轻时候听说从前有烹雪瀹茗的故事，一时好奇，便到院里就新降的积雪掬起表面的一层，放在甑里融成水，煮沸，走七步，用小宜兴壶，沏大红袍，倒在小茶盅里，细细品啜之，举起喝干了的杯子就鼻端猛嗅三两下——我一点也不觉得两腋生风，反而觉得舌本间强。我再检视那剩余的雪水，好像有用矾打的必要！空气污染，雪亦不能保持其清白。有一年，我在汴洛道上行役，途中车坏，时值大雪，前不巴村后不着店，饥肠辘辘，乃就路边草棚买食，主人飨我以挂面，我大喜过望。但是煮面无水，主人取洗脸盆，舀路旁积雪，以混沌沌的雪水下面。虽说饥者易为食，这样的清汤挂面也不是顶容易下咽的。从此我对于雪，觉得只可远观，不可亵玩。苏武饥吞毡渴饮雪，那另当别论。

雪的可爱处在于它的广被大地，覆盖一切，没有差别。冬夜拥被而眠，觉寒气袭人，蜷缩不敢动，凌晨张开眼皮，窗棂窗帘隙处有强光闪映大异往日，起来推窗一看——啊！白茫茫一片银世界。竹枝松叶顶着一堆堆的白雪，杈芽老树也都镶了银边。朱门与蓬户同样的蒙受它的沾被，雕栏玉砌与瓮牖桑枢没有差别待遇。地面上的坑穴洼溜，冰面上的枯枝断梗，路面上的残刍败屑，全都罩在天公抛下的一件鹤氅之下。雪就是这样的大公无私，装点了美好的事物，也遮掩了一切的芜秽，虽然不能遮掩太久。

雪最有益于人之处是在农事方面。我们靠天吃饭，自古以来就看上天的脸色："上天同云，雨雪雰雰。……既沾既足，生我百谷。"俗语所说"瑞雪兆丰年",即今冬积雪,明年将丰之谓。不必"天大雪,至于牛目",盈尺就可成为足够的宿泽。还有人说雪宜麦而辟蝗,因为蝗遗子于地,雪深一尺则入地一丈,连虫害都包治了。我自己也有过一点类似的经验,堂前有芍药两栏,书房檐下有玉簪一畦,冬日几场大雪扫积起来,堆在花栏花圃上面,不但可以使花根保暖,而且来春雪融成了天然的润溉,大地回苏的时候果然新苗怒发,长得十分茁壮,花团锦簇。我当时觉得比堆雪人更有意义。

据说有一位枭雄吟过一首《咏雪》的诗:"黄狗身上白,白狗身上肿。出门一啊喝,天下大一统。"俗话说:"官大好吟诗",何况一位枭雄在夤缘际会、踌躇满志的时候?这首诗不是没有一点巧思,只是趣味粗犷得可笑,这大概和出身与气质有关。相传法国皇帝路易十四写了一首三节联韵诗,自鸣得意,征求诗人、批评家布洼娄的意见。布洼娄说:"陛下无所不能,陛下欲做一首歪诗,果然做成功了。"我们这位枭雄的《咏雪》,也应该算是很出色的一首歪诗。

猫 的 故 事

　　猫很乖，喜欢偎傍着人；有时又爱蹭人的腿，闻人的脚。唯有冬尽春来的时候，猫叫春的声音颇不悦耳，呜呜的一声一声的吼，然后突然的哇咬之声大作，稀里哗啦的，铿天地而动神祇。这时候你休想安睡。所以有人不惜昏夜，起床持大竹竿而追逐之。相传有一位和尚作过这样的一首诗："猫叫春来猫叫春，听他愈叫愈精神。老僧亦有猫儿意，不敢人前叫一声。"这位师父富同情心，想来不至于抢大竹竿子去赶猫。

　　我的家在北平的一个深巷里。有一天，冬夜荒寒，卖水萝卜的、卖硬面饽饽的，都过去了，除了值更的梆子遥远的响声，可以说是万籁俱寂。这时候屋瓦上"喷"的一声猫叫了起来，时而如怨如诉，时而如诟如詈，然后一阵跳踉，窜到另外一间房上去了，往返跳跃，搅得一家不安。如是者数日。

　　北平的窗子是糊纸的，窗棂不宽不窄正好容一只猫儿出入，只消他用爪一划，即可通往无阻。在春暖时节，有一夜，我在睡梦中好像听到小院书房的窗纸响，第二天发现窗棂上果然撕破了一个洞，显然的是有野猫钻了进去。大概是饿极了，进去捉老鼠。我把窗纸补好。不料第二天猫又来，仍从原处出入，这就使我有些不耐烦，一之已甚，岂可再乎？第三天又发生同样情形，而且把书桌、书架都弄得凌乱不堪，书桌上印了无数的梅花印，我按捺不住了。我家的厨师是一个足智多谋的人，除了调和鼎鼐之外还贯通不少的左道旁门，他因为厨房里的肉常常被猫拖拉到灶下，鱼常被猫叼着上了墙头，怀恨于心，于是殚智竭力，发明了一个简单而有效的捕猫方法。法用铁丝一根，在窗棂上猫经常出入之处钉一个铁钉，铁丝一端系牢在铁钉之上，另一端在铁丝上做一活扣，使铁丝作圆箍形，把圆箍伸缩到适度放在窗棂上，便诸事完备，静待活捉。猫窜进屋的时候前腿伸入之后身躯势必触到铁丝圆箍，于是正好套在身上，活生生悬在半空，愈挣扎则圆箍愈紧。厨师看我为猫所苦无计可施，遂自告奋勇为我在书房窗上装置了这么一个机关。我对他起初并无信心，姑妄从之。但是当天夜里居然有了动静。早晨起来一看，一只瘦猫奄奄一息的赫然挂在那里！

厨师对于捉到的猫向来执法如山，不稍宽假，我看了猫的那副可怜相，直为她缓颊。结果是从轻发落予以开释。但是厨师坚持不能不稍予膺惩，即在猫身上原来的铁丝系上一只空罐头，开启街门放她一条生路。只见猫一溜烟似的稀里哗啦地拖着罐头绝尘而去，像是新婚夫妇的汽车之离教堂去度蜜月。跑得愈快，罐头响声愈大，猫受惊乃跑得更快，惊动了好几条野狗在后面追赶，黄尘滚滚，一瞬间出了巷口往北而去。她以后的遭遇如何我不知道，我心想她吃了这个苦头以后绝对不会再光顾我的书房。窗户纸从新糊好，我准备高枕而眠。

当天夜里，听见铁罐响，起初是在后院砖地上哗啷哗啷的响，随后像是有东西提着铁罐猱升跨院的枣树，终乃在我的屋瓦上作响。屋瓦是一垄一垄的，中有小沟，所以铁罐越过瓦垄的声音是格登格登的清晰可辨。我打了一个冷战，难道是那只猫的阴魂不散？她拖着铁罐子跑了一天，藏躲在什么地方，终于夤夜又复光临寒舍？我家究竟有什么东西值得使她这样的念念不忘？

哗啷一声，铁罐坠地，显然是铁丝断了。几乎同时，噗的一声，猫顺着我窗前的丁香树也落了地。她低声的呻吟了一声，好像是初释重负后的一声叹息。随后我的书房窗纸又撕破了——历史重演。

这一回我下了决心，我如果再度把她活捉，要用重典，不是系一个铁罐就能了事。我先到书房里去查看现场，情况有一些异样，大书架接近顶棚最高的一格有几本书洒落在地上。倾耳细听，书架上有呼噜呼噜的声音。怎么猫找到了这个地方来酣睡？我搬了高凳爬上去窥视，吓我一大跳，原来是那只瘦猫拥着四只小猫在喂奶！

四只小猫是黑白花的，咕咕容容的在猫的怀里乱挤，好像眼睛还没有睁开，显然是出生不久。在车船上遇到有妇人生产，照例被视为喜事，母子好像都可以享受好多的优待。我的书房里如今喜事临门，而且一胎四个，原来的一腔怒火消去了不少。天地之大德曰生，这道理本该普及于一切有情。猫为了她的四只小猫，不顾一切的冒着危险回来喂奶，伟大的母爱实在是无以复加！

猫的秘密被我发现，感觉安全受了威胁，一夜的功夫她把四只小猫都叼离书房，不知运到什么地方去了。

滑　　竿

　　从前在学校读英国诗人米尔顿的《失乐园》，读到第三卷第四三七行：

　　……在中国的荒原上
　　中国人驾驶着
　　挂帆的轻便的藤车？

　　教授抬起头来往下面扫视，看见只有一个人是黑头发黄面孔的，便问道："你们贵国是真有这样张帆的车子么？"我告诉他说，敝国地方很大，各地风俗不同，我到过的地方有限，没有看见过也没有听说过车上挂帆。教授的结论是，无论如何，车上挂帆是一个很好的办法。

　　过了好几十年，我才有机会听人讲起我们西南一带确有帆车，台湾的电影上也有帆车在海滩上飞驰的外景，自己的见闻之简陋实在是无话可说。米尔顿博学多识，对于我们文明古国当然不胜其景仰了；可是他还没有看见过我们的滑竿。

　　滑竿是两人抬的一种轿子，其简单轻便到了无以复加的程度。两根长长的竹竿，往两个人的肩膀上一架，就是交通工具。有人说抬轿的人之所以称为轿夫，是因为那"夫"字是象形的，像一个人肩膀上放两根竿。两竿之间吊起一块麻布，自成一个软兜，活像外国的帆布吊床。乘客往上一躺，软糊糊的一点也不硌得慌，怕两只脚没交代，前面有系着的一根竹篾，正好把脚放上去，天造地设。根本没有零件，所以永远没有修理的问题。有客来，往肩上一搭；没有生意，一个人把两根竹竿并在一起，往腋下一夹就可以走路。停放的地方么？那更简便了，竖着在墙边一靠，不占空间。

　　小时候到杭州外婆家去，母亲嘱咐我，下了火车要坐轿子，千万不可以动弹，否则有翻落之虞。我心想八人大轿抬着，焉有翻落之理。到了杭州，才知道所谓轿子竟是那样寒伧的东西，像是一个黑油篓，细细高高，头重脚轻，前后一共只有两个人抬，没有人坐进去也好像是摇摇欲坠。滑竿比较稳当多了，坐在软兜里想挣脱出来都不大容易。只是坐滑竿必须用半卧的姿势，直挺挺的抬着招摇过市，纵不似异尸行殡，也像是伤患病残，样子不大雅观。从前皇帝出行，"乘肩辇，具威仪"，必定不是躺着的。可是滑竿在上山下山的时候就非常方便，例如登好汉坡，坐在滑竿上可能微有倒悬之感，但腹内的东西绝不至于呕了出来，下来的时候也不会一头栽了下去。而峰回路转，左弯右旋，无不夷犹如意。登山喝道的八人大轿反倒觉得笨重难行了。

　　滑竿夫太苦。有人坐人力车犹嫌其不人道，但车下究竟有轮，轮子就是机械，那是人类文明史上的一大里程碑。滑竿也利用上了杠杆原理，并不算是太原始，不过简单得多。一个人的重量由四个肩膀承之，问题在那一个人的重量究竟有多少。三五个人雇乘滑竿，其中若有一位是"五百斤油"，那几个滑竿夫要发生一阵骚乱，谁都想避重就轻，不幸的那一对一路上要呶呶不休。这也怪不得他们，看看他们的脚杆，细得像是秫秸，任重而道远。坐滑竿的人是"人上人"，不会听不到滑竿夫的咻咻的喘息，以及脚后跟走在石板上通通的响，不会看不到他们腿上网状的静脉瘤，以及肩膀上摩擦出来的厚厚的茧。

滑竿夫没有不是鸠形鹄面的，他们一排靠在墙根上站着，像是风干了的人，像是传说中辰州赶尸的人夜晚宿店时所遗弃在路边的货色！可是他们每人一袭蓝布长衫，还少不了一顶布缠头。多半是伶牙俐齿，能言善道。腰间横系着一根褡布，斜插着一根短烟管，挂着一只烟荷包。除了烟草之外，当然还有更能提神解乏的东西，精神兴奋的时候，议论风生。有一回我到四川北碚的缙云山，一路上听滑竿夫边走边说一些唱和的俚语：

甲："前面靠得紧！"

乙："后面摆得开。"

甲："亮光光！"

乙："水波浪。"

甲："滑得很！"

乙："踩得稳。"

甲："远看一支花。"

乙："走近看是她！"

甲："教我的儿喊她妈。"

唱到这里，路边的那"一支花"红头涨脸的啐他一口。滑竿夫们胜利的笑了起来，脚底下格外有力，精神抖擞，飞步上山。

书

　　从前的人喜欢夸耀门第，纵不必家世贵显，至少也要是书香人家，才能算是相当的门望。书而曰香，盖亦有说。从前的书，所用纸张不外毛边、连史之类，加上松烟油墨，天长日久密不通风，自然生出一股气味，似沉檀非沉檀，更不是桂馥兰熏，并不沁人脾胃，亦不特别触鼻，无以名之，名之曰书香。书斋门窗紧闭，乍一进去，书香特别浓，以后也就不大觉得。现代的西装书，纸墨不同，好像有股煤油味，不好说是书香了。

　　不管香不香，开卷总是有益。所以世界上有那么多有书癖的人，读书种子是不会断绝的。买书就是一乐。旧日北平琉璃厂、隆福寺街的书肆最是诱人，你迈进门去向柜台上的伙计点点头便直趋后堂，掌柜的出门迎客，分宾主落座，慢慢的谈生意。不要小觑那位书贾，关于目录、版本之学他可能比你精。搜访图书的任务，他代你负担，只要他摸清楚了你的路数，一有所获，立刻专人把样函送到府上，合意留下翻看，不合意他拿走，和和气气。书价么，过节再说。在这样情形之下，一个读书人很难不染上"书淫"的毛病，等到四面卷轴盈满，连坐的地方都不容易匀让出来，那时候便可以顾盼自雄，酸溜溜的自叹："丈夫拥书万卷，何假南面百城？"现代我们买书比较方便，但是搜访的乐趣，搜访而偶有所获的快感，都相当的减少了。挤在书肆里浏览图书，本来应该是像牛吃嫩草，不慌不忙的，可是若有店伙眼睛紧盯着你，生怕你是一名雅贼，你也就不会怎样的从容，还是早些离开这是非之地好些。更有些书不裁毛边，干脆拒绝翻阅。

"郝隆七月七日，出日中仰卧。人问其故，曰：'我晒书。'"（见《世说新语》）郝先生满腹诗书，晒书和日光浴不妨同时举行。恐怕那时候的书在数量上也比较少，可以装进肚里去。司马温公也是很爱惜书的，他告诫儿子说："吾每岁以上伏及重阳间视天气晴明日，即净几案于当日所，侧群书其上以晒其脑。所以年月虽深，从不损动。"书脑即是书的装订之处，翻叶之处则曰书口。司马温公看书也有考究，他说："至于启卷，必先几案洁净，借以茵褥，然后端坐看之。或欲行看，即承以方版，未曾敢空手捧之，非唯手污渍及，亦虑触动其脑。每至看竟一版，即侧右手大指面衬其沿，随覆以次指面，捻而夹过，故得不至揉熟其纸。每见汝辈多以指爪撮起，甚非吾意。"（见《宋稗类钞》）我们如今的图书不这样名贵，并且装订技术进步，不像宋朝的"蝴蝶装"那样的娇嫩，但是读书人通常还是爱惜他的书，新书到手先裹上一个包皮，要晒，要揩，要保管。我也看见过名副其实的收藏家，爱书爱到根本不去读它的程度，中国书则锦函牙签，外国书则皮面金字，庋置柜橱，满室琳琅，真好像是书娜嬛福地，书变成了陈设、古董。

有人说："借书一痴，还书一痴。"有人分得更细："借书一痴，惜书二痴，索书三痴，还书四痴。"大概都是有感于书之有借无还。书也应该深藏若虚，不可慢藏诲盗。最可恼的是全书一套借去一本，久假不归，全书成了残本。明人谢肇淛编《五杂俎》，记载一位"虞参政藏书数万卷，贮之一楼，在池中央，小木为杓，夜则去之。榜其门曰：'楼不延客，书不借人。'"这倒是好办法，可惜一般人难得有此设备。

读书乐，所以有人一卷在手，往往废寝忘食。但是也有人一看见书就哈欠连连，以看书为最好的治疗失眠的方法。黄庭坚说："人不读书，则尘俗生其间，照镜则面目可憎，对人则语言无味。"这也要看所读的是些什么书。如果读的尽是一些猥屑的东西，其人如何能有书卷气之可言？宋真宗皇帝的《劝学文》，实在令人难以入耳："富家不用买良田，书中自有千钟粟。安居不用架高堂，书中自有黄金屋。出门莫恨无人随，书中车马多如簇。娶妻莫恨无良媒，书中自有颜如玉。男儿欲遂平生志，六经勤向窗前读。"不过是把书当作敲门砖以遂平生之志，勤读六经，考场求售而已。十载寒窗，其中只是苦，而且吃尽苦中苦，未必就能进入佳境。倒是英国十九世纪的罗斯金，在他的《芝麻与白百合》第一讲里，劝人读书尚友古人，那一番道理不失雅人深致。古圣先贤，成群的名世的作家，一年四季的排起队来立在书架上面等候你来点唤，呼之即来挥之即去；行吟泽畔的屈大夫，一邀就到；饭颗山头的李白、杜甫也会连袂而来；想看外国戏，环球剧院的拿手好戏都随时承接堂会；亚里士多德可以把他逍遥廊下的讲词对你重述一遍。这真是读书乐。

我们国内某一处的人最好赌博，所以讳言"书"，因为"书"与"输"同音，"读书"曰"读胜"。基于同一理由，许多地方的赌桌旁边忌人在身后读书。人生如博弈，全副精神去应付，还未必能操胜算。如果沾染书癖，势必呆头呆脑，变成书呆，这样的人在人生的战场之上怎能不大败亏输？所以我们要钻书窟，也还要从书窟钻出来。朱晦庵有句："书册埋头何日了，不如抛却去寻春。"是见道语，也是老实话。

商 店 礼 貌

　　常听人说起北平商店的伙计接待客人如何的彬彬有礼、一团和气，并且举出许多实例以证明其言之不虚。我是北平人，应知北平事，这一番夸奖的话的确不算是过誉，不过"北平"二字最好改为"北京"，因为大约自从北京改称北平那年以后，北平商店也渐渐起了变化，向若干沿海通商大埠的作风慢慢的看齐了。

　　到瑞蚨祥买绸缎，一进门就可以如入无人之境，照直的往里闯，见楼梯就上，上面自有人点头哈腰，奉茶献烟，陪着聊两句闲天，然后依照主顾的吩咐，支使徒弟东搬一块锦缎，西搬一块丝绒，抖擞满一大台面。任你褒贬挑剔，把嘴撇得瓢儿似的，店伙在一旁只是赔笑脸，不吭一口大气。多买少买，甚至不买，都没有关系，客人扬长而去，伙计恭送如仪。凡是殷实的正派的商店，所用的伙计都是科班学徒出身，从端尿盆捧夜壶起，学习至少三年，才有资格出任艰巨，更磨练一段时间才能站在柜台后面应付顾客，最后方能晃来晃去的招待来宾。那"和气生财"的作风是后天的慢慢熏陶出来的。若是临时招聘的职员，他们的个性自然比较发达，谁还肯承认顾客至上？

　　从前饭馆的伙计也是训练有素的，大概都是山东人，不是烟台的就是济南的。一进门口就有人起立迎迓："二爷来啦！""三爷来啦！"客人排行第几，他都记得，因为这个古城流动户口很少，而且饭馆顾客喜欢贲临他所习惯去的地方。点菜的时候，跑堂的会插嘴："二爷，别吃虾仁，虾仁不新鲜！"他会提供情报："鲫鱼是才打包的，一斤多重。"一阵磋商之后，恰到好处的菜单拟好了。等菜不来，客人不耐烦拿起筷子敲盘叮啷声，在从前这是极严重的事，这表示招待不周。执事先生一听见敲盘声就要亲自出面道歉，随后有人打起门帘让客人看看那位值班跑堂的扛着铺盖走出大门——被辞退了。事实上他是从大门出去又从后门回来了。客人要用什么样的酒，不需开口，跑堂早打了电话给客人平素有交往的酒店："×××街的×二爷在我们这里，送三斤酒来。"二爷惯用的那种多少钱一斤的酒就送来了，没有错。客人临去的时候，由堂口直到账房，一路有人喝送客，像是官府喝道一般。到了后来才有高呼小账若干若干的习惯，不是为客人听了脸上光彩，是为了小账目公开预备聚在一起大家均分，防止私弊。以后世风日下，如果小账太少，堂倌怪声怪调的报告数目，那就是有意的挖苦了，哪里还有半点礼貌？

　　不消说，最讲礼貌的是桅厂，桅厂即是制售棺木的商店。给老人家预订寿材，不失为有备无患之举，虽然不是愉快的事，交易的气氛却是愉快之极。掌柜的一团和气，领客去看木板，楠木的、杉木十三圆的，一副一副的看，他不劝你买，不催你买，更不怂恿你多看几具，也不张罗着给你送到府上，只是一味的随和。这真是模范商店！这种商店后来是否也沾染了时代的潮流，是否伙计也是直眉竖眼、冷若冰霜、拒人千里之外就不得而知了。

同仁堂丸散膏丹天下闻名，柜台前永远是里三层外三层的挤满顾客，只消远远的把购药单高高举起，店伙看到单子上密密麻麻，便争着伸手来抢，——因为他们的店规是伙计们按照实绩提成计酬。用不着排队，无所谓先来后到，大主顾先伺候，小生意慢慢来，也不是全无秩序。可怜挤在柜台前面的，尽是些闻名而来的乡巴佬！

买东西的人并不希冀什么礼遇，交易而来，成交而返，只要不遭白眼不惹闲气。逐什一之利的人也不必镇日价堆着笑脸，除非他是天生的笑面虎。北平几度沧桑，往日的生活方式早已不可复见。我一听起有人谈到北平人的礼貌，便不免有今昔之感。

礼失而求诸野。在"野"的地方我倒是常受到礼貌的待遇。到银行去取款，行员一个个的都是盛装，男的打着领结，女的花枝招展，点头问讯，如遇故旧。把折子还给你，是用双手拿着递给你，不是老远的像掷铁环似的飞抛给你。如果是星期五，临去时还会祝你有一个快乐的周末，这一声祝语有好大的效力，真能使你有一个快乐的周末，还可能不止一个！有一次在一家杂货店给孩子买一只手表，半月后秒针脱落，不费任何唇舌就换了一只回来，而且店员连声道歉，说明如再出毛病仍可再换或是退款，一点也没有伤了和气。还有一回在超级市场买一个南瓜馅饼，回来切开一看却是苹果馅，也就胡乱吃了下去。过了一个月，又见标签为南瓜的馅饼，便叮问店员是否名副其实的南瓜馅饼，具以过去经验告之。店员不但没有愠意，而且大喜过望，自承以前的确有过一次张冠李戴的误失，只是标签贴错无法查明改正："你是第二个前来指正我们的顾客，无以为敬，谨以这个南瓜馅饼奉赠。"相与呵呵大笑。这样的事随时随处皆可遇到，不算是好人好事，也不算是模范店员，没有人表扬。

为什么在野的地方一般人的表现反倒不野？我想没有方法可以解释，除非是他们的牛奶喝得多，睡觉睡得足。《管子》曰："仓廪实则知礼节，衣食足则知荣辱。"这道理我们早就懂得。

虐 待 动 物

　　一八二四年英国人成立了一个"防止虐待动物协会"。四十二年后美国也成立了这样的一个协会，目前美国约有六百个这样的组织。全世界现在都有类似的会社，其宗旨是防止有意的把不必要的痛苦加在动物身上。霭然仁者之所用心，泽及禽兽。香港禁止鸡鸭贩子把几只鸡鸭系在一起倒挂在脚踏车的把手上，或是把过多的鸡鸭塞在小小的笼子里，那意思是要那些扁毛畜牲在那最后血光之灾以前能活得舒适一点，不能不说是菩萨心肠。我看见过广州的菜市里的鱼贩，指着盆里二尺来长的一条活鱼问你要买哪一块，你说要背上那一块，他便飕的抽出一把牛耳尖刀，在鱼背上血淋淋的切下一块给你，那条缺了半个背的鱼依旧还放到水盆里去，等到别的主顾来再零刀碎剐。许多地方的市场里，卖鱼的都是不先开膛就生批逆鳞，只见鳞片乱飞，鱼不住的打挺。卖田鸡的更绝，唰的一下子把整张的皮剥下来，剥出白生生的田鸡乱蹦乱跳。站在旁边看着都心惊胆战。

　　我小时候，家里有两辆"轿车"，其中一辆交由小张驾御，骡子的草料及一应给养都由他包办。小张深谙官场习惯，经手三分肥，克扣草料。骡子吃不饱，就跑不动，瘦骨嶙峋的，真正的是驽骞之乘，但是到了通衢大道之上又非腾骧一阵不可，小张就从袖里取出一把锥子，仿照苏秦引锥刺股的故事，在骡子的臀部上猛攮一下，骡子一惊，飞驰而前，鲜血顺着大腿滴流而下。这事不久就被发现，小张当然也立即另寻高就去了。我从小就很诧异一个人心肠何以硬得这样可怕，但是当时以为世界上仅有小张一个人是这样的狠。

　　一个人不可以有意的把"不必要的"痛苦加在动物身上，想来"必要的"痛苦则不在此限。北平烤鸭是中外驰名的美味，它的制法特殊——这是濒临运河的通州人的拿手，用特备的拌好的食粮搓成一根根的橛子，比香肠还要粗长一些，劈开鸭子的嘴巴硬往里塞，然后用手顺着鸭脖往下一捋，再塞一根，再捋一下。接连七八根塞下去了，鸭子连叫唤的力气都没有了，只剩下奄奄一息。这时候不能放它回到河里去，要丢到特建的一间小屋里，百八十只挤在里面绝对没有动弹的余地，只喝水，只准养尊处优的在里面安息，慢慢的蹲膘。每天这样饱餐两次，过个把月便可出而问世，在闷炉里一吊，香，肥，脆，嫩，此之谓"填鸭"。这过程颇为痛苦，可是有此必要，否则饕餮之士便无法大快朵颐。现在回想起来，小张椎攮骡臀，也不是没有必要，因为不如此他无法一面克扣粮食一面交代差事。为了自私的享受而不惜制造痛苦，这只是显示人性之恶的一面，"必要"云乎哉。

　　最残酷的事莫过于屠杀。所以说："仁者不杀。"真要不使动物不受不必要的痛苦，则人曷不蔬食，在植物方面寻求蛋白质。半世纪前我参观过芝加哥的屠宰场，千百头的牛、猪、羊，不是头上捶一钉，便是胸口挨一刀，不大功夫而拔毛、剥皮、去骨、切块之事毕，如今技术当更进步。那么多的生命毁于一旦，实在惊心动魄。我最不能了解的是，人类文明演进，何以如今还有人自命绅士而返回到渔猎时代？兔、狐、鹿、凫雁、野猪、鱼鳖，无害于人，而如莲池大师所谓"网于山，罟于渊，多方掩取，曲而钩，直而矢，百计搜罗"？可笑的是，枪杀禽兽，电毙鳞鱼，挟科学利器屠害生灵，恃强凌弱而得意扬扬。禽兽放在动物园里，等于是无期徒刑，比死刑稍次一等。有些动物学家说，不要以为栏里的动物如处图圄，实际是它在栏后饶有安全之感，觉得你在栏外不会骚扰到它。我看见过巨熊在栏里晃来晃去，它还是想出来。又有人说，狩猎是必需的，因为动物没有家庭计划，繁殖得太快，食物供给不足，将有饿死之虞。假使你的邻人一家食指浩繁，无以为生，你是不是也可以走过去杀掉他的三男两女以减少他的负担？

动物涵意甚广，应该把人类也包括进去。防止虐待动物，曷不亲亲而仁仁，先从防止虐待人类始？有时候人虐待人，无所不用其极，我们古时刑法就有许多是不必要的令人痛苦。《周礼·秋官·五刑之法》："墨罪五百，劓罪五百，宫罪五百，刖罪五百，杀罪五百。"究竟还是明文规定的法则，像纣所作的炮烙之刑，是以酷刑兼为取乐之资。肥胖的董卓死后，守尸的人在他肚脐里面插上灯捻，点燃起来，光照数日。幸而这是死后，生前若是落在这人手里，必定有更难堪的处置。外国人的残虐，也不让人。加尔各答的威廉堡有一间小室，十八呎宽，十四呎长，仅有两个小窗，东印度公司的守军一百四十六人被叛军禁闭在里面，一夜之间渴热难当，仅有二十三人幸免于死，时在一七五六年六月，是历史上有名的所谓"黑洞"事件。

没有什么事情比战争更残酷更不必要，偏偏有那么许多人好战，所求不遂，便挥动干戈，使得爱和平的也不能不起来自卫。

约翰孙博士有一篇文章（《闲游者》第二十二期）借兀鹰的对话写人类的愚蠢，人类是唯一的一种动物：大规模的互相残杀并不把对方的肉吃下去，只是抛在战场上白白的喂兀鹰，不知那是所为何来。防止虐待动物而不防止人类的互相厮杀，不晓得为什么要这样的厚于彼而薄于此！

北 平 年 景

　　过年须要在家乡里才有味道。羁旅凄凉，到了年下只有长吁短叹的分儿，还能有半点欢乐的心情？而所谓家，至少要有老小二代，若是上无双亲，下无儿女，剩下伉俪一对，大眼瞪小眼，相敬如宾，还能制造什么过年的气氛？北平远在天边，徒萦梦想，童时过年风景，尚可回忆一二。

　　祭灶过后，年关在迩。家家忙着把锡香炉、锡蜡签、锡果盘、锡茶托，从蛛网尘封的箱子里取出来，作一年一度的大擦洗。宫灯、纱灯、牛角灯，一齐出笼。年货也是要及早备办的，这包括厨房里用的干货，拜神祭祖用的苹果、干果等等，屋里供养的牡丹、水仙，孩子们吃的粗细杂拌儿。蜜供是早就在白云观订制好了的，到时候用纸糊的大筐篓一碗一碗装着送上门来。家中大小，出出进进，如中风魔。主妇当然更有额外负担，要给大家制备新衣、新鞋、新袜、大衫，尽管是布鞋、布袜、布大衫，总要上下一新。

　　祭祖先是过年的高潮之一。祖先的影像悬挂在厅堂之上，都是七老八十的，有的撇嘴微笑，有的金刚怒目，在香烟缭绕之中，享用蒸烟。这时节孝子贤孙叩头如捣蒜，其实亦不知所为何

来，慎终追远的意思不能说没有，不过大家忙的是上供。拈香、
点烛、磕头，紧接着是撤供，围桌吃年夜饭，来不及慎终追远。

吃是过年的主要节目。年菜是标准化了的，家家一律。人
口旺的人家要进全猪，连下水带猪头，分别处理下咽。一锅炖
肉，加上蘑菇是一碗，加上粉丝又是一碗，加上山药又是一碗，
大盆的芥末墩儿、鱼冻儿、肉皮辣酱，成缸的大腌白菜、芥菜疙
瘩——管够。初一不动刀，初五以前不开市，年菜非囤集不可，
结果是年菜等于剩菜，吃倒了胃口而后已。

"好吃不过饺子，舒服不过倒着。"这是乡下人说的话。北
平人称饺子为"煮饽饽"，城里人也把煮饽饽当作好东西，除了
除夕消夜不可少的一顿之外，从初一至少到初三，顿顿煮饽饽，
直把人吃得头昏脑涨。这种疲劳填充的方法颇有道理，可以使你
长期的不敢再对煮饽饽妄动食指，直等到你淡忘之后明年再说。
除夕宵夜的那一顿，还有考究，其中一只要放一块银币，谁吃到
那一只主交好运。家里有老祖母的，年年是她老人家幸运的一口
咬到，谁都知道其中作了手脚，谁都心里有数。

孩子们须要循规蹈矩，否则便成了野孩子，唯有到了过年时
节可以沐恩解禁，任意的作孩子状。除夕之夜，院里洒满了芝麻
秸儿，孩子们践踏得咯吱咯吱响是为"踩岁"。闹得精疲力竭，
睡前给大人请安，是为"辞岁"。大人摸出点什么作为赏赍，是
为"压岁"。

新正是一年复始，不准说丧气话，见面要道一声"新禧"。
房梁上有"对我生财"的横披，柱子上有"一入新春万事如意"的
直条，天棚上有"紫气东来"的斗方，大门上有"国恩家庆人寿年
丰"的对联。墙上本来不大干净的，还可贴上几张年画，什么"招
财进宝""肥猪拱门"，都可以收补壁之效。自己心中想要获得

的，写出来画出来贴在墙上，俯仰之间仿佛如意算盘业已实现了！

好好的人家没有赌博的。打麻将应该到八大胡同去，在那里有上好的骨牌、硬木的牌桌，还有佳丽环列。但是过年则几乎家家开赌，推牌九、状元红，呼幺喝六，老少咸宜。赌禁的开放可以延长到元宵，这是唯一的家庭娱乐。孩子们玩花炮是没有腻的。九隆斋的大花盒，七层的九层的，花样翻新，直把孩子看得瞪眼咋舌。"冲天炮""二踢脚""太平花""飞天七响""炮打襄阳"，还有我们自以为值得骄傲的可与火箭媲美的"旗火"，从除夕到天亮彻夜不绝。

街上除了油盐店门上留个小窟窿外，商店都上板，里面常是锣鼓齐鸣，狂擂乱敲，无板无眼，据说是伙计们在那里发泄积攒一年的怨气。大姑娘、小媳妇擦脂抹粉的全出动了，三河县的老妈儿都在头上插一朵颤巍巍的红绒花。凡是有大姑娘、小媳妇出动的地方，就有更多的毛头小伙子乱钻乱挤。于是厂甸挤得水泄不通，海王村里除了几个露天茶座坐着几个直流鼻涕的小孩之外没有什么可看，但是入门处能挤死人！火神庙里的古玩、玉器摊，土地祠里的书摊、画棚，看热闹的多，买东西的少。赶着天晴雪霁，满街泥泞，凉风一吹，又滴水成冰，人们在冰雪中打滚，甘之如饴。"喝豆汁儿，就咸菜儿，琉璃喇叭大沙雁儿"，对于大家还是有足够的诱惑。此外如财神庙、白云观、雍和宫，都是人挤人、人看人的局面，去一趟把鼻子、耳朵冻得通红。

新年狂欢拖到十五。但是我记得有一年提前结束了几天，那便是民国元年，阴历的正月十二日。在普天同庆声中，中华民国第一任大总统袁世凯先生嗾使北军第三镇曹锟驻禄米仓部队哗变，掠劫平津商民两天。这开国后第一个惊人的年景使我到如今不能忘怀。

正 月 十 二

　　民国元年二月，正是阴历辛亥年的年下，那时我十岁，刚剪下小辫不久。北平风俗过年，通常是从十二月二十三日祭灶起，一直到正月十五灯节为止，足足要热闹半个多月。那一年的阴历新春正月十二日是阳历二月九日，我已记不清楚，不过那个阴历的正月十二日却是所有北平人都不会忘记的一个日子。这个日子距今六十年了，那一天发生的事想起来如在目前。

　　每逢过年，自除夕起，我家里开赌戒。我家里根本没有麻将牌，听说过，没见过。我到二十多岁才初次看到别人做方城戏。所谓开赌戒，不过是从父亲锁着的抽屉里取出一个小包包，打开包包取出一个象牙盒，打开盒子取出六颗骨头做的骰子，然后把骰子放在一只大海碗里，全家大小十口围着上屋后炕上的桌子哗喇哗喇的掷状元筹，如是而已。可是每个人下三十二个铜板的赌注，堆在大碗周围，然后轮流抓起骰子一掷，呼卢喝雉，也能领略到一点赌徒们所特有的紧张与兴奋。正月十二那天晚上，大家饭后不期而集，围着后炕桌子，赌兴正酣，忽然听到一阵噼噼啪啪的响，大家一愣。爆竹一声除旧，快吃元宵了，还放什么鞭炮？父亲沉下了脸，皱起眉头说："不对，这声音太尖太脆，怕不是爆竹。"正惊讶间，乒乒乓乓的声音更紧凑更响亮了。当然比爆炒豆的声音大得多，而且偶然听到划破天空的呼啸而过的嘶响。

我父亲推开赌碗，跑到西厢房去打德律风。德律风者，那时的电话之称，安装在墙上，庞然大物，呜呜的摇半天才能叫号通话。德律风打到京师警察厅，那边的朋友说，兵变了，拱卫京师的曹锟部下陆军第三镇驻扎在东城城根儿禄米仓的士兵哗变了！未得其详，电线中断，随后电灯也灭了，一片黑暗。禄米仓离我家不远，怪不得枪声那么清脆可闻。

枪声越来越密，比除夕热闹多了。东南方火光冲天，把半边天照得通亮，火星飞舞，像是有人在放特大号"太平花"。后来知道这是变兵劫掠东安市场，顺手放一把火示威。这时候天上疏疏落落的掉下了一些雨点，有人说是天哭了！胡同里出奇的寂静，没有人声。

我父亲要我们大家戒备，各自收拾东西。家里没有什么细软，但是重要契据、文件打了两个小包袱。我们弟兄姊妹每人都有一点体己。我有一个绒制小口袋，原是装巧克力的，是祁罗福洋行老板送给我的，我二姊说那种黑不溜秋的糖像猴屎，不会好吃，我就把糖果抛弃，留下那只口袋装钱，全部积蓄有三十几块。我把口袋放在桌上，若有个风吹草动，预备抓起口袋就跑。

胡同里有了呼唤声、脚步声，由远而近，嘈嘈杂杂，像潮水涌来。家门口响起两声枪，子弹打在门上，门皮比较厚，没有打穿，随后又有砸门声。看门的南二慌慌张张的跑进里院，大喊："来了，来了！"我们立刻集中到后院，搬梯子，翻墙，躲在墙外邻家的天沟上。打杂的佣人辛二仓皇中躲进了跨院的煤堆后面，幸亏有他留在地面，发生了很大的作用。变兵打不开大门，就爬电线杆翻入临街的后窗，然后开启大门放进大批的弟兄。据估量，进来的大兵至少有十个八个，因为他们搜劫东西之后抛下的子弹一排排的不在少数。算是洗劫，不过洗得不干净，一来没有电灯照明，二来缺乏经验不大知道挑拣，三来每人只有两只手拿不了许多，抢劫历时约二三十分钟，呼啸而出，临去还放几枪留念。煤堆后面的辛二听得没有响动，蹑手蹑脚的出来先关上大门，然后喊我们下地。比兵劫更可怕的是地痞流氓乘机接着抢掠，他们抢起来是穷凶极恶、细大不捐，真能把一家的东西搬光，北平语谓之"扫营儿"。辛二把大门一关，扫营一幕幸而得免。

　　事后我们检查，损失当然很重，不过也有很多东西该拿而没有拿，不该拿而拿了的。我的那一小袋储蓄，我临时忘携带，平白的奉献了。北平住家的人，家里没有多少贵重物品，箱柜桌椅之类死沉死沉的，抬也抬不动，所以大兵进宅顶多打开钱柜（北平家家都有的木箱形上面开盖的那种钱柜），拿去几十包放在钱板子上的铜板，运气好些的再拿去几只五十两一个的银元宝，再不就是从墙上表盒里拿去十个二十个形形色色的怀表。古玩陈设，他们不识货，只知道拣大个的拿。所以变兵真正的大发利市，另有两种去处，一个是当铺，一个是票庄。前者有物资，后者有现款。大票庄、大当铺都集中在东城，几乎无一幸免，而且比较黑心的掌柜于劫掠之后自己放一把火，混水摸鱼。从此票庄完全消灭，大当铺也无复昔日的繁荣，多少和票庄、当铺保有密切关系的中产阶级家庭，也从此一蹶不振而中落了。

　　变兵在东城闹了一夜，黎明波及西城。东城只剩下一般宵小纷纷做扫营的工作。我从大门缝往外看，看见一位苦哈哈抱着一只很大很大的百鹿敦，踽踽而行。路面冰冻，一不小心跌了一跤，敦破，洒在地上的是一堆白米！变兵少数在城内逗留，大部分出西直门而去。这时候驻扎在张家口的姜桂题部下的军队（号称"毅军"）奉命开来平乱。正遇见大队变兵，于是大举歼灭。可怜的人，辛苦了一夜，命在须臾。城里面的地痞流氓正在得意忘形自由行动，想不到突然间有人来执法以绳，于是又有不少的人头挂在高竿之上了。我和哥哥商量，想出去看看人头，父母不准我们去。后来看到了照片，那样子很难看。

戏剧性的一场灾祸在新年演出，幕启幕落都十分突兀。那些放枪的、扫营的，不过是跑龙套的而已。演重头戏的是曹锟，而发纵指使的是民国第一任总统袁世凯。他当选总统而不欲南下就职，为寻求借口，于是导演了这样的一出独幕闹剧，为几十万北平居民作新春点缀！迩后又有一出新华春梦，一出贿买大选，丑戏连台，实在不足为怪，我们应该早看出一点头绪。

书　房

　　书房，多么典雅的一个名词！很容易令人联想到一个书香人家。书香是与铜臭相对待的。其实书未必香，铜亦未必臭。周彝商鼎，古色斑斓，终日摩挲亦不觉其臭，铸成钱币才沾染市侩味，可是不复流通的布泉刀错又常为高人赏玩之资。书之所以为香，大概是指松烟油墨印上了毛边连史，从不大通风的书房里散发出来的那一股怪味，不是桂馥兰熏，也不是霉烂馊臭，是一股混合的难以形容的怪味。这种怪味只有书房里才有，而只有士大夫家才有书房。书香人家之得名大概是以此。

　　寒窗之下苦读的学子多半是没有书房，囊萤凿壁的就更不用说。所以对于寒苦的读书人，书房是可望而不可即的豪华神仙世界。伊士珍《琅嬛记》："张华游于洞宫，遇一人引至一处，别是天地，每室各有奇书，华历观诸室书，皆汉以前事，多所未闻者，问其地，曰：'琅嬛福地也。'"这是一位读书人希求冥想一个理想的读书之所，乃托之于神仙梦境。其实除了赤贫的人饔飧不继谈不到书房外，一般的读书人，如果肯要一个书房，还是可以好好布置出一个来的。有人分出一间房子养来亨鸡，也有人分出一间房子养狗，就是匀不出一间作书房。我还见过一位富有的知识分子，他不但没有书房，也没有书桌，我亲见他的公子趴在地板上读书，他的女公子用块木板在沙发上写字。

一个正常的良好的人家，每个孩子应该拥有一个书桌，主人应该拥有一间书房。书房的用途是庋藏图书并可读书写作于其间，不是用以公开展览藉以骄人的。"丈夫拥有万卷书，何假南面百城！"这种话好像是很潇洒而狂傲，其实是心尚未安无可奈何的解嘲语，徒见其不丈夫。书房不在大，亦不在设备佳，适合自己的需要便是，局促在几尺宽的走廊一角，只要放得下一张书桌，依然可以作为一个读书写作的工厂，大量出货。光线要好，空气要流通，红袖添香是不必要的，既没有香，"素碗举，红袖长"反倒会令人心有别注。书房的大小好坏，和一个读书写作的成绩之多少高低，往往不成正比例。有好多著名作品是在监狱里写的。

我看见过的考究的书房当推宋春舫先生的褐木庐为第一，在青岛的一个小小的山头上，这书房并不与其寓邸相连，是单独的一栋。环境清幽，只有鸟语花香，没有尘嚣市扰。《太平清话》："李德茂环积坟籍，名曰书城。"我想那书城未必能和褐木庐相比。在这里，所有的图书都是放在玻璃柜里，柜比人高，但不及栋。我记得藏书是以法文戏剧为主。所有的书都精装，不全是buckram（胶硬粗布），有些是真的小牛皮装订（half calf，ooze calf，etc），烫金的字在书脊上排着队闪闪发亮。也许这已经超过了书房的标准，微近于藏书楼的性质，因为他还有一册精印的书目，普通的读书人谁也不会把他书房里的图书编目。

周作人先生在北平八道湾的书房，原名苦雨斋，后改为苦茶庵，不离苦的味道。小小的一幅横额是沈尹默写的。是北平式的平房，书房占据了里院上房三间，两明一暗。里面一间是知堂老人读书写作之处，偶然也延客品茗。几净窗明，一尘不染。书桌上文房四宝井然有致。外面两间像是书库，约有十个八个书架立在中间，图书中西兼备，日文书数量很大。真不明白苦茶庵的老和尚怎么会掉进了泥淖一辈子洗不清！

闻一多的书房，和"闻一多先生的书桌"一样，充实、有趣而乱。他的书全是中文书，而且几乎全是线装书。在青岛的时候，他仿效青岛大学图书馆庋藏中文图书的办法，给成套的中文书装制蓝布面，用白粉写上宋体字的书名，直立在书架上。这样的装备应该是很整齐可观，但是主人要作考证，东一部西一部的图书便要从书架上取下来参加獭祭的行列了，其结果是短榻上、地板上，唯一的一把木根雕制的太师椅上，全都是书。那把太师椅玲珑邦硬，可以入画，不宜坐人，其实亦不宜于堆书，却是他书斋中最惹眼的一个点缀。

潘光旦在清华南院的书房另有一种情趣。他是以优生学专家的素养来从事我国谱牒学研究的学者，他的书房收藏这类图书极富。他喜欢用书护，那就是用两块木板将一套书夹起来，立在书架上。他在每套书系上一根竹制的书签，签上写着书名。这种书签实在很别致，不知杜工部《将赴草堂途中有作》所谓"书签药裹封尘网"的书签是否即系此物。光旦一直在北平，失去了学术研究的自由，晚年丧偶，又复失明，想来他书房中那些书签早已封尘网了！

汗牛充栋，未必是福。丧乱之中，牛将安觅？多少爱书的人士都把他们苦心聚集的图书抛弃了，而且再也鼓不起勇气重建一个像样的书房。藏书而充栋，确有其必要，例如从前我家有一部小字本的图书集成，摆满上与梁齐的靠着整垛山墙的书架，取上层的书须用梯子，爬上爬下很不方便，可是充栋的书架有时仍是不可少。我来台湾后，一时兴起，兴建了一个连在墙上的大书架，邻居绸缎商来参观，叹曰："造这样大的木架有什么用，给我摆列绸缎尺头倒还合用。"他的话是不错的，书不能令人致富。书还给人带来麻烦，能像郝隆那样七月七日在太阳底下晒肚子就好，否则不堪衣鱼之扰，真不如尽量的把图书塞入腹笥，晒起来方便，运起来也方便。如果图书都能做成"显微胶片"纳入腹中，或者放映在脑子里，则书房就成为不必要的了。

送　礼

俗语说："官不打送礼的。"此语甚妙。因为从前的官不是等闲人，他是可以随便打人的，所以有人怕见官，见了官便不由的有三分惧怕，而送礼的人则必定是有求于人，唯恐人家不肯赏收，必定是卑躬屈膝春风满面、点头哈腰老半天，谁还狠得下心打笑脸人？至于礼之厚薄，倒无关宏旨，好歹是进账，细大不蠲，收下再说。

不过送礼的人也确实有些是该打屁股的。

送礼这件事，在送的这一方面是很苦恼的一个节目，尤其是逢时按节的例行送礼。前例既开，欲罢不能。如果是个什么机构之类，有人可以支使采办，倒还省事。采办的人在其中可以大显身手。礼讲究四色，其中少不得一篮应时水果，篮子硕大无朋，红绳缎带，五花大绑，一张塑胶纸绷罩在上面，绷得紧，系得牢，要打开还很费手脚。打开之后，时常令人叫绝。原来篮子之中有草纸一堆坟然隆起，上面盖着一层光艳照人的苹果、梨、柑之类，一部分水果的下面是黑烂发霉的。四色之中可能还有金华火腿一只，使得这一份礼物益发高贵而隆重。死尸可以冷藏而不腐，火腿则必须在适当温度中长期腌制，而亚热带天气只适宜促

成其速朽。我就收到过不止一只金玉其外的火腿，纸包得又俊又
俏，绳子捆得紧紧的，露在外面的爪尖干干净净，红色门票上还
有金字。有一天打开一看，嘿！就像医师开刀发现内部癌瘤已经
溃散赶紧缝起创口了事一般，我也赶快把它原封包起。原来里面
万头攒动着又白又胖的蛆虫，而且不需用竹筷贯刺就有一股浓厚
的尸臭中人欲呕。我有意把这只金华火腿送走，使它物还原主，
又真怕伤了他的自尊，而且西谚有云："不要扒开人家赠你的一
匹马的嘴巴看。"其意是对礼物不可挑剔。无可奈何之中，想起
了评剧中有"人头挂高杆"之说，于是乘黄昏时候，蹑手蹑脚的
把这只火腿挂在大门外的电线杆上，自门隙窥伺之，果见有人施
施然来，睹物一惊，驻足逡巡，然后四顾无人迅速出手，挟之而
去，这只火腿的最后下落如何我就不知道了。送水果、送火腿的
人，那份隆情盛意，我当然是领受了。

英文里有个名词"白象"（white elephant），意为相当名贵
而无实用并且难于处置的东西。试想有人送你一头白象，你把它
安顿在哪里？你一天需要饲喂它多少食粮？它病了你怎么办？它
发脾气你怎么办？我相信一旦白象到门，你会手足无措。事实上
我们收到的礼物偶然也是近似白象，令人啼笑皆非。我收到一项
礼物，瓶状的电桌灯一盏，立在地面上就几乎与我齐眉，若是放
在太和殿里当然不嫌其大，可惜蜗居逼仄，虽不至于仅可容膝，
这样的庞然巨制放在桌上实在不称，万一头重脚轻倒栽下来，说
不定会砸死人。居然有客人来，欣赏其体制之雄伟，说它壮观，
我立即举以相赠，请他把白象牵了出去，后遂不知其所终。

生日礼物，顺理成章的是一块蛋糕。问题在，你送一块，他
也送一块，一下子收到二块、二十块大蛋糕，其中还可能有两个
人抬着拿进来的超大号的，虽说"好的东西不嫌多"，真的多了

起来也是一患。我亲见有一位宦场中人，他生日那天收到三十块以上的蛋糕，陈列在走廊上，洋洋大观。最后筵席散了，主人央客各自携带一块蛋糕回家，这样才得收疏散之效。客人各自提着像帽盒似的一个纸匣子，鱼贯而出，煞是好看。照理说，蛋糕是好东西，或细而软，或糙而松，各有其风味，唯独上面糊着的一层雪白的"蜡油"实在令人难以入口。偶然也有使用搅打过的鲜奶油的，但不常见，常见的便是"蜡油"。我曾亲见一个任性的孩子，一次罄了一个直径一呎以上的蜡油蛋糕，父母不拦阻他，因为他府上蛋糕实在太多正苦没有销场，结果是那个孩子倒在床上呻吟呕吐，黄澄澄一橛一橛的从嘴里吐出来，那样子好难看！

有些人家是很讲究禁忌的。大概，最忌的是送钟，因为"钟"与"终"二字同音。送钟来，拒受则失礼，往往当即回敬一圆钱，象征其是买而非送，即足以破除其不祥。其实自始即有终，此乃自然之道。何况大限未至，即有人先来预约执绋，料想将来局面不致冷冷清清，也正是好事。有人在生日的时候，收到一份奇特的礼物——半匹粗白布。这种东西不是没有实用，将来不定为了谁而遵礼成服的时候，为绖、为带均无不可，只是不知要收藏多久。主妇灵机一动，把布染成粉红色，剪裁加缝，做成很出色的成套的沙发罩布，化乖戾为吉祥。有人忌讳朋友送书给他，生怕因此而赌输。我从不赌博，因此最欢迎有人送书给我，未读之书太多，开卷总归有益，但是朋友总是怕我坏了手气，只有很少的几位肯以书见贻，真所谓"知我者，二三子"！

送礼给人，当然是应该投其所好。除非是存心怄气，像诸葛孔明之送巾帼给司马仲达。所以送礼之前，势必要先通过大脑思量一番。如果对方是和尚，送篦子就不大相宜，虽然也有"金篦刮眼"之说。如果对方患消渴，则再好的巧克力糖也难以使他衷心喜悦。如果对方已经老掉了牙，铁蚕豆就不可以请他尝试。
诸如此类，不必细举。再说礼物轻重也该有个斟酌，轻了固然寒
伧，重了也容易启人疑窦，以为你有什么分外的企图。从前旧
俗，家家有一本礼簿，往来户头均有记录，逢年过节或红白喜事
均有例可循，或送现金，或送席票。如果向无往来，新开户头，
则看下次遇到机会对方有无还礼，有则继续下去，无则不再往
来，这不失为公平合理的办法。现在时代不同，人口流动，应酬
频繁，粉红炸弹与白色讣闻满天飞，送礼变成了灾害，如果逃不
掉躲不开，则只好虚应故事，投以一篮鲜花或是一端幛子，而没
有其他多少选择了。

排　队

　　《民权初步》讲的是一般开会的法则，如果有人撰一续编，
应该是讲排队。

　　如果你起个大早，赶到邮局烧头炷香，柜台前即使只有你一
个人，你也休想能从容办事，因为柜台里面的先生小姐忙着开柜
子、取邮票文件、调整邮戳，这时候就有顾客陆续进来，说不定
一位站在你左边，一位站在你右边，也许是衣冠楚楚的，也许是
破衣邋遢的，总之是会把你夹在中间。夹在中间的人未必有优先
权，所以，三个人就挤得很紧，胳膊粗、个子大、脚跟稳的占便
宜。夹在中间的人也未必轮到第二名，因为说不定又有人附在你
的背上，像长臂猿似的伸出一只胳膊，越过你的头部拿着钱要买
邮票。人越聚越多，最后像是橄榄球赛似的挤成一团，你想钻出
来也不容易。

　　三人曰众，古有明训。所以三个人聚在一起就要挤成一堆。
排队是洋玩意儿，我们所谓"鱼贯而行"都是在极不得已的情形
之下所做的动作。《晋书·范汪传》："玄冬之月，沔汉干涸，
皆当鱼贯而行，推排而进。"水不干涸谁肯循序而进，虽然鱼
贯，仍不免于推排。我小时候，在北平有过一段经验，过年父亲

常带我逛厂甸，进入海王村，里面有旧书铺、古玩铺、玉器摊，以及临时搭起的几个茶座儿。我父亲如入宝山，图书、古董都是他所爱好的，盘旋许久，乐此不疲，可是人潮汹涌，越聚越多。等到我们兴尽欲返的时候，大门口已经壅塞了。门口只有一个，进也是它，出也是它，而且谁也不理会应靠左边行，于是大门变成瓶颈，人人自由行动，卡成一团。也有不少人故意起哄，哪里人多往哪里挤，因为里面有的是大姑娘、小媳妇。父亲手里抱了好几包书，顾不了我。为了免于被人践踏，我由一位身材高大的警察抱着挤了出来。我从此没再去过厂甸，直到我自己长大有资格抱着我自己的孩子冲出杀进。

中国地方大，按说用不着挤，可是挤也有挤的趣味。逛隆福寺、护国寺，若是冷清清的凄凄惨惨觅觅，那多没有味儿！不过时代变了，人几乎天天到处要像是逛庙赶集。长年挤下去实在受不了，于是排队这洋玩意儿应运而兴。奇怪的是，这洋玩意儿兴了这么多年，至今还没有蔚成风气。长一辈的人在人多的地方横冲直撞，孩子们当然认为这是生存技能之一。学校不能负起教导的责任，因为教师就有许多是不守秩序的好手。法律无排队之明文规定，警察管不了这么多。大家自由活动，也能活下去。

不要以为不守秩序、不排队是我们民族性，生活习惯是可以改的。抗战胜利后我回到北平，家人告诉我许多敌伪横行霸道的事迹，其中之一是在前门火车站票房前面常有一名日本警察手持竹鞭来回巡视，遇到不排队就抢先买票的人，就一声不响高高举起竹鞭飕的一声着着实实的抽在他的背上。挨了一鞭之后，他一声不响的排在队尾了。前门车站的秩序从此改良许多。我对此事的感想很复杂。不排队的人是应该挨一鞭子，只是不应该由日本人来执行。拿着鞭子打我们的人，我真想抽他十鞭子！但是，我们自己人就没有人肯对不排队的人下那个毒手！好像是基于同胞爱，开始是劝，继而还是劝，不听劝也就算了，大家不伤和气。谁也不肯扬起鞭子去取缔，觍颜说是"于法无据"。一条街定为单行道、一个路口不准向左转，又何所据？法是人定的，要什么样的生活方式便应该有什么样的法。

洋人排队另有一套，他们是不拘什么地方都要排队。邮局、银行、剧院无论矣，就是到餐厅进膳，也常要排队听候指引——入座。人多了要排队，两三个人也要排队。有一次要吃皮萨饼，看门口队伍很长，只好另觅食处。为了看古物展览，我参加过一次二千人左右的长龙，我到场的时候才有千把人，顺着龙头往下走，拐弯抹角，走了半天才找到龙尾，立定脚跟，不久回头一看，龙尾又不知伸展得何处去了。我仔细观察发现了一个秘密：洋人排队，浪费空间，他们排队占用一哩，由我们来排队大概半哩就足够。因为他们每个人与另一个人之间通常保持相当距离，没有肌肤之亲，也没有摩肩接踵之事。我们排队就亲热得多，紧迫钉人，唯恐脱节，前面人的胳膊肘会戳你的肋骨，后面人喷出的热气会轻拂你的脖梗。其缘故之一，大概是我们的人丁太旺而场地太窄。以我们的超级市场而论，实在不够超级，往往近于迷你，遇上八折的日子，付款处的长龙摆到货架里面去，行不得也。洋人的税捐处很会优待主顾，设备充分，偶然有七八个人排队，排得松松的，龙头走到柜台也有五步六步之遥。办起事来无左右受夹之烦，也无后顾催迫之感，从从容容，可以减少纳税人胸中许多戾气。

我们是礼仪之邦，君子无所争，从来没有鼓励人争先恐后之说。很多地方我们都讲究揖让，尤其是几个朋友走出门口的时候，常不免于拉拉扯扯礼让了半天，其实鱼贯而行也就够了。我不太明白为什么到了陌生人聚集在一起的时候，便不肯排队，而一定要奋不顾身。

我小时候只知道上兵操时才排队。曾路过大栅栏同仁堂，柜台占两间门面，顾客经常是里三层外三层挤得水泄不通，多半是仰慕同仁堂丸散膏丹的大名而来办货的乡巴佬。他们不知排队犹可说也。奈何数十年后，工业已经起飞，都市人还不懂得这生活方式中极为重要的一个项目，难道真需要那一条鞭子才行么？

爆　竹

　　爆竹，顾名思义，是把一截竹竿放在火里使之发出爆声。《荆楚岁时记》："正月一日……鸡鸣而起，先于庭前爆竹，以辟山臊恶鬼。"山臊是什么？《神异经》云："西方山中有人焉，其长尺余，一足，性不畏人，犯之则令人寒热，名曰山臊。"这一尺多高的小怪物及其他恶鬼，真是胆小，怕听那一声爆竹！而且山臊恶鬼也蠢得很，一定要在那三元行始之日担惊受怕的挨门逐户去听那爆竹响！

　　由于我们的三大发明之一的火药出现，爆竹乃向前迈一大步，不用竹而改用纸，实以火药，比投竹于火的爆烨之声要响亮得多，名之曰爆仗，可能是竹与仗的一声之转。爆仗便于取携施放，其用途乃大为推广，时至今日，除了一声除旧之外，任何季节大典或细端小故皆可随时随地试爆，法所不禁。娶媳妇当然要放，出殡发丧也要放，店铺开张要放，服役入营也要放，竞选游街要放，赔礼遮羞也要放，破土上梁要放，小孩打球赢了也要放……而且放的不是单个的小小的爆仗，是千头百子的旺鞭，震地价响！响声起后，万众欢腾，也许有高卧未起的人，或胆比山臊还小的人，或耳鼓膜不大健全的人，会暗地里发出一声诅咒，但被那鞭声掩了，没有人听得见。一串鞭照例是殿以一声巨响，表示告一段落，窄街小巷之间，往往硝烟密布，等着微风把它吹散，同时邻人、路人当然也不免每人帮忙吸取几口，最多是呛得咳嗽一阵。爆仗壳早已粉身碎骨狼藉满地，难得有人肯不辞劳苦打扫一番，时常是风吹雨淋，一部分转入沟壑，以为异日下水道阻塞之一助。

　　记得儿歌有云："新年来到，糖瓜祭灶，姑娘要花，小子要炮，老头子要买新毡帽，老婆子要吃大花糕。""小子要炮"，就是要放爆竹。予小子就从来没有玩过炮。"大麻雷子"的轰然巨响能吓死人，我固不敢动它，即使最小的"滴滴金儿"最多泄的一声，我也不敢碰，要我拿着一根点着了的香去放，我也手颤。院子中间由别人放一两只"太平花"，我在一旁观看，那火树银花未尝不可一顾，但是北地苦寒，要我久立冻得发抖，我就敬谢不敏了。稍长，在学校里每逢国庆必放烟火，大家都集在操场里。先是一阵"炮打灯""二踢脚子"，最后大轴子戏是放"盒子"。盒子高高的在木架上悬起，点放之后，一层层的翻开挂落下来，无非是一些通俗故事，辉煌灿烂，蔚为奇观。这时候大家一起鼓掌欢呼，礼成，退。

　　我家世居北平，未能免俗，零售爆竹的地方是在各茶叶铺里，通常是在店内临时设立摊子贩卖，营业所得是伙计们过年的外快。我家里的爆竹，例由先君统筹统办，不假孩子们之手。年关将届之时，家君就到琉璃厂九隆号去采办。九隆号是北平最老的爆竹制造厂，店主郑七嫂和我还有一点亲戚的关系，我应称为舅妈。九隆在琉璃厂西头路北，小小的门面一间，可是生意做得很大，一本万利，半年没有生意，全家动员制作爆竹，干了存着，年终发售。家君采办的货色，相当齐全，我印象较深的是

"飞天七响""炮打襄阳"，尤其是"炮打襄阳"，蓬然一声，火弹飞升，继之以无数小灯纷纷腾射，状至美观，而且还有一点历史的意义。以黑色火药及石弹为炮，始自元人，攻打襄阳时即是使用此一利器。观赏"炮打襄阳"时，就想到我们发明火药虽非停留在儿童玩具阶段，实际上亦使用于战争，唯以后未能进步而已。几小时所见爆竹烟火花色甚多，唯"旗火"则不准进我家门，因为容易引起火灾。我如今看到爆竹，望望然去之，我觉得爆竹远不如新毡帽之重要。若是在街上行走，有顽童从暗处抛掷一枚爆竹到我脚下，像定时炸弹似的爆发，我在心里卜卜跳之际也会报以微笑，怜悯他没有较好的家教与玩具。

　　七月四日是美国独立纪念日，就算是他们的国庆，前一星期在街道上就有征候，不是悬灯结彩，也不是搭盖临时的三合板牌楼，而是街边隙地建立一些因陋就简的木舍，里面陈列着稀稀拉拉的一些爆竹。在纪念日前夕，就有成群的孩子，围在那里挑挑拣拣的购买。木舍盖在隙地，大有道理。我在九隆亲见一位老者，口衔雪茄走进店里，店主大骇，来不及开言就把他推出店外，然后才向他解释点燃的雪茄就像划着了的火柴。我在旁观，也不由的一怔。美国平日禁止燃放爆竹，只有在纪念日前后才解禁数天，所以孩子们憋一年才能放肆一次。婚丧大事之类，美国人静悄悄的真不知是怎样过的！那些木舍，我也曾挤进去参观，尽是些小品，甚少巨制，而且质地粗糙，不堪入目。可是我伸手拿起一看，大部分是我们的外销品。我的观感登时又有改变，好像是他乡遇故知，另有一番亲热。只是盼望我们的外销品能有大手笔，不尽是小儿科。

年　龄

　　从前看人作序，或是题画，或是写匾，在署名的时候往往特别注明"时年七十有二""时年八十有五"或是"时年九十有三"，我就肃然起敬。春秋时人荣启期以为行年九十是人生一乐，我想拥有一大把年纪的人大概是有一种可以在人前夸耀的乐趣。只是当时我离那耄耋之年还差一大截子，不知自己何年何月才有资格在署名的时候也写上年龄。我揣想署名之际写上自己的年龄，那时心情必定是扬扬得意，好像是在宣告："小子们，你们这些黄口小儿，乳臭未干，虽然幸离襁褓，能否达到老夫这样的年龄恐怕尚未可知哩。"须知得意不可忘形，在夸示高龄的时候，未来的岁月已所余无几了。俗语有一句话说："棺材是装死人的，不是装老人的。"话是不错，不过你试把棺盖揭开看看，里面躺着的究竟是以老年人为多。年轻的人将来的岁月尚多，所以我们称他为富于年。人生以年龄计算，多活一年即是少了一年，人到了年促之时，何可夸之有？我现在不复年轻，看人署名附带声明时年若干若干，不再有艳羡之情了。倒是看了富于年的英俊，有时不胜羡慕之至。

　　裸子植物和双子叶植物，其茎部的细胞因春夏成长秋冬停顿之故而形成所谓年轮，我们可以从而测知其年龄。人没有年轮，而且也不便横切开来察验。人年纪大了常自谦为马齿徒增，也没有人掰开他的嘴巴去看他的牙齿。眼角生出鱼尾纹，脸上遍洒黑斑点，都不一定是老朽的征象。头发的黑白更不足为凭。有人春秋鼎盛而已皓首皤皤，有人已到黄耇之年而顶上犹有"不白之冤"，这都是习见之事。不过岁月不饶人，冒充少年究竟不是容易事。地心的吸力谁也抵抗不住。脸上、颈上、腰上、踝上，连皮带肉的往下坠，虽不至于"载跋其胡"，那副龙钟的样子是瞒不了人的。别的部分还可以遮盖起来，面部经常暴露在外，经过几番风雨，多少回风霜，总会留下一些痕迹。

　　好像有些女人对于脸上的情况较为敏感。眼窝底下挂着两个泡囊，其状实在不雅，必剔除其中的脂肪而后快。两颊松懈，一条条的沟痕直垂到脖子上，下巴底下更是一层层的皮肉堆累，那就只好开刀，把整张的脸皮揪扯上去，像国剧一些演员化装那样，眉毛眼睛一齐上挑，两腮变得较为光滑平坦，皱纹似乎全不见了。此之谓美容、整容，俗称之为拉皮。行拉皮手术的人，都秘不告人，而且讳言其事。所以在饮宴席上，如有面无皱纹的年高名婆在座，不妨含混的称赞她驻颜有术，但是在点菜的时候不宜高声的要鸡丝拉皮。

　　其实自古以来也有不少男士热衷于驻颜。南朝宋颜延之《庭诰文》："炼形之家，必就深旷，友飞灵，糇丹石，粒精英，所以还年却老，延华驻采。"道家炼形养元，可以尸解升天，岂只延华驻采？这都是一些姑妄言之的神话。贵为天子的人才真的想要还年却老，千方百计的求那不老的仙丹。看来只有晋孝武帝比较通达事理，他饮酒举杯属长星（即彗星）："长星，劝尔一杯酒，自古何时有万岁天子？"可是一般的天子或近似天子的人都喜欢听人高呼万岁无疆!

　　除了将要诹吉纳采交换庚帖之外,对于别人的真实年龄根本没有多加探讨的必要。但是我们的习俗,于请教"贵姓""大名""府上"之后,有时就会问起"贵庚""高寿"。有人问我多大年纪,我据实相告:"七十八岁了。"他把我上下打量,摇摇头说:"不像,不像,很健康的样子,顶多五十。"好像他比我自己知道得更清楚。那是言不由衷的恭维话,我知道,但是他有意无意的提醒了我刚忘记了的人生四苦。能不能不提年龄,说一些别的,如今天天气之类?

　　女人的年龄是一大禁忌,不许别人问的。有一位女士很旷达,人问其芳龄,她据实以告:"三十以上,八十以下。"其实人的年龄不大容易隐秘,下一番考证功夫,就能找出线索,虽不中亦不远矣。这样做,除了满足好奇心以外,没有多少意义。可是人就是好奇。有一位男士在咖啡厅里邂逅一位女士,在暗暗的灯光之下他实在摸不清对方的年龄,他用臂肘触了我一下,偷偷的在桌下伸出一只巴掌,戟张着五指,低声问我有没有这个数目,我吓了一跳,以为他要借五万块钱,原来他是打听对方芳龄有无半百。我用四个字回答他:"干卿底事?"有一位道行很高的和尚,涅槃的时候据说有一百好几十岁,考证起来聚讼纷纷。据我看,估量女士的年龄不妨从宽,七折八折优待。计算高僧的年腊也不妨从宽,多加三成五成。

　　人到了迟暮,如石火风灯,命在须臾,但是仍不喜欢别人预言他的大限。邱吉尔八十岁过生日,一位冒失的新闻记者有意讨好的说:"邱吉尔先生,我今天非常高兴,希望我能再来参加你的九十岁的生日宴。"邱吉尔耸了一下眉毛说:"小伙子,我看你身体满健康的,没有理由不能来参加我九十岁的宴会。"胡适之先生素来善于言词，有时也不免说溜了嘴，他六十八岁时候来台湾，在一次欢宴中遇到长他十几岁的齐如山先生，没话找话的说："齐先生，我看你活到九十岁绝无问题。"齐先生愣了一下说："我倒有个故事，有一位矍铄老叟，人家恭维他可以活到一百岁，忿然作色曰：'我又不吃你的饭，你为什么限制我的寿数？'"胡先生急忙道歉："我说错了话。"

痰　盂

　　有许多从前常见的东西，现在难得一见，痰盂即是其中之一。也许是我所见不广，似乎别国现在已无此种器皿。这一项我国固有文物，于今也式微了。

　　记得小时候，家里每间房屋至少要有痰盂一具。尤其是，两把太师椅中间夹着一个小茶几。几前必有一个痰盂。其形状大抵颇似故宫博物院所藏宋瓷汝窑青奉华尊。分三个阶段，上段是敞开的撇口，中段是容痰的腹部，圆圆凸凸的，下段是支座。大小不一，顶大的痰盂高达二尺，腹部直径在一尺开外，小一点的西瓜都可以放进去。也有两层的，腹部着地，没有支座。更简陋的是浅浅的一个盆子就地擦，上面加一个中间陷带孔的盖子。瓷的当然最好，一般用的是搪瓷货。每天早晨清理房屋，倒痰盂是第一桩事。因为其中不仅有痰，举凡烟蒂、茶根、漱口水、果皮、瓜子皮、纸屑，都兼容并蓄，甚至有时也权充老幼咸宜的卫生设备。痰盂是比较小型的垃圾桶，每屋一具，多方便！有人还嫌不够方便，另备一种可以捧的小型痰盂，考究的是景泰蓝制的，普及的是锡制的，圆腹平底，而细颈撇口，放在枕边座右，无倾覆之虞，有随侍之效。

　　我们中国人的体格好像是异于洋人，痰特多。洋人不是不吐痰，因为洋人也有气管与支气管，其中黏膜也难免有分泌物，其名亦为痰，他们有了痰之后也会吐了出来，难道都咳到了口中再从食管里咽下去？不过他们没有普设的痰盂，痰无处吐。他们觉得明目张胆的吐在地上不太妥当，于是大都利用手帕，大概是谁也不愿洗那样的手帕，于是又改换用了就丢的纸巾，那纸巾用过之后又如何处理，是塞进烟灰缸里还是放进衣袋归遗细君，那就各随各便了。

　　记得老舍有一短篇小说《火车》，好像是提到坐头等车的客人往往有一种惊人的态势，进得头等车厢就能"吭"的一声把一口黏痰从气管里咳到喉头，然后"咔"的一声把那口痰送到嘴里，再"唾"的一声把那口痰直吐在地毯上。"吭、咔、唾"这一笔确是写实，凭想象是不容易编造出来的。地毯上不是没有痰盂，但要视若无睹，才显出气派。我曾亲眼看见过一对夫妇赴宴，饭后在客厅落座，这位先生大概是湿热风寒不得其正，一口大痰涌上喉来，"咔"的一声含在嘴里，左顾右盼，想要找一个痰盂而不可得，俨然是一副内急的样子，又缺乏老舍所描写的头等火车客人那样的洒脱，真是狼狈之极。忽的他福至心灵，走到他夫人面前，取过她的圆罐形的小提包，打开之后，"唾"的一声把一口浓痰不偏不倚的吐在小提包里，然后把皮包照旧关好，扬长而去。这件事以后有无下文，不得而知。当时在座的人都面面相觑，他夫人脸上则一块红一块紫。其实这件事也还不算太不卫生。我记不得是哪一部笔记，记载着一位最会歌功颂德而且善体人意的宦官内侍，听得圣上一声咳嗽，赶快一个箭步，窜到御前，跪下来仰头张嘴，恭候圣上御唾在他的口里，时人称为"肉痰盂"。

　　明朝医学家张介宾作《景岳全书》，对于痰颇有妙论：
"痰，即人之津液，无非水谷之所化。此痰亦既化之物，而非不
化之属也。但化得其正，则形体强荣卫充。而痰涎本皆血气，
若化失其正，则脏腑病，津液散，而血气即成痰涎，此亦犹乱世
之盗贼，何孰非治世之良民？但盗贼之兴，必由国运之病，而痰
涎之作，必由元气之病。……盖痰涎之化，本因水谷，使果脾强
胃健如少壮者流，则随食随化，皆成血气，焉得留而为痰？唯其
不能尽化，而十留一二，则一二为痰矣，十留三四，则三四为痰
矣，甚至留其七八，则但见血气日消，而痰涎日多矣。"这一段
话说得很动听，只是"血气""元气"等语稍为玄妙一些。国人
多痰，原来是元气不足。昔人咏雪有句："一夜北风寒，天公大
吐痰，旭日东方起，一服化痰丸。"这位诗人可谓能究天人之
际了。

　　化痰丸有无功效，吾不得而知，唯随地吐痰罚金六百之禁令
迄未生效，则是尽人皆知之事。多少人多少人好像是仍患有痰迷
心窍之症。在缅怀痰盂时代已成过去之际，前几年忽然看到一张
照片，眼睛为之一亮。那是美国总统尼克松访问大陆那一年在居
仁堂被召见时的一张官式留影，主客二人，中间赫然矗立着一具
相当壮观的痰盂！痰盂未被列入旧物之列而被破除。真可说是异
数了。

搬　　家

　　人讥笑我，说我大概是吃了耗子药，否则怎么会五年之内搬了三次家。搬家是辛苦事。除非是真的家徒四壁，任谁都会蓄积一些弃之可惜留之无用的东西，到了搬家的时候才最感觉到累赘。小时候师长就谆谆告诫不可暴殄天物，常引陶侃竹头木屑的故事为例，所以长大了之后很难改除收藏废物的习惯，日积月累，满坑满谷全是东西。其中一部分还怪不得我，都是朋友们的宠锡嘉贶，有些还真是近似"白象"，也不管蜗居逼仄到什么地步，一头接着一头的"白象"接踵而来，常常是在拜领之后就进了储藏室或是束之高阁。到了搬家的时候，陈谷子烂芝麻一齐出仓，还是哪一样都舍不得丢。没办法，照搬。我认识一个人，他也是有这个爱惜物资的老毛病，当年他到外国读书，订购牛奶每天一瓶，喝完牛奶之后觉得那瓶子实在可爱，洗干净之后通明透剔，舍不得丢进垃圾桶，就放在屋角，久而久之成了一大堆，地板有压坏之虞，无法处理，最后花一笔钱才请人为之清除。我倒不至于这样的痴，可是毛病也不少。别的不提，单说朋友们的来信，我照例往一只抽屉里一丢，并非庋藏，可是一抽屉一抽屉的塞得结结实实，难道搬家时也带了走？要想审阅一遍去芜存菁，那工程也很浩大，无已，硬着头皮选出少数的存留，剩下的大部分的朵云华笺最好是付之丙丁，然而那要构成空气污染也于心不忍，只好弃之，好在内中并无机密。我还听说有一位先生，每天看完报纸必定折叠整齐，一天一沓，一月一捆，久之堆积到充栋的地步，一日行经其下，报纸堆突然倒坍，老先生压在底下受伤竟至不治。我每次搬家必定割舍许多平素不肯抛弃的东西，可叹的是旧的才去新的又来。

　　搬一次家要动员好多人力。我小时在北平有过两次搬家的经验。大敞车、排子车、人力车，外加十个八个"窝脖儿的"，忙活十天半个月才暂告段落。所谓"窝脖儿的"，也许有人还没听说过，凡是精致的家具，如全堂的紫檀、大理石心的硬木桌椅，以至于玻璃罩的大座钟和穿衣镜等等，都禁不得磕碰，不能用车运送，就是雕花的柜橱之类也不能上车。于是要雇请"窝脖儿的"来任艰巨。顾名思义，他的运输工具主要的就是他的脖颈。他把头低下来，用一块麻包之类的东西垫在他的脖颈上，再加上一块夹板，几百斤重的东西架在他的脖子上，他伸出两手扶着，就健步如飞的上路了。我曾察看他的脖子，与众不同，有一大块青紫的肉坟起如驼峰，是这一行业的标记。后来有所谓搬场公司，这一行就没落了。可是据我的经验，所谓搬场公司虽然扬言服务周到，打个电话就来，可是事到临头，三五个粗壮大汉七手八脚的像拆除大队似的把东西塞满大卡车、小发财，一声吆喝，风驰电掣而去，这时候我便不由的想起从前的"窝脖儿的"那一行业。搬一次家，家具缺胳膊短腿是保不齐的，至若碰瘪几个坑、擦掉几块漆，那是题中应有之义，可以算作是一种折旧。如果搬家也可以用货柜制度该有多好，即使有人要在你忙乱之际顺手牵羊，也将无所施其技。

搬一次家如生一场病，好久好久才能苏息过来，又好久好久
才能习惯下来。这一切都没有什么可怨的，只要有个地方可以栖
迟也就罢了。我从小到大，居住的地方越搬越小，从前有个三进
五进外加几个跨院，如今则以坪计。喜乐先生给我画过一幅《故
居图》，是极高明的一幅界画，于俯瞰透视之中绘出平昔宴居之
趣，悬在壁上不时的撩起我的故国之思，而那旧式的庭院也是值
得怀念的。如今我的家越搬越高，搬到了十几层之上，在这一点
上倒是名副其实的乔迁。

俗话说"千金买房，万金买邻"，旨哉言也。孟母三迁，
还不是为了邻居不大理想？假使孟母生于今日，卜居一大城市之
中，恐怕非一日一迁不可。孟母三迁，首先是因为其舍近墓，后
来迁居市傍，其地又为贾人炫卖之所，最后徙居学宫之傍，才决
定安居下去。"昔孟母，择邻处"，主要是为了孩子，怕孩子受
环境影响，似尚不曾考虑环境的安宁、卫生等等条件，如今择邻
而处，真是万难。我如今的住处，左也是学宫，右也是学宫，几
曾见有"设俎豆揖让进退之事"？时常是咙咙之声盈耳，再不就
是操场上的扩音喇叭疯狂的叫喊。贾人炫卖更是常事，如果楼下
没有修理汽车的小肆之夜以继日的敲敲打打就算是万幸了。我住
的地方位于台北盆地之中，四面是山，应该是有"山花如水净，
山鸟与云闲"（王荆公诗）的景致，但是不，远山常为雾罩，眼
前看到的全是栉比鳞次的鸽子笼。而且千不该万不该我买了一具
望远镜，等到天朗气清之日向远山望去，哇！全是累累的坟墓。
我想起洛阳北门外有北邙山，"北邙山头少闲土，尽是洛阳人旧
墓"（王建诗），城外多少土馒头，城内多少馒头馅，亘古如
斯，倒也不是什么值得特别感慨的事。不过我住的地方是傍着一
条交通孔道，早早晚晚车如流水，轰轰隆隆，其中最令人心惊的

莫过于丧车。张籍诗："洛阳北门北邙道，丧车辚辚入秋草。"
我所听到的声音不只是辚辚，于辚辚之外还有锣、鼓、喇叭、唢
呐，以及不知名的敲打吹腔的乐器，有不成节奏的节奏和不成腔
调的腔调。不过有一回我听出了所奏的是《苏武牧羊》。这种乐
队车常不只一辆，场面大的可能有十辆八辆，南管北管、洋鼓洋
号各显其能。这种大出丧、小出丧，若遇黄道吉日，一天可能有
几十档子由我楼下经过。有人来贺新居问我，住在这样的地方听
这种声音，是不是不大吉利。我说，这有什么不吉利。想起王荆
公一首五古《两山间》，其中有这样几句：

　　　　我欲抛山去，山仍劝我还。
　　　　只应身后冢，亦是眼中山。
　　　　且复依山住，归鞍未可攀。

看　报

　　早晨起来，盥洗完毕，就想摊开报纸看看。或是斜靠在沙发上，翘起一条腿，仰着脖子，举着报纸看。或是铺在桌面上，摘下老花眼镜，一目十行或十目一行的看。或是携进厕所，细吹细打翻来过去的看。各极其态，无往不宜。假使没有报看，这一天的秩序就要大乱，浑身不自在，像是硬断毒瘾所谓"冷火鸡"。翻翻旧报纸看看，那不对劲，一定要热烘烘的刚从报馆出炉的当天的报纸看了才过瘾。报纸上有什么东西这样摄人魂魄令人倾倒？惊天动地的新闻、回肠荡气的韵事，不是天天有的。不过，大大小小的贪赃枉法的事件、形形色色的社会新闻，以及五花八门的副刊，多少都可以令人开胃醒脾，耳目一新。抛下报纸便可心安理得的去做一个人一天该做的事去了。有些人肝火旺，看了报上少不了的一些不公道的事、颠颠糊涂的事、泄气的事、腌臜的事，不免吹胡瞪眼，破口大骂。这也好，让他发泄一下免得积郁成疾。也有些人专门识小，何处失火、何人跳楼、何家遭窃、何人被绑，乃至于哪家的猪有五条腿、哪家的孩子有两个头，都觉得趣味横生，可资谈助。报纸的诱惑力实在太大了，怎可一日无此君？

　　我看报也有瘾。每天四五份报纸，幸亏大部分雷同，独家报道并不多，只有副刊争奇竞秀各有千秋，然而浏览一过择要细看，差不多也要个把钟头。有时候某一报纸缺席，心里辄为之不快，但是想想送报的人长年的栉风沐雨，也许有个头痛脑热，偶尔歇工，也就罢了。过阴历年最难堪，报馆休假好几天，一张半张的凑合，乏味之至。直到我自己也在报馆做一点事，才体会到报人也需要逢年轻松几天，这才能设身处地不忍深责。

　　报纸以每日三张为限，广告至少占去一半以上，这也有好处，记者先生省却不少编撰之劳，广告客户大收招徕生意之效，读者亦可节省一点宝贵时间。就是广告有时也很有趣。近年来结婚启事好像少了，大概是因为红色炸弹直接投寄收效较宏。可是讣闻还是相当多，尤其是死者若是身兼若干董监事，则一排讣闻分别并列，蔚为壮观。不知是谁曾经说过："你要知道谁是走方郎中江湖庸医么，打开报纸一索便得。"可是医师的广告渐渐少了，药物广告也不若以前之多了。密密麻麻的分类广告，其中藏龙卧虎，有时颇有妙文，常于无意中得之。

　　报纸以三张为限，也很好。看完报纸如何打发，是一个问题，沿街叫喊"酒乾唐贝波"的人好像现已不常见。外国的报纸动辄一百多页，星期天的报纸多到五百页不算希奇。报童送报无论是背负还是小车拉曳，都有不胜负荷之状。看完报纸之后通常是积有成数往垃圾桶里一丢，也有人不肯暴殄天物，一大批一大批的驾车送到指定地点做打纸浆之用。我们报纸张数少，也够麻烦，一个月积攒下来也够一大堆，小小几坪的房间如何装得下？不知有人想到过没有，旧报纸可以拿去做纸浆，收物资循环之效。

　　从前老一辈的人，大概是敬惜字纸，也许是爱惜物资，看完报纸细心折叠，一天一沓，一月一捆，结果是拿去卖给小贩，小贩拿去卖给某些店铺，作为包装商品之用。旧报纸如何打发固是问题，我较更关心的是：看报似乎也有看报的道德，无论在什么场合，看完报纸应该想到还有别人要看，所以应该稍加整理、稍加折叠。我不期望任谁看过报纸还能折叠得见棱见角，如军事管理之叠床被要叠得像一块豆腐干，那是陈义过高近于奢望，但是我也看不得报纸凌乱的抛在桌上、椅上、地上，像才经过一场洗劫。

有一阵电视上映出两句标语：饭前洗手，饭后漱口。实在很好，功德无量。我发现看完报纸之后也要洗手。看完报纸之后十根手指像是刚搓完煤球。外国报纸好像污染得好一些，我不知道他们用的油墨是什么牌子的。

看报也常误事。我一年之内有过因为看报，而烧黑了三个煮菜锅的纪录。这是我对于报纸的功能之最高的称颂。报纸能令人忘记锅里煮着东西！

屐

"古曰屦，汉以后曰履，今曰鞵"，这是清朱骏声《说文
通训定声》的说法。鞵就是鞋。屦是麻做的。但是革做的也称为
屦。屦履似不可分。倒是屐为另一种东西，主要是木制的。《急
就篇》颜师古注："屐者以木为之而施两齿，可以践泥。"我初
来台湾在菜市场看到有些卖鱼郎足登木屐，下面有高高的两齿，
棕绳系在脚背上面，走起来摇摇晃晃像踩跷一般。这种木屐颇为
近于古法。较常见的木板鞋，恐怕是近代的东西，看到屐，想起
古人的几桩韵事。

晋人阮孚是一时名士，因金貂换酒而被弹的就是他。他对于
木屐有特殊的嗜好，常自吹火蜡屐，自言自语的叹口气说："未
知一生当着几量屐。"几量屐就是几双屐。人各有所嗜，玩鞋固
亦不失为雅人深致，玩得彻底，就不免自行吹火蜡之。而且他悟
到一生穿不了几双，大有无常迅速之感。

淝水之战大捷的时候，谢安得报，故作镇定，其实心中兴奋
逾恒，过户限，不觉屐齿之折。平日端居户内，和人弈棋，也是
穿着木屐的。他的木屐折齿，不知道他跌倒没有。

谢灵运好山水，登陟亦常着木屐。木屐硬邦邦的、滑溜溜

的，如何可以着了登山？他有妙法。"上山则去其前齿，下则去其后齿"，号称为"山屐"。亏他想得出这样适应地形使脚底保持平衡的办法。不过上山下山一次，前后齿都报销了，回到平地上不变成拖板鞋了吗？数十年前，我在北平公园一座小丘之下，看到二三东瀛女郎；着彩色斑斓的和服，如花蝴蝶，而足穿的是大趾与二趾分开的白布袜，拖着厚底的木屐，在山坡上进退不得，互相牵曳，勉强横行而降，狼狈不可名状。着木屐游山，自讨苦吃。

陆游《老学庵笔记》："妇人鞵，底前尖后圆，圆端钉以木质板，高寸许，行时格格有声，且摇曳有致。"这绝似我们现代所谓的高跟鞋了。后跟高寸许，还是很保守的，我们半个多世纪前就见三寸或三寸以上的高跟，如今有高至五寸者，行时不但摇曳有致，而且走起来几乎需要东扶一把西搀一下。高跟也有好多变化，有细如天鹅颈者，略弯曲而内倾，有略粗如荷梗而底端作喇叭形者，有直上直下尖如立锥者，能于地板上留下蜂窝似的痕迹，也有比较短短粗粗作四方形者，听说还有鞋跟透明里面装上小电灯者，我尚不曾见过。女鞋花样多：鞋口上可以镶一道红的或绿的边，鞋面上可以缀一朵花形的饰物，鞋帮上可以镂刻无数的小孔，可以七棱八瓣的用碎皮拼凑，也可以一半红一半黑合并成一只像是"阴阳割昏晓"的样子。变来变去，无可再变，于是有人别出心裁，把整个鞋底加厚，取消独立的后跟，远望过去像是无桥孔的土桥半座，无复玲珑之态。更有出奇制胜者，索兴空前绝后，前面露出蒜瓣似的脚趾，后面暴露皲皮的脚踵，穿起来根本不发生"纳履而踵决"的问题。女鞋一度流行前端溜尖，状如旗鱼之上颚，有人称之为"踢死牛"。俄而时髦变更，前端方头隆起，制鞋的人似是坚持削足适履的原则，不是把人的脚

箍得像一只菱角，就是把脚包得像一只棕子。若干年前我曾看见
不惯于穿皮鞋的姑娘们逛动物园，手提金镂鞋，赤脚下山坡，俨
然成为当地一景。现在这种情形不复多见，大家的脚大概都已就
范了。

男鞋比较简单。虽然现在人人西服革履，想起从前北方人
穿的礼服呢千层底便鞋，仍然神往。这种鞋，家家户户自己都会
做，当然店铺里做得更精致。其妙在轻而软，穿不了几天，鞋形
就变成脚形，本来不分左右的也自然分了左右。唯一的短处是见
不得水，不能像革履、木屐那样的蹚水践泥。去年腊八，有朋友
赠我一双灰鼠绒毛千层底的骆驼鞍大毛窝，舒暖异常，我原以为
此物早已绝迹。至于从前北方人冬季常穿的"老头儿乐"或毡拖
拉，也许可以御寒，但是那小棺材似的形状，实在不敢领教。我
想最简便的鞋莫过于草鞋，在我国西南一带，许多的小学生、军
人，以及滑竿夫大抵都穿草鞋，而且无分冬夏。赤足穿草鞋，据
说颇为舒适，穿几天成为敝屣，弃之无足惜。高人雅士也乐此不
疲，苏东坡有句："芒鞋青竹杖，自挂百钱游。"多么潇洒。游
方僧参谒名山大德，师父总是叮嘱他莫浪费草鞋钱。

张可久《水仙子》："佳人微醉脱金钗，恶客佯狂饮绣
鞋。"所谓鞋杯之事大概是盛行于元明之际，而且也以恶客为
限。陶宗仪《辍耕录》："杨铁崖好声色，每于筵间见歌儿舞女
有缠足纤小者，则脱其鞋，载盏以行酒，谓之金莲杯。"金莲杯
又称双凫杯。当时以为韵事，现在想起来恶心。

讲　　演

　　生平听过无数次讲演，能高高兴兴的去听，听得入耳，中途不打呵欠不打瞌睡者，却没有几次。听完之后，回味无穷，印象长留，历久弥新者，就更难得一遇了。

　　小时候在学校里，每逢星期五下午四时，奉召齐集礼堂听演讲，大部分是请校外名人莅校演讲，名之曰"伦理演讲"，事前也不宣布讲题，因为，学校当局也不知道他要讲什么。也很可能他自己也不知要讲什么。总之，把学生们教训一顿就行。所谓名人，包括青年会总干事、外交部的职业外交家、从前做过国务总理的、做过督军什么的，还有孔教会会长等等，不消说都是可敬的人物。他们说的话也许偶尔有些值得令人服膺弗失的，可是我一律"只作耳边风"。大概我从小就是不属于孺子可教的一类。每逢讲演，我把心一横，心想我卖给你一个钟头时间做你的听众之一便是。难道说我根本不想一瞻名人风采？那倒也不。人总是好奇，动物园里猴子吃花生，都有人围着观看。何况盛名之下世人所瞻的人物？闻名不如见面，不过也时常是见面不如闻名罢了。

　　给我印象最深的两次演讲，事隔数十年未能忘怀。一次是听梁启超先生讲《中国文学里表现的情感》。时在民国十二年春，地点是清华学校高等科楼上一间大教室。主席是我班上的一位同学。一连讲了三四次，每次听者踊跃，座无虚席。听讲的人大半是想一瞻风采，可是听他讲得痛快淋漓，无不为之动容。我当时所得的印象是：中等身材，微露秃顶，风神潇散，声如洪钟。一口的广东官话，铿锵有致。他的讲演是有底稿的，用毛笔写在宣纸稿纸上，整整齐齐一大叠，后来发表在《饮冰室文集》。不过他讲时不大看底稿，有时略翻一下，更时常顺口添加资料。他长篇大段的凭记忆引诵诗词，有时候记不起来，愣在台上良久良久，然后用手指敲头三两击，猛然记起，便笑容可掬的朗诵下去。讲起《桃花扇》，诵到"高皇帝，在九天，也不管他孝子贤孙，变成了飘蓬断梗……"，竟凄然泪下，听者愀然危坐，那景况感人极了。他讲得认真吃力，渴了便喝一口开水，掏出大块毛巾揩脸上的汗，不时的呼唤他坐在前排的儿子："思成，黑板擦擦！"梁思成便跳上台去把黑板擦干净。每次钟响，他讲不完，总要拖几分钟，然后他于掌声雷动中大摇大摆的徐徐步出教室。听众守在座位上，没有一个敢先离席。

又一次是民国二十年夏，胡适之先生由沪赴平，路过青岛，我们在青岛的几个朋友招待他小住数日，顺便请他在青岛大学讲演一次。他事前无准备，只得临时"抓哏"，讲题是《山东在中国文化上的地位》。他凭他平时的素养，旁征博引，由"齐一变至于鲁，鲁一变至于道"，讲到山东一般的对于学术思想文学的种种贡献，好像是中国文化的起源与发扬尽在于是。听者全校师生绝大部分是山东人，直听得如醍醐灌顶，乐不可支，掌声不绝，真是好像要把屋顶震塌下来。胡先生雅擅言词，而且善于恭维人，国语虽不标准，而表情非常凝重，说到沉痛处，辄咬牙切齿的一个字一个字的吐出来，令听者不由得不信服他所说的话语。他曾对我说：他是得力的圣经传道的作风，无论是为文或言语，一定要出之于绝对的自信，然后才能使人信。他又有一次演讲，一九六○年七月他在西雅图"中美文化关系讨论会"用英文发表的一篇演说，题为《中国传统的未来》。他面对一些所谓汉学家，于一个多小时之内，缕述中国文化变迁的大势，从而推断其辉煌的未来，旁征博引，气盛言宜，赢得全场起立鼓掌。有一位汉学家对我说："这是一篇邱吉尔式（Churchillian）的演讲！"其实一篇言中有物的演讲，岂只是邱吉尔式而已哉？

　　一般人常常有一种误会，以为有名的人，其言论必定高明；又以为官做得大者，其演讲必定动听。一个人能有多少学问上的心得，处理事务的真知灼见，或是独特的经验，值得兴师动众，令大家屏息静坐以听？爱因斯坦，在某大学餐宴之后被邀致词，他站起来说："我今晚没有什么话好说，等我有话说的时候会再来领教。"说完他就坐下去了。过了些天他果然自动请求来校，发表了一篇精彩的演说。这个故事，知道的人很多，肯效法仿行的人太少。据说有一位名人搭飞机到远处演讲，言中无物，废话连篇，听者连连欠伸，冗长的演讲过后，他问所众有何问题提出，听众没有反应，只有一人缓缓起立问曰："你回家的飞机几时起飞？"

　　我们中国士大夫最忌讳谈金钱报酬，一谈到阿堵物，便显着俗。司马相如的一篇《长门赋》得到孝武皇帝、陈皇后的酬劳黄金百斤，那是文人异数。韩文公为人作墓碑铭文，其笔润也是数以斤计的黄金，招来谀墓的讥诮。郑板桥的书画润例自订，有话直说，一贯的玩世不恭。一般人的润单，常常不好意思自己开口，要请名流好友代为拟订。演讲其实也是吃开口饭的行当中的一种，即使是学富五车，事前总要准备，到时候面对黑压压的一片，即使能侃侃而谈，个把钟头下来，大概没有不口燥舌干的。凭这一份辛劳，也应该有一份报酬，但是邀请人来演讲的主人往往不作如是想。给你的邀请函不是已经极尽恭维奉承之能事，把你形容得真像是一个万流景仰而渴欲一瞻丰采的人物了么？你还不觉得踌躇满志？没有观众，戏是唱不成的。我们为你纠合这么大一批听众来听你说话，并不收取你任何费用，你好意思反过来向我们索酬？在你眉飞色舞唾星四溅的时候，我们不是没有恭恭敬敬的给你送上一杯不冷不烫的白开水，喝不喝在你。讲完之后，我们不是没有给你猛敲肉梆子；你打道回府的时候，我们不是没有恭送如仪，鞠躬如也的一直送到你登车绝尘而去。我们仁至义尽，你尚何怨之有？

　　天下不公平之事，往往如是，越不能讲演的人，偏偏有人要他上台说话；越想登台致词的人，偏偏很少机会过瘾。我就认识一个人，他略有小名，邀他讲演的人太多，使他不胜其烦。有一天（1980.3.17）他在报上看到一则新闻《邱永汉先生访问记》，有这样的一段：

　　邱先生在日本各地演讲，每两小时报酬一百万圆，折合台币十五万。想创业的年轻人向他请益需挂号排队，面授机宜的时间每分钟一万圆。记者向他采访也照行情计算，每半小时两万圆。借阅资料每件五千圆。他太太教中国菜让电视台录影，也是照这行情。从三月初起，日本职业作家一齐印成采访价目一览表，寄往各报社，价格随石油物价的变动又有新的调整。

　　他看了灵机一动，何妨依样葫芦？于是敷陈楮墨，奋笔疾书，自订润格曰："老夫精神日损，讲演邀请频繁。深闭固拒，有伤和气。舌敝唇焦，无补稻粱。爰订润例，稍事限制。各方友好，幸垂察焉。市区以内，每小时讲演五万元，市区以外倍之。约宜早订，款请先惠……"稿尚未成，友辈来访，见之大惊，咸以为不可。都说此举不合国情，而且后果堪虞。他一想这话也对，不可造次，其事遂寝。

同　乡

　　从前交通险阻，外出旅行是一件苦事。离乡背井，举目无亲，有无限的凄凉。所以，在水上漂泊的时候，百无聊赖，忽然听得有人在说自己的家乡话，一时抑不住心头的欢喜，会不揣冒昧的去搭讪，像崔颢《长干行》所说的，"停船借相问，或恐是同乡"，说同一方言的人才是同乡，乡音是同乡之间最强有力的联系。

　　科举的时代，北平有所谓会馆者，尤其是宣武门外一带外省人士汇集的地区，会馆林立。进京赶考的人，泰半就在会馆挂单，饮食住宿都有了着落，而且有老乡照料，自然亲切。会馆是前辈乡贤所捐助设立的，确有其需要。后来科举废除，社会形态改变，会馆就渐渐消失了。有名的江西会馆，规模宏大，常是堂会戏上演的地方。我知道宣武门外北椿树胡同有一所很逼仄的徽州绩溪会馆，一度掌管事务的人却是胡适之先生。胡先生的同乡观念十分浓厚，他家里常有一群群的徽州老乡用没别人能懂的徽州方言和他话旧。就是他来到台湾以后，我有一次到南港拜访，座上先有一位客人是老胡开文笔墨店的后人。在上海时，胡先生曾邀几个朋友到二马路一家徽州菜馆小叙，刚一上楼就听见楼下一声吼叫，胡先生问："楼下账房先生方才吼叫的话，你们懂吗？他喊的是：'绩溪老倌，多加油啊！'在炒菜锅里额外加一勺油，表示优待同乡。我们家乡贫苦，平素是很少油吃。"随后端上来一盘划水鱼、一盘生炒蝴蝶面，果然油水不少，油漾到盘外。

　　我生长北平，说的是北平话，因此无需学习国语，附带着也没学习注音符号，一直到现在，ㄅㄆㄇㄈ还搞不太清楚。在清华读书的时候，每年全国本部十八省考选学生入学，各说各省的方言，无形之中各省的学生自成一个小组。唯独直隶省同乡最为散漫，我所认识的同乡，大部分是天津人，真正的北平同乡只有两个，可是，我不久就发现其中一位原来是满洲人，另一位是蒙古人。我的原籍是浙江，曾经正式向京兆大兴县公署申请入籍，承蒙批准在案。其实凡是会说地道北平话的人都可算是北平人。自从五胡乱华以来，北方民族混杂，北平又是几代为首都，人文荟萃，籍贯问题时常无从说起。能说国语的都是我们的同乡，因此我的同乡观念比较稀薄。在清华有一位同班同学，是中等科唯一的厦门人，他只会说厦门话，在高等科还有一位厦门人，偶然过来陪他聊聊天。他在学校里就像是单独拘禁，不堪寂寞，不久他就疯了。我了解，对于某些人同乡观念之难于消除是有理由的。

　　在异地遇同乡，是有一种不可抑制的喜悦。前年喜乐先生伉俪遇我，谈笑间才知道是北平同乡。我问：

　　"您在北平住在哪儿？"

　　"黄土坑儿。"

　　"什锦花园儿，对不对？"

　　"对。您呢？"

"内务部街。"

"灯市口儿，对不对？"

越说越对，于是谈起关于北平的陈谷子烂芝麻，一说就没个完，好像是又回到家乡里一趟。我在台北坐计程车，只有一次发现司机是北平人；不，是司机先发现我是北平人。我告诉他我要到什么地方，详加解释。他回过头频频看我，说：

"您是北平人吧？"

"是呀。"

"在北平住哪儿？"

"东四牌楼南边儿。"

"啊，我住北新桥儿，咱们住得很近嘛……"

于是，一路谈下去，不觉的到了目的地。我说："零钱别找啦。"他望着我下车，许久许久才开车而去。

任何一个机关首长到任，总是要吸引几个同乡分担要职。人情之常，贤者不免。司印的、掌财的、管总务的都很重要，你难道要他放手交给陌生的不知底细的人去充当？无论如何，同乡总不至于像舅爷、连襟之类的裙带关系那样容易不理于人口。不过像美国卡特当政时，乔治亚帮之鸡犬升天，丑闻迭出，则又另当别论。大凡任何一个机关，若被人讥为会馆，总是不好看的。

林琴南《畏庐琐记》："闽人喜操土音，每燕集，一遇乡人，即喋喋不已。然他省人无一能解者，故恶闽人刺骨。实则闽音有与古音通者。今略举数条，如……"闽音之与古音通，是众所周知的，但是古音非今人所能尽通，故闽语之流行仍被视为现今方言之一种。林琴南先生所谓他省人恶闽人刺骨，我想他省人不是不知闽音常与古音通，也不是恶闽人之操闽语，只是因为自己听不懂而困扰、而烦恼、而猜疑、而愤怒。我知道从前某一机关有两位谊属同乡的干部，他们时常交头接耳呶呶不休，所操土音无人能解，于是引人注意，疑其所谈必与苞苴有关，其中必定有弊，人言可畏，结果是双双去职。大抵在第三者面前二人以土音土语交谈，至少是不智而且不礼貌的行为。

代　　沟

　　代沟是翻译过来的一个比较新的名词，但这个东西是我们古已有之的。自从人有老少之分，老一代与少一代之间就有一道沟，可能是难以飞渡的深沟天堑，也可能是一步迈过的小渎阴沟，总之是其间有个界限。沟这边的人看沟那边的人不顺眼，沟那边的人看沟这边的人不像话，也许吹胡子瞪眼，也许拍桌子卷袖子，也许口出恶声，也许真个的闹出命案，看双方的气质和修养而定。

　　《尚书·无逸》："相小人，厥父母勤劳稼穑，厥子乃不知稼穑之艰难，乃逸乃谚既诞。否则侮厥父母曰：'昔之人，无闻知。'"这几句话很生动，大概是我们最古的代沟之说的一个例证。大意是说：请看一般小民，做父母的辛苦耕稼，年轻一代不知生活艰难，只知享受放荡，再不就是张口顶撞父母说："你们这些落伍的人，根本不懂事！"活画出一条沟的两边的人对峙的心理。小孩子嘛，总是贪玩。好逸恶劳，人之天性，只有饱尝艰苦的人，才知道以无逸为戒。做父母的人当初也是少不更事的孩子，代代相仍，历史重演。一代留下一沟，像树身上的年轮一般。

　　虽说一代一沟，腌臜的情形难免，然大体上相安无事。这就是因为有所谓传统者，把人的某一些观念胶着在一套固定的范畴里。"不以规矩不能成方圆。"大家都守规矩，尤其是年轻的一代。"鞋大鞋小，别走了样子！"小的一代自然不免要憋一肚皮委屈，但是，别忙，"多年的媳妇熬成婆，多年的道路走成河"，转眼间黄口小儿变成鲐背耇老，又轮到自己唉声叹气，抱怨一肚皮不合时宜了。

我记得我小的时候，早起要跟着姐姐哥哥排队到上房给祖父母请安，像早朝一样的肃穆而紧张，在大柜前面两张两人凳上并排坐下，腿短不能触地，往往甩腿，这是犯大忌的，虽然我始终不知是犯了什么忌。祖父母的眼睛瞪得圆圆的，手指着我们的前后摆动的小腿说："怎么，一点样子都没有！"吓得我们的小腿立刻停摆，我的母亲觉得很没有面子，回到房里着实的数落了我们一番，祖孙之间隔着两条沟，心理上的隔阂如何得免？当时，我心里纳闷，我甩腿，干卿底事。我十岁的时候，进了陶氏学堂，领到一身体操时穿的白帆布制服，有亮晶的铜钮扣，裤边还镶贴两条红带，现在回想起来有点滑稽，好像是卖仁丹游街宣传的乐队，那时却扬扬自得，满心欢喜的回家，没想到赢得的是一头雾水："好呀！我还没死，就先穿起孝衣来了！"我触了白色的禁忌。出殡的时候，灵前是有两排穿白衣的"孝男儿"，口里模仿嚎丧的哇哇叫。此后每逢体操课后回家，先在门口脱衣，换上长褂，卷起裤筒。稍后，我进了清华，看见有人穿白帆布橡皮底的网球鞋，心羡不已，于是也从天津邮购了一双，但是始终没敢穿了回家。只求平安少生事，莫在代沟之内起风波。

大家庭制度下，公婆儿媳之间的代沟是最鲜明也最凄惨的。儿子自外归来，不能一头扎进闺房，那样做不但公婆瞪眼，所有的人都要竖起眉毛。他一定要先到上房请安，说说笑笑好一大阵，然后公婆（多半是婆）开恩发话："你回屋里歇歇去吧。"
儿子奉旨回到阃闱。媳妇不能随后跟进，还要在公婆面前周旋一
下，然后公婆再度开恩："你也去吧。"媳妇才能走，慢慢的
走。如果媳妇正在院里浣洗衣服，儿子过去帮一下忙，到后院井
里用柳罐汲取一两桶水，送过去备用，结果也会招致一顿长辈的
唾骂："你走开，这不是你做的事。"我记得半个多世纪以前，
有一对大家庭中的小夫妻，十分的恩爱，夫暴病死，妻觉得在那
样家庭中了无生趣，竟服毒以殉。殡殓后，追悼之日政府颁赠匾
额曰"彤管扬芬"，女家致送的白布横披曰"看我门楣"！我们
可以听得见代沟的冤魂哭泣，虽然代沟另一边的人还在逞强。

　　以上说的是六七十年前的事。代沟中有小风波，但没有大泛
滥。张公艺九代同居，靠了一百多个忍字。其实九代之间就有八
条沟，沟下有沟，一代压一代，那一百多个忍字还不是一面倒，
多半由下面一代承当？古有明训，能忍自安。

　　五四运动实乃一大变局。有人提倡读经，有人竭力卫道，但
是，不是远水不救近火，便是只手难挽狂澜，代沟总崩溃，新一
代的人如脱缰之马，一直旁出斜逸奔放驰骤到如今。旧一代的人
则按照自然法则一批一批的凋谢，填入时代的沟壑。

　　代沟虽然永久存在，不过其现象可能随时变化。人生的麻
烦事，千端万绪，要言之，不外财色两项。关于钱财，年长的一
辈多少有一点吝啬的倾向。吝啬并不一定全是缺点。"称财多寡
而节用之，富无金藏，贫不假贷，谓之啬。积多不能分人，而厚
自养，谓之吝。不能分人，又不能自养，谓之爱。"这是《晏子
春秋》的说法。所谓爱，就是守财奴。是有人好像是把孔方兄一
个个的穿挂在他的肋骨上，取下一个都是血丝糊拉的。英文俚
语，勉强拿出一块钱，叫作"咳出一块钱"，大概也是表示钱是

深藏于肺腑，需要用力咳才能跳出来。年轻一代看了这种情形，老大的不以为然，心里想："这真是'昔之人，无闻知'，有钱不用，害得大家受苦，忘记了'一个钱也带不了棺材里去'。"心里有这样的愤懑蕴积，有时候就要发泄。所以，曾经有一个儿子向父亲要五十元零用钱，其父靳而不予，由冷言恶语而拖拖拉拉，儿子比较身手矫健，一把揪住父亲的领带（唉，领带真误事），领带越揪越紧，父亲一口气上不来，一翻白眼，死了。这件案子，按理应剐，基于"心神丧失"的理由，没有剐，在代沟的历史里留下一个悲惨的记录。

　　人到成年，嘤嘤求偶，这时节不但自己着急，家长更是担心，可是所谓代沟出现了，一方面说这是我的事，你少管，另一方说传宗接代的大事如何能不过问。一个人究竟是姣好还是寝陋，是端庄还是阴鸷，本来难有定评。"看那样子，长头发、牛仔裤、嬉游浪荡、好吃懒做，大概不是善类。""爬山、露营、打球、跳舞，都是青年的娱乐，难道要我们天天匀出功夫来晨昏定省，膝下承欢？"南辕北辙，越说越远。其实"养儿防老""我养你小，你养我老"的观念，现代的人大部分早已不再坚持。羽毛既丰，各奔前程，上下两代能保持朋友一般的关系，可疏可密，岁时存问，相待以礼，岂不甚妙？谁也无需剑拔弩张，放任自己，而诿过于代沟。沟是死的，人是活的！代沟需要沟通，不能像希腊神话中的亚力山大以利剑砍难解之绳结那样容易的一刀两断，因为人终归是人。

台 北 家 居

　　"长安米贵，居大不易"，原是调侃白居易名字的戏语。台北米不贵，可是居也不易。一九四九年左右来台北定居的人，大概都有一个共同的感觉，觉得一生奔走四方，以在台北居住的这一段期间为最长久，而且也最安定。不过台北家居生活，三十多年中，也有不少变化。

　　我幸运，来到台北三天就借得一栋日式房屋。约有三十多坪，前后都有小小的院子，前院有两窠春蕉，隔着窗子可以窥视累累的香蕉长大，有时还可以静听雨打蕉叶的声音。没有围墙，只有矮矮的栅门，一推就开。室内铺的是榻榻米，其中吸收了水汽不少，微有霉味，寄居的蚂蚁当然密度很高。没有纱窗，蚊蚋出入自由，到了晚间没有客人敢赖在我家久留不去。"衡门之下，可以栖迟。"不久，大家的生活逐渐改良了，铁丝纱、尼龙纱铺上了窗栏，很多人都混上了床，藤椅、藤沙发也广泛的出现，榻榻米店铺被淘汰了。

　　在未装纱窗之前，大白昼我曾眼看着一个穿长衫的人推我栅门而入，他不敲房门，径自走到窗前伸手拿起窗台上放着的一只闹钟，扬长而去。我追出去的时候，他已经一溜烟的跑了。这不算偷，不算抢，只是不告而取，而且取后未还。好在这种事起初不常有。窃贼不多的原因之一是一般人家里没有多少值得一偷的东西。我有一位朋友一连遭窃数次，都是把他床上铺盖席卷而去，对于一个身无长物的人来说，这也不能不说是损失惨重了。我家后来也蒙梁上君子惠顾过一回，他闯入厨房搬走一只破旧的电锅。我马上买了一只新的，因为要吃饭不可一日无此君。不是我没料到拿去的破锅不足以厌其望，并且会受到师父的辱骂，说不定会再来找补一点甚么，而是我大意了，没有把新锅藏起来，果然，第二天夜里，新锅不翼而飞。此后我就坚壁清野，把不愿被人携去的东西妥为收藏。

中等人家不能不雇佣人，至少要有人负责炊事。此间乡间少女到城市帮佣，原来很多大部分是想藉此摄取经验，以为异日主持中馈的准备，所以主客相待以礼，恰如其分。这和雇用三河县老妈子就迥异其趣了。可是这种情况急遽变化，工厂多起来了，商店多起来了，到处都需要女工，人孰无自尊，谁也不甘长久的为人"断苏切脯，筑肉臛芋"。于是供求失调，工资暴涨，而且服务的情形也不易得到雇主的满意。好多人家都抱怨，佣人出去看电影要为她等门；她要交男友，不胜其扰；她要看电视，非看完一切节目不休；她要休假、返乡、借支；她打破碗盏不作声；她敞开水管洗衣服。在另一方面，她也有她的抱怨：主妇碎嘴唠叨，而且服务项目之多恨不得要向王褒的《僮约》看齐，"不得辰出夜入，交关伴偶"。总之不久缘尽，不欢而散的居多。如今局面不同了。多数人家不用女工，最多只用半工，或以钟点计工。不少妇女回到厨房自主中馈。懒的时候打开冰箱取出陈年剩菜或是罐头冷冻的东西，不必翻食谱，不必起油锅，拼拼凑凑，即可度命。馋的时候，阖家外出，台北餐馆大大小小一千四百余家，平津、宁浙、淮扬、川、湘、粤，任凭选择，牛肉面、自助餐，也行。妙在所费不太多，孩子们皆大欢喜，主妇怡然自得，主男也无须拉长驴脸站在厨房水槽前面洗盘碗。

台北的日式房屋现已难得一见，能拆的几乎早已拆光。一般的人家居住在四楼的公寓或七楼以上的大厦。这种房子实际上就像是鸽窝蜂房。通常前面有个几尺宽的小阳台，上面摆列几盆尘灰渍染的花草，恹恹了无生气；楼上浇花，楼下落雨，行人淋头。后面也有个更小的阳台，悬有衣裤招展的万国旗。客人来访，一进门也许抬头看见一个倒挂着的"福"字，低头看到一大堆半新不旧的拖鞋——也许要换鞋，也许不要换，也许主人希望你换而口里说不用换，也许你不想换而问主人要不要换，也许你硬是不换而使主人瞪你一眼。客来献茶？没有那么方便的开水，都是利用热水瓶。盖碗好像早已失传，大部分是使用玻璃杯。其实正常的人家，客已渐渐稀少，谁也没有太多的闲暇串门子闲磕牙，有事需要先期电话要约。杜甫诗"但使残年饱吃饭，只愿无事长相见"，现在不行，无事为甚么还要长相见？

"千金买房，万金买邻。"话是不错，但是谈何容易？谁也料不到，楼上一家偶尔要午夜跳舞，篷拆之声盈耳；隔壁一家常打麻将，连战通宵；对门一家养哈巴狗，不分晨夕的吠影吠声，一位新来的住户提出抗议，那狗主人忿然作色说："你搬来多久？我的狗在此已经吠了两年多。"街坊四邻不断的有人装修房屋，而且要装修得像是电视综艺节目的背景，敲敲打打历时经旬不止。最可怕的是楼下开了一家汽车修理厂，日夜服务，不但叮叮当当响起敲打乐，而且漆髹焊接一概俱全，马达声、喇叭声不绝于耳。还有葬车出殡，一路上有音乐伴奏，不时的燃放爆竹，更不幸的是邻近的人办白事，连夜的诵经放焰口，那就更不得安生了。"大隐隐朝市",我有一位朋友想"小隐隐陵薮",搬到乡野,一走了之,但是立刻就有好心的人劝阻他说:"万万不可,乡下无医院,万一心脏病发,来不及送院急救,怕就要中道崩殂!"我的朋友吓得只好客居在红尘万丈的闹市之中。

家居不可无娱乐。卫生麻将大概是一些太太的天下。说它卫生也不无道理,至少上肢运动频数,近似蛙式游泳。只要时间不太长、输赢不大,十圈八圈的通力合作,总比在外面为非作歹、伤风败俗要好得多。公务人员与知识分子也有乐此不疲者。梁任公先生说过:"只有打麻将能令我忘却读书,只有读书能令我忘却打麻将。"我们觉得饱学如梁先生者,不妨打打麻将。也许电视是如今最受欢迎的家庭娱乐了,只要具有初高中程度,或略识之无,甚至文盲,都可以欣赏。当然,胃口需要相当强健,否则看了一些狞眉皱眼怪模怪样而自以为有趣的面孔,或是奇装异服不男不女蹦蹦跳跳的人妖,岂不要作呕?年轻的一代,自有他们的天地,郊游、露营、电影院、舞厅、咖啡馆,都是赏心悦目的胜地,家庭有娱乐,对他们而言,恐怕是渐渐的认为不大可能了。

五十多年前,丁西林先生对我说,他理想中的家庭具备五个条件:一是糊涂的老爷;二是能干的太太;三是干净的孩子;四是和气的佣人;五是二十四小时的热水供应。这是他个人的理想,但也并非是笑话。他所谓糊涂,当然是"小事糊涂,大事不糊涂";所谓能干,是指里里外外上上下下一手承担;所谓干净,是说穿戴整洁不淌鼻涕;所谓和气,是吃饱喝足之后所自然流露出来的一股温暖;至于热水供应,则是属于现代设备的问题。如果丁先生现住台北,他会修正他的理想。旧时北平中上之家讲究"天棚、鱼缸、石榴树,先生、肥狗、胖丫头",那理想更简单了。台北家居，无所谓天棚，中上人家都有冷气，热带鱼和金鱼缸各有情趣，石榴树不见得不如兰花，家里请先生则近似恶补，养猫养狗更是稀松平常，病了还有猫狗专科医院可以就诊（在外国见到的猫狗美容院此地尚付阙如），胖丫头则丫头制度已不存在，遑论胖与不胖？说不定胖了还要设法减肥。

台北家居是相当安全的。舞动长刀扁钻杀人越货的事常有所闻，不过独行盗登门抢劫的事是少有的。像某些国家之动辄抢银行、劫火车，则此地之安谧甚为显然。夜不闭户是办不到的，好多人家窗上装了栅栏甘愿尝受铁窗风味，也无非是戒慎预防之意。至于流氓滋事，无地无之，是非之地少去便是。台北究竟是一个住家的好地方。

唐人自何处来

我二十二岁清华学校毕业，是年夏，全班数十同学搭"杰克孙总统"号由沪出发，于九月一日抵达美国西雅图。登陆后，暂息于青年会宿舍，一大部分立即乘火车东行，只有极少数的同学留下另行候车。预备到科罗拉多泉的有王国华、赵敏恒、陈肇彰、盛斯民和我几个人。赵敏恒和我被派在一间寝室里休息。寝室里有一张大床，但是光溜溜的没有被褥，我们二人就在床上闷坐，离乡背井，心里很是酸楚。时已夜晚，寒气袭人。突然间孙清波冲入室内，大声的说：

"我方才到街上走了一趟，我发现满街上全是黄发碧眼的人，没有一个黄脸的中国人了！"

赵敏恒听了之后，哀从衷来，哇的一声大哭，趴在床上抽噎。孙清波回头就走。我看了赵敏恒哭的样子，也觉得有一股凄凉之感。二十几岁的人，不算是小孩子，但是初到异乡异地，那份感受是够刺激的。午夜过后，有人喊我们出发去搭火车，在车站看见黑人车侍提着煤油灯摇摇晃晃的喊着："全都上车啊！全都上车啊！"

车过夏安，那是怀欧明州的都会，四通八达，算是一大站。从此换车南下便直达丹佛和科罗拉多泉了。我们在国内受到过警告，在美国火车上不可到餐车上用膳，因为价钱很贵，动辄数元，最好是沿站购买零食或下车小吃。在夏安要停留很久，我们就相偕下车，遥见小馆便去推门而入。我们选了一个桌子坐下，侍者送过菜单，我们拣价廉的菜色各自点了一份。在等饭的时候，偷眼看过去，见柜台后面坐着一位老者，黄脸黑发，像是中国人，又像是日本人。他不理我们，我们也不理他。

我们刚吃过了饭，那位老者踱过来了。他从耳朵上取下半截长的一支铅笔，在一张报纸的边上写道："唐人自何处来？"

果然，他是中国人，而且他也看出我们是中国人。他一定是广东台山来的老华侨。显然他不会说国语，大概是也不肯说英语，所以开始和我们笔谈。

我接过了铅笔，写道："自中国来。"

他的眼睛瞪大了，而且脸上泛起一丝笑容。他继续写道："来此何为？"

我写道："读书。"

这下子，他眼睛瞪得更大了，他收敛起笑容，严肃的向我们翘起了他的大拇指，然后他又踱回到柜台后面他的座位上。

我们到柜台边去付账。他摇摇头，摆摆手，好像是不肯收费，他说了一句话好像是："统统是唐人呀！"

我们称谢之后刚要出门，他又"喂喂"的把我们喊住，从柜台下面拿出一把雪茄烟，送我们每人一支。

我回到车上，点燃了那支雪茄。在吞烟吐雾之中，我心里纳闷，这位老者为什么不收餐费？为什么奉送雪茄？大概他在夏安开个小餐馆，很久没看到中国人，很久没看到一群中国青年，更很久没看到来读书的中国青年人。我们的出现点燃了他的同胞之爱。事隔数十年，我不能忘记和我们作简短笔谈的那位唐人。

双城记

这"双城记"与狄更斯的小说《二城故事》无关。

我所谓的"双城"是指我们的台北与美国的西雅图。对这两个城市，我都有一点粗略的认识。在台北我住了三十多年，搬过六次家，从德惠街搬到辛亥路，吃过拜拜，挤过花朝，游过孔庙，逛过万华，究竟所知有限。高阶层的灯红酒绿，低阶层的褐衣蔬食，接触不多，平夙交游活动的范围也很狭小，疏慵成性，画地为牢，中华路以西即甚少涉足。西雅图（简称西市）是美国西北部一大港口，若干年来我曾访问过不下十次，居留期间长则三两年，短则一两月，闭门家中坐的时候多，因为虽有胜情而无济胜之具，即或驾言出游，也不过是浮光掠影。所以我说我对这两个城市，只有一点粗略的认识。

我向不欲侈谈中西文化，更不敢妄加比较。只因所知不够宽广，不够深入。中国文化历史悠久，不是片言可以概括；西方文化也够博大精深，非一时一地的一鳞半爪所能代表。我现在所要谈的只是就两个城市，凭个人耳目所及，一些浅显的感受或观察。"贤者识其大，不贤者识其小"，如是而已。

　　两个地方的气候不同。台北地处亚热带，又是一个盆地，环市皆山。我从楼头俯瞰，常见白茫茫的一片，好像有"气蒸云梦泽"的气势。到了黄梅天，衣服被褥总是湿漉漉的。夏季午后常有阵雨，来得骤，去得急，雷电交掣之后，雨过天晴。台风过境，则排山倒海，像是要訇散穿隆，应是台湾一景，台北也偶叨临幸。西市在美国西北隅海港内，其纬度相当于我国东北之哈尔滨与齐齐哈尔，赖有海洋暖流调剂，冬天虽亦雨雪霏霏而不至于酷寒，夏季则早晚特凉，夜眠需拥重毯。也有连绵的霪雨，但晴时天朗气清，长空万里。我曾见长虹横亘，作一百八十度，罩盖半边天。凌晨四时，暾出东方，日薄崦嵫要在晚间九时以后。

　　我从台北来，着夏季衣裳，西市机场内有暖气，尚不觉有异，一出机场大门立刻觉得寒气逼人，家人乃急以厚重大衣加身。我深吸一口大气，沁人肺腑，有似冰心在玉壶。我回到台北去，一出有冷气的机场，熏风扑面，遍体生津，俨如落进一镬热粥糜。不过人各有所好，不可一概而论。我认识一位生长台北而长居西市的朋友，据告非常想念台北，想念台北的一切，尤其是想念台北夏之湿黏燠热的天气！

　　西市的天气干爽，凭窗远眺，但见山是山，水是水，红的是花，绿的是叶，轮廓分明，纤微毕现，而且色泽鲜艳。我们台北路边也有树，重阳木、霸王椰、红棉树、白千层……都很壮观，不过，树叶上蒙了一层灰尘，只有到了阳明山才能看见像打了蜡似的绿叶。

　　西市家家有烟囱，但是个个烟囱不冒烟。壁炉里烧着火光熊熊的大木橛，多半是假的，是电动的机关。晴时可以望见积雪皑皑的瑞尼尔山，好像是浮在半天中；北望喀斯开山脉若隐若现。台北则异于是。很少人家有烟囱，很多人家在房顶上、在院

子里、在道路边烧纸、烧垃圾，东一把火西一股烟，大有"夜举
烽、昼燔燧"之致。凭窗亦可看山，我天天看得见的是近在咫尺
的蟾蜍山。近山绿，远山青。观音山则永远是淡淡的一抹花青，
大屯山则更常是云深不知处了。不过我们也不可忘记，圣海伦斯
火山爆发，如果风向稍偏一点，西市也会变得灰头土脸。

　　对于一个爱花木的人来说，两城各有千秋。西市有著名的州
花山杜鹃，繁花如簇，光艳照人，几乎没有一家庭园间不有几棵
点缀。此外如茶花、玫瑰、辛夷、球茎海棠，也都茁壮可喜。此
地花厂很多，规模大而品类繁。最难得的是台湾气候养不好的牡
丹，此地偶可一见。友人马逢华伉俪精心培植了几株牡丹，黄色
者尤为高雅，我今年来此稍迟，枝头仅余一朵，蒙剪下见贻，案
头瓶供，五日而谢。严格讲，台北气候、土壤似不特宜莳花，但
各地名花荟萃于是。如台北选举市花，窃谓杜鹃宜推魁首。这杜
鹃不同于西市的山杜鹃，体态轻盈小巧，而又耐热耐干。台北艺
兰之风甚盛，洋兰、蝴蝶兰、石斛兰都穷极娇艳，到处有之，唯
花美叶美而又有淡淡幽香者为素心兰，此所以被人称为"君子之
香"而又可以入画。水仙也是台北一绝，每适新年，岁朝清供之
中，凌波仙子为必不可少之一员。以视西市之所谓水仙，路旁泽
畔一大片一大片的临风招展，其情趣又大不相同。

　　夜不闭户，路不拾遗，乃想象中的大同世界，古今中外从
来没有过一个地方真正实现过。人性本有善良一面、丑恶一面，
故人群中欲其"不稂不莠"，实不可能。大体上能保持法律与秩
序，大多数人民能安居乐业，就算是治安良好，其形态、其程度
在各地容有不同而已。

　　台北之治安良好是举世闻名的。我于三十九年之中，只轮

到一次独行盗公然登堂入室，抢夺了一只手表和一把钞票，而且
他于十二小时内落网，于十二日内伏诛。而且，在我奉传指证人
犯的时候，他还对我说了一声"对不起"。至于剪绺扒窃之徒，
则何处无之？我于三十几年中只失落了三支自来水笔，一次是在
动物园看蛇吃鸡，一次是在公共汽车里，一次是在成都路行人道
上。都怪自己不小心。此外家里蒙贼光顾若干次，一共只损失了
两具大同电锅，也许是因为寒舍实在别无长物。"大搬家"的事
常有所闻，大概是其中琳琅满目值得一搬。台北民房窗上多装铁
栅，其状不雅，火警时难以逃生，久为中外人士所诟病。西市的屋
窗皆不装铁栏，而且没有围墙，顶多设短栏栅防狗。可是我在西
市下榻之处，数年内即有三次昏夜中承蒙嬉皮之类的青年以啤酒
瓶砸烂玻璃窗，报警后，警车于数分钟内到达，开一报案号码由
事主收执，此后也就没有下文。衙门机关的大扇门窗照砸，私人
家里的窗户算得什么！银行门口大型盆树也有人趁夜搬走。不过
说来这都是癣疥之疾。明火抢银行才是大案子，西市也发生过几
起，报纸上轻描淡写，大家也司空见惯，这是台北所没有的事。

　　"台北市虎"目中无人，尤其是拼命三郎所骑的嘟嘟响冒
青烟的机车，横冲直撞，见缝就钻，红砖道上也常如虎出柙。谁
以为斑马线安全，谁可能吃眼前亏。有人说这里的交通秩序之乱
甲于全球，我没有周游过世界，不敢妄言。西市的情形则确是两
样，不晓得一般驾车的人为什么那样的服从成性，见了"停"字
就停，也不管前面有无行人车辆。时常行人过街，驾车的人停车
向你点头挥手，只是没听见他说"您请！您请！"我也见过两车
相撞，奇怪的是两方并未骂街，从容的交换姓名、住址及保险公
司的行号，分别离去，不伤和气。也没有聚集一大堆人看热闹。
可是谁也不能不承认，台北的计程车满街跑，呼之即来，方便之

极。虽然这也要靠运气，可能司机先生蓬首垢面、跣足拖鞋，也可能嫌你路程太短而怨气冲天，也可能他的车座年久失修而坑洼不平，也可能他烟瘾大发而火星烟屑飞落到你的胸襟，也可能他看你可欺而把车开到荒郊野外掏出一把起子而对你强……不过这是难得一遇的事。在台北坐计程车还算是安全的，比行人穿越马路要安全得多。西市计程车少，是因为私有汽车太多，物以希为贵，所以清早要雇车到飞机场，需要前一晚就要洽约，而且车费也很高昂，不过不像我们桃园机场的车那样的乱。

吃在台北，一说起来就会令许多老饕流涎三尺。大小餐馆林立，各种口味都有。有人说中国的烹饪艺术只有在台湾能保持于不坠。这个说起来话长。目前在台北的厨师，各省籍的都有，而所谓北方的、宁浙的、广东的、四川的等等餐馆掌勺的人，一大部分未必是师承有自的行家，很可能是略窥门径的"二把刀"。点一个辣子鸡、醋溜鱼、红烧鲍鱼、回锅肉……立即就可以品出其中含有多少家乡风味。也许是限于调货，手艺不便施展。例如烤鸭，就没有一家能够水准，因为根本没有那种适宜于烤的鸭。大家思乡嘴馋，依稀仿佛之中觉得聊胜于无而已。整桌的酒席，内容丰盛近于奢靡，可置不论。平民食物，事关大众，才是我们所最关心的。台北的小吃店大排档常有物美价廉的各地食物。一般而论，人民食物在质量上尚很充分，唯在营养、卫生方面则尚有待改进。一般的厨房炊具、用具、洗涤、储藏，都不够清洁。有人进餐厅，先察看其厕所及厨房，如不满意，回头就走，至少下次不再问津。我每天吃油条烧饼，有人警告我："当心烧饼里有老鼠屎！"我翌日细察，果然不诬，吓得我好久好久不敢尝试，其实看看那桶既浑且黑的洗碗水，也就足以令人趑趄不前了。

美国的食物，全国各地无大差异。常听人讥评美国人，文化浅，不会吃。有人初到美国留学，穷得日以罐头充饥，遂以为美国人的食物与狗食无大差异。事实上，有些嬉皮还真是常吃狗食罐头，以表示其箪食瓢饮的风度。美国人不善烹调，也是事实，不过以他们的聪明才智，如肯下工夫于调和鼎鼐，恐亦未必逊于其他国家。他们的生活紧张，凡事讲究快速和效率，普通工作的人，午餐时间由半小时至一小时，我没听说过身心健全的人还有所谓午睡。他们的吃食简单，他们也有类似便当的食盒，但是我没听说过蒸热便当再吃。他们的平民食物是汉堡三文治、热狗、炸鸡、炸鱼、皮萨等等，价廉而快速简便，随身有五指钢叉，吃过抹抹嘴就行了。说起汉堡三文治，我们台北也有，但是偷工减料，相形见绌。麦唐奴的大型汉堡（Big Mac），里面油多肉多菜多，厚厚实实，拿在手里滚热，吃在口里喷香。我吃过两次赫尔飞的咸肉汉堡三文治，体形更大，双层肉饼，再加上几条部分透明的咸肉、番茄、洋葱、沙拉酱，需要把嘴张大到最大限度方能一口咬下去。西市滨海，蛤王、蟹王、各种鱼、虾，以及江瑶柱等等，无不鲜美。台北有蚵仔煎，西市有蚵羹，差可媲美。堪塔基炸鸡，面糊有秘方，台北仿制像是东施效颦一无是处。西市餐馆不分大小，经常接受清洁检查，经常有公开处罚勒令改进之事，值得令人喝彩，卫生行政人员显然不是尸位素餐之辈。

台北的牛排馆不少，但是求其不像是皮鞋底而能咀嚼下咽者并不多觏。西市的牛排大致软韧合度而含汁浆。居民几乎家家后院有烤肉的设备，时常一家烤肉三家香，不必一定要到海滨、山上去燔炙，这种风味不是家居台北者所能领略的。

西雅图地广人稀，历史短而规模大，住宅区和商业区有相当距离。五十多万人口，就有好几十处公园。市政府与华盛顿大学共有的植物园就在市中心区，真所谓闹中取静，尤为难得可贵。海滨的几处公园，有沙滩，可以掘蛤，可以捞海带，可以观赏海鸥飞翔，渔舟点点。义勇兵公园里有艺术馆（门前立着的石兽翁仲是从中国搬去的），有温室（内有台湾的兰花）。到处都有原始森林保存剩下的参天古木。西市是美国北部荒野边陲开辟出来的一个现代都市。我们的台北是一个古老的城市，突然繁荣发展，以致到处有张皇失措的现象。房地价格在西市以上。楼上住宅，楼下可能是乌烟瘴气的汽车修理厂，或是铁工厂，或是洗衣店。横七竖八的市招令人眼花缭乱。

　　大街道上摊贩云集，是台北的一景，其实这也是古老传统"市集"的遗风。古时日中为市，我们是入夜摆摊。警察来则哄然而逃，警察去则蜂然复聚。买卖双方怡然称便。有几条街的摊贩已成定型，各有专营的行当，好像没有人取缔。最近，一些学生也参加了行列，声势益发浩大。西市没有摊贩之说，人穷急了抢银行，谁肯搏此蝇头之利？不过海滨也有一个少数民族麇集的摊贩市场，卖鱼鲜、菜蔬、杂货之类，还不时的有些大胡子青年弹吉他唱曲，在那里助兴讨钱。有一回我在那里的街头徘徊，突闻一缕异香袭人，发现街角有摊车小贩，卖糖炒栗子，要二角五分一颗，他是意大利人。这和我们台北沿街贩卖烤白薯的情形颇为近似。也曾看见过推车子卖油炸圈饼的。夏季，住宅区内，偶有三轮汽车跄跄铃响的缓缓而行，逗孩子们从家门飞奔出来买冰淇淋。除此以外，住宅区一片寂静，巷内少人行，门前车马稀，没听过汽车喇叭响，哪有我们台北热闹？

　　西市盛产木材，一般房屋都是木造的，木料很坚实，围墙栅栏也是木造的居多。一般住家都是平房，高楼公寓并不多见。这和我们的四层公寓、七层大厦的景况不同。因此，家家都有前庭后院，家家都割草莳花，而很难得一见有人在阳光下晒晾衣服。讲到衣服，美国人很不讲究，大概只有银行职员、政府官吏、公司店伙才整套西装打领结。如果遇到一个中国人服装整齐，大概可以料想他是刚从台湾来。从前大学校园里，教授的特殊标帜是打领结，现亦不复然，也常是随随便便的一副褴褛相。所谓"汽车房旧物发卖"或"慈善性义卖"之类，有时候五角钱可以买到一件外套，一元钱可以买到一身西装，还相当不错。

西市的垃圾处理是由一家民营公司承办。每星期固定一日有汽车挨户收取，这汽车是密闭的，没有我们台北垃圾车之《少女的祈祷》的乐声，司机一声不响跳下车来把各家门前的垃圾桶扛在肩上往车里一丢，里面的机关发动就把垃圾碾碎了。在台北，一辆垃圾车配有好几位工人，大家一面忙着搬运一面忙着做垃圾分类的工作，塑胶袋放在一堆，玻璃瓶又是一堆，厚纸箱又是一堆。最无用的垃圾运到较偏僻的地方摊开来，还有人做第二梯次的爬梳工作。

西市的人喜欢户外生活，我们台北的人好像是偏爱室内的游戏。西市湖滨游艇蚁聚，好多汽车顶上驮着机船满街跑。到处有人清晨慢跑，风雨无阻。滑雪、爬山、露营，青年人趋之若鹜。山难之事似乎大不听说。

不知是谁造了"月亮外国的圆"这样一句俏皮的反语，挖苦盲目崇洋的人。偏偏又有人喜欢搬出杜工部的一句诗"月是故乡圆"，这就有点画蛇添足了。何况杜诗原意也不是说故乡的月亮比异地的圆，只是说遥想故乡此刻也是月圆之时而已。我所描写的双地，瑕瑜互见，也许，揭了自己的疮疤，长了他人的志气，也许，没有违反见贤思齐闻过则喜的道理，唯读者谅之。

一九八一、六、二十一日，西雅图

健　　忘

　　是爱迪生吧？他一手持蛋，一手持表，准备把蛋下锅煮五分钟，但是他心里想的是一桩发明，竟把表投在锅里，两眼盯着那个蛋。

　　是牛顿吧？专心做一项实验，忘了吃摆在桌上的一餐饭。有人故意戏弄他，把那一盘菜看换为一盘吃剩的骨头。他饿极了，走过去吃，看到盘里的骨头叹口气说："我真胡涂，我已经吃过了。"

　　这两件事其实都不能算是健忘，都是因为心有所旁骛，心不在焉而已。废寝忘餐的事例，古今中外尽多的是。真正患健忘症的，多半是上了年纪的人。小小的脑壳，里面能装进多少东西？从五六岁记事的时候起，脑子里就开始储藏这花花世界的种种印象，牙牙学语之后，不久又"念、背、打"，打进去无数的诗云、子曰，说不定还要硬塞进去一套ABCD，脑海已经填得差不多，大量的什么三角儿、理化、中外史地之类又猛灌而入，一直到了成年，脑子还是不得轻闲，做事上班、养家餬口，无穷无尽的阒茸事由需要记挂，脑子里挤得密不通风，天长日久，老态荐臻，脑子里怎能不生锈发霉而记忆开始模糊？

　　人老了，常易忘记人的姓名。大概谁都有过这样的经验：蓦的途遇半生不熟的一个人，握手言欢老半天，就是想不起他的姓名，也不好意思问他尊姓大名，这情形好尴尬，也许事后于无意中他的姓名猛然间涌现出来，若不及时记载下来，恐怕随后又忘到九霄云外。人在尚未饮忘川之水的时候，脑子里就开始了清仓的活动。范成大诗："僚旧姓名多健忘，家人长短总佯聋。"僚旧那么多，有几个能令人长相忆？即使记得他相貌特征，他的姓名也早已模糊了，倒是他的绰号有时可能还记得。

　　不过也有些事是终身难忘的，白居易所谓"老来多健忘，唯不忘相思"。当然相思的对象可能因人而异。大概初恋的滋味是永远难忘的，两团爱凑在一起，迸然爆出了火花，那一段惊心动魄的感受，任何人都会珍藏在他和她的记忆里，忘不了，忘不了。"春风得意马蹄急"的得意事，不容易忘怀，而且唯恐大家不知道。沮丧、窝囊、羞耻、失败的不如意事也不容易忘，只是捂捂盖盖的不愿意一再的抖露出来。

　　忘不一定是坏事。能主动的彻底的忘，需要上乘的功夫才办得到。《孔子家语》："哀公问于孔子曰：'寡人闻忘之甚者，徙而忘其妻，有诸？'孔子曰：'此犹未甚者也。甚者乃忘其身。'"徙而忘其妻，不足为训，但是忘其身则颇有道行。人之大患在于有身，能忘其身即是到了忘我的境界。常听人说，忘恩负义乃是最令人难堪的事之一。莎士比亚有这样的插曲：

　　　　　吹，吹，冬天的风，
　　　　你不似人间的忘恩负义
　　　　　那样的伤天害理；
　　　　你的牙不是那样的尖，

因为你本是没有形迹，

虽然你的呼吸甚厉。……

冻，冻，严酷的天，

你不似人间的负义忘恩

那般的深刻伤人；

虽然你能改变水性，

你的尖刺却不够凶，

像那不念旧交的人。……

　　其实施恩示义的一方，若是根本忘怀其事，不在心里留下任何痕迹，则对方根本也就像是无恩可忘无义可负了。所以崔瑗座右铭有"施人慎勿念，受施慎勿忘"之语。玛克斯·奥瑞利阿斯说："我们遇到忘恩负义的人不要惊讶，因为世界上就是有这样的一种人。"这种见怪不怪的说法，虽然洒脱，仍嫌执着，不是最上乘义。《列子·周穆王》篇有一段较为透彻的见解：

　　宋阳里华子，中年病忘。朝取而夕忘，夕与而朝忘；在途则忘行，在室则忘坐；今不识先，后不识今。阖家苦之。巫医皆束手无策。鲁有儒生自媒能治之。华子之妻以所蓄资财之半求其治疗之方。儒生曰："此非祈祷药石所能治。吾试化导其心情，改变其思虑，或可愈乎？"于是试露之，而求衣；饥之，而求食；幽之，而求明。儒生欣然告其子曰："疾可除也，然吾之方秘密传授，不以告人。试屏左右，我一人与病者同室为之施术七日。"从之。不知其所用何术，而多年之疾一旦尽除。华子既悟，乃大怒，处罚妻子，操戈逐儒生。宋人止之，问其故。华子曰："曩吾忘也，荡荡然不觉天地之有无。今顿识既往，数十年来存亡得失、哀乐好恶，扰扰万绪起矣。吾恐将来之存亡得失、哀乐好恶之乱吾心如此也。须臾之忘，可复得乎？”子贡闻而怪之。孔子曰：“此非汝所及也。”

　　人而健忘，自有诸多不便处。有人曾打电话给朋友，询问自己家里的电话号码。也有人外出餐叙，餐毕回家而忘了自家的住址，在街头徘徊四顾，幸而遇到仁人君子送他回去。更严重的是有人忘记自己是谁，自己的姓名、住址一概不知，真所谓物我两忘，结果只好被人送进警局招领。像华子所向往的那种“荡荡然不觉天地之有无”的境界，我们若能偶然体验一下，未尝不可，若是长久的那样精进而不退转，则与植物无大差异，给人带来的烦扰未免太大了。

暴　发　户

　　暴发户，外国也有，叫作parvenu或nouveau riche，义为新贵新富。这一种人，有鲜明的特征，在人群中自成一格，令人一眼就可以辨认出来。旧戏里有一个小丑曾说过这样的一句话："树小墙新画不古，此人必是内务府。"挖苦暴发户，入木三分。

　　内务府是清朝的一个衙门，掌管大内的财务出纳，以及祭礼、宴缮、膳馐、衣服、赐予、刑法、工作、教习，职务繁杂，组织庞大，下分七司三院，其长官名为总理大臣。凡能厕身其间者，无不被人艳羡，视为肥缺。"三年清知府，十万雪花银"，何况是给皇帝佬儿办总务？经手三分肥，内务府当差的几乎个个暴发。

　　人在暴发之后，第一桩事多半是求田问舍。锯木头，盖房子，叱咤立办；山节藻棁，玉砌雕栏，亦非难致。唯独想在庭院之中立即拥有三槐五柳，婆娑掩映于朱门绣户之间，则非人力财力所能立即实现。十年树木，还是保守的说法，十年过后也许几株龙柏可以不再需要木架扶持，也许那些七杈八杈韵味毫无的油加利猛窜三两丈高。时间没有成熟之前，房子尽管富丽堂皇，堂前也只好放四盆石榴树，几窠夹竹桃，南墙脚摆几盆秋海棠。

树，如果有，一定是小的。新盖的房子，墙也一定是新的，丹、青、赭、垩，光艳照人，还没来得及风雨剥蚀，还没来得及接受行人题名、顽童刻画、野狗遗溺。此之谓树小墙新。

暴发户对于室内装潢是相当考究的。进得门来，迎面少不得一个特大号的红地洒金的"福"字斗方，是倒挂着的，表示福到了。如果一排五个斗方当然更好，那是五福临门。室内灯饰，不比寻常。通常是八盏粗制滥造的仿古宫灯，因为楠木框花毛玻璃已不可得，象牙饰丝线穗更不必说。此外墙上、柱上、梁上、天花板上，还有无数的大大小小的电灯，甚至还有一串串的跑灯、霓虹灯，略似电视综艺节目之豪华场面。墙上也许还挂起一两幅政要亲笔题款的玉照，主人借以对客指点曰："某公厚我，某公厚我。"但是墙上没有画是不行的，乃斥巨资定绘牡丹图，牡丹是五色的，象征五福临门，未放的花苞要多，象征多子多孙，题曰"富贵满堂"。如果这一幅还不够，可再加一幅猫蝶图，或是一幅"鹤鹿同春"，鹤要红顶，鹿要梅花。总之是画不古，顶多也许有一张仇十洲的仕女或是郑板桥的墨竹，好像稍为古一点点，但是谁愿说穿是真迹还是赝品？

新屋落成而不宴宾客，那简直是衣锦夜行。于是詹吉折简，大张盛筵，席开三桌，座位次序都经过审慎的考虑安排，中间一桌是政界，大小首长；右边一桌是商界，公司大亨；左边一桌只能算是"各界"，非官非商的一些闲杂人等。整套的银器出笼，也许是镀银，光亮耀眼，大型的器皿都是下有保温的热水屉，上有覆罩的碗盖。如果是鸡鸭，碗盖雕塑成鸡鸭形，如果是鱼，则成鱼形。碗足上、筷子上都刻有题字曰"某某自置"。一旁伺候的男女佣人，全穿制服，白布长衫旗袍，领口、袖口、下摆还绲着红边。至于席上的珍馐，则淆旅重叠，燔炙满案。客人连声夸好，主人则忙不迭的说："家常便饭不成敬意。"

饭前饭后少不得要引导宾客参观新居，这是宴客的主要项目。先从客厅看起，长廊广庑，敞豁有容，中间是一块大地毯，主人说明是波斯制品，可是很明显的图案不像。几套皮垫大沙发之外，有一套远看像是楠木雕花长案、小几、太师椅之类的古老家具。长案之上有百古架、玉如意、百鹿敦、金钟、玉磬，挤得密密杂杂。小几前面居然还有蓝花白瓷的痰盂。旁边可能有一大箱热带鱼，另一边可能有大型立体音响。至于电视机，那就一定不止一台了。寝室里四壁至少有两面全是镜子，花灯照耀之下，有如置身水晶宫中。高广大床，锦帱绣帐，松软的弹簧床垫像是一大块天使蛋糕。浴缸则像是小型游泳池。书房也有一间，几净窗明，文房四宝罗列井然。书柜里有廿五史、百科全书，以及六法全书，一律布面烫金，金光熠熠。后院有温室一间，里面挂着几盆刚开败了的洋兰。众宾客参观完毕，啧啧称赞，可是其中也有一位冷冷的低声的说："这全是邓闲之功！"人问其语出何典，他说："不记得水浒传王婆贪贿说风情，有所谓五字诀么？"众皆粲然，主人也似懂非懂的跟着大家哈、哈、哈。

主人在仰着头打哈哈的时候，脖梗子上明显的露出三道厚厚的肥肉折叠起来的沟痕。大腹便便，虽不至"垂腴尺余"，也够瞧老大半天。"乐然后笑"，心里欢畅，自然就面团团，不时的辗然而笑。常言道："人非横财不富，马无夜草不肥。"横财自何处来？没有人事前知道，只能说是逼人而来，说得玄虚一点便是自来处来。不过事后分析，也可找出一些蛛丝马迹，不会没有因缘。大抵其人投机冒险，而又遭逢时会，遂令竖子暴发。"君子之泽，五世而斩。"暴发户呢？其兴也暴，很可能"眼看他起高楼，眼看他宴宾客，眼看他楼塌了！"

懒

人没有不懒的。

大清早，尤其是在寒冬，被窝暖暖的，要想打个挺就起床，真不容易。荒鸡叫，由他叫。闹钟响，何妨按一下纽，在床上再赖上几分钟。白香山大概就是一个惯睡懒觉的人，他不讳言"日高睡足犹慵起，小阁重衾不怕寒"。他不仅懒，还馋，大言不惭的说："慵馋还自哂，快乐亦谁知？"白香山活了七十五岁，可是写了二千七百九十首诗，早晨睡睡懒觉，我们还有什么说的？

懒字从女，当初造字的人，好像是对于女性存有偏见。其实勤与懒与性别无关。历史人物中，疏懒成性者嵇康要算是一位。他自承："不涉经学，性复疏懒，筋驽肉缓，头面常一月十五日不洗，不大闷痒，不能沐也。每常小便，而忍不起，令胞中略转，乃起耳。"同时，他也是"卧喜晚起"之徒，而且"性复多虱，把搔无已"。他可以长期的不洗头、不洗脸、不洗澡，以至于浑身生虱！和扪虱而谈的王猛都是一时名士。白居易"经年不沐浴，尘垢满肌肤"，还不是由于懒？苏东坡好像也够邋遢的，他有"老来百事懒，身垢犹念浴"之句，懒到身上蒙垢的时候才做沐浴之想。女人似不至此，尚无因懒而昌言无隐引以自傲的。主持中馈的一向是女人，缝衣捣砧的也一向是女人。"早起三光，晚起三慌"是从前流行的女性自励语，所谓"三光""三慌"是指头上、脸上、脚上。从前的女人，夙兴夜寐，没有不患睡眠不足的，上上下下都要伺候周到，还要揪着公鸡的尾巴就起来，来照顾她自己的"妇容"。头要梳，脸要洗，脚要裹。所以朝晖未上就花朵盛开的牵牛花，别称为"勤娘子"，嬾婆娘没有欣赏的份，大概她只能观赏昙花。时到如今，情形当然不同，我们放眼观察，所谓前进的新女性，哪一个不是生龙活虎一般，主内兼主外，集家事与职业于一身？世上如果真有所谓嬾婆娘，我想其数目不会多于好吃嬾做的男子汉。北平从前有一个流行的儿歌，"头不梳，脸不洗，拿起尿盆儿就舀米"是夸张的讽刺。嬾字从女，有一点冤枉。

凡是自安于嬾的人，大抵有他或她的一套想法。可以推给别人做的事，何必自己做？可以拖到明天做的事，何必今天做？一推一拖，嬾之能事尽矣。自以为偶然偷嬾，无伤大雅。而且世事多变，往往变则通，在推拖之际，情势起了变化，可能一些棘手的问题会自然解决。"不需计较苦劳心，万事元来有命！"好像有时候馅饼是会从天上掉下来似的。这种打算只有一失，因为人生无常，如石火风灯，今天之后有明天，明天之后还有明天，可是谁也不知道自己还有没有明天。即使命不该绝，明天还有明天的事，事越积越多，越多越嬾得去做。"虱多不痒，债多不愁"，那是自我解嘲！嬾人做事，拖拖拉拉，到头来没有不丢三落四狼狈慌张的。你嬾，别人也嬾，一推再推，推来推去，其结果只有误事。

嬾不是不可医，但须下手早，而且须从小处着手。这事需劳做父母的帮一把手。有一家三个孩子都贪睡嬾觉，遇到假日还理直气壮的大睡，到时候母亲拿起晒衣服用的竹竿在三张小床上横扫，三个小把戏像鲤鱼打挺似的翻身而起。此后他们养成了早起的习惯，一直到大。父亲房里有份报纸，欢迎阅览，但是他有一个怪毛病，任谁看完报纸之后，必须折好叠好放还原处，否则他就大吼大叫。于是三个小把戏触类旁通，不但看完报纸立即还原，对于其他家中日用品也不敢随手乱放，小处不懒，大事也就容易勤快。

　　我自己是一个相当的懒的人，常走抵抗最小的路，虚掷不少光阴。"架上非无书，眼慵不能看"（白香山句）。等到知道用功的时候，徒惊岁晚而已。英国十八世纪的绥夫特，偕仆远行，路途泥泞，翌晨呼仆擦洗他的皮靴，仆有难色，他说："今天擦洗干净，明天还是要泥污。"绥夫特说："好，你今天不要吃早餐了。今天吃了，明天还是要吃。"唐朝的高僧百丈禅师，以"一日不作，一日不食"自励，每天都要劳动做农事，至老不休，有一天他的弟子们看不过，故意把他的农具藏了起来，使他无法工作，他于是真个的饿了自己一天没有进食。得道的方外的人都知道刻苦自律，清代画家石谿和尚在他一幅《溪山无尽图》上题了这样一段话，特别令人警惕：

　　大凡天地生人，宜清勤自持，不可懒惰。若当得个懒字，便是懒汉，终无用处。……残衲住牛首山房朝夕焚诵，稍余一刻，必登山选胜，一有所得，随笔作山水数幅或字一段，总之不放闲过。所谓静生动，动必做出一番事业。端教一个人立于天地间无愧。若忽忽不知，懒而不觉，何异草木！

　　一株小小的含羞草，尚且不是完全的"忽忽不知，懒而不觉！"若是人而不如小草，羞！羞！羞！

鼾

　　我初到南京教书那一年，先是被安置在一间宿舍里，可巧一位朋友也是应聘自北平来，遂暂与我同居一室。夜晚就寝，这位相貌清癯仪态潇洒的朋友，头刚沾枕，立刻响起鼾声，不是普通呼噜呼噜的鼾声，他调门高，作金石声，有铜锤花脸或是秦腔的韵味，而且在十响八响的高亢的鼾声之后，还猛然带一个逆腔的回钩。这下子他把自己惊醒了，可是他哼哼唧唧的蠕动了几下，又开始奏起他的独特的音乐。我不知所措，彻夜无眠。

　　过两天这位朋友搬走了，又来了一位心广体胖脂腴特丰的朋友，他在南京有家，看见我室有空床，决意要和我联床夜话。他块头大、气势足，鼾声轰隆轰隆，不同凡响。凡事应慎之于始，我立即拿起一只多余的绣花枕头，对准他的床上掷去，他徐徐的开言道："你是嫌我鼾声太大么？"原来他尚未睡熟，只是小试啼声，预演的性质。我毫无办法，听他演奏通宵达旦。

　　我本来没有打鼾的习惯，等到中年发福，又常以把盏为乐，"三日不饮酒，觉形神不复相亲"，于是三日一小饮，五日一大醉，颓然卧倒，鼾声如雷。我初不自知，当然亦不肯承认，可是家人指控历历如绘，甚至于形容我的呼声之高，硬说我一呼一吸之际，屋门也应声一翕一张。小女淘气，复于我鼾声大作之时，录声为证。无法抵赖，只得承招。但是我还要试为自己解脱，引证先贤亦复尔尔，不足为病，未可厚非。黄山谷题苏东坡书后有云："东坡居士性喜酒，然不能四五龠，已烂醉就卧，鼻鼾如雷。"可见贤者不免，吾又何尤?

鼾声扰人，究竟不是好事。记得有人发明过一种"止鼾器"。睡时纳入口中，好像就能控制口腔内某一部分的筋肉使之不能颤动，自然就不会发出鼾声。我没见过这种伟大的发明，也不知道有什么情愿一试的人做过实验。这种东西没有流行到市面上来，很快的就匿迹销声，不是证明其为无效，是证明人对于鼾的厌恶尚未深刻到甘心情愿以异物纳入口腔的程度。

如果不是在人卧榻之侧制造噪音，扰人清睡，打鼾似乎没有多大害处。有些医学家可不这样想。报载：

【合众国际社密歇根安那柏一九七六年十一月十九日电】一位研究睡眠失常的专家指出，鼾声太大可能对健康有害；情况严重的，甚至会使你的心脏停止跳动。

史丹福大学睡眠失常门诊中心主任狄蒙博士在密歇根大学的内科医师会议上指出，有打鼾毛病的人几乎无法真正睡一晚好眠。

他说，鼾声大的人，每一千位成年男人中，平均有一人当他睡着时心脏有停止跳动的危险。……当他们的喉头上部与口腔组织过度松弛时，就切断了通向肺部的空气。……这些睡眠者因此必须挣扎喘气，以吸取空气至肺内。严重时，此种循环一晚可能发生四百次，其中包括心跳不规则。这意味一个人在一年内有一千万次他的心跳可能停止的机会。我们猜测发生此种情形的次数，远较医学界所知者为多，因为此种病人醒着时没有心脏病的困扰，而且死后验尸也看不出此种症状。……

　　我们常听说到的所谓无疾而终，一睡不起，或是溘然坐化，也许其中一部分就是因为有严重的打鼾习惯。我不确知谁是因鼾而停止呼吸而猝然物化，不过打鼾的朋友们确是常有鼾声正酣之际陡然停止出声的情事。在这种情形中，醒着的人都为他担心，生怕他一时喘不过气来而发生意外。通常他是休止几秒钟便又惊醒过来的。陈抟高卧，动辄百余日不起，不知他最后是否于鼾眠中尸解。

　　若说鼾声悦耳，怕谁也不信。但也有例外，要看鼾声发自何人。我从前有一位朋友卜居青岛汇泉，推开屋门即见平坦广大的海滩，再望过去就是辽阔无垠的海洋，月明风清之夜，潮汐涨退之声可闻，景物幽绝。遥想当年英国诗人阿诺德在多汶海峡听惊涛拍岸时所引发的感触，此情此景大概仿佛。我的朋友却不以为然，他说夜晚听无穷无尽的波涛撞击的音响，单调得令人心烦，海潮音实在听不入耳。天籁都不能令他动心，还有什么音响能令他欣赏呢？他正言相告：“要想听人世间最美妙的音乐，莫过于夜阑人静，微闻妻室儿女从榻上传来的停匀的一波一波的鼾声，那时节我真个领略到‘上帝在天，世上一片宁谧安详’的意境。”

　　好几年前，《读者文摘》有一篇说鼾的小文。于分析描述打鼾的种种之后，篇末画龙点睛的补上一笔：“鼾声是不是讨人厌，问寡妇。”

吸　烟

　　烟，也就是菸，译音曰淡巴菰。这种毒草，原产于中南美洲，遍传世界各地。到明朝，才传进中土，利马窦在明万历年间以鼻烟入贡，后来鼻烟就风靡了朝野。在欧洲，鼻烟是放在精美的小盒里，随身携带。吸时，以指端蘸鼻烟少许，向鼻孔一抹，猛吸之，怡然自得。我幼时常见我祖父辈的朋友不时的在鼻孔处抹鼻烟，抹得鼻孔和上唇都染上焦黄的颜色。据说能明目祛疾，谁知道？我祖父不吸鼻烟，可是备有"十三太保"，十二个小瓶环绕一个大瓶，瓶口紧包着一块黄褐色的布。各瓶品味不同，放在一个圆盘里，捧献在客人面前。我们中国人比欧人考究，随身携带鼻烟壶，玉的、翠的、玛瑙的、水晶的，精雕细镂，形状百出。有的山水图画是从透明的壶里面画的，真是鬼斧神工，不知是如何下笔的。壶有盖，盖下有小勺匙，以勺匙取鼻烟置一小玉垫上，然后用指端蘸而吸之。我家藏鼻烟壶数十，丧乱中只带出了一个翡翠盖的白玉壶，里面还存了小半壶鼻烟，百余年后，烈味未除，试嗅一小勺，立刻连打喷嚏不能止。

　　我祖父抽旱烟，一尺多长的烟管，翡翠的烟嘴，白铜的烟袋锅（烟袋锅子是塾师敲打学生脑壳的利器，有过经验的人不会忘记），著名的关东烟的烟叶子贮在一个绣花的红缎子葫芦形的荷包里。有些旱烟管四五尺长，若要点燃烟袋锅子里的烟草，则人非长臂猿，相当吃力，一时无人伺候则只好自己划一根火柴插在烟袋锅里，然后急速掉过头来抽吸。普通的旱烟管不那么长，那样长的不容易清洗。烟袋锅子里积的烟油，常用以塞进壁虎的嘴巴置之于死。

我祖母抽水烟。水烟袋仿自阿拉伯人的水烟筒（hookah），不过我们中国制造的白铜水烟袋，形状乖巧得多。每天需要上下抖动的冲洗，呱哒呱哒的响。有一种特制的烟丝，兰州产，比较柔软。用表心纸揉纸媒儿，常是动员大人孩子一齐动手，成为一种乐事。经常保持一两只水烟袋作敬客之用。我记得每逢家里有病人，延请名医周立桐来看病，这位飘着胡须的老者总是昂首登堂直就后炕的上座，这时候送上盖碗茶和水烟袋，老人拿起水烟袋，装上烟草，突的一声吹燃了纸媒儿，呼噜呼噜抽上三两口，然后抽出烟袋管，把里面烧过的烟烬吹落在他的手心里，再投入面前的痰盂，而且投得准。这一套手法干净利落。抽过三五袋之后，呷一口茶，才开始说话："怎么？又是哪一位不舒服啦？"每次如此，活龙活现。

我父亲是饭后照例一支雪茄，随时补充纸烟，纸烟的铁罐打开来，嘶的一声响，先在里面的纸签上写启用的日期，借以察考每日消耗数量不使过高，雪茄形似飞艇，尖端上打个洞，叼在嘴里真不雅观，可是气味芬芳。纸烟中高级者都是舶来品，中下级者如"强盗"牌在民初左右风行一时，稍后如白锡包、粉包，国产的"联珠""前门"等等，皆为一般人所乐用。就中以粉包为特受欢迎的一种，因其烟支之粗细松紧正合吸海洛英者打"高射炮"之用。儿童最喜欢收集纸烟包中附置的彩色画片。好像是前门牌吧，附置的画片是水浒传一百零八条好汉的画像，如有人能搜集全套，可得什么什么的奖品，一时儿童们趋之若鹜。可怜那些热心的收集者，枉费心机，等了多久多久，那位及时雨宋公明就是不肯亮相！是否有人集得全套，只有天知道了。

　　常言道，"烟酒不分家"，抽烟的人总是桌上放一罐烟，客来则敬烟，这是最起码的礼貌。可是到了抗战时期，这情形稍有改变。在后方，物资艰难，只有特殊人物才能从怀里掏出"幸运""骆驼""三五""毛利斯"在侪辈面前炫耀一番，只有豪门仕女才能双指夹着一支细长的红嘴的"法蒂玛"忸怩作态。一般人吸的是"双喜"，等而下之的便要数"狗屁牌"（Cupid）香烟了。这渎亵爱神名义的纸烟，气味如何自不待言，奇的是卷烟纸上有涂抹不匀的硝，吸的时候会像儿童玩的烟火"滴滴金"，噼噼啪啪的作响、冒火星，令人吓一跳。饶是烟质不美，瘾君子还是不可一日无此君，而且通常是人各一包深藏在衣袋里面，不愿人知是何牌，要吸时便伸手入袋，暗中摸索，然后突的抽出一支，点燃之后自得其乐。一听烟放在桌上任人取吸，那种场面不可复见。直到如今，大家元气稍复，敬烟之事已很寻常，但是开放式的一罐香烟经常放在桌上，仍不多见。

　　我吸纸烟始自留学时期，独身在外，无人禁制，而天涯羁旅，心绪如麻，看见别人吞云吐雾，自己也就效颦起来。此后若干年，由一日一包，而一日两包，而一日一听。约在二十年前，有一天心血来潮，我想试一试自己有多少克己的力量，不妨先从戒烟做起。马克·吐温说过："戒烟是很容易的事，我一生戒过好几十次了。"我没有选择黄道吉日，也没有诹访室人，闷声不响的把剩余的纸烟，一古脑儿丢在垃圾堆里，留下烟嘴、烟斗、烟包、打火机，以后分别赠给别人，只是烟灰缸没有抛弃。"冷火鸡"的戒烟法不大好受，一时间手足失措，六神无主，但是工作实在太忙，要发烟瘾没有工夫，实在熬不过就吃一块巧克力。巧克力尚未吃完一盒，又实在腻胃，于是把巧克力也戒掉了。说来惭愧，我戒烟只此一遭，以后一直没有再戒过。

　　吸烟无益，可是很多人都说："不为无益之事，何以遣有涯之生？"而且无益之事有很多是有甚于吸烟者，所以吸烟或不吸烟，应由各人自行权衡决定。有一个人吸烟，不知是为特技表演，还是为节省买烟钱，经常猛吸一口咽烟下肚，绝不污染体外的空气，过了几年此人染了肺癌。我吸了几十年的烟，最后才改吸不花钱的新鲜空气。如果在公共场所遇到有人口里冒烟，甚或直向我的面前喷射毒雾，我便退避三舍，心里暗自咒诅："我过去就是这副讨人嫌恶的样子！"

同　　学

　　同学，和同乡不同。只要是同一乡里的人，便有乡谊。同学则一定要有同窗共砚的经验。在一起读书，在一起淘气，在一起挨打，才能建立起一种亲切的交情，尤其是日后回忆起来，别有一番情趣。纵不曰十年窗下，至少三五年的聚首总是有的。从前书房狭小，需要大家挤在一个窗前，窗间也许着一鸡笼，所以书房又名曰鸡窗。至于邦硬死沉的砚台，大家共用一个，自然经济合理。

　　自有学校以来，情形不一样了。动辄几十人一班，百多人一级，一批一批的毕业，像是蒸锅铺的馒头，一屉一屉的发售出去。他们是一个学校的毕业生，毕业的时间可能相差几十年。祖父和他的儿孙可能是同学校毕业，但是不便称为同学。彼此相差个十年八年的，在同一学校里根本没有碰过头的人，只好勉强解嘲自称为先后同学了。

　　小时候的同学，几十年后还能知其下落的恐怕不多。我小学同班的同学二十余人，现在记得姓名的不过四五人。其中年龄较长身材最高的一位，我永远不能忘记，他脑后半长的头发用红头绳紧密扎起的小辫子，在脑后挺然翘起，像是一根小红萝卜。他善吹喇叭，毕业后投步军统领门当兵，在"堆子"前面站岗，挂着上刺刀的步枪，满神气的。有一位满脸疙瘩噜苏，大家送他一个绰号"小炸丸子"，人缘不好，偏爱惹事，有一天犯了众怒，几个人把他抬上讲台，按住了手脚，扯开他的裤带，每个人在他裤裆里吐一口唾液！我目睹这惊人的暴行，难过很久。又有一位好奇心强，见了什么东西都喜欢动手，有一天迟到，见了老师为实验冷缩热胀的原理刚烧过的一只铁球，过去一把抓起，大叫一声，手掌烫出一片的溜浆大泡。功课最好写字最工整的一位，规行矩步，主任老师最赏识他，毕业后，于某大书店分行由学徒做到经理。再有一位由办事员做到某部司长。此外则人海茫茫，我就都不知其所终了。

有人成年之后怕看到小时候的同学，因为他可能看见过你一脖子泥、鼻涕过河往袖子上抹的那副脏相，他也许看见过你被罚站、打手板的那副窘相。他知道你最怕人知道你的乳名，不是"大和尚"就是"二秃子"，不是"栓子"就是"大柱子"，他会冷不防的在大庭广众之中猛喊你的乳名，使你脸红。不过我觉得这也没有什么不好，小时候嬉嬉闹闹，天真率直，那一段纯稚的光景已一去而不可复得，如果长大之后还能邂逅一两个总角之交，勾起童时的回忆，不也快慰生平么？

我进了中学便住校，一住八年。同学之中有不少很要好的，友谊保持数十年不坠，也有因故翻了脸掐过脖子的。大多数只是在我心中留下一个面貌謦欬的影子，我那一级同学有八九十人，经过八年时间的淘汰过滤，毕业时仅得六七十人，而我现在记得姓名的约六十人。其中有早夭的，有因为一时糊涂顺手牵羊而被开除的，也有不知什么原故忽然辍学的，而这剩下的一批，毕业之后多年来天各一方，大概是"动如参与商"了。我一九四九年来台湾，数同级的同学得十余人，我们还不时的杯酒联欢，恰满一桌。席间，无所不谈。谈起有一位绰号"烧饼"，因为他的头扁而圆，取其形似。在体育馆中他翻双杠不慎跌落，旁边就有人高呼："留神芝麻掉了！"烧饼早已不在，不死于抗战时，而死于胜利之日；不死于敌人之手，而死于同胞之刀，谈起来大家无不歔欷。又谈起一位绰号"臭豆腐"，只因他上作文课，卷子上涂抹之处太多，东一团西一块的尽是墨猪，老师看了一皱眉头说："你写的是什么字，漆黑一块块的，像臭豆腐似的！"（北方的臭豆腐是黑色的，方方的小块）哄堂大笑，于是臭豆腐的绰号不胫而走。如今大家都做了祖父，这样的称呼不雅，同人公议，摘除其中的一个臭字，简称他为豆腐，直到如今。还有一位绰号叫"火车头"，因为他性偏急，出语如连珠炮，气咻咻，唾沫飞溅，做事横冲直撞，勇猛向前，所以赢得这样的一个绰号，抗战期间不幸死于日寇之手。我们在台的十几个同学，轮流做东，宴会了十几次，以后便一个个的凋谢，溃不成军，凑不起一桌了。

同学们一出校门，便各奔前程。因为修习的科目不同，活动的范围自异。风云际会，拖青纡紫者有之；踵武陶朱，腰缠万贯者有之；有一技之长，出人头地者有之；而座拥皋比，以至于吃不饱饿不死者亦有之。在校的时候，品学俱佳，头角峥嵘，以后未必有成就。所谓"小时了了，大未必佳"，确是不刊之论。不过一向为人卑鄙投机取巧之辈，以后无论如何翻云覆雨，也逃不过老同学的法眼。所以有些人回避老同学唯恐不及。

杜工部漂泊西南的时候，叹老嗟贫，咏出"同学少年多不贱，五陵裘马自轻肥"的句子。那个"自"字好不令人惨然！好像是衮衮诸公裘马轻肥，就是不管他"一家都在秋风里"。其实同学少年这一段交谊不攀也罢。"衣敝缊袍，与衣狐貉者立"，纵然不以为耻，可是免不了要看人的嘴脸。

签　字

　　一个人愿意怎样签他的名字，是纯属于他个人的事，他有充分自由，没有人能干涉他。不过也有一个起码的条件，他签字必须能令人认识，否则签字可能失了意义，甚且带来不必要的烦扰。有一次，一个学校考试放榜前夕，因为弥封编号的关系，必须核对报名表以取得真实姓名，不料有一位考生在报名上的签字如龙飞凤舞，又如春蚓秋蛇，又似鬼画符，非籀非篆，非行非草，大家传观，各作了不同的鉴定。有人说这样的考生必非善类，不取也罢。有人惜才，因为他考试的成绩很好。扰攘了半晌，有人出了高招，轻轻的揭下他的照片，看看照片背面的签字式是否可资比较。这一招，果然有分教，约略的看出了这位匠心独运的考生的真实姓名。对于他的书法，大家都摇头。我没有追踪调查该生日后是否成了一位新潮派的画家或现代派的诗人。

　　支票的签字可以任意勾画，而且无妨故出奇招，令人无从辨识，甚至像是一团乱麻，漆黑一团亦无不可，总之是要令人难以模仿。不过每次签字必须一致，涂鸦也好，墨猪也好，那猪那鸦必须永远是一个模式。在其他的场合就怕不能这样自由。有不相识的人写信给我，信的本身显示他很正常，但是他的正常没有维持到底，他的姓名我无法辨识，而信又有作复的必要。我无可奈何只好把他的签字式剪下来贴在复信的信封上，是否可以寄达我就不知道了，这位先生可能有一种误会，以为他的签字是任何读书识字的人所应该一看就懂的。

我们中国的字，由仓颉起，而甲骨、而钟鼎、而篆、而隶、而行、而草、而楷，变化多端，但是那变化是经过演化而约定俗成的。即使是草书其中也有一定的标准写法，并不是每个人都可以潦草的任意大笔一挥。所以有所谓"标准草书"，草书也自有其一定的写法。从前小学颇重写字课，有些教师指定学生临写草书千字文，现在没有人肯干这种傻事了。翻看任何红白喜事的签到簿，其中总会有些令人啼笑皆非的签字式。有些画家完成巨构之后签名如画押。八大山人签字式很怪，有人说是略似"哭之笑之"，寓有隐痛。画不如八大者不得援例。

签字式最足以代表一个人的性格。王羲之的签字有几十种样式，万变不离其宗，一律的圆熟隽俏。看他的署名，不论是在笺头或是柬尾，一副翩翩的风致跃然纸上，他写的"之"字变化多端，都是摇曳生姿。世之学逸少书者多矣，没人能得其精髓，非太肥即太瘦，非太松即太紧，"羲之"二字即模仿不得。

有人沾染西俗，遇到新闻人物辄一拥而上，手持小簿，或临时撕扯的零张片楮，请求签名留念。其实那签字之后，下落多半不明，徒滋纷扰而已。我记得有一年，某省考试公费留学，某生成绩不恶，最后口试，他应答之后一时兴起，从衣袋里抽出小簿，请考试委员一一签名留念，主考者勃然大怒，予以斥退，遂至名落孙山。

雁塔题名好像是雅事，其实俗陋可哂。雁塔上题名者不仅是新进士，僧道庶士亦杂列其间。流风遗韵到今未已，凡属名胜，几乎到处都有某某到此一游的题记，甚至于用刀雕刻以期芳名垂诸久远。三代以下唯恐其不好名，不过名亦有善恶之别。我记得某家围墙新敷水泥，路过行人中不知哪一位逸兴遄飞，拾起一块石头或木棍之类，趁水泥湿软未干，以遒劲的笔法大书"王××"三个字，事隔二十余年，其题名犹未漫漶，可惜他的大名实在不雅。

过　年

　　我小时候并不特别喜欢过年，除夕要守岁，不过十二点不能睡觉，这对于一个习于早睡的孩子是一种煎熬。前庭后院挂满了灯笼，又是宫灯，又是纱灯，烛光辉煌，地上铺了芝麻秸儿，踩上去咯咯吱吱响，这一切当然有趣，可是寒风凛冽，吹得小脸儿通红，也就很不舒服。炕桌上呼卢喝雉，没有孩子的份。压岁钱不是白拿，要叩头如捣蒜。大厅上供着祖先的影像，长辈指点曰："这是你的曾祖父，曾祖母，高祖父，高祖母……"虽然都是岸然道貌微露慈祥，我尚不能领略慎终追远的意义。"姑娘爱花小子要炮……"我却怕那大麻雷子、二踢脚子。别人放鞭炮，我躲在屋里捂着耳朵。每人分一包杂拌儿，哼，看那桃脯、蜜枣沾上的一层灰尘，怎好往嘴里送？年夜饭照例是特别丰盛的。大年初几不动刀，大家歇工，所以年菜事实上即是大锅菜。大锅的炖肉，加上粉丝是一味，加上蘑菇又是一味；大锅的炖鸡，加上冬笋是一味，加上番薯又是一味，都放在特大号的锅、罐子、盆子里，此后随取随吃，大概历十余日不得罄，事实上是天天打扫剩菜。满缸的馒头，满缸的腌白菜，满缸的咸疙瘩，不知道什么时候才可以见底。芥末堆儿、素面筋、十香菜比较的受欢迎。除夕夜，一交子时，煮饽饽端上来了。我困得低枝倒挂，哪有胃口去吃？胡乱吃两个，倒头便睡，不知东方之既白。

初一特别起得早，梳小辫儿，换新衣裳，大棉袄加上一件新蓝布罩袍、黑马褂、灰鼠绒绿鼻脸儿的靴子。见人就得请安，口说"新喜"。日上三竿，骡子轿车已经套好，跟班的捧着拜匣，奉命到几家最亲近的人家拜年去也。如果运气好，人家"挡驾"，最好不过，递进一张帖子，掉头就走。否则一声"请"，便得升堂入室，至少要朝上磕三个头，才算礼成。这个差事我当过好几次，从心坎儿觉得窝囊。

民国前一两年，我的祖父母相继去世，由我父亲领导在家庭生活方式上作维新运动，革除了许多旧习，包括过年的仪式在内。我不再奉派出去挨门磕头拜年。我从此不再是磕头虫儿。过年不再做年菜，而向致美斋定做八道大菜及若干小菜，分装四个圆笼，除日挑到家中，自己家里也购备一些新鲜菜蔬以为辅佐。一连若干天顿顿吃煮饽饽的怪事，也不再在我家出现。我父亲说："我愿在哪一天过年就在哪一天过年，何必跟着大家起哄？"逛厂甸，我们是一定要去的，不是为了喝豆汁儿、吃煮豌豆，或是那大糖葫芦，是为了要到海王村和火神庙去买旧书。白云观我们也去过一次，一路上吃尘土，庙里面人挤人，哪里有神仙可会，我再也不作第二次想。过年时，我最难忘的娱乐之一是放风筝，风和日丽的时候，独自在院子里挑起一根长竹竿，一手扶竿，一手持线桄子，看着风筝冉冉上升，御风而起，一霎时遇到罡风，稳稳的停在半天空，这时候虽然冻得涕泗横流，而我心滋乐。

民国元年初，袁世凯嗾曹锟驻禄米仓部队兵变，大掠平津，那一天正是阴历正月十二，给万民欢腾的新年假期做了一个悲惨而荒谬的结束，从此每个新年我心里就有一个驱不散的阴影。大家都说恭贺新喜，我不知喜从何来。

梦

　　《庄子·大宗师》："古之真人，其寝不梦。"注："其寝不梦，神定也，所谓至人无梦是也。"做到至人的地步是很不容易的，要物我两忘，"嗒然若丧其耦"才行。偶然接连若干天都是一夜无梦，浑浑噩噩的睡到大天光，这种事情是常有的，但是长久的不做梦，谁也办不到。有时候想梦见一个人，或是想梦做一件事，或是想梦到一个地方，拼命的想，热烈的想，刻骨镂心的想，偏偏想不到，偏偏不肯入梦来。有时候没有想过的，根本不曾起过念头的，而且是荒谬绝伦的事情，竟会窜入梦中，突如其来，挥之不去，好惊、好怕、好窘、好羞！至于我们所企求的梦，或是值得一做的梦，那是很难得一遇的事，即使偶有好梦，也往往被不相干的事情打断，蘧然而觉。大致讲来，好梦难成，而恶梦连连。

　　我小时候常作的一种梦是下大雪。北国冬寒，雪虐风饕原是常事，哪有一年不下雪的？在我幼小心灵中，对于雪没有太大的震撼，顶多在院里堆雪人、打雪仗。但是我一年四季之中经常梦雪，差不多每隔一二十天就要梦一次。对于我，雪不是"战退玉龙三百万，败鳞残甲满天飞"（张承吉句），我没有那种狂

想。也没有白居易"可怜今夜鹅毛雪，引得高情鹤氅人"那样的
雅兴。更没有柳宗元"独钓寒江雪"的那份幽独的感受。雪只是
大片大片的六出雪花，似有声似无声的、没头没脑的从天空筛将
下来。如果这一场大雪把地面上的一切不平都匀称的遮覆起来，
大地成为白茫茫的一片，像韩昌黎所谓"凹中初盖底，凸处尽成
堆"，或是相传某公所谓的"黑狗身上白，白狗身上肿"，我一
觉醒来便觉得心旷神怡，整天高兴。若是一场风雪有气无力，只
下了薄薄一层，地面上的枯枝败叶依然暴露，房顶上的瓦垄也遮
盖不住，我登时就会觉得哽结，醒后头痛欲裂，终朝寡欢。这样
的梦我一直做到十四五岁才告停止。

　　紧接着常作的是另一种梦，梦到飞。不是像一朵孤云似的
飞，也不是像抟扶摇而上九万里的大鹏，更不是徐志摩在《想
飞》一文中所说的"飞上天空去浮着，看地球这弹丸在太空里滚
着，从陆地看到海，从海再看回陆地，凌空去看一个明白"，
我没有这样规模的豪想。我梦飞，是脚踏实地两腿一弯，向上
一纵，就离了地面，起先是一尺来高，渐渐上升一丈开外，两脚
轻轻摆动，就毫不费力的越过了影壁，从一个小院窜到另一个小
院，左旋右转，夷犹如意。这样的梦，我经常作，像潘彼得"那
个永远长不大的孩子"，说飞就飞，来去自如，醒来之后，就觉
得浑身通泰。若是在梦里两腿一踹，竟飞不起来，身像铅一般的
重，那么醒来就非常沮丧，一天不痛快。这样的梦作到十八九岁
就不再有了。大概是潘彼得已经长大，而我像是雪莱《西风歌》
所说的："落在人生的荆棘上了！"

　　成年以后，我过的是梦想颠倒的生活，白天梦作不少，夜梦
却没有什么可说的。江淹少时梦人授以五色笔，由是文藻日新。
王珣梦大笔如椽，果然成大手笔。李白少时笔头生花，自是天才

瞻逸，这都是奇迹。说来惭愧，我有过一支小小的可以旋转笔芯的四色铅笔，我也有过一幅朋友画赠的《梦笔生花图》，但是都无补于我的文思。我的亲人、我的朋友送给我的各式各样的大小精粗的笔，不计其数，就是没有梦见过五色笔，也没有梦见过笔头生花。至于黄帝之梦游华胥、孔子之梦见周公、庄子之梦为蝴蝶、陶侃之梦见天门，不消说，对我更是无缘了。我常有噩梦，不是出门迷失，找不着归途，到处"鬼打墙"，就是内急找不到方便之处，即使找到了地方也难得立足之地，再不就是和恶人打斗而四肢无力，结果大概都是大叫一声而觉。像黄粱梦、南柯一梦……那样的丰富经验，纵然是梦不也是很快意么？

梦本是幻觉，迷离惝恍，与过去的意识或者有关，与未来的现实应是无涉，但是自古以来就把梦当兆头。晋皇甫谧《帝王世纪》说：黄帝作了两个大梦，一个是"大风吹天下之尘垢皆去"，一个是"人执千钧之弩驱羊万群"，于是他用江湖上拆字的方法占梦，依前梦"得风后于海隅，登以为相"，依后梦"得力牧于大泽，进以为将"。据说黄帝还著了《占梦经》十一卷。假定黄帝轩辕氏是于公元前二六九八年即帝位，他用什么工具著书，其书如何得传，这且不必追问。《周礼·春官》证实当时有官专司占梦之事："观天地之会，辨阴阳之气，以日月星辰，占六梦之吉凶，一曰正梦，二曰噩梦，三曰思梦，四曰寤梦，五曰喜梦，六曰惧梦。"后世没有占梦的官，可是梦为吉凶之兆，这种想法仍深入人心。如今一般人梦棺材，以为是升官发财之兆；梦粪便，以为黄金万两之征。何况自古就有传说，梦熊为男子之祥，梦兰为妇人有身，甚至梦见自己的肚皮生出一棵大松树，谓为将见人君，真是痴人说梦。

电　　话

　　清末民初的时候，北平开始有了电话，但是还不普遍。我家里在民国元年装了电话，我还记得号码是东局六八六号。那一天，我们小孩子都很兴奋，看电话局的工人们窜房越脊牵着电线走如履平地，像是特技表演。那时候，一般人都称电话为德律风，当然是译音。但是清末某一位上海人的笔记，自作聪明，说德律风乃西洋某发明家之姓氏，因纪念他的发明，遂以他的姓氏名之。那时的电话不似现在的样式，是钉挂在墙上的庞然大物，顶端两个大铃像是瞪着的大眼睛，下面是一块斜木板，预备放纸笔什么的样子，再下面便像是隆起的大腹，里边是机器了。右手有个摇尺，打电话的时候要咕噜咕噜的猛摇一二十下，然后摘下左方的耳机，嘴对着当中的小喇叭说话、叫号。这样笨重的电话机，现在恐怕只有博物馆里才得一见了。外边打电话进来，铃声一响，举家惊慌奔走相告，有的人还不敢去接听，不知怕的是什么。

　　从前的人脑筋简单，觉得和老远老远的人说话一定要提高嗓门，生怕对方听不到，于是彼此对吼，力竭声嘶。他们不知道充分利用电话，没有想到电话里可以喁喁情语，可以娓娓闲聊，可以聊个把钟头，可以霸占线路旁若无人。我最近看见过一位用功的学生，一面伏案执笔，一面歪着脑袋把电话耳机夹在肩头上，口里不时念念有词，原来是在和他的一位同学长期交谈，借收切磋之效。老一辈的人，常以为电话多少是属于奇淫技巧一类，并不过分欣赏，顶多打个电话到长发号叫几斤黄酒，或是打个电话到宝华春叫一只烧鸭子的时候，不能不承认那份方便。至若闲来没事找个人聊天，则串门子也好，上茶馆也好，对面晤谈，有说有笑，何必性急，玩弄那个洋玩意儿？

　　后来电话渐渐普遍，许多人家由"天棚鱼缸石榴树"一变而为"电灯电话自来水"的局面。虽说最近有一处擦皮鞋的摊子都有了电话，究竟这还是一项值得一提的设备，房屋招租广告就常常标明带有电话。广告下不必说明"门窗户壁俱全"，因为那是题中应有之义，而电话则不然了。

　　尽管电话还不够普遍，但是在使用上已有泛滥成灾之势。我有一位朋友颇有科学头脑，他在临睡之前在电话上做了手脚，外面打电话进来而铃不响，他可以安然的高枕而眠。我总觉得这有一点自私，自己随时打出去，而不许别人随时打进来。可是如果你好梦正酣，突被电话惊醒，大有可能对方拨错了号码，这时候你能不气得七窍生烟吗？如果你在各种最不便起身接电话的时候，而电话铃响个不停，你是否会觉得十分扫兴、狼狈、忿怒？有人给电话机装个插头，用时插上，不用时拔下，日夜安宁，永绝后患。我问他："这样做，不怕误事么？"他说："误什么事？误谁的事？电话响，有如'夜猫子进宅'，大概没有好事。"他的话不是无理，可是我狠不下心这样做。如果人人都这样的壁垒森严，电话就根本失效，你打电话去怕也没有人接。

　　电话号码拨错，小事一端，贤者不免，本无需懊恼，可恼的是对方时常是粗声粗气，一觉得话不对头，便呱嗒一声挂断，好像是一位病危的人突然断气，连一声"对不起"都没来得及说，这时节要我这方面轻轻把耳机放好我也感觉为难。

电话机有一定装置的地方，或墙上，或桌上，或床头。当然也有在厨房或洗手间装有分机的。无论如何，人总有距离电话十尺、二十尺开外的时候，铃响之后，即使几个箭步窜过去接，也需要几秒钟的时候。对方往往就不耐烦了，你刚拿起耳机，他已愤而断绝往来。有几个人能像一些机关大老雇得起专管电话的女秘书？对方往往还理直气壮的责问下来："为什么电话没有人接？"我需要诌出理由为自己的有亏职守勉强开脱。

电话打通，谁先报出姓名身份，没有关系，先道出姓名的一方不见得吃亏，偏偏有人喜欢捉迷藏。"喂，你是哪里？""你要哪里？""我要×××××××号。""我这里就是。""×××在不在家？""你是哪一位？""我姓W。""大名呢？""我是×××。""好，你等一下。"这样枉费唇舌还算是干净利落的，很可能话不投机，一时肝火旺，演变成为小规模的口角。还有比这个更烦人的："喂，你猜我是谁？猜猜看！怎么连我的声音都听不出来？"对于这样童心未泯的戴着面具的人，只好忍耐，自承愚蠢。

电话不设防，谁都可以打进来。我有时不揣冒昧，竟敢盘诘对方的姓名身份，而得到的答话是："我是你的读者。"好像读者有权随时打电话给作者，好像作者应该有"售后服务"的精神。我追问他有何见教，回答往往是：某一个英文字应该怎样讲，怎样读，怎样用；某一句话应该怎样译；再不就是问英文怎样可以学好。这总是好学之士，我不敢怠慢，请他写封信来，我当书面答复。此后多半是音讯杳然，大概他是认为这是小事，不值得一操翰墨吧。

照　相

　　人的眼睛像一具照相机，不，应该说照相机略似人的眼睛。人的眼睛，眨巴眨巴的自动启闭，自动调整焦距，自动缩放光圈，自动分辨色光，一瞬间把眼前景物尽收眼底，而且不需计算曝光时间，不需冲洗，不需晒印，不需更换底片，印象长久保存在脑海里，随时可以在想象中涌现。照相机哪有这样方便？

　　但是照相机仍是一项了不起的发明。照相术可以把一些景象留在纸上，可以留待回忆，可以广为流传，实在是相当神妙，怪不得早先有人认为照相是洋鬼子的魔术，照相机是剜了死人的眼珠造成的，而且照相机底板上的人的映像是头朝下脚朝天，照一回相就要倒楣一次。

　　从前照相不是一件小事。谁家里大概都保有几张褪了色的迷迷糊糊的前辈照相，父母的、祖父母的、曾祖父母的。从前的喜神是请画师手绘的，多半是人咽了气之后就请画师来，揭开殓布着着实实的看几眼，把脸上特征牢记于心，回去慢慢细描，八九不离十。有了照相之后，就方便多了，照片上打了方格子，比照投影，照猫画虎，画出来神情毕肖。人老了，总要照几张相。照相之前必定盛装起来，袍衬齐整如见大宾，手里拿着半启的折扇，或是揉着两只铁球。如果夫人合照，则男左女右，各据太师椅一张，正襟危坐，一个是双腿八字开，一个是两脚齐并拢，中间小茶几一个，上置水烟袋、盖碗茶，前面一定有一只高大瓷痰桶，这是照相时必须摆出的标准架势。如果家里人丁旺，祖孙三代济济一堂，一幅合家欢是少不了的，二老坐当中，儿子、媳妇、孙男女按照辈分、年秩分列两旁，或是像兔儿爷摊子似的站在后排。有人忌讳照合家欢，说是照了之后该进祠堂的人可能很快的就进了祠堂；其实不照合家欢，结果也是一样，还是及时照了好。早先照相好像只是照相馆的事。杭州二我轩照的"西湖十景"和"西湖一览"的横幅，有许多人家挂在壁上作为卧游的对象，以为平添了什么"雷峰夕照""三潭印月""花港观鱼""平湖秋月"之类的点缀便增加几分风雅。北平廊房头条的容光照相馆门口，永远有两幅当今显要的全身放大照片，多半是全副戎装，肩头两大撮丝穗，胸前挂满各色勋章。照相馆不仅技术高，能把一幅叱咤风云踌躇满志的神情拍摄出来，而且手脚快，能于一夕之间随着政潮起落更换门前时势英雄的玉照。

我父执辈有一位蒙古王公，因为雄于资，以照相为消遣，开风气之先。风景人物一齐来。常是背着照相机拎着三脚架奔驰于玉泉山颐和园之间；意犹未足，在家里乘天气晴朗，关起屏门，呼妻唤妾，小院里春光荡漾，一一收入镜头，甚至召来男女演员裸体征逐，拍摄所得细腻处，胜过仇十洲的春宫秘戏。后来这位先生患了丹毒，浑身浮肿，头大如斗，化为一滩脓血而亡，有人说他照相伤了阴德。

我在二十二岁开始玩照相。第一架"柯达克"，长方形厚厚的一个匣子，打开匣子就自动拉出打褶的箱身，软片一搭子十二张，用一张抽一张，虽然简陋，比照相师把头蒙在黑布下装玻璃板要方便多了。后来添置了三脚架、自动计时器，调整好光圈、

距离，按下快门之后，三步并做两步的走到前面，咔啦一声，把
自己照进去了，好得意。照相而不能自己洗晒，究竟不能十分满
足，可是看了人家躲在厕所里遮上窗户用自制的一盏红灯埋头冲
洗，闷出一头大汗，洗出来未必像样，那份洋罪我不想受。照相
机日新月异，看样子永远赶不上潮流，新器材的发明永无终止，
谁愿意投资于无底洞，于是我把照相这一桩嗜好刚要形成的时候
就戒掉了。如今视力茫茫，两手微颤，想再重拾旧趣亦不可得。
若是有人要给我照相，只要不嫌老丑，我是来者不拒，而且不需
特别要求，不需请我说一声Squeeze，我会不吝报以微笑。印出
来送我一张，多谢盛情，不送也无妨，可能是根本没洗出来。

　　很多做父母的非常钟爱他们的孩子，孩子尚在襁褓，就要给
他照相留念，然后每隔周岁再照一张，说是给孩子生长过程留下一
点痕迹，以为他日追忆过去之资，实则是父母满足他们自己钟爱之
情。看着自己的骨肉幼苗逐年苗大，自有一种不可言说的快感。孩子
长大成人，男婚女嫁，自成一个单位，对于过去并不怎样眷恋，关心
的是他的配偶、自己的儿女，感兴趣的是他自己的下一代。我曾亲见
一个孩子长大，授室前夕，他的母亲把他从小到大的照片簿交付给
他，他说："你留着自己观赏吧，我不想要。"他的母亲好伤心。

　　结婚照大概是人人都很珍惜的，尤其是新娘子的照相，事前
上装、美容、做发，然后经照相师的左摆布右摆布，非把观礼的
亲友等得望穿秋水、神黯心焦不能露面。慢工出细活，结婚照相
当然是俊俏美观，当事人看了扬扬得意，乐不可支，必定要彩色
放大，供在案头、悬在壁上——"美的东西是永久的快乐"。乐
还要别人分享，才能大乐特乐，于是加印多张，到处投赠，希望
别人惠存留念。但是据我所知，凡是以结婚照片赠人者，那些美
丽的照片之短期内的归宿大概是——字纸篓。

圆桌与筷子

我听人说起一个笑话，一个中国人向外国人夸说中国的伟
大，圆餐桌的直径可以大到几乎一丈开外。外国人说："那么你
们的筷子有多长呢？""六七尺长。""那样长的筷子，如何能
夹起菜来送到自己嘴里呢？""我们最重礼让，是用筷子夹菜给
坐在对面的人吃。"

大圆桌我是看见过的，不是加盖上去的圆桌面，是订制的
大型圆餐桌，周遭至少可以坐二十四个人，宽宽绰绰的一点也不
挤，绝无"菜碗常需头上过，酒壶频向耳边洒"的现象。桌面上
有个大转盘（英语名为"懒苏珊"），转盘有自动旋转的装置，
主人按钮就会不急不徐的转。转盘上每菜两大盘，客人不需等待
旋转一周即可伸手取食。这样大的圆桌有一个缺点，除了左右邻
座之外，彼此相隔甚远，不便攀谈，但是这缺点也许正是优点，
不必没话找话，大可埋头猛吃，作食不语状。

我们的传统餐桌本是方的，所谓八仙桌，往日喜庆宴都是用
方桌，通常一席六个座位，有时下手添个长凳打横，只有在特殊
情形下才加上一个圆桌面。炕上餐桌也是方的。方桌折角打开变
成圆桌（英语所谓"信封桌"），好像是比较晚近的事了。

　　许多人团聚在一起吃饭，尤其是讲究吃的东西要烫嘴热，当然以圆桌为宜，把食物放在桌中央，由中央到圆周的半径是一样长，各人伸箸取食，有如辐辏于毂。因为圆桌可能嫌大，现在几乎凡是圆桌必有转盘，可恼的是直眉瞪眼的餐厅侍者多半是把菜盘往转盘中央一丢，并不放在转盘的边缘上，然后掉头而去，转盘等于虚设。

　　西方也不是没有圆桌。亚瑟王的圆桌骑士是赫赫有名的，那圆桌据说当初可以容一百五十名骑士就坐，真不懂那样大的圆桌能放在什么地方，也许是里三层外三层围绕着吧？近代外交坛坫之上常有所谓圆桌会议，也许是微带椭圆之形，其用意在于宾主座位不分上下。这都不能和我们中国的圆桌相提并论，我们的圆桌是普遍应用的，家庭聚餐时，祖孙三代团团坐，有说有笑，融融泄泄；友朋宴饮时，敬酒、豁拳、打通关都方便。吃火锅，更非圆桌不可。

　　筷子是我们的一大发明。原始人吃东西用手抓，比不会用手抓的禽兽已经进步很多，而两根筷子则等于是手指的伸展，比猿猴使用树枝拨东西又进一步。筷子运用起来可以灵活无比，能夹、能戳、能撮、能挑、能扒、能掰、能剥，凡是手指能做的动作，筷子都能。没人知道筷子是何时何人发明的。如果《史记》所载不虚，"纣为象箸而箕子唏"，纣王使用象牙筷子而箕子忍泣吞声的叹气，象牙筷子的历史可说是很久远了。箸原是筴，竹子做的筷子；又做梜，木头做的筷子。象牙筷子并没有什么好，怕烫，容易变色。假象牙筷子颜色不对，没有纹理，更容易变色，而且在吃香酥鸭的时候，拉扯用力稍猛就会咔嚓一声断为两截。倒是竹筷子最好，湘妃竹固然好，普通竹也不错，髹油漆固然好，本色尤佳。做祖父母的往往喜欢使用银箸，通常是短短细细的，怕分量过重，这只为了表示其地位之尊崇。金箸我尚未见过，恐怕未必中用。箸之长短不等，湖南的筷子特长，盘子也特大，但是没有长到烤肉的筷子那样。

西方人学习用筷子那副笨相可笑，可是我们幼时开始用筷子的时候，又何尝不是像狗熊耍扁担？稍长，我们使筷子的伎俩都精了——都太精了。相传少林绝技之一是举箸能夹住迎面飞来的弹丸，据说是先从用筷子捕捉苍蝇练成的一种功夫。一般人当然没有这种本领，可是在餐桌之上我们也常有机会看到某些人使用筷子的一些招数。一盘菜上桌，有人挥动筷子如舞长矛，如野火烧天横扫全境，有人胆大心细彻底翻腾如拨草寻蛇，更有人在汤菜碗里拣起一块肉，掂掂之后又放下了，再拣一块再掂掂再放下，最后才选得比较中意的一块，夹起来送进血盆大口之后，还要把筷子横在嘴里吮一下，于是有人在心里嘀咕：这样做岂不是把你的口水都污染了食物，岂不是让大家都于无意中吃了你的口水？

其实口水未必脏。我们自己吃东西都是伴着口水吃下去的，不吃东西的时候也常咽口水的。不过那是自己的口水，不嫌脏。别人的口水也未必脏。我不相信谁在热恋中没有大口大口咽过难分彼此的一些口水。怕的是口水中带有病菌，传染给别人和被人传染给自己都不大好。毛病不是出在筷子，是出在我们的吃的方式上。

六十多年前，我的学校里来了一位教英语的老师，我只记得他姓钟，外号人称"钟善人"，他在学校及附近乡村里狂热的提倡两件事，一是植树，一是进餐时每人用两副筷子，一副用于取食，一副用于夹食入口。植树容易，一年只有一度，两副筷子则窒碍难行。谁有那样的耐心，每餐两副筷子此起彼落的交换使用？如今许多人家，以及若干餐馆，筷子仍是人各一双，但是菜盘汤碗各附一个公用的大匙，这个办法比较简便，解决了互吃口水的问题。东洋御料理老早就使用木质短小的筷子，用毕即丢弃。人家能，为什么我们不能？我愿象牙筷子、乌木筷子以及种种珍奇贵重的筷子都保存起来，将来作为古董赏玩。

廉

贪污的事，古今中外滔滔皆是，不谈也罢。孟子所说穷不苟求的"廉士"才是难能可贵，谈起来令人齿颊留芬。

东汉杨震，暮夜有人馈送十斤黄金，送金的人说："暮夜无人知。"杨震说："天知、神知、我知、子知，何谓无知？"这句话万古流传，直到晚近许多姓杨的人家常榜门楣曰"四知堂杨"。清介廉洁的"关西夫子"使得他家族后代脸上有光。

汉末有一位郁林太守陆绩（唐陆龟蒙的远祖），罢官之后泛海归姑苏家乡，两袖清风，别无长物，唯一空舟，恐有覆舟之虞，乃载一巨石镇之。到了家乡，将巨石弃置城门外，日久埋没土中。直到明朝弘治年间，当地有司曳之出土，建亭覆之，题其楣曰"廉石"。一个人居官清廉，一块顽石也得到了美誉。

"银子是白的，眼珠是黑的"，见钱而不眼开，谈何容易。一时心里把握不定，手痒难熬，就有堕入贪墨的泥沼之可能，这时节最好有人能拉他一把。最能使人顽廉懦立的莫过于贤妻良母。《列女传》：田稷子相齐，受下吏货金百镒，献给母亲。母亲说："子为相三年，禄未尝多若此也，安所得此？"他只好承认是得之于下。母亲告诫他说："士修身洁行，不为苟得。非义之事不计于心，非理之利不入于家……不义之财非吾有也，不孝之子非吾子也。"这一番义正辞严的训话把田稷子说得惭悚不已，急忙把金送还原主。按照我们现下的法律，如果是贿金，收受之后纵然送还，仍有受贿之嫌，纵然没有期约的情事，仍属有玷官箴。这种箪篚不修之事，当年是否构成罪状，固不得而知，从廉白之士看来总是秽行。我们注意的是田稷子的母亲真是识达大义，足以风世。为相三年，薪俸是有限的，焉有多金可以奉母？百镒不是小数，一镒就是二十四两，百镒就是二千四百两，一个人搬都搬不动，而田稷子的母亲不为所动。家有贤妻，则士能安贫守正，更是例不胜举，可怜的是那些室无莱妇的人，在外界的诱惑与阃内的要求两路夹击之下，就很容易失足了。

"取不伤廉"这句话易滋误解，"一芥不取"才是最高理想。晋陶侃"少为寻阳县吏，尝监鱼梁，以一坩鲊遗母，湛氏封鲊，反书责侃曰：'尔为吏，以官物遗我，非唯不能益吾，乃以增吾忧矣。'"《晋书·陶侃母湛氏传》）掌管鱼梁的小吏，因职务上的方便，把腌鱼装了一小瓦罐送给母亲吃，可以说是孝养之意，但是湛氏不受，送还给他，附带着还训了他一顿。别看一罐腌鱼是小事，因小可以见大。

谢承《后汉书》："巴祗为扬州刺史，与客暗饮，不燃官烛。"私人宴客，不用公家的膏火，宁可暗饮，其饮宴之资，当然不会由公家报销了。因此我想起一件事，好久好久以前，丧乱中值某夫人于途，寒暄之余愀然告曰："恕我们现在不能邀饮，因为中外合作的机关凡有应酬均需自掏腰包。"我闻之悚然。

还有一段有关官烛的故事。宋周紫芝《竹坡诗话》："李京兆诸父中有一人，极廉介，一日有家问，即令灭官烛，取私烛阅书，阅毕，命秉官烛如初。"公私分明到了这个地步，好像有一些迂阔。但是，"彼岂乐于迂阔者哉！"

　　不要以为志行高洁的人都是属于古代，今之古人有时亦可复见。我有一位同学供职某部，兼理该部刊物编辑，有关编务必须使用的信纸信封及邮票等等放在一处，私人使用之信函邮票另置一处，公私绝对分开，虽邮票信笺之微，亦不含混，其立身行事砥砺廉隅有如是者！尝对我说，每获友人来书，率皆使公家信纸信封，心窃耻之，故虽细行不敢不勉。吾闻之肃然敬。

雅舍小品·四集

让

　　初到西方旅游的人，在市区中比较交通不繁的十字路口，看到并无红绿灯指挥车辆，路边常竖起一个牌示，大书Yield一个字，其义为"让"，觉得奇怪。等到他看见往来车辆的驾驶人，一见这个牌示，好像是面对纶綍一般，真个的把车停了下来，左顾右盼，直到可以通行无阻的时候才把车直驶过去。有时候路上根本并无车辆横过，但是驾驶人仍然照常停车。有时候有行人穿越，不分老少妇孺，他也一律停车，乖乖的先让行人通过。有时候路口不是十字，而是五六条路的交叉路口，则高悬一盏闪光警灯，各路车辆到此一律停车，先到的先走，后到的后走。这种情形相当普遍，他更觉得奇怪了，难道真是礼失而求诸野？

　　据说："让"本是我们"固有道德"的一个项目，谁都知道孔融让梨、王泰推枣的故事。《左传》老早就有这样的嘉言："让，德之主也。"（《昭十》）"让，礼之主也。"（《襄十三》）《魏书》卷二十记载着东夷弁辰国的风俗："其俗，行者相逢，皆住让路。"当初避秦流亡海外的人还懂得"行者相逢皆住让路"的道理，所以史官秉笔特别标出，表示礼让乃泱泱大国的流风遗韵，远至海外，犹堪称述。我们抛掷一根肉骨头于群犬之间，我们可以料想到将要发生什么情况。人为万物之灵，当不至于狼奔豕窜的攘臂争先的夺取一根骨头。但是人之异于禽兽者几希，从日常生活中，我们可以窥察到懂得克己复礼的道理的人毕竟不太多。

在上下班交通繁忙的时刻，不妨到十字路口伫立片刻，你会看到形形色色的车辆，有若风驰电掣，目不暇给。从前形容交通频繁为车水马龙，如今马不易见，车亦不似流水，直似迅濑哮吼，惊波飞薄。尤其是一溜臭烟噼噼啪啪呼啸而过的成群机车，左旋右转，见缝就钻，比电视广告上的什么狼什么豹的还要声势浩大。如果车辆遇上红灯摆长队，就有性急的骑机车的拼命三郎鱼贯窜上红砖道，舍正路而弗由，抄捷径以赶路，红砖道上的行人吓得心惊胆战。十字路口附近不是没有交通警察，他偶尔也在红砖道上蹀躞，机车骑士也偶尔被拦截，但是刚刚拦住一个，十个八个又飕的飞驰过去了。不要以为那些骑士都是汲汲的要赶赴死亡约会，他们只是想省时间，所以不肯排队，红砖道空着可惜，所以权为假道之计。骑车的人也许是贪睡懒觉，争着要去打卡，也许有什么性命交关的事耽误不得，行人只好让路。行人最懂得让，让车横冲直撞，不敢怒更不敢言，车不让人人让车，我们的路上行人维持了我们传统的礼让。什么时候才能人不让车车让人，只好留待高谈中西文化的先生们去研究了。

大厦七层以上，即有电梯。按常理，电梯停住应该让要出来的人先出来，然后要进去的人再进去，和公共汽车的上下一样。但是我经常看见一些野性未驯的孩子，长头发的恶少，以及绅士型的男士和时装少妇，一见电梯门启，便疯狂的往里挤，把里面要出来的人憋得唧唧叫。公共场所如电影院的电梯门前总是拥挤着一大群万物之灵，谁也不肯遵守先来后到的顺序而退让一步。

　　有人说，我们地窄人稠，所以处处显得乱哄哄。例如任何一个邮政支局，柜台里面是桌子挤桌子，柜台外面是人挤人，尤其是邮储部门人潮汹涌，没有地方从容排队，只好由存款簿图章在柜台上排队。可见大家还是知道礼让的。只是人口密度太高，无法保持秩序。其实不然，无论地方多么小，总可以安排下一个单行纵队，队可以无限伸长，伸到街上去，可以转弯，可以队首不见队尾，循序向前挪移，岂不甚好？何必存款簿图章排队而大家又在柜台前挤作一团？说穿了还是争先恐后，不肯让。

　　小的地方肯让，大的地方才会与人无争。争先是本能，一切动物皆不能免；让是美德，是文明进化培养出来的习惯。孔子曰："当仁不让于师。"只有当仁的时候才可以不让，此外则一定当以谦让为宜。

守　时

《史记》五十五《留侯世家》，记载圯上老人授书张良的故事，甚为生动：

> "后五日平明，与我会此。"良因怪之，跪曰："诺。"
> 五日平明，良往。父已先至，怒曰："与老人期，后，何也？"
> 去，曰："后五日早会。"五日鸡鸣，良往。父又先在，复怒
> 曰："后，何也？"去，曰："后五日复早来。"五日，良夜未
> 半往。有顷，父亦来，喜曰："当如是。"

老人与良约会三次。第一次平明为期，平明就是天刚亮，语义相当含糊，天亮到什么程度才算是平明，本难确定。"东方未明"是一阶段，"东方未晞"，又是一阶段，等到东方天际泛鱼肚色则又是一阶段。良平明往，未落日出之后，就不算是迟到。老人发什么脾气？说什么"与老人期"之倚老卖老的话？第二次约，时间更不明确，只说早一点去。良鸡鸣往，"鸡既鸣矣"，就是天明以前的一刹那，事实上已经提早到达，还嫌太晚。第三次良夜未半往，夜未半即是午夜以前，这一次才满老人意。既然

如此，为什么不早明说，虽然这是老人有意测验年轻人的耐性，但也不必这样蛮不讲理的折磨人。有人问我，假如遇见这样的一个老人作何感想，我说我愿效禅师的说法："大喝一声，一棒打杀！"

黄石公的故事是神话。不过守时却是古往今来文明社会共有的一个重要的道德信念。远古的时候问题简单，日出而作，日入而息，根本没有精确的时间观念，而且人与人要约的事恐怕也不太多。《易·系辞》所谓"日中为市，致天下之民，聚天下之货，交易而退，各得其所"，不失为大家在时间上共立的一个标准，晚近的庙会市集，也还各有其约定俗成的时期规格。自从有了漏刻，分昼夜为百刻，一天之内才算有正确时间可资遵循。周有挈壶氏，自唐至清有挈壶正，是专管时间的官员。沙漏较晚，制在元朝。到了近年，也还有放午炮之说。现代的准确计时之器，如钟表之类，则是明季的舶来品，"明万历二十八年，大西洋人利玛窦来献自鸣钟"（《续通考·乐考》），嗣后自鸣钟在国内就大行其道。我小时候在三贝子花园畅观楼内，尚及见清朝洋人所贡各式各样的自鸣钟，金光灿烂，洋洋大观。在民间几乎家家案上正中央都有一架自鸣钟，用一把钥匙上弦，昼夜按时刻叮叮当当的响。外国人家墙上常见的鹁鸪钟，一只小鸟从一个小门跳出来报时，在国内尚比较少见。好像我们老一辈的中国人特别喜爱钟表，除了背心上特缝好几个小衣袋专放怀表之外，比较富裕人家墙上还常有一个硬木螺钿玻璃门的表柜，里面挂着二三十只形形色色的表，金的、银的、景泰蓝的、闷壳的，甚至背面壳里藏有活动秘戏图的，非如此不足以餍其收藏癖。至于如今的手表（实际是腕表）则高官大贾以至贩夫走卒无不备有一只了。

　　普遍的有了计时的工具，若是大家不知守时，又有何用？普通的衙门机关之类都订有办公时间，假如说是八点开始，到时候去看看，就会知道那是怎么一回事。大抵较低级的人员比较最守时，虽然其中难免有几位忙着在办事桌上吃豆浆油条。首长及高级人员大概就姗姗来迟了，他们还有一套理由，只有到了十点左右办稿拟稿逐层旅行的公文才能到达他们手里，早去了没有用。至于下班的时间，则大家多半知道守时，眼巴巴的望着时钟，谁也不甘落后。

　　和民众接触最频繁的莫过于银行邮局，可是在门前逡巡好久，进门烧头炷香的顾客不见得立刻就能受理，往往还要伫候一阵子，因为柜台后面的先生小姐可能很忙，忙着打开保险柜，忙着搬运文件，忙着清理卡片，忙着数钞票，忙着调整戳印，甚至于忙着泡茶，在在都需要时间。顾客们要稍安毋躁。

　　朋友宴客，有一两位照例迟到，一碟瓜子大家都快磕完了，主人急得团团转，而那一两位客偏不来。按说“后至者诛”才是正理，但是后至者往往正是主客或是贵宾，所以必须虚上席以待。旧日戏园演戏，只有两盏汽油灯为照明之具，等到名角出台亮相，则几十盏电灯一齐照耀，声势非凡。有迟到之癖的客人大概是以名角自居，迟到之后不觉得歉然，反倒有得色。而迟到的人可能还要早退，表示另有一处要应酬，也许只是虚晃一招，实际是回家吃碗蛋炒饭。

　　要守时，但不一定要分秒不差，那就是苛求了。但也不能距约定时间太远，甲欲访乙，先打电话过去商洽，这是很有礼貌的行为，甲问什么时候驾临，乙说马上就去。问题就出在这“马上”二字，甲忘了钉问是什么马，是“竹披双耳峻，风入四蹄轻”的胡马，还是“皮干剥落，毛暗萧条”的瘦马，是练习纵跃用的木马，还是渡过了康王的泥马。和人要约，害得对方久等，揆诸时间即生命之说，岂是轻轻一声抱歉所能赎其罪愆？

　　守时不是容易事，要精神总动员。要不要先整其衣冠，要不要携带什么，要不要预计途中有多少红灯，都要通过大脑盘算一下。迟到固然不好，早到亦非万全之策，早到给自己找烦恼，有时候也给别人以不必要的窘。黄石公那段故事是例外，不足为训。记得莎士比亚有一句戏词："赴情人约，永远是早到。"情人一心一意的在对方身上，不肯有分秒的延误，同时又怕对方忍受枯守之苦，所以"月上柳梢头，人约黄昏后"，老早的就去等着，"月移花影动，疑是玉人来"了。

　　我们能不能推爱及于一切要约，大家都守时？

对　联

　　我们中国字不是拼音的，一个字一个音，没有词类形式的变化，所以特宜于制作对联，长联也好，短联也好，上下联字字对仗，而且平仄谐调，读起来自有节奏，看上去整整齐齐。外国的拼音文字便不可能有这种方便。我服务过的一个学校，礼堂门口有一副对联："养天地正气，法古今完人"，写作俱佳。有人问我如何译成英文，我说，只可译出大意，无法译成联语。外文修辞也有所谓对仗（antithesis），也只是在句法上作骈列的安排，谈不到对仗之工与音调之美。我们的对联可以点缀湖山胜迹，可以装潢寓邸门庭，是我们独有的一种艺术品。

　　楹联佳制，所在多有。但是给人印象深刻者，各人所遇不同。北平人文荟萃之区，好的门联并不多觏。宫阙官衙照例没有门联，因为已有一番气象，容不得文字点缀。天安门前只可矗立华表或是擎露盘之类，不可以配制门联，也不可以悬挂任何文字的牌语。平民老百姓的家宅才讲究门联，越是小门小户的人家越不会缺少一副门联。王公贝子的府邸门前只列有打死人不偿命的红漆木头棍子。

　　我的北平故居大门上一联是最平凡的一副：忠厚传家久，

诗书继世长。可是我近年来越想越觉得其意义并不平凡，而且是甚为崇高。这不是夸耀门楣，以忠厚诗书自许，而是表示一种期望，在人品上有什么比忠厚更为高尚？在修养上有什么比诗书更为优美？有人把"久""长"二字删去，成为"忠厚传家，诗书继世"的四言联，这意思更好，只求忠厚宅心，儒雅为业，至于是否泽远流长就不必问。常看到另一副门联："国恩家庆，人寿年丰"，是善颂善祷的意思，不过有时候想想流离丧乱四海困穷的样子，这又像是一种讽刺了。有一人家门口一副对联"敢云大隐藏人海，且耐清贫读我书"，有一点酸溜溜的，但是很有味，不知里面住的是怎样的一位高人。

　　春联最没有意思，据说春联始自明太祖："帝都金陵，除夕传旨，公卿士庶家，门下须加春联一副。"仓促之间，奉命制联，还能有好的作品？晚近只有蓬户瓮牖之家，才热衷于贴春联。给颓垣堊室平添一些春色，也未尝不可。曾见岁寒之日，北风凛冽，有一些缩头缩脑的人在路边当众挥毫，甚至有髫龄卯齿的小朋友也蹲在凳子上呵冻作书，引得路人聚观，无非是为博得一些笔墨之资，稍裕年景而已。春联的词句，不外一些吉祥颂祷之语，即使搬出杜甫的句子如"楼阁烟云里，山河锦绣中"，或孟浩然的句子如"咸歌太平日，共乐建寅春"，仍然不免于俗。如果怀有才气，当然可以自制春联，不过对仗要工，平仄要调，并不是上下联语字数相同即可充数。

　　幼时，检家中旧箧，得墨拓书对联一副："铁肩担道义，辣手著文章。"杨继盛，字椒山，明嘉靖进士，官吏部员外郎，是一位鲠直的正人君子，曾劾严嵩五奸十大罪，被构陷下狱，终弃市。我看了那副对联，字如其人，风骨凛然，令人肃然起敬，遂付装池，悬我壁上。听说椒山先生寓邸在北平西城某胡同（丰盛胡同？）改为祠堂，此联石刻即藏祠堂内，可惜我没有去瞻仰。
担道义即是不计利害的主持正义，杀身成仁舍生取义，椒山先生
当之无愧。所谓辣手著文章，我想不是指绍兴师爷式的刀笔，没
有正义感而一味的尖酸刻薄是不足为训的。所谓辣手应是指犀利
而扼要的文笔。这一副对联现在已不知去向，但是无形中长是我
的座右铭。

　　稍长，在一本珂罗版影印的楹联集里，看到一副联语"平
生感意气，少小爱文辞"，是什么人写的，记不得了。这两句诗
是杜甫《移居公安县赠卫大郎》里的句子，我十分喜爱。这两句
是称赞卫大郎的话，仇注："感其平时意气，如江海之流易合，
又爱其少而能文，知风云之会有期。"卫大郎能当得起这样的夸
赞，真是"不易得"的人物了。我一时心喜，仿其笔意写成五尺
对联，笔弱墨浊，一无是处，不料墨沈未干，有最相知的好友掩
至，谬加赞赏，携之而去。经付装池，好像略有起色，竟悬诸伊
之客室，我见之不胜愧汗，如今灰飞云散人琴俱渺矣！

　　民国二十年夏，与杨今甫、赵太侔、闻一多、黄任初诸君子
公出济南，偷闲游大明湖。泛小舟，穿行芰荷菱芡间，至历下亭
舍舟登陆。仰首一看，小亭翼然，榜书一联"海右此亭古，济南
名士多"。这是杜甫于天宝四年陪李北海宴历下亭诗里的两句，
亭为胜迹，座有佳宾，故云。大凡名胜之地必有可观，若有前贤
履迹点缀其间，则尤足为湖山生色。当时我的感触很深，"云山
发兴""玉佩当歌"的情景如在目前，此一联语乃永不能忘。

　　西湖的楹联太多了，我印象深的只有两个。一个是岳坟的
一副"青山有幸埋忠骨，白铁无辜铸佞臣"。自古忠奸之辨，一
向严明。坟前一对跪着的铁像，一个是秦桧，一个是裸着上身
的其妻王氏，游人至此照例是对秦桧以小便浇淋，否则便是吐

痰一口，臭气熏天，对王氏则争扪其乳，扪得白铁乳头发光。我每谒岳坟，辄掩鼻而过，真有"白铁无辜"之叹。白铁铸成佞臣，倒也罢了，铸成佞臣之后所受的侮辱，未免冤枉。西湖另一副难忘的对联是"万顷湖平长似镜，四时月好最宜秋"。联在平湖秋月，把平湖秋月四个字嵌入联中，虽然位置参差，但是十分自然。我因为特别喜欢西湖的这一景，遂连带着也忘不了这副对联。

图　章

印章篆刻是我们中国特有的一种艺术。从春秋战国时起，到如今有二千多年的历史。最初只是一种凭信的记号，后来则于做凭信记号之外兼为一种艺术。

外国不是没有图章。英国不是也有所谓掌玺大臣么？他们的国王有御玺，有大印，和我们从前帝王之有玉玺没有两样。秦始皇就有螭虎纽六玺。不过外国没有我们一套严明的制度，我们旧制是帝王用者曰玺曰宝，官吏曰印，秩卑者曰钤记，非永久性的机关曰关防，秩序井然。讲到私人印信，则纯然是我们的国粹。外国人只凭签字，没有图章。我们则几乎没有一个人没有图章。签支票、立合同、掣收据、报户口、填结婚证书、申报所得税，以至于收受挂号信件包裹，无一不需盖章。在许多情况中，凭身份证验明正身都不济事，非盖图章不可。刻一个图章，还不容易？到处有刻字匠，随时可以刻一个。从前我在北平，见过邮局门口常有一个刻字摊，专刻急就章，用硬豆腐干一块，奏刀刻画，顷刻而成，钤盖上去也是朱色烂然，完全符合邮局签字盖章的要求。

我有一位朋友，他很有自知之明，他知道一颗图章早晚有失落之虞，或是收藏太好而忘记收藏之所，所以他坚决不肯使用图章，尤其在银行开户，他签发支票但凭签字。他的签字式也真别致，很难让人模仿得像。但是天有不测风云，他突然患了帕金森症，浑身到处打哆嗦，尤其是人生最常使用的手指头，拿不住筷子，捧不稳饭碗，摸不着电铃，看不准插头，如何能够执笔在支票上签字？勉强签字如鬼画符，银行核对下来不承认。后来几经交涉，经过好多保证才算把款提了出来，这时候才知道有时候签字不如盖章。

有些外国人颇为羡慕我们中国人的私章，觉得小小的一块石头刻上自己的名姓，或阴或阳，或篆或籀，或铁线或九叠，都怪有趣的。抗战时期，闻一多在昆明，以篆刻图章为副业，当时过境的美军不少，常有人登门造访，请求他的铁笔。他照例先给他起一个中国姓名，讲给他听，那几个中国字既是谐音，又有吉祥高雅的涵义，他已经乐不可支，然后约期取件，当然是按润例计酬。雕虫小技，却也不轻松，视石之大小软硬而用指力、腕力、或臂力，积年累月的捏着一把小刀，伏在案上于方寸之地纵横排奡，势必至于两眼昏花，肩耸背驼，手指磨损。对于他，篆刻已不复是文人雅事，而是谋生苦事了。

在字画上盖章，能使得一幅以墨色或青绿为主的作品，由于朱色印泥的衬托，而格外生动，有画龙点睛之妙。据说这种做法以酷爱文画的唐太宗为始，他有自书"贞观"二字的联珠印，嗣后唐代内府所藏的精品就常有"开元""集贤"等等的钤记。元赵孟頫是篆刻的大家，开创了文人篆刻的先河，至元代而达到全盛时期。收藏家或鉴赏家在字画名迹上盖个图章原不是什么坏事，不过一幅完美的作品若是被别人在空白处盖上了密密麻麻的大小印章，却是大煞风景。最讨厌的是清朝的皇帝，动辄于御题之外加盖什么"御览之宝"的大章，好像非如此不足以表示其占有欲的满足。最迂阔的是一些藏书印，如"子孙益之守勿失""子孙永以为好""子子孙孙永无斁"之类，我们只能说其情可悯，其愚不可及。

明清以降，文人雅士篆刻之风大行，流落于市面的所谓闲章常有奇趣，或摘取诗句，或引用典实，或直写胸臆。有时候还可于无意中遇到石质特佳的印章，近似旧坑田黄之类。先君嗜爱金石篆刻，积有印章很多，丧乱中我仅携出数方，除"饱蠹楼藏书印"之外尽属闲章。有一块长方形寿山石，刻诗一联"鹭拳沙岸雪，蝉翼柳塘风"，不知是谁的句子，也不知何人所镌，我觉得对仗工，意境雅，书法是阳文玉筋小篆尤为佳妙，我就喜欢它，有一角微缺，更增其古朴之趣。还有一块白文"春韭秋菘"，我曾盖在一幅画上，后来这幅画被一外国人收购，要我解释这印章文字的意义，我当时很为难，照字面翻译当然容易，说明典故却费周折。南齐的周颙家清贫，"文惠太子问颙：'菜何味胜？'颙曰：'春初早韭，秋末晚菘。'"春韭秋菘代表的是清贫之士的人品之清高。早韭嫩，晚菘肥，菜蔬之美岂是吃牛排吃汉堡面包的人所能领略？安贫乐道的精神之可贵，更难于用三言两语向唯功利是图的人解释清楚的了。

我还有两颗小图章，一个是"读书乐"，一个是"学古人"。生而知之的人，不必读书。英国复辟时代戏剧作家万布鲁（Vanbrugh）有一部喜剧《旧病复发》（The Relapse），其中的一位花花公子说过一句翻案的名言："读书即是拿别人绞出的脑汁来自娱。我觉得有身份的人应该以自己的思想为乐。"不读他人的书，自己的见解又将安附？恐怕最知道读书乐的人是困而后学的人。学古人，也不是因为他们苦，是因为从古人那里可以看到人性之尊严的写照，恰如波普（Pope）在他的《批评论》所说：

Learn hence for ancient rules a just esteem:

To copy nature is to copy them.

所以对古人的规律要有一份尊敬，

揣摩古人的规律即是揣摩人性。

　　这两颗小图章给了我很大的启发，教我读书，教我作人。最近一位朋友送我两颗印章，一是仿汉印，龟纽，文曰"东阳太守"，令我想起杜诗所谓"除道晒要章"，太守的要章（佩在身上的腰章）大概就是这个样子了。另一是阳文圆印，文曰"深心托豪素"，这是颜延之的诗，"向秀甘淡薄，深心托豪素"。向秀是晋人，清悟有远识，好老庄之学，与山涛嵇康等善，一代高人。这一颗印，与春韭秋菘有同样淡远的趣味。

　　一出版家与人诟谇，对方曰："汝何人，一书贾耳！"这位出版家大恚，言于余。我告诉他，可玩味者唯一"耳"字。我并且对他说，辞官一身轻的郑板桥当初有一颗图章"七品官耳"，那个"耳"字非常传神。我建议他不必生气，大可刻一个图章"一书贾耳"。当即自告奋勇，为他写好印文，自以为分朱布白，大致尚可，唯不知他有无郑板桥那样的洒脱，肯镌刻这样的一个图章，我没敢追问。

钱

钱这个东西，不可说，不可说。一说起阿堵物，就显着俗。其实钱本身是有用的东西，无所谓俗。或形如契刀，或外圆而孔方，样子都不难看。若是带有斑斑绿锈，就更古朴可爱。稍晚的"交子""钞引"以至于近代的纸币，也无不力求精美雅观，何俗之有？钱财的进出取舍之间诚然大有道理，不过贪者自贪，廉者自廉，关键在于人，与钱本身无涉。像和峤那样的爱钱如命，只可说是钱癖，不能斥之曰俗；像石崇那样的挥金似土，只可说是奢汰，不能算得上雅。俗也好，雅也好，事在人为，钱无雅俗可辨。

有人喜集邮，也有人喜集火柴盒，也有人喜集戏报子，也有人喜集鼻烟壶，也有人喜集砚、集墨、集字画古董，甚至集眼镜、集围裙、集三角裤。各有所好，没有什么道理可讲。但是古今中外几乎人人都喜欢收集的却是通货。钱不嫌多，愈多愈好。庄子曰："钱财不积，则贪者忧。"岂止贪者忧？不贪的人也一样的想积财。

人在小的时候都玩过扑满，这玩意儿历史悠久。《西京杂记》："扑满者，以土为器，以蓄钱，有入窍而无出窍，满则扑之。"北平叫卖小贩，有喊"小盆儿小罐儿"的，担子上就有大大小小的扑满，全是陶土烧成的，"形状不雅，一碰就碎"。虽然里面容不下多少钱，可是孩子们从小就知道储蓄的道理了。外国也有近似扑满的东西，不过通常不是颠扑得碎的，是用钥匙可以打开的，多半作猪形，名之为"猪银行"。不晓得为什么选择猪形，也许是取其大肚能容吧？

　　我们的平民大部分是穷苦的，靠天吃饭，就怕干旱水涝，所以养成一种饥荒心理："常将有日思无日，莫待无时思有时。"储蓄的美德普遍存在于各阶层。我从前认识一位小学教员，别看她月薪只有区区三十余元，她省吃俭用，省俭到午餐常是一碗清汤挂面洒上几滴香油，二十年下来，她拥有两栋小房（谁忍心说她是不劳而获的资产阶级）。我也知道一位人力车夫，劳其筋骨，为人作马牛，苦熬了半辈子，携带一笔小小的资财，回籍买田娶妻生子做了一个自耕的小地主。这些可敬的人，他们的钱是一文一文积攒起来的。而且他们常是量入为储，每有收入，不拘多寡，先扣一成两成作为储蓄，然后再安排支出。就这样，他们爬上了社会的阶梯。

　　"人无横财不富，马非青草不肥。"话虽如此，横财逼人而来，不是人人唾手可得，也不是全然可能泰然接受的。"腰缠十万贯，骑鹤上扬州"，只是一厢情愿的想法，暴发之后，势难持久，君不见：显宦的孙子做了乞丐，巨商的儿子做了龟奴？及身而验的现世报，更是所在多有。钱财这个东西，真是难以捉摸，聚散无常。所以谚云："积财千万，不如薄技在身。"

　　钱多了就有麻烦，不知放在哪里好。枕头底下没有多少空间，破鞋窠里面也塞不进多少。眼看着财源滚滚，求田问舍怕招物议，多财善贾又怕风波，无可奈何只好送进银行。我在杂志上看到过一段趣谈：

印第安人酋长某，平素聚敛不少，有一天有了一大口袋钞票存入银行，定期一年，期满之日他要求全部提出，行员把钞票一叠一叠的堆在柜台上，有如山积。酋长看了一下，徐曰："请再续存一年。"行员惊异，既要续存，何必提出？酋长说："不先提出，我怎么知道我的钱是否安然无恙的保存在这里？"

这当然是笑话，不过我们从前也有金山银山之说，却是千真万确的。我们从前金融执牛耳的大部分是山西人，票庄掌柜的几乎一律是老西儿。据说他们家里就有金山银山。赚了金银运回老家，溶为液体，泼在内室地上，积年累月一勺一勺的泼上去，就成了一座座亮晶晶的金山银山。要用钱的时候凿下一块就行，不虞盗贼光顾。没亲眼见过金山银山的人，至少总见过冥衣铺用纸糊成的金童玉女金山银山吧？从前好像还没有近代恶性通货膨胀的怪事，然而如何维护既得的资财，也已经是颇费心机了。如今有些大户把钱弄到某些外国去，因为那里的银行有政府担保，没有倒闭之虞，而且还为存户保密，真是服务周到极了。

善居积的陶朱公，人人羡慕，但是看他变姓名游江湖，其心理恐怕有几分像是挟巨资逃往国外作寓公，离乡背井的，多少有一点不自在。所以一个人尽管贪财，不可无厌。无冻馁之忧，有安全之感，能罢手时且罢手，大可不必"人为财死"而后已，陶朱公还算是聪明的。

钱，要花出去，才发生作用。穷人手头不裕，为了住顾不得衣，为了衣顾不得食，为了食谈不到娱乐，有时候几个孩子同时需要买新鞋，会把父母急得冒冷汗！贫窭到这个地步，一个钱也不能妄用，只有牛衣对泣的份。小康之家用钱大有伸缩余地，最高明的是不求生活水准之全面提高，而在几点上稍稍突破，自得其乐。有人爱买书，有人爱买衣裳，有人爱度周末，各随所好。把钱集中用在一点上，便可比较容易适度满足自己的欲望。至于豪富之家，挥金如土，未必是福，穷奢极欲，乐极生悲，如果我们举例说明，则近似幸灾乐祸，不提也罢。纪元前五世纪雅典的泰蒙，享尽了人间的荣华富贵，也吃尽了世态炎凉的苦头，他最了解金钱的性质，他认识了金钱的本来面目，钱是人类的公娼！与其像泰蒙那样疯狂而死，不如早些疏散资财，做些有益之事，清清白白，赤裸裸来去无牵挂。

勤

　　勤，劳也。无论劳心劳力，竭尽所能黾勉从事，就叫作勤。各行各业，凡是勤奋不息者必定有所成就，出人头地。即使是出家和尚，息迹岩穴，徜徉于山水之间，勘破红尘，与世无争，他们也自有一番精进的功夫要做，于读经礼拜之外还要勤行善法不自放逸。且举两个实例：

　　一个是唐朝开元间的百丈怀海禅师，亲近马祖时得传心印，精勤不休。他制定了"百丈清规"，他自己笃实奉行，"一日不作，一日不食"，一面修行，一面劳作。"出坡"的时候，他躬先领导以为表率。他到了暮年仍然照常操作，弟子们于心不忍，偷偷的把他的农作工具藏匿起来。禅师找不到工具，那一天没有工作，但是那一天他也就真个的没有吃东西。他的刻苦的精神感动了不少的人。

　　另一个是清初的以山水画著名的石谿和尚。请看他自题《溪山无尽图》：

　　大凡天地生人，宜清勤自持，不可懒惰。若当得个懒字，便是懒汉，终无用处。……残衲住牛首山房，朝夕焚诵，稍余一刻，必登山选胜，一有所得，随笔作山水数幅或字一段，总之不放闲过。所谓静生动，动必作出一番事业。端教一个人立于天地间无愧。若忽忽不知，懒而不觉，何异草木？

人而不勤，无异草木，这句话沉痛极了。过饱食终日无所用心的生活，英文叫作vegetate，义为过植物的生活。中外的想法不谋而合。

勤的反面是懒。早晨躺在床上睡懒觉，起得床来仍是懒洋洋的不事整洁，能拖到明天做的事今天不做，能推给别人做的事自己不做，不懂的事情不想懂，不会做的事不想学，无意把事情做得更好，无意把成果扩展得更多，耽好逸乐，四体不勤，念念不忘的是如何过周末如何度假期。这是一个标准懒汉的写照。

恶劳好逸，人之常情。就因为这就是人之常情，人才需要鞭策自己。勤能补拙，勤能损欲，这还是消极的说法，勤的积极意义是要人进德修业，不但不同于草木，也有异于禽兽，成为名副其实的万物之灵。

头　发

　　周口店的北京人，据考古学家所描绘，无分男女，都是长发鬖鬖，披到肩上，看上去也没有什么不好看，想来头毛太长的时候可能动作不大方便而已。不知道过了多少年，人才懂得把过长的头发挽起来，做个结，插一根簪，扣上一顶方巾，或是梳成一个髻。于是只有夷狄之人才披发左衽，只有佯狂的人才披发为奴，只有愤世的人才披发行吟，只有隐遁的人才披发入山。文明社会里一般正常的人好像都不披散着头发。

　　按照身体肤发受之父母不敢毁伤的说法，头发是不可以剪断的。夷狄之人固然是披发文身，可是《左传·哀十一》谓："吴发短。"《穀梁传·哀十三》谓："吴，夷狄之国也，祝发文身。"祝发就是断发使短。自文明人观之，头发长了披散着固然不是，断发使短也不是，都不合乎标准。可见发式自古就是一件麻烦事，容易令人看着不顺眼。

　　把头发完全剃光，像秃鹫一般，在古时是一种刑法。《汉旧仪》："秦制，凡有罪，男髡钳为城旦。"意为男子犯罪，就剃光头，颈上束一道圈，罚做奴工。髡是罪刑，所以《易林》说："刺、刖、髡、劓，人所贱弃。"自隋唐以后就没有这种刑法了，可是听"红卫兵"对于所谓"成分"不佳的无辜之人也曾强行游街示众，并勒令剃"鸳鸯头"，即剃掉头发的一半，怪模怪样，当然比全剃光更丑。

头发整理得美观，给人良好的印象。《诗·齐风·卢令》："其人美且鬈。"鬈，发好貌。但是不一定指头发弯弯曲曲作波浪形，而且也不一定专指头发，可能是美观的头发代表一般的美观的形相而已。妇女的发髻花样百出，自古已然。《汉书·马廖转》："城中好高髻，四方高一尺。"我们可以想象一尺的高髻，那巍峨的样子也许不下于满清旗妇的"两把头"。《汉武帝内传》："上元夫人头作三角髻，余发散垂至腰。"上元夫人乃是一位女仙，曾与西王母数度共宴，统领十方玉女，她的发式恐怕不是人间所有。头顶三角髻，垂发及腰，那样子岂不要吓煞人！曹植《洛神赋》形容他心目中的美人说："云髻峨峨，修眉联娟。"云髻是把头发卷起盘旋如云，高高的堆在头顶上。杜工部想念他的夫人也说"香雾云鬟湿"，云鬟就是云髻。刘禹锡句"高髻云鬟宫样妆"，杨万里句"宫样高梳西子鬟"，云鬟本是贵妇的发式，但是也流行在民间了。到了后来，发髻好像是不再堆在头顶上，而是围成一个圆巴巴贴在后脑勺上。晚清的什么"苏州撅""喜鹊尾""搭拉酥"，都是中下级流行的脑后发式。头梳得不好，常被讥为"牛屎堆"。

满洲人剃头，不是剃光头，而是周围剃光，留着头顶上的长发织成长辫子垂在背后，形成外国人所取笑的猪尾巴。满人入关强令汉人剃发，于是才有"有头皆可剃，无剃不成头，世间剃头者，人亦剃其头"谜样的谚语发生。北平的剃头挑子，挑子上有个旗杆似的东西，谁都知道那原来是为挂人头的！拒绝剃发就要人头挂高竿！辛亥前后之剪辫子的风尚也是一种反抗。可是辫子留了好几百年，还有人舍不得剪，还有人在剪的时候流了泪呢。

僧尼落发是出家的标识。《大智度论》："剃头着染衣，持钵乞食，此是破桥慢法。"为破桥慢而至于剃光头（胡须也在内），也可说是表示大决心，与外道有别，与世人无争，斩断三千烦恼丝，以求内心清净。不是出家的人，也有剃光头的，不拘大人孩子，都剃成一个葫芦头，据说"不长虱子不长疮"。戏剧演员也偶有剃光头的，有人说是有"性感"，真不知从何说起。

晚近因为头发而引人议论的约有二事，一是中学生女生之被勒令剪短头发，一是成年男子之流行蓄留长发。

从前女生的发式没有问题。我记得很多女生喜欢梳两条小辫子分垂左右，从小学起一直维持到进大学之后。好像进了中学之后大部分就把两条辫子盘成两个圆巴巴贴在脑后勺，有的且在额前遮着刘海，以增妩媚。等到进了大学，保守者脑袋后面挽个纠，时髦者剪短烫鬈。说老实话，如今之"清汤挂面"式的头发实在很丑，我想大概是脱胎于当年女子剪发后流行一时的所谓"鸭屁股式"（boyish bob）。大概是某些人偏爱这种发式，一朝权在手，便通令女生头发不准长过耳根。也许是肇因于对"统一"的热狂，想把芸芸学子都造成一个模式，整齐划一，于是从发式上着手，一眼望过去，每个女生顶着一把清汤挂面，脖梗子露出一块青青的西瓜皮。这种管制能收实效多久，只看女生一出中学校门立即烫发这一件事便可知晓了。

成年男子蓄长发，有时还到女子美容院去烫发，这是国外传布的一阵歪风，许是由英国的"披头士"或美国的"嬉痞"闹起来的，几乎风靡了全世界。这种发式使得男女莫辨，有时令人很窘。我最初在美国看到中国餐馆侍者一个个的长发及领，随后又看到我们的领事先生也打扮成那个模样。一霎间国内青年十之八九都变成长发贼了。令人难解的是一身渍泥儿的各行各业的工人也蓄起长发了。尤其是所谓不良少年和作奸犯科的道上人物也几乎没有一个不是长毛儿。我看见一位青年从女子美容院出来，头发烫成了强力爆炸型，若说是首如飞蓬，还不足以形容其伟大，幸亏是在光天化日之下出现，否则会吓煞人。

制　服

学生要穿制服，就是到了大学阶段在军训的时间仍然要穿制服。我记得在若干年前，有一个学生在军训时间不肯穿制服，穿着一条破西装裤一件敞着领口的白衬衫就挤进队伍里去。教官点名，一眼就看出他来，严词申斥，他报以微笑，作不屑状。教官无可奈何，警告了事。下一次军训时间他依然故我，吊儿郎当，教官大怒，乃发生口角。事闻于当局，拟予开除处分。我主从宽，力保予劝诱使之就范。于是我约他到家谈话，坦告所以。

这位青年眉毛一耸，冷冷一笑，说："我以为梁先生是自由主义者，怎么，梁先生你也赞成穿制服么？"

我说："稍安勿躁，听我解释。我并不赞成我们学校的学生平时穿制服，可是军训有模拟军队的意味，你看古今中外哪一国的军队（除了便衣队或游击队）不穿制服？军队穿制服，自有其一番道理。所以军训时穿制服，也自有其一番道理。学校既然有此规定，而你不守规则，这便成了纪律问题。在任何一个团体里不守纪律是要处罚的。为今之计，你有两条路好走。一是服从规定，恪守纪律，此后军训穿起制服。一是坚持你的个人自由，宁愿接受纪律制裁。如果你选后者，大可自动退学，不过听候除名亦无不可。"

　　他的意思好像有一点活动，他说："你劝我走哪一条路呢？"

　　我说："此事要由你自己决定。如果你肯委屈自己一下，问题就解决了。天下本来没有绝对的自由。为了纪律，牺牲一点自由，也是常有的事。如果你太重视自己的主张，甘愿接受后果也不肯让步，我对你这份为了原则而不放弃立场的道德勇气，我也是很能欣赏的。"

　　他在沉思。我乘机又说了一个故事。英国哲学家罗素在第一次世界大战时，因为公然放言反对战争，被捕下狱，并科罚款。罗素一声不响的付了罚款，走进监狱，毫无怨言。他要说的话，他说了；他该受的惩罚，他受了。言论自由没有受到损伤，国家的法律也没有遭到破坏。这就是民主政治之可贵的一面。一个有道德勇气的人是可钦佩的，但是他也要有尊重法律的风度。

　　他默默的站起来告辞而去，看那样子有一点悻悻然。

　　下次军训时间，他穿上了制服，虽然帽子歪戴着，领扣未结。教官注视了他一眼，他立刻发言道："不要误会，我不是遵从你的命令，我是听了梁先生的劝告！"

　　好倔强的一个孩子！

职　业

职业，原指有官职的人所掌管的业务，引申为一切正当合法的谋生糊口的行当。一百二十行，乃至三百六十行，都可视为职业。纡青拖紫，服冕乘轩，固然是乐不可量的职业；引车卖浆，贩夫走卒之辈，也各有其职业。都是啖饭，唯其饭之精粗美恶不同耳。

宋沈括《梦溪笔谈》："林君复多所乐，唯不能着棋，尝言：'吾于世间事，唯不能担粪着棋耳！'"着棋与担粪并举，盖极形容二者皆为鄙事，表示不屑之意。在如今看来，担粪是农家子不可免的劳动，阵阵的木樨香固然有得消受，但是比起某一些蝇营狗苟的宦场中人之蛇行匍伏，看上司的嘴脸，其龌龊难当之状为何如？至于弈棋，虽曰小道，亦有可观，比饱食终日言不及义要好一些，且早已成为文人雅士的消遣，或称坐隐，或谓手谈。今则有职业棋士，犹拳击之有职业拳手。着棋也是职业。

我的职业是教书，说得文雅一点是坐拥皋比，说得难听一些是吃粉笔末。其实哪有皋比可坐，课室里坐的是冷板凳。前几年我的一位学生自澳洲来，贻我袋鼠皮一张，旋又有绵羊皮一张，在寒冷时铺在我房里的一把小小的破转椅上，这才隐隐然似有坐拥皋比之感。粉笔末我吃得不多，只因我懒，不大写黑板。教书好歹是个职业，至于在别人眼里这是什么样的一种职业，我也管不了许多。通常一般人说教书是清高的职业，我听了就觉得惭愧。"清"应该作"清寒"解，有一阵子所谓清寒教授在逢年过节的时候可以轮流领到小小一笔钱，是奖励还是慰问，我记不得了，我也叨领过一两次，具领之际觉得有一丝寒意，清寒的寒。至于"高"，更不知从何说起了，除非是指那座高高的讲台。

有些心直口快的人对于教书的职业作较彻底的评估。记得我在抗战胜利后返回家乡，遇到一位拐弯抹角的亲戚，初次谋面不免寒暄几句，他问我"在什么地方得意"，我据实以告，在某某学校教书，他登时脸色一变，随口吐出一句真言："啊，吃不饱，饿不死。"这似是实情，但也是夸张。以我所知，一般教授固然不能像东方朔所说"侏儒饱欲死"，也不见得都像杜工部所形容的"甲第纷纷厌粱肉，广文先生饭不足"，饭还是吃饱了的，没听说有谁饿死，顶多是脸上略有菜色而已。然而我听了这样率直的形容，好像是在人面前顿时矮了一截。在这"吃不饱饿不死"状态之下，居然延年益寿，拖了几十年，直到"强迫退休"之后又若干年的今天。说不定这正是拜食无求饱之赐。

有一回应邀参加一次宴会，举座几乎尽是权门显要，已经有"衣敝缊袍与衣狐貉者立"的感觉，万没想到其中有一位却是学优而仕平步青云的旧相识，他好像是忘了他和我一样在同一学校曾经执教，几杯黄汤下肚之后，他再也按捺不住，歪头苦笑睨我而言曰："你不过是一个教书匠，胡为厕身我辈间？"此言一出，一座尽惊。主人过意不去，对我微语："此公酒后，出言无状。"其实酒后吐真言，"教书匠"一语夙所习闻，只是尊俎间很少以此直呼。按教书而能成匠，亦非易事。必须对其所学了如指掌，然后才能运用匠心教人以规矩，否则直是戾家，焉能问世？我不认为教书匠是轻蔑语。

如今在学校教书，和从前不同，像马融"坐高堂，施绛纱帐，前授生徒，后列女乐"那样的排场，固然不敢想象，就是晚近三家村的塾师动不动拿起烟袋锅子敲脑壳的威风亦不复见。我小时候给老师送束脩，用大红封套，双手奉上，还要深深一揖。如今老师领薪，要自己到出纳室去，像工厂发工资一样。教师是佣工的性质。听说有些教师批改作文卷子不胜其烦，把批改的工作发包出去，大包发小包，居然有行有市。

尊师重道是一个理想，大概每年都有人口头上说一次。大学教授之"资深优良"者有奖，照章需要自行填表申请。我自审不合格，故不欲填表，但是有一年学校主事者认为此事与学校颜面有关，未征同意就代为申请了，列为是三十年资深优良教师之一。经层峰核可，颁发奖金匾额。我心里悬想，匾额之颁发或有相当仪式，也许像病家给医师挂匾，一路上吹吹打打，甚至放几声鞭炮，门口围上一些看热闹的人。我想错了。一切从简。门铃响处，一位工友满头大汗，手提一个相当大的镜框（比理发店墙上挂的大得多），问明主人姓氏，像是已经验明正身，把手中的镜框丢在地上，扬长而去。镜框里是四个大字（记不得是什么字了），有上款下款，朱印烂然。我叹息一声，把它放在我认为应该放置的地方。

教书这种职业有其可恋的地方。上课的时间少，空余的闲暇多，应付人事的麻烦少，读书进修的机会多。俗语说："讨饭三年，给知县都不做。"实在是懒散惯了，受不得拘束。教书也是如此，所以我滥竽上庠，一蹭就是几十年，直到有一天听说法令公布，六十五岁强迫退休。退休是好事，求之不得，何必强迫？

我立刻办理手续，当时真有朋友涕泣以告："此事万万使不得，赶快申请延期，因为一旦退休，生活顿失常态，无法消遣，不知所措。可能闷出病来，加速你的老化。"我没听。今已退休二十年，仍觉时间不够用，一天只有二十四小时。

退休给我带来一点小小的困扰。有一年要换新的身份证。我在申请表格职业栏里除原有的"某校教授"字样下面加添一个括弧，内书"退休"二字。办事的老爷大概是认为不妥。新身份证发下，职业一栏干脆是一个"无"字。又过几年，再换身份证，办事的老爷也许也发觉不妥，在"无"字下又添了一个括弧，内书"退休"。其实职业一栏填个"无"字并不算错。本来以教书为业，既已退休，而且是当真退休，不是从甲校退休改在乙校授课，当然也就等于是无业，也可说是长期失业。只是"无业"二字，易与"游民"二字连在一起，似觉脸上无光。可是回心一想，也就释然。《大戴礼记·曾子立事第四十九》："其少不讽诵，其壮不论议，其老不教诲，亦可谓无业之人矣。"这是道道地地的一个"无业之人"。

书　法

《颜氏家训》第十九：

　　其草书迹，微须留意。江南谚云："尺牍书疏，千里面目
也。"承晋宋余俗，相与事之，故无顿狼狈者。吾幼承门业，加
性爱重，所见法书亦多，而玩习功夫颇至，遂不能佳者，良由
无分故也。然而此艺不须过精。夫巧者劳而智者忧，常为人所役
使，更觉为累。韦仲将遗戒，深有以也。

　　这一段话很有意思。颜之推教子弟留意书法，但无须过精，
这就和他教子弟做官但不可做大官的意思一样，要合乎中庸之
道，真不愧为"儒雅为业"的口吻。他说此艺不可过精，理由是
怕为人役，他举了韦仲将的往事为戒。韦诞，字仲将，三国魏京
人，工文善书，明帝时官侍中，凌云殿成，匠人一时糊涂，榜未
题字就挂上去了，乃命诞上去补写。用辘辘引他上去，写完之后
须发皆白。大概此人患有"高空恐怖症"，否则不至吓成那个样
子。可谓艺高而胆不大。然人为书名所累，其事亦大可哀。
　　这样尴尬的事，现在不会再有。世人重名，不大懂得书的工

拙。而有一些自以为能书者，不知藏拙，遇有机会题尚书匾写市招，辄欣然应命。常在市肆间见擘窠大字，映入眼底，俨然名人墨迹，实则抛筋露骨，拘挛歪斜，如死蛇僵蚓，或是虚泡囊肿，近似墨猪，名副其实的献丑。

或谓毛笔式微，善书者将要绝迹。我不这样悲观。书法本来不是尽人能精的。自古以来，琴棋书画雅人深致，但是卓然成家者能有几人？而且善棋者未必都能琴，善画者未必皆精于书，艺有专长，难于兼擅。当今四五十岁一代，书法佳妙者亦尚颇有几位，或"驰驱笔阵""其腕似铁"，或大笔如椽，龙舞蛇飞。我都非常喜爱，雅不欲厚古薄今。精于书法者，半由功力，半由天分，不能强致。读书种子不绝，书法即不会中断。此事不能期望于大众，只能由少数天才维持于不坠。我幼时上学，提墨盒，捧砚台，描红模子，写九宫格，临碑帖，写白折子，颇吃了一阵苦头，但是不久，不知怎样的毛笔墨盒砚台都不见了，代之而兴的是墨水钢笔原子笔。本来写书信写稿子都是用毛笔的，一下子改用了钢笔原子笔。在我个人，现在用毛笔写字好像是介乎痛苦与快乐之间的一种活动。偶然拿起毛笔，顿时觉得往事如烟，似曾相识。而摇动笔杆，有如千钧之重，挥毫落纸，全然不听使唤，其笨拙不在"狗熊耍扁担"之下。在故宫博物院，看到名家书法，例如王羲之父子的真迹，如行云流水一般的萧散，"纤纤乎似初月之出天崖，落落乎犹众星之列河汉"，我痴痴的看，呆呆的看，我爱，我恨，我怨，爱古人书法之高妙，恨自己之不成材，怨上天对一般人赋予之吝啬。

虽然书法不是人尽能精，也不一定要人人都能用毛笔，最低限度传统写字的方法是应该尊重的。仓颉造字，我们却不能随便的以仓颉自居。简体字自古有之，不自今日始，但是简也有简的道理，而且是约定俗成，不是可以任意乱来的。草书有用，并且很美，但是也有一定的草法，章草、狂草都有一定的结构格局。于右任先生提倡的标准草书可谓集大成。书法常能表现一个人的性格风度，郑板桥的字怪，因为他人怪，我们欣赏他的字而不嫌其怪。他的诗、书、画融为一体，三绝其实只是一绝。蒋心馀论板桥的几句诗："板桥作字如写兰，波磔奇古形翩翩。板桥写兰如作字，秀叶疏花见奇致。"他写竹也是如同作书。有板桥那样的情怀才能有那样的书画。有人看他写的"难得糊涂"四个大字便刻意模仿，居然把他的怪处模拟得有几分像是真的，这不仅是如东施之效颦，简直是如孙寿的龋齿笑，徒形其丑。孙过庭《书谱》说："初学分布，但求平正，既知平正，务追险绝，既能险绝，复归平正。"书家练过险绝的阶段还是归于平正的。初学的人求其分布平正，已经不易，不必一下手便出怪。我看见有些年轻人写字时常不守规矩，例如把"口"字一律写成为"厶"字，甚至"田"字"国"字也不例外，一律写成为尖头怪胎。颜之推所说"尺牍书疏，千里面目"，像这样的面目直是面目可憎。

废　　话

　　常有客过访，我打开门，他第一句话便是："您没有出门？"我当然没有出门，如果出门，现在如何能为你启门？那岂非是活见鬼？他说这句话也不是表讶异。人在家中乃寻常事，何惊诧之有？如果他预料我不在家才来造访，则事必有因，发现我竟在家，更应该不露声色，我想他说这句话，只是脱口而出，没有经过大脑，犹如两人见面不免说说一句"今天天气……"之类的话，聊胜于两个人都绷着脸一声不吭而已。没有多少意义的话就是废话。

　　人不能不说话，不过废话可以少说一点。十一世纪时罗马天主教会在法国有一派僧侣，专主苦修冥想，是圣·伯鲁诺所创立，名为Carthusians，盖因地而得名，他的基本修行方法是不说话，一年到头的不说话。每年只有到了将近年终的时候，特准交谈一段时间，结束的时刻一到，尽管一句话尚未说完，大家立刻闭起嘴巴。明年开禁的时候，两人谈话的第一句往往是"我们上次谈到……"一年说一次话，其间准备的时光不少，废话一定不多。

　　梁武帝时，达摩大师在嵩山少林寺，终日面壁，九年之久，当然也不会随便开口说话，这种苦修的功夫实在难能可贵。明莲池大师《竹窗随笔》有云："世间醇醾醅醴，藏之弥久而弥美者，皆繇封锢牢密不泄气故。古人云：'二十年不开口说话，向后佛也奈何你不得。'旨哉言乎！"一说话就怕要泄气，可是这一口气憋二十年不泄，真也不易。监狱里的重犯，常被判处独居一室，使无说话机会，是一种惩罚。畜牲没有语言文字，但是也会发出不同的鸣声表示不同的情意。人而不让他说话，到了寂寞难堪的时候真想自言自语，甚至说几句废话也是好的。

可是有说话自由的时候，还是少说废话为宜。"群居终日，言不及义，难矣哉！"那便是废话太多的意思。现代的人好像喜欢开会，一开会就不免有人"致词"，而致词者常常是长篇大论，直说得口燥舌干，也不管听者是否恹恹欲睡欠伸连连。《孔子家语》："庙堂右阶之前，有金人焉，三缄其口，而铭其背曰：'古之慎言人也。'"能慎言，当然于慎言之外不会多说废话。三缄其口只是象征，若是真的三缄其口，怎么吃饭？

串门子闲聊天，已不是现代社会所允许的事，因为大家都忙，实在无暇闲磕牙。不过也有在闲聊的场合而还侈谈本行的正经事者，这种人也讨厌。最可怕的是不经预先约定而闯上门来的长舌妇或长舌男，他们可以把人家的私事当作座谈的资料。某人资产若干，月入多少，某人芳龄几何，美容几次，某人帷薄不修，某人似有外遇……说得津津有味，实则有伤口业的废话而已。

行文也最忌废话。《朱子语类》里有两段文字：

欧公文，亦多是修改到妙处。顷有人买得他醉翁亭稿。初说滁州四面有山，凡数十字，末后改定，只曰："环滁皆山也"五字而已。如寻常不经思虑，信意所作言语，亦有绝不成文理者，不知如何。

南丰过荆襄，后山携所作以谒之。南丰一见爱之，因留款语。适欲作一文字，事多，因托后山为之，且授以意。后山文思亦涩，穷日之力方成，仅数百言，明日以呈南丰。南丰云："大略也好，只是冗字多，不知可为略删动否？"后山因请改窜。但见南丰就座，取笔抹数处，每抹处连一两行，便以授后山，凡削去一二百字。后山读之，则其意尤完，因叹服，遂以为法，所以后山文字简洁如此。

前一段说的是欧阳修的《醉翁亭记》。开端第一句"环滁皆山也"，不说废话，开门见山，是从数十字中删汰而来。后一段记的是陈后山为文数百言，由曾巩削去一二百个冗字，而文意更为完整无瑕。凡为文者皆须知道文字须要锻炼，简言之，就是少说废话。

求　雨

　　一九八三年九月二十五日报纸，桃园县"新屋观音两乡农民跪行祈雨六个小时"。仪式很隆重。上午八点不到，穿麻衣的两乡乡长、水利站长、村长代表等十余人，以及一千余名农友，齐集观音乡保生村溥济宫前，向保生大帝表明求祝的意旨后，转往茄冬溪进行"赤手摸鱼"。如摸得鲫鱼则求雨得雨，如摸得虾则求雨无雨，神亦莫能助。摸了二十分钟果然得鲫。众大欢喜。于是一路跪拜返回溥济宫，宣读求雨的祷告文。随后就"出祈"，一路跪拜，沿公路到新屋乡的北湖村，三步一拜，五步一跪，到北湖村后折返，一路大喊"求天降下雨"，返抵溥济宫已过下午四时。

　　天久不雨是一件大事。《春秋》就不断的有记载，例如文公二年"自十有二月不雨，至于秋七月"，半年多不下雨，当然很严重。《水浒传》里的一首山歌："夏日炎炎似火烧，野田禾稻尽枯焦。农夫心内如汤煮，公子王孙把扇摇。"其实我们靠天吃饭，果真大旱，把扇摇也不能当饭吃。

　　求雨之事，古已有之。旱而求雨之大祭曰雩。《公羊传·桓公五年》："大雩者何，旱祭也。"何休注："雩，请雨祭名。

君亲之南郊，以六事谢过自责曰：'政不一与？民失职与？宫室崇与？妇谒盛与？苞苴行与？谗夫倡与？'使童女各八人，舞而呼雩，故谓之雩。"旱祭之时，君王谢过自责，虽然是一种虚文，究竟是负责知耻的表现，并不以灾祸完全诿之于天。天灾人祸是两件事，藉天灾而反躬自省，不也很好么？

"东山霖雨西山晴"，雨究竟是地方的事，所以求雨也不能专靠君王。《礼记·月令》：仲夏之月，"命有司为民祈祀山川百源，大雩帝，用盛乐。乃命百县，雩祀百辟卿士有益于民者，以祈谷实"。这就是要地方官主持雩祭求雨，不但要祭上帝，还要祭造福地方的先贤。多烧香，多磕头，总没有错。下雨不下雨，究竟归谁管，实在说不清楚。桃园县农民请雨，祭的是"保生大帝"，我不晓得他是何方神圣，大概是一位保境安民的地方神吧。不知他是能直接命令雷公电母兴云作雨，还是要转呈层峰上达天庭作最后的核夺。

无论如何，桃园县这两乡的官民人等实在很聪明，在"出祈"之前，先在一条溪里作赤手摸鱼的测验，测验一下天公到底肯不肯下雨。测得相当把握之后，再三步一拜五步一跪的往返祈雨。"杀头的生意有人做，亏本的生意没人做。"若无相当把握，谁肯冒冒失失的就跪拜起来？那岂不是成了亏本生意？不过他们百密一疏，他们似乎没想到摸鱼测验的方法未必可靠。摸到鱼，还是不下雨，怎么办？三步一拜，五步一跪，往返八公里，耗时六小时，这种自虐性的运动不简单。不信，你试试看。人不到情急，谁愿出此下策？这是苦肉计，希望以虔诚的表示来感动上苍。

天旱，又好像不是有好生之德的上帝的意思。《诗·大雅·云汉》："旱魃为虐。"疏："神异经云，南方有人，长二三尺，袒身，而目在顶上，走行如风，名曰魃，所见之国大旱，赤地千里。一名旱母。"旱神简直是个小妖精。目在顶上，所以目中无人。顶上三尺有青天，所以他也许还知道畏上帝。所以我们求雨来对付他。

唐·段成式《酉阳杂俎》："太原郡东有崖山。天旱士人常绕此山以求雨。俗传：崖山神娶河伯女，故河伯见火，必降雨救之。"绕山求雨是合于"祈祀山川百源"的古礼，但河伯是水神不知何时和崖山神扯上一门亲事，遂能腾云致雨？天神好像也会徇私。

《春秋左传·僖公二十一年》："夏大旱，公欲焚巫尪，臧文仲曰：'非旱备也。修城郭，贬食，省用，务穑，劝分，此其务也。巫尪何为？'"女巫据说能兴妖作怪，呼风唤雨，当然也能制造大旱，所以僖公要烧死她。这使我们联想到两千二百多年后的一五八九年，苏格兰王哲姆斯一世之为了海上遇风而大捕巫婆的一幕。鲁大夫臧文仲说的话颇近于我们所谓兴水利筑水库的一套办法，两千六百多年前我们就有明白人。

神也有时候吃硬不吃软。只有红萝卜而不用棍子是不行的。我记得从前有人求雨，久而无效，乡人就把城隍爷的神像搬出来，褫其衣冠，抬着他在骄阳之下游街，让他自己也尝尝久旱不雨的滋味。据说若是仍然无效，辄鞭其股以为惩。软硬兼施之后，很可能就有雨。

说老实话，久旱之后必定会有雨，久雨之后也必定会天晴。这是自然之道，与求不求没有关系。如今我们有人造雨，虽然功效很有限，可是我们知道水利，可使大旱不致成为大灾。现在沙漠里也可以种菜了。于今之世，而仍三步一拜五步一跪的去求雨，令人不无时代错误之感。可是我们也不能以愚民迷信而一笔抹煞之。

一 条 野 狗

野狗当道，有司捕杀之，吾无间然。

夜深人静，常听到犬吠之声盈耳，哀而且厉，随即寂然。我初以为是狗屠出来猎狩，收集香肉，供人大嚼。后来听说是市府派出来的专人收捕野狗。他们的猎具简单，一根棍子，顶端系上一个铅铁丝圈的活套，瞄准了套在狗颈上面，越拉愈紧，狗便无法挣脱。提起狗来往停在路边的车子里一甩，凑足了十个八个，送往拘留场所，三日无人认领，则聚而歼之，无稍贷。对市民而言，这是德政。

从前我的居处楼上有人养狗，我从未见过这狗，不知其为雌雄、妍媸、胖瘦。但是狗准时狂吠，准在黎明的时候以极不悦耳的短促而连续的声音噪叫，惊醒上下左右邻人的清睡。熟睡中被惊醒是很难受的。古人形容人民之安居乐业的现象之一是"狗不夜吠"（见《后汉书·循吏传》），有一天菁清在电梯中遇到狗主人，说起这条狗，委婉的请求她能不能"无使尨也吠"。狗主人反问："你搬来多久了？"菁清说："将近一月。"狗主人说："我在此地养这条狗将近三年了。"言外之意是，她和她的狗已经是资深的住户，一切早已定型，传统不容置疑。我闻之不禁叹息，有其人必有其狗。可是睦邻要紧，何况这狗不是野狗，所以这桩事只好列为百忍的项目之一。忍了两年，忽不闻犬吠，人犬俱杳，大概是搬走了。

历史重演，我现在住的地方又有一条狗半夜里汪汪的叫，不是在楼上，是在街上，原是一家店铺豢养的一只母狗，店铺关门，狗被遗弃，变成了野狗。它在附近餐馆偶然拾些残羹剩炙，苟全性命，但是瘦骨嶙峋，棕黑色的毛脱落了一半，同时还长满了虱。别看它这副腌臜相，在一群落魄的公狗的眼里，它还是眉清目秀的。果然，有一夜晚，一群野狗猖猖然骚动起来，争相追逐这只可怜的母狗。结果是不免。群狗哄散，不久这条狗就大腹膨亨了。大概狗在怀胎期间格外容易感觉到饿，所以它叫得格外凄厉。菁清和我时常外出就餐，偶然剩余的菜肴便大包小包的携带回家，菁清没有浪费的习惯，归途遇见这只母狗，菁清顺手打开包裹，投以肉骨之类。一只狗真正饥饿的时候，饥火中烧，忽然看见肉骨，饥火会从眼里直冒出来。它急急忙忙的大口吞嚼。咔嚓咔嚓之声可闻，还不时的左顾右盼，唯恐谁来夺食。吃完之后，还要舔地，好像是意犹未足。菁清索兴以全部剩食投赠，它如风卷残云一般吃得一干二净。饿狗得食，那份满足的样子给人印象至深。此后我们就时常喂它，它好像认识我们了，见到我们就摇它的尾巴，这是它的礼貌。我们只是"随所见物，发慈悲心"（莲池大师语），并不是对这只野狗有所偏爱。

有一天，楼下餐馆主人说，那只野狗利用他后门外的一角空地产下了五只小狗。菁清就劝店主喂养它们，店主也答应了，只是把三只小狗送人，留下两只。我们看见了这两只，肥肥胖胖，满地打滚，一白色一棕色。天地之大德曰生，狗也在一切有情之内。现在母狗长得丰满了，皮毛也显著悦泽，母性焕发，怡然自得，再也不黎明狂吠扰人清梦了。我们为它庆幸，"得其所哉"！尤其是看它喂奶给小狗吃的那副舒坦的样子，令人兴起愉愉之感。

忽然有一天餐馆主人告诉我们，那条狗被抓走了！我们立刻就想到捕狗人员用铁圈套狗的样子，不免戚然。问店主要不要去认领，他摇摇头。"那两只小狗怎么办呢？"他说："我们会喂它。"说着说着那两只小狗跑过来了，依然欢蹦乱跳，满地打滚，不晓得覆巢之下岂有完卵！

我知道那条狗还可以苟延残喘三天，这三天中，我不时的想到了它。三天过后，万事皆空，它的影子仍然不时的浮现在我心里。这条狗并不美丰姿，比起什么狮子狗、狐狸狗、哈叭狗、牧羊狗、大丹狗、香肠狗、牛头狗……都差得远。我没有抚摩过它，只是偶有一饭之恩。奈何三日已过而仍萦绕我的心怀？我的心怀已经是满满的，不能再容纳一只无家可归惨遭捕杀的野狗。我想唯一的释怀的方法是把这一桩事写出来，也许写出来之后心里就会觉得释然。试试看。

幸 灾 乐 祸

有人问"幸灾乐祸"一语,如何英译。英语中好像没有现成的字辞可用,只好累赘一些译其大意。德文里有一个字,schadenfreud,似尚妥切,schaden,是灾祸,freud是乐,看到别人的灾祸而引以为乐。

"幸灾乐祸"一语出自《左传·僖公十四年》:"背施无亲,幸灾不仁",及《庄公二十》:"歌舞不倦,是乐祸也。"原说的是国与国之间的关系,现在人与人之间也常使用这个成语,表示同情心之缺乏,甚至冷酷自私的态度。

其实,幸灾乐祸不一定是某个人品行上的缺点,实在是人性某方面的通性之一。人在内心上很少不幸灾乐祸的。有人明白的表示了出来,有人把它藏在心里,秘而不宣,有人很快的消除这种心理,进而表示出悲天悯人慷慨大方的态度。

最近报上有这样一段新闻:

……违建户大火,烈焰映红了半边天,也映出了两种截然不同的心态。

在火场邻近的屋顶上,挤满了人。左边的消防人员手拿送水带，卖力地想要将火尽速扑灭。一名队员还从屋顶上摔下来，幸而只受轻伤。

　　右边的一群人却"隔岸观火"，有几个还悠闲地蹲坐下来。别人的灾难竟被他们当成热闹好戏。

旁边附刊了照片，可惜模糊了一点，没有显示出……那几位"悠闲地蹲坐下来"的先生们的面目。祝融为虐，照例有人看热闹，除非那一火起自或烧到你自己的家宅，那时候那一场热闹就只好留给别人看。不过我有一点疑问：假使离府上相当远的地方发生火警，不论是违章建筑还是高楼大厦，浓烟直冒，火舌四伸，消防队的救火车纷纷到来施救，居民忙着抢搬家私，现场一片混乱，这时节，你怎么办？当然你不会去趁火打劫。你也不会若无其事的闭门家中坐。你是否要提着一铅铁桶水前去帮着施救呢？你不会这样做，人家也不准你这样做，这样做只有越帮越忙，而且无济于事。遇到此等事，只好交给消防队去处理，闲杂人等请站开。站开了看是可以，爬到屋顶上看也可以，如果你不怕摔下来。千万不可站累了蹲下来坐着看，因为蹲坐表示"悠闲"，人家有灾难，你怎么可以悠闲看热闹？悠闲的看热闹便至少有隔岸观火之嫌。如果你心里想"这火势怎么这样小"，或"这场火怎么这样就扑灭了"，那你就是十足的幸灾乐祸了。

　　我看过几场大火。第一次是在民元，北京兵变火烧东安市场。市场离我家不远，隔一条大街，火势映红了半边天，那时候我还小，童子何知，躬逢巨劫。我当时只觉得恐怖，只觉得那么多好吃好玩的物资付之一炬，太可惜了。第二次看到大火是在重庆遭遇五四大轰炸，我逃难到海棠溪沙洲上，坐卧在沙滩上仰观重庆闹区火光冲天，还听得一阵阵爆竹响（因为房屋多为竹制），真个的是隔岸观火，心里充满了悲愤。又一次观火是在北碚的一个夏天，晚饭后照例搬出两张沙发放在门前平台上，啜茗乘凉。忽然看见对面半山腰上有房屋起火，先是一缕炊烟似的慢慢升起，俄而变成黑黑的一股烽燧狼烟，终乃演成焰焰大火。我坐下来，一面品茗，一面隔着一个山谷观火。非观不可，难道闭起眼睛非礼勿视？而且非悠闲不可，难道要顿足太息，或是双手合什，口呼"善哉！善哉！"

　　有时候听说舟车飞机发生意外，多人殉亡，而自己阴差阳错偏偏临时因故改变行程，没有参加那一班要命的行旅，不免私下庆幸。这不是幸灾乐祸。对于那些在劫难逃的人，纵不恫伤，至少总有一些同情。对于自己的侥幸，当然大为高兴，但是这一团高兴并非建立在别人的痛苦之上。法国十七世纪的作家拉饶施福谷（La Rochefoucault）的《箴言集》里有这样的一句名言："在我们的至交的灾难中，我们会发现一点点并不使我们不高兴的东西。"（"Dams l'adversite de nos meilleurs amis nous trouvons quelque chose, qui ne nous deplaist pas."）这一点点并不使我们不高兴的东西，就是我们才说到的那种侥幸心理吧？

　　灾难如果发生在我们的敌人头上，我们很难不幸灾乐祸。民国三十四年两颗原子弹投落在广岛、长崎，造成很大的伤害，当时饱尝日寇荼毒的我国民众几乎没有不欢欣鼓舞的，认为那是天公地道的膺惩。想想日军在南京的大屠杀，在珍珠港的偷袭，他们不该付出一点代价么？此之谓自作孽，不可活。也许有人以为我们应该如曾子所说的"哀矜而勿喜"，可是那种修养是很难得的。

快　　乐

　　天下最快乐的事大概莫过于做皇帝。"首出庶物，万国咸宁。"至不济可以生杀予夺，为所欲为。至于后宫粉黛三千，御膳八珍罗列，更是不在话下。清乾隆皇帝，"称八旬之觞，镌十全之宝"，三下江南，附庸风雅。那副志得意满的神情，真是不能不令人兴起"大丈夫当如是也"的感喟。

　　在穷措大眼里，九五之尊，乐不可支。但是试起古今中外的皇帝于地下，问他们一生中是否全是快乐，答案恐怕相当复杂。西班牙国王拉曼三世（Abder Rahman Ⅲ，960）说过这么一段话：

　　我于胜利与和平之中统治全国约五十年，为臣民所爱戴，为敌人所畏惧，为盟友所尊敬。财富与荣脊，权力与享受，呼之即来，人世间的福祉，从不缺乏。在这情形之中，我曾勤加计算，我一生中纯粹的真正幸福日子，总共仅有十四天。

　　御宇五十年，仅得十四天真正幸福日子。我相信他的话，宸谟睿略，日理万机，很可能不如闲云野鹤之怡然自得。于此我又想起从一本英语教科书上读到一篇寓言，题目是《一个快乐人的衬衫》。某国王，端居大内，抑郁寡欢，虽极耳目声色之娱，而王终不乐。左右纷纷献计，有一位大臣言道：如果在国内找到一位快乐的人，把他的衬衫脱下来，给国王穿上，国王就会快乐。王韪其言，于是使者四出寻找快乐的人，访遍了朝廷显要，朱门豪家，人人都有心事，家家都有一本难念的经，都不快乐。最后找到一位农夫，他耕罢在树下乘凉，裸着上身，大汗淋漓。使者问他："你快乐么？"农夫说："我自食其力，无忧无虑！快乐极了！"使者大喜，便索取他的衬衣。农夫说："哎呀！我没有衬衣。"这位农夫颇似我们的禅门之"一丝不挂"。

常言道，"境由心生"，又说"心本无生因境有"。总之，快乐是一种心理状态。内心湛然，则无往而不乐。吃饭睡觉，稀松平常之事，但是其中大有道理。大珠《顿悟人道要门论》：

> 有源律师来问："和尚修道，还用功否？"师曰："用功。"曰："如何用功？"师曰："饥来吃饭，困来即眠。"曰："一切人总如是，同师用功否？"师曰："不同。"曰："何故不同？"师曰："他吃饭时不肯吃饭，百种须索，睡时不肯睡，千般计较。所以不同也。"律师杜口。

可是修行到心无挂碍，却不是容易事。我认识一位唯心论的学者，平凤昌言意志自由，忽然被人绑架，系于暗室十有余日，备受凌辱，释出后他对我说："意志自由固然不诬，但是如今我才知道身体自由更为重要。"常听人说烦恼即菩提，我们凡人遇到烦恼只是深感烦恼，不见菩提。

快乐是在心里，不假外求，求即往往不得，转为烦恼。叔本华的哲学是：苦痛乃积极的实在的东西，幸福快乐乃消极的根本不存在的东西。所谓快乐幸福乃是解除苦痛之谓，没有苦痛便是幸福。再进一步看，没有苦痛在先，便没有幸福在后。梁任公先生曾说："人生最快乐的事，莫过于看着一件工作的完成。"在工作过程之中，有苦恼也有快乐，等到大功告成，那一份"如愿以偿"的快乐便是至高无上的幸福了。

　　有时候，只要把心胸敞开，快乐也会逼人而来。这个世界，这个人生，有其丑恶的一面，也有其光明的一面。良辰美景，赏心乐事，随处皆是。智者乐水，仁者乐山。雨有雨的趣，晴有晴的妙，小鸟跳跃啄食，猫狗饱食酣睡，哪一样不令人看了觉得快乐？就是在路上，在商店里，在机关里，偶尔遇到一张笑容可掬的脸，能不令人快乐半天？有一回我住进医院里，僵卧了十几天，病愈出院，刚迈出大门，陡见日丽中天，阳光普照，照得我睁不开眼，又见市廛熙攘，光怪陆离，我不由的从心里欢叫起来："好一个艳丽盛装的世界！"

　　"幸遇三杯酒美，况逢一朵花新？"我们应该快乐。

北平的冬天

说起冬天，不寒而栗。

我是在北平长大的。北平冬天好冷。过中秋不久，家里就忙着过冬的准备，作"冬防"。阴历十月初一屋里就要生火，煤球、硬煤、柴火都要早早打点。摇煤球是一件大事。一串骆驼驮着一袋袋的煤末子到家门口，煤黑子把煤末子背进门，倒在东院里，堆成好高的一大堆。然后等着大晴天，三五个煤黑子带着筛子、耙子、铲子、两爪勾子就来了，头上包块布，腰间裰布上插一根短粗的旱烟袋。煤黑子摇煤球的那一套手艺真不含糊。煤末子摊在地上，中间做个坑，好倒水，再加预先备好的黄土，两个大汉就搅拌起来。搅拌好了就把烂泥一般的煤末子平铺在空地上，做成一大块蛋糕似的，再用铲子拍得平平的，光溜溜的，约一丈见方。这时节煤黑子已经满身大汗，脸上一条条黑汗水淌了下来，该坐下休息抽烟了。休毕，煤末子稍稍干凝，便用铲子在上面横切竖切，切成小方块，像厨师切菜切萝卜一般手法伶俐。然后坐下来，地上倒扣一个小花盆，把筛子放在花盆上，另一人把切成方块的煤末子铲进筛子，便开始摇了，就像摇元宵一样，慢慢的把方块摇成煤球。然后摊在地上晒。一筛一筛的摇，一筛一筛的晒。好辛苦的工作，孩子在一边看，觉得好有趣。

万一天色变，雨欲来，煤黑子还得赶来收拾，归拢归拢，盖上点什么，否则煤被雨水冲走，前功尽弃了。这一切他都乐为之，多开发一点酒钱便可。等到完全晒干，他还要再来收煤，才算完满，明年再见。

煤黑子实在很苦，好像大家并不寄予多少同情。从日出做到日落，疲乏的回家途中，遇见几个顽皮的野孩子，还不免听到孩子们唱着歌谣嘲笑他：

煤黑子，打算盘，

你妈洗脚我看见！

我那时候年纪小，好久好久都没有能明白为什么洗脚不可以令人看见。

煤球儿是为厨房大灶和各处小白炉子用的，就是再穷苦不过的人家也不能不预先储备。有"洋炉子"的人家当然要储备的还有大块的红煤白煤，那也是要砸碎了才能用，也需一番劳力的。南方来的朋友们看到北平家家户户忙"冬防"，觉得奇怪，他不知道北平冬天的厉害。

一夜北风寒，大雪纷纷落，那景致有得瞧的。但是有几个人能有谢道韫女士那样从容吟雪的福分。所有的人都被那砭人肌肤的朔风吹得缩头缩脑，各自忙着做各自的事。我小时候上学，背的书包倒不太重，只是要带墨盒很伤脑筋，必须平平稳稳的拿着，否则墨汁要洒漏出来，不堪设想。有几天还要带写英文字的蓝墨水瓶，更加恼人了。如果伸手提携墨盒墨水瓶，手会冻僵。手套没有用。我大姐给我用绒绳织了两个网子，一装墨盒，一装墨水瓶，同时给我做了一副棉手筒，两手伸进筒内，提着从一个小孔塞进的网绳，于是两手不暴露在外而可提携墨盒墨水瓶了。

饶是如此，手指关节还是冻得红肿，作奇痒。脚后跟生冻疮更是稀松平常的事。临睡时母亲为我们备热水烫脚，然后钻进被窝，这才觉得一日之中尚有温暖存在。

北平的冬景不好看么？那倒也不。大清早，榆树顶的干枝上经常落着几只乌鸦，呱呱的叫个不停，好一幅古木寒鸦图！但是还不及西安城里的乌鸦多。北平喜鹊好像不少，在屋檐房脊上吱吱喳喳的叫，翘着的尾巴倒是很好看的，有人说它是来报喜，我不知喜自何来。麻雀很多，可是竖起羽毛像披蓑衣一般，在地面上蹦蹦跳跳的觅食，一副可怜相。不知什么人放鸽子，一队鸽子划空而过，盘旋又盘旋，白羽衬青天，哨子忽忽响。又不知是哪一家放风筝，沙雁蝴蝶龙睛鱼，弦弓上还带锣鼓。隆冬之中也还点缀着一些情趣。

过新年是冬天生活的高潮。家家贴春联、放鞭炮、煮饺子、接财神。其实是孩子们狂欢的季节，换新衣裳、磕头、逛厂甸儿，流着鼻涕举着琉璃喇叭大沙雁儿。五六尺长的大糖葫芦糖稀上沾着一层尘沙。北平的尘沙来头大，是从蒙古戈壁大沙漠刮来的，平时真是胡尘涨宇，八表同昏。脖领里、鼻孔里、牙缝里，无往不是沙尘。这才是真正的北平的冬天的标帜。愚夫愚妇们忙着逛财神庙、白云观去会神仙，甚至赶妙峰山进头炷香，事实上无非是在泥泞沙尘中打滚而已。

在北平，裘马轻狂的人固然不少，但是极大多数的人到了冬天都是穿着粗笨臃肿的大棉袍、棉裤、棉袄、棉袍、棉背心、棉套裤、棉风帽、棉毛窝、棉手套。穿丝棉的是例外。至若拉洋车的、挑水的、掏粪的、换洋取灯儿的、换肥子儿的、抓空儿的、打鼓儿的……哪一个不是衣裳单薄，在寒风里打颤？在北平的冬天，一眼望出去，几乎到处是萧瑟贫寒的景色，无需走向粥厂门前才能体会到什么叫作饥寒交迫的境况。北平是大地方，从前是辇毂所在，后来也是首善之区，但也是"朱门酒肉臭，路有冻死骨"的地方。

北平冷，其实有比北平更冷的地方。我在沈阳度过两个冬天。房屋双层玻璃窗，外层凝聚着冰雪，内层若是打开一个小孔，冷气就逼人而来。马路上一层冰一层雪，又一层冰一层雪，我有一次去赴宴，在路上连跌了两跤，大家认为那是寻常事。可是也不容易跌断腿，衣服穿得多。一位老友来看我，觌面不相识，因为他的眉毛须发全都结了霜！街上看不到一个女人走路。路灯电线上踞着一排鸦雀之类的鸟，一声不响，缩着脖子发呆，冷得连叫的力气都没有。更北的地方如黑龙江，一定冷得更有可观。北平比较起来不算顶冷了。

冬天实在是很可怕。诗人说："如果冬天来到，春天还会远么？"但愿如此。

一 只 野 猫

　　流浪街头无人豢养的猫，叫作野猫。通常是瘦得皮包骨，一身渍泥，瞪着大眼嗥嗥的叫，见人就跑。英语称之为街猫，以别于家猫，似较为确切，因为野猫是另一种东西，本名lyhx，我们称之为山猫，大概也就是我们酒席上的果子狸。

　　稀脏邋遢的孩子，在街上鬼混，我们称之为野孩子。其实他和良家子弟属于同一品种，不是蛮荒的野人的孑遗，只是缺乏教养失去了家庭温暖的可怜的孩子。猫也是一样。踯躅街头嗷嗷待哺的猫，我也似乎不该叫它为野猫，只因一时想不起较合适的名称，暂时委屈它一下称之为野猫吧。

　　一般的野猫，其实是驯顺的，而且很胆怯。在垃圾堆旁的野猫都是贼目鼠眼的，一面寻食，一面怕狗，更怕那些比狗更凶的人。我们在街上看见几只野猫，怜其孤苦伶仃，顶多付诸一叹，焉能广为庇护使尽得其所？但是如果一只野猫不时的在你大门外出现，时常跟着你走，有时候到了夜晚蹲在你的门前守候着你，等你走近便叫一声"咪噢"，而你听起来好像是叫一声"妈"……恐怕你就不能不心动一下，恻隐之心，皆有之。

　　菁清最近遇到了这样的一只野猫。白毛，大块的黑斑，耳

朵是黑的，尾巴是黑的，背上疏疏落落的有三五大块黑，显着粗
豪，但不难看，很脏，但是很胖，也许本是家猫而被遗弃的，
也许它善于保养而猎食有道。它跟了菁清几天，她不能恝置不理
了，俯下身去摸摸它，哇，毛一缕缕的粘结在一起，刚鬣鬒鬒，
大概是好久不曾梳洗。

"我们把它抱到家里来吧？"菁清说。

我断然说："不可。"

我们家已经有白猫王子和黑猫公主，一雌一雄，其饮食起居
以及医药卫生之所需，已经使我们两个忙得团团转，如果善门大
开，寒家之内势将喧宾夺主。菁清听了没说什么，拿一钵鱼一盂
水送到门口外，就像是在路边给过往行人"奉茶"的那个样子。

如是者数日，野猫每日准时到达门口领食，更难得的是施主
每日准时放置饮食于固定之处待领。有时吆喝一声，它不知从哪
里窜了出来，欣然领受这份嗟来之食。

有好几天不见猫来。心想不妙，必是遭遇了什么意外。果
然，它再度出现时，尾巴中间一截血淋淋的毛皮尽脱，露出一段
细细的似断未断的骨头。它有气无力的叫。我猜想也许是被哪
一家的弹簧门夹住了尾巴。菁清说一定是狗咬的。本来尾巴没
有用，老早就该进化淘汰掉的，留着总是要惹麻烦。菁清说：
"以后教它上楼到我们房门口来吃吧。"我看着它的血丝糊拉的
尾巴，也只好点点头。从此这只猫更上一层楼，到了我们的房门
口。不过我有话在先，我在这里画最后一道线，不能再越雷池一
步，登堂入室是绝不可以的。菁清说："这只猫，总得有个名
字，就叫它'小花子'吧。"怜其境遇如乞食的小叫花子，同时
它又是一身黑白花。

小花子到房门口，身份好像升了一级。尾巴的伤养好了，猫

有九条命，些许皮肉之伤算不了什么。菁清给它梳洗了一番，立
刻容光焕发。看它直咳嗽，又喂了它几颗保济丸。它好想走进我
们的房间，有时候伸一只爪子隔在门缝里，不让我们关门，我心
里好惭悚，为什么这样自私，不肯再多给它一点温暖！菁清拿出
一条棉絮放在门外，小花子吃饱之后，照例洗洗脸，便蜷着身子
在棉絮上面睡了。小花子仅仅免于冻馁而已。它晚间来到门口膳
宿，白天就不知道云游何处了。

　　白猫王子听得门外有同类的呼声，起初是兴奋，观察许久，
发出呼噜的吼声，小花子吓得倒退。对于这不速之客，白猫王子
好像不表欢迎。一门之隔，幸与不幸，判如霄壤。一个是食鲜眠
锦，一个是踵门乞食。世间没有平等可言！

领　　带

林语堂先生长南洋大学，虽为时甚短，有两事却为某些人津津乐道。一是他不赞成打领结，并且身体力行，经常敞着领子，一副萧散的样子。另一是主张教室里不妨吸烟，教授可以嘴里叼着烟斗，学生也可以喷云吐雾，在烟雾弥漫之中传道授业。

有些国家的大学里，学生的服装甚不整齐，有件衬衫，加件夹克，就可以跻身黉舍，堂皇的出入。但是教授一定要维持相当的体面，他的一套服装可以破旧邋遢，他颈间系着的领带绝不可少，那是教授的标帜。你看见一位中年以上的夹着书包而系着领带的人施施然直趋教室，不必问即可知道他八成是个教授。也有些偷懒的教师，尤其是夏季，嫌打领结太麻烦，用一根绳子似的东西往颈上一套，上面系着一块石头什么的东西，权且充为领结了，即所谓bolo tie。

在国外，打领带西装笔挺的传统，大概由两种人在维持。银行行员与大公司行号应对顾客的职员，他们永远是浑身上下一套西服，光光溜溜一尘不染，系着一条颜色深沉并不耀眼的领带。如果他不修边幅，蓬着头发敞着胸口，谁愿意和他做交易？打上领结就可以增几分令人愉快而且可以令人信赖的感觉。殡仪馆的执事们，为了配合肃穆的气氛，也没有不打领带的。

自从我们这里发生一件儿子勒死爸爸的案子之后，即有人一见领带就发毛。大家都梳辫子的时候，和人打架动手过招，最忌被对方揪住小辫儿，因为辫子被人揪住，就不能自由转动脑袋，势必被人扯得前仰后合，终于落败。那儿子勒死爸爸，只为了讨五十元零用钱未遂，未必蓄意置人于死，可是领结是个活套，越拉越紧，老人家的细细脖子怎么禁得起，一时缺氧，遂成千古。领带比辫子危险能致人命。如果不系领带，可能逃过一厄。

系领带也没有什么大不好，只是麻烦些。每天早起盥洗刮脸固定的一套仪式已经够烦，还要在许多条五颜六色的领带中间选择一条出来，打在颈上可能一端长一端短，还须重新再打，打好之后，披上衣服，对镜一照，可能颜色图案与内衣外服都不调和，还须拆了再打。往复折腾两次，不由得人要冒火。其实这个问题容易解决，曾听高人指点：衣装花俏则领带要素，衣装朴素则领带不妨鲜明。懂得这个原则，自由斟酌，无往不利。当然，领带的色彩图案，千奇百怪，总之是要和人的身份相称，也要顾到时地是否相宜。二十多年前有人自海外来，送我一条领带，黄色的，纯黄色的，黄到不能再黄，我一直找不到适当时机佩带它，烂在箱底，也许过马路斑马线的时候系这领带格外醒目。

人的服装，于御寒之外，本来有求美观的因素在内。男人的西装在色彩方面总嫌单调，系上一条悦目而不骇人的领带也不能算是过分。雄狮有一头蓬散的鬣毛，老虎豹有满身的斑纹斑点，人呢？一脸络腮胡子是非常惹人厌的。无可奈何，在脖子上系一条色彩分明的领带，虽说迹近招摇，但是用心良苦。至于说领带系颈，使胸口免受风寒，预防感冒，也许是实情，也许是遁词吧。

　　领带的起源，其说不一。或谓起源于法国皇帝路易十四时代克罗埃西亚佣兵之颈上的装饰性的领结，即所谓gravat，贵族群起仿效，大革命之后消失了一阵子，但是十九世纪初期又复盛行，拜伦的飞扬潇洒的领巾是有名的。一八一八年出版过一本书《领带大全》（Neckclothiana），历数二十多种领带之不同的打法。领带的考证没有什么重要，但是领带之不时的变换式样却是很讨厌的。时而细细长长，时而宽宽大大，造成所谓的时髦。情愿被时髦牵着鼻子走的人实在很多，真正从中获益的是制造领带的厂商。

点　名

　　我在小学读书的时候，先生根本不点名。全班二十几个学生，先生都记得他们的名字。谁缺席，谁迟到，先生举目一看，了如指掌，只需在点名簿上做个记号，节省不少时间。

　　我十四岁进了清华。清华的学生每个都编列号码（我在中等科是五八一号，高等科是一四七号）。早晨七点二十分吃早点（馒头稀饭咸菜），不准缺席迟到。饭厅座位都贴上号码，有人巡视抄写空位的号码。有贪睡懒觉的，非到最后一分钟不肯起床，匆促间来不及盥洗，便迷迷糊糊蓬头散发的赶到餐厅就座，呆坐片刻，俟点名过后再回去洗脸，早饭是牺牲了。若是不幸遇到斋务主任陈筱田先生亲自点名，迟到五分钟的人就难逃法网了，因为这位陈先生记忆力过人，他不巡行点名，他隐身门后，他把迟到的人的号码一一录下。凡迟到若干次的便要在周末到"思过室"里去受罚静坐。他非记号码不可，因为姓名笔划太繁，来不及写，好几百人的号码，他居然一一记得，这一份功夫真是惊人。三十多年后我偶然在南京下关遇见他，他不假思索喊出我的号码一四七。

　　下午是中文讲的课程，学校不予重视，各课分数不列入成绩单，与毕业无关，学生也就不肯认真。但是点名的形式还是有的，记得有一位叶老先生，前清的一位榜眼，想来是颇有学问的，他上国文课，简直不像是上课。他夹着一个布包袱走上讲台，落座之后打开包袱，取出眼镜戴上，打开点名簿，拿起一支铅笔（他拿铅笔的姿势和拿毛笔的姿势完全一样，挺直的握着笔管），然后慢条斯理的开始点名。出席的学生应声答"到"！缺席的也有人代他答"到！"有时候两个人同时替一个缺席的答到。全班哄笑。老先生茫然的问："到底哪一位是……？"全班又哄然大笑。点名的结果是全班无一缺席，事实上是缺席占三分之一左右。大约十分钟过去，老先生用他的浓重的乡音开讲古文，我听了一年，无所得。

胡适之先生在北大上课，普通课堂容不下，要利用大礼堂，可容三五百人，但是经常客满，而且门口窗上都挤满了人。点名是不可能的。事实上其中还有许多"偷听生"，甚至是来自校外的。朱湘就是远从清华赶来偷听的一个。胡先生深知有教无类的道理，来者不拒，点名作甚？"桃李不言，下自成蹊。"

其实点名对于教师也有好处，往往可以借此多认识几个字。我们中国人的名字无奇不有。名从主人，他起什么样的名字自有他的权利。先生若是点名最好先看一遍名簿，其中可能真有不大寻常的字。若是当众读错了字，会造成很尴尬的局面。例如寻常的"展"，偏偏写成为"㞡"，这是古文的展字，不是人人都认得的。猛然遇见这个字可能不知所措。又如"珡"就是古文的"琴"，由隶变而来，如今少写两笔就令人不免踌躇。诸如此类的情形不少，点名的老师要早防范一下。还有些常见的字，在名字里常见，在其他处不常用，例如

"茜"字，读倩不读西，报纸上字幕上常有"南茜""露茜"出现，一般人遂跟着错下去。可是教师不许读错，读错了便要遭人耻笑了。也有些字是俗字，在字典里找不着，那就只好请教当地人士了。

我 看 电 视

有人问我看不看电视。

我说我看。不过我在扭接电视之前，先提醒我自己几件事。第一，电视公司不是我开的，所以我不能指挥他们播出什么样的节目。电视节目就好像是餐馆里的"定食"（唯一的一组和菜），吃不吃由你，你不能点菜。当然，有几个频道可供选择。可是内容通常都差不多，实在也没有什么选择。

第二，看电视的不只我一个人。看各处屋顶上扎煞着的一排排鱼骨天线，即可知其观众如何的广大。其中有老有少，有男有女，有君子小人，有贤愚智不肖，他们的口味自然不大相同，而电视制作必须要在他们的不同口味之中找出"公分母"，播映出来的节目要老少咸宜雅俗共赏。其结果可能是里外不讨好，有人嫌太雅，又有人嫌太俗。所以作节目的人，不但左右为难，而且上下交责，自己良心也往往忐忑不安，他们这份差事不容易当。

第三，电视是一种买卖生意。在商言商，当然要牟利。观众是买主，可是观众并未买票。天下焉有看白戏的道理？可是观众又是非要不可的，天下焉有不要观众的戏？于是电视另有生财之道，招登广告。电视广告费是以秒计的，离日进斗金的目标也许不会太远。广告商舍得花大钱登广告，又有他们的打算，利用广告心理招引观众买他们的货物。观众通常是不爱看广告的，尤其是插在节目中间的广告，不但扫兴，简直是讨厌。可是我们必须忍受，因为事实上是广告商招待我们看戏。

提醒自己上述几点之后就可以大模大样的看电视了。看电视当然也有一个架势。不远不近的有个座位，灯光要调整好，泡碗好茶，配上一些闲食零嘴。"TV餐"倒不必要，很少人为了贪看电视像英国十八世纪三文治伯爵因舍不得离开赌桌而吃三文治（TV餐不高明，远不及三文治）。美国的标准电视零食是爆玉米花或炸洋芋片。按我们中国人的口味，似乎金圣叹临刑所说"花生米与豆腐干同食大有胡桃滋味"确是不无道理。

看不多久，广告来了。你有没有香港脚，你是否患了感冒，你要不要滋补，你想不想像狼豹一般在田野飞驰？有些广告画面优美，也有些恶声恶相。广告时间就可以闭目养神，即使打个盹也没有多大损失，有时候真的呼呼大睡起来。平夙失眠的人在电视前是容易入睡。

看电视多半是为娱乐，杀时间。但是有时亦适得其反，恶心。哭哭啼啼的没完没结，动不动的就是眼泪直流，不是令人心酸，是令人反胃，更难堪的是笑剧穿插。很少喜剧演员能保持正常的人的面孔，不是狞眉皱眼，就龇牙咧嘴，再不就是佝腰缩颈，走起路来敧里歪斜，好像非如此不能引起大家的欢笑。当年文明戏盛行的时候，几乎所有丑角都犯一种毛病，无原无故的就跌一跤，或是故作口吃，观众就会觉得好玩。如今时代进步，但是喜剧方面仍然特别的有才难之叹。

我事先提醒了自己，所以我感觉电视可以不必再观赏下去的时候，便轻轻的把它关掉。我不口出恶声，当然更不会有像传说中的砸烂荧幕的那样蠢事。好来好散，不伤和气。

　　光是挑剔而不赞美是不公道的，电视也给了我不少的快乐。我喜欢看新闻，百闻不如一见。例如报载某地火山爆发，就不如在电视上看那山崩地裂岩浆汜滥的奇景。火烧大楼、连环车祸，种种触目惊心的景象，都由电视送到目前。许多名流新贵，我耳闻其名而未曾识荆，无从拜见其尊容，在电视上便可以（而且是经常不断的）瞻仰他的相貌，多半是"天庭饱满，地阁方圆"。警察捕获的盗贼罪犯，自然又泰半是獐头鼠目的角色，见识一下也好（不过很奇怪，其中也有眉清目秀方面大耳的）。美国俚语，称上电视人员所使用的提词牌为"低能牌"，我不知道我们的一些上电视的公务人员在接受访问或发表谈话的时候，是否也使用"低能牌"，按说在他职掌范围之内的材料应该是滚瓜烂熟的，不至于低能到非照本宣科不可。如果使用低能牌，便会露出低能相。

　　新闻过后便是所谓黄金时段。惭愧得很，这也正是我准备就寝的时候。不过真正好的连续剧，不是虚晃一招的花拳绣腿的武打，而是比较有一点深度的弘扬人性的戏，也可以使我牺牲一两个小时的睡眠。即使里面有一点或很多说教的意味，我也能勉强忍耐。这样的好戏不常见。

　　我对于野兽生活的片子很感兴趣。野兽是我们人类的远亲，久不闻问了。他们这些支族繁殖不旺，有的且面临绝种。我逛动物园，每每想起我们"北京人"时代的环境与生活，真正的发思古之幽情。看电视所播的野兽生活，格外的惊心动魄。我并不向往非洲的大狩猎，于今之世我们不该再打猎了。地球面积够大，让他们也活下去吧。

　　我国的旧戏早就在走下坡路。我因为从小就爱看戏，至今不能忘情。种种不便，难得出去看一回戏，在电视上却有缘看到大约百出以上的戏，其中颇有几出是前所未见的。新编的戏我不太热心，我要看旧的戏，注意的是演员的唱与作。我发现了一位武生特别的功夫扎实气度不凡。我在楼上写作，菁清就会冲上楼来，拉起我就走，连呼："快，快，你喜欢的'挑滑车'上映了！"我只好搁下笔和她一同欣赏电视上的"挑滑车"。电视前看戏，当然不及在舞台前，然而也差强人意了。

　　电视开始那一年就有有关烹饪示范的节目，我也一直要看这个节目。我不是想学手艺，因为我在这方面没有才能和野心，可是我看主持人的刀法实在利落，割鸡去骨悉中肯綮，操作程序有条不紊，衷心不但佩服而且喜悦。可惜播放时间屡次更动，我常失误观赏的机会。

　　运动节目也煞是好看。足球（不是橄榄球）、篮球、棒球的重要比赛，尤其是国际性的，我不肯轻易放过。前几年少棒队驰誉国际，半夜三更起来观看电视现场播映的观众，其中有一个是我。

奖　券

　　"人无横财不富，马无夜草不肥。"这道理谁不知道？靠了一点微薄的收入，维持一家的温饱，还要设法撙节，储备不时之需，那份为难不说也罢。可是各种形式的巧取豪夺，若是自己没有那种能耐，横财又从哪里来呢？馅饼会从天下掉下来么？若真从天上掉下来，你敢接么？说不定会烫手，吃不了兜着走。

　　有人想，也许赌博可以带来一笔小小的横财。"舍不得孩子套不着狼"，筹得一点赌资，碰碰运气，说不定就有斩获。打麻将吧，包括卫生的与不卫生的两种在内，长期的磨手指头，总会有时缔造佳绩，像清一色杠上开花什么的，还可能会令人兴奋得大叫一声而亡，或一声不响的溜到桌下。不过这种奇迹不常见。推牌九吧，一翻两瞪眼，没得说的，可是坐庄的时候若是翻出了"皇上"，统吃，而且可以吃十三道的注子，这笔小财就足够折腾好几天了。常言道，久赌无赢家，因为赌资只有那么多，赌来赌去总额不会多，只有越来越少，都被头家抽头拿去了。赌博不是办法，运气不好还可能被捉将宫里去。

　　无已，买彩票吧。彩票，今称奖券。买奖券也是撞大运，也是赌博的一种，花少量的钱，希冀获得大奖。奖，是劝勉的意思。《左传·昭公二十二年》："无亢不衷，以奖乱人。"买奖券的人不一定是乱人，但也绝不一定是善人。花几十块钱买彩票，何功何德，就会使老天爷（或财神爷）垂青于你？或者只能说那是靠坟地的风水，祖上的阴功。但是谁都愿试一试看，看坟地风水如何，祖上有无阴功。一试不成，再试，试之不已，也许有一天财气会逼人而来。若是始终不能邀天之幸，次次落空，则所失有限，也不必多所怨尤。

奖券既是赌的性质，赌是不合法的，难道不怕有人来抓赌？这又是过虑。奖券如公然发售，必然是合法的，究竟合的是什么法，民法、刑法、银行法，就不必问。奖券所得如果是为了拨作公益或充裕国帑，更不妨鼓励投机，投机又有何伤？从来没听说过什么人因买奖券而倾家荡产，也从来没听说过什么人因买了奖券就不务正业。

我没买过奖券，不是不想发财，是买了奖券之后，念兹在兹，神魂颠倒，一心以为大奖之将至，这一段悬宕焦急的时间不好过。若是臆想大奖到手之后，如何处分那笔横财，买房好还是置地好，左思右想的拿不定主意，更增苦痛。其实中奖的机会并不大，猫咬尿泡的结果不能免，所以奖券还是由别人去买，这笔财由别人去发，安分守己，比较妥当。人无横财不富，看着别人富，不也很好么？

如今时尚是处处模仿西方国家，西方国家有专靠赌博维持命脉的，也有借赌博以广招徕的所谓赌城，各地人士趋之若鹜。我们的国家尚未沦落到这个地步，我们顶多在餐馆用膳的时候，常突然闯进不速之客，有男女老少，每个都低声下气的兜售奖券。他并不强销，他和颜悦色。他不受欢迎的时候多，偶尔也有拒绝买券而又慷慨解囊的人，那就像是施舍了。

　　统一发票是良好制度，而且月月开奖。除了观光饭店和书店之外，很少商家不费唇舌就开发票给我。我若索取，他会应我所求，但是脸上的颜色有时就不好看。所以我不强求，但是每月也积有若干张，开奖翌日报纸上揭露出来，核对号码的时候觉得心在跳。若干年来没有得过一次奖，最起码的尾字奖也不曾轮到过我，只怪自己命小福薄。后来经高人指点，我才知道统一发票的持有人需将发票的号码剪下来贴在明信片上寄交某处，然后才有资格参加摇奖，这是在发票的下端印得明明白白，然而那两行字体特别小，怪我自己昏聩没有注意。可是统一发票带给我无数次的希望，无数次的失望，我并没有从此厌恶统一发票。相反的，统一发票帮过我一次大忙。我和菁清到一个饭店吃自助餐，餐毕付钱，侍者送来零头和发票。我们走到出口处就被人一把揪住了："怎么，没付账就走？"吃白食是我一辈子没想到要做的事。我没有辩白，拿出统一发票给他看。当场受窘的不是我。满脸通红的也不是我。奖券都不买，统一发票还兑什么奖？从此，发票一到手，一出商店门，便很快的把它投到应该投的地方去。

　　看样子，我是与奖无缘。

婚　礼

　　一般人形容一般的婚礼为"简单隆重"。又简单又隆重，再好不过。但是细想，简单与隆重颇不容易合在一起。隆是隆盛的意思，重是郑重的意思，与简单一义常常似有出入。烫金红帖漫天飞，席开十桌八桌乃至二三十桌，杯盘狼藉，嘈杂喧阗。新娘三换服装，做时装表演，正好违反了蔡邕"一朝之晏，再三易衣，从庆移坐，不因故服"的"女诫"。新郎西服笔挺，呆若木鸡。证婚人语言无味，介绍人嬉皮笑脸，主婚人形如木偶。隆则隆矣，重则未必，更不能算简单。

　　我国婚礼，自古就不简单。《礼记·昏义》："昏礼者，将合二姓之好，上以事宗庙，而下以继后世也，故君子重之。"传宗接代的事，所以要隆重。"是以昏礼纳采，问名，纳吉，纳征，请期，皆主人筵席于庙，而拜迎于门外，入，揖让而升，听命于庙，所以敬慎重正昏礼也。"随后就是新郎亲迎，女家"筵几于庙"，婿揖让升堂，再拜奠雁。最后是迎妇以归，"共牢而食，合卺而酳"，大事告成。这一套仪式，若干年来，当然有不少的修改，但是基本的精神大致未变，仍是铺张扬厉，仍是以父母为主体，以当事人为主要工具。男娶妇曰授室，女嫁夫曰于归。

　　民初以来所谓文明结婚的仪式，一直沿用到现在，其实不见得怎样文明。最令人不解的是仪式之中冒出来一个证婚人——多半是一个机关首长什么的，再不就是一位年高确实有征而德劭尚待稽考的人，他的任务是宣读结婚证书，然后说几句空空洞洞的废话。从前有"新娘挽上床，媒人扔过墙"之说，如今则是证婚人等到大家用过印，就被人挟持扶下台。如果他运气好，会有人领他到铺红桌布的主要席次，在新郎新娘高据首席之下敬陪末座。否则下得台来，没有人理，在拥挤的席次之间彷徨逡巡一阵，臊不搭的只好溜走了事。若是婚后数日，男家家长带着儿子媳妇和一篮水果什么的到证婚人家中拜谢，那是难得一见的殊荣。

　　新娘由两个伴娘左右扶持也就够排场的了，但是近来还经常有人采用西俗，由女方男性家长（或代理家长）挟持着新娘，把她"送给"男方。而且还要按着一架破钢琴（或录音机）奏出的进行曲的节奏，缓缓的以蜗步走到台前。也有人不知受了什么高人导演，一步一停，像玩偶中的机器人一样的动作有节。为什么新娘要由男性家长"送给"人，而不由女性家长把她送出去？为什么新郎老早的就站在那里，等候接收新娘，而不是由家长挟持着把他"送给"新娘？究竟有无道理？

　　子曰："礼，与其奢也宁俭。"是泛指一般的礼而言，当然也包括婚礼在内。在这里俭也就是简单的意思。西俗婚礼较为简单，但是他们有人还嫌不够简单。从前，苏格兰敦福利县春田乡附近有一个小村落格莱特纳（Gretna），离英格兰西北部的卡利尔只有八里，那个地方的结婚典礼既不需牧师主持，亦不必请领什么证书，更不要预告的那种手续，只要双方当事人对一位证人宣称同意结婚就行了。而那位证人通常是当地的铁匠。一时的私奔的男女趋之若鹜，号称为"格莱特纳草原结婚"（Gretna Green marriages）。这风俗延至一八五六年才告终止。这方式简单之至，实在也没有什么不好，不晓得何以终于废弃。结婚是两个人的事，何需牧师参预其间。男女相悦，欲结秦晋之好，也没有绝对必要征求家长同意。必须要个证人，表示其非私奔，则乡村铁匠最为便当。从前一个乡村铁匠是当地尽人皆知的一个响当当的人物。在铁匠面前，三言两语把终身大事解决了，岂非简单之至？

　　听说美国近年来有所谓"快速结婚"。南卡罗来纳州迪朗市政府公证处设立了一个结婚礼堂，除耶诞节休息一日外，全年开放，周末还特别延长服务时间。凡年满十六岁男子与年满十四岁女子，无论来自何处，不需体检，不必验血，一律欢迎。只需家长同意，于二十四小时前申请，缴注册费四十元，公证处即派员主持结婚典礼，费时不超过五分钟。结婚人不必穿礼服，任何服装均可，牛仔裤、衬衫、工作服任听尊便。简单迅速，皆大欢喜。五分钟完成婚礼不一定就是不隆重，婚礼本不是表演给人观赏的。我国法院的公证结婚相当简单，不过也还要有一位法官行礼如仪，似嫌多事。那位法官所披的法衣，白领往往污黑，和新娘的白纱礼服不大相称。公证结婚之后，也曾有人再行大宴宾客，借用学校礼堂操场席开一二百桌，好像是十分风光，实则迹近荒唐，人人为之侧目。当然这种荒唐闹剧也不是完全没有道理的，有人估计，像这样的敬治喜筵可以收回为数可观的喜敬，用以开销尚有余羡。此种行径，名曰"撒网"，距离隆重之义何止十万八千里。

　　听说有人结婚不在教堂行礼，也不在家里或是餐厅里，而是在运动场里、滑冰场上、游览车中，甚至不在地面上而是在天空的飞机里面。地点的选择是人人有自由的，制造噱头也不犯法。成为新闻有人还很得意。

　　然则婚礼如何才能简单隆重？初步的建议是，做父母的退出主办的地位，别乱发请帖，因为令郎令媛的婚事别人并不感觉兴趣，在家里静静的等着抱孙子就可以了。至于婚礼，让小俩口子自己瞧着办。

钥　匙

扃门之锁曰钥，而启锁之器亦曰钥，二义易混，故又名后者为钥锃。锃音匙，今谓之钥匙。

大同之世夜不闭户，当然无需乎锁，从前人家，白昼都是大门敞开，门洞里两条懒凳，欢迎过往人等驻足小坐。到夜晚才关大门，门内有上下插关，此外通常还有一根粗壮的门闩，或竖顶，或横拦，就非常牢靠。只有人口少的小户人家，白天全家外出，门上才挂四两铁。

锁与钥匙最初的形式是简单而粗大，后来逐渐改良，乃有如今精致而小巧的模样。西洋锁有悠久历史，古埃及和希腊都早有发明。晚近的耶鲁锁风行世界。锁与钥匙给人以种种方便，不仅可以扃门，钱柜、衣柜、书柜、货柜，都可以加锁。如果不嫌烦，冰箱、电视、抽屉、手提箱也可以加锁，甚而至于有一种日记本也有锁，藏情书珠宝的首饰箱也有锁。这种种方便，对于有意做贼的人却是不方便，而且对于主人有时也会引起不大不小的不方便。

最尴尬的情形之一是出门忘了带钥匙，而砰的一声弹簧锁把自己关在门外。我平均两年之内总有一次出这样的蠢事。我没有忘记自己健忘，我为自己建立良好的习惯，把一束钥匙常串着放在裤袋里，自以为万无一失。有时候换服装，忘了掏出裤袋里的钥匙，而家人均已外出，其结果是只好在门口站岗，常是好几小时。找锁匠来开门也不是可以立办之事。费时误事伤财之外还不能不深自责悔，急出一头大汗。人孰无过，但是屡犯同样过失，只好自承为蠢。记得有一回把自己关在家门外，急得团团转，好不容易请到一位锁匠，不料他向门上瞄了一眼便掉头而去，他说："这样的锁，没法开。"我这才发现我们的门锁有一点古怪，钥匙是半圆形的，钥匙孔也是半圆形的，不知是哪一国的新产品。在这尴尬的情况中有一点沾沾自喜，我有一具不容易被人盗开的锁。

有一种不需钥匙的锁，所谓暗码锁。挂锁上面有四排字，四四十六个字，全无意义相联，转来转去把预定的四个字联成一排，锁就可以打开。这种锁已成古董了。保险箱式的暗码锁则是左转几下，右转几下，再左转几下，再右转几下，锁霍然开。我曾有一个铝质衣柜就有暗锁，我怕忘了暗号，特把暗号写在日记本上。其实柜里没什么贵重东西，暗号锁的装置反倒启人疑窦。如果其中真有什么贵重东西，大力者负之而走，又将奈何？听说有一种锁设有电子装置，不需犬牙参差的钥匙，只要一个录有密码的磁带，插进去引动了锁中小小的电子发动机，锁自然开。如今西方许多家庭车房大门之遥控电锁，当是这种锁之又进一步的发明，人坐在车里，老远的一按钮，车门自然的于隆隆声中自启或自闭。最新的发明是既不用钥匙亦不用按钮，只要主人大喊一声，锁便能辨出主人的声音，呀然而启。想《天方夜谭》四十大盗之"芝麻，开门！芝麻，开门！"亦不过如是。这都是属于尖端科技之类，一般大众一时尚无福消受，我们只好安于一束束的钥匙之缠身的累赘。

我相信每个人抽屉里都有一大把钥匙，大大小小，奇形怪状，而且是年湮代远，用途不明。尤其是搬过几次家的人，必定残留一些这样的废物。这与竹头木屑不同，保存起来他日未必有用。

把钥匙分组系在一起不失为良好的办法。钥匙圈尚焉。虽说是小玩意儿，但有些个制作巧妙，颇具匠心。我的钥匙圈十来个都是我的小宠物，还不时的添置新宠。常用的有下述几个：

一、照片框　心爱的照相两幅剪下装进框内。其中一幅少不得是我和白猫王子的合照。

一、英文字母　自己的姓氏第一个字L，菁清的姓氏第一个字母H。

一、铜铃一对　放在袋内，走路时哗铃哗铃响。

一、小刀　折刀很有用，裁纸削水果都用得着它。

一、指甲刀　指甲随时需要修剪，不可一日无此君。

一、小梳　有时候头发吹乱，小梳比五根手指有用。

一、饼干　方方的一块梳打饼干，微有烤焦斑痕，秀色可餐。

一、红中　一块红中麻将牌，可能是真的，角上穿孔系链。虽无麻将瘾，看了也好玩。

一、钱包　可以容纳硬币十枚八枚，打电话足够用。

花样繁多，不备载。

铜　　像

　　有人提议在某处山头给孔老夫子建立一座铜像，要高要大，至少在五丈以上，需一亿圆左右的铜，否则配不上这位"德侔天地，道冠古今"的伟大人物。还有人出花招，铜像中空，既省料，兼可设梯于其中，缘梯而上，可以登高瞩远。又有人说话了："不行。这样大的铜像，要遮住附近好几个人家的阳光。""不行！那一带常有酸雨，铜像不久就要被腐蚀。"议论纷纷。

　　孔子生于周灵王二十一年，西历纪元前五五一年，距今二千五百多年，后裔递嬗至今第七十七代，受到历代君王士庶的敬礼。曲阜孔林占地二平方公里，衍圣公府拥有房屋四百六十余间，孔子墓碑有"大成至圣文宣王墓"几个篆字，但是不曾听说在什么地方有孔子铜像。孔子画像我们辗转约略看到的也只有晋顾恺之所绘的像，和唐吴道子所绘的像而已。据说曲阜孔庙大成殿原来奉孔子塑像，早不复存，无可考。

　　记得我小时候，宣统年间，初上一家私立小学，开学之日，提调莅临，率领一群员生在庭院中对着至圣先师的牌位行三跪九叩礼，起来之后拍拍膝头的尘土，这就是开学典礼了。孔子是什么模样，毫无所知，为什么要给他三跪九叩我也不大明白，现在我们见到的孔德成先生，方面大耳，仪表堂堂（最近减食显得清癯一些），也许可以想见他七十七代远祖当年"温而厉，威而不猛，恭而安"的风度。虽未见过孔子铜像，但是隐隐然在我心中却有一个可敬的印象。如果有人给他塑一个像，是否与我心中印象相合，我不敢说。

民初兴起过一阵子孔教会的活动，我的学校里一方面有基督教青年会，有查经班，另一方面就有孔教会。我参加了孔教会的阵营，当时的活动限于办刊物，举行演讲，为工友及贫民儿童开补习班。五四以后，怀疑之风盛起，对于"孔教"的信仰不免动摇，不久孔教会缺乏支援也就烟消火灭了。奇怪的是，从来没有人想起为孔子立个铜像，甚至于连一个木质的牌位也没有设立。也许幸亏大家不曾到处为孔子立铜像，否则后来"土法炼钢"那一浩劫未必能逃得过。

孔子不是没有幽默感的人。《孔子家语》：

孔子适郑，与弟子相失，独立东郭门外，或人谓子贡曰："东门外有一人焉，其长九尺有六寸，河目隆颡，其头似尧；其颈似皋繇，其肩似子产，然自腰已下不及禹者三寸，累然如丧家之狗。"子贡以告，孔子欣然而叹曰："形状未也。如丧家之狗，然乎哉，然乎哉。"

这一段记载非常传神。孔子是大高个子，长脸。和弟子们走失了路，独立东郭门外，忧形于色，累然如丧家之狗。"丧家狗"如今是骂人的话，可是孔子听了欣然而叹说："对极了，对极了。"我们如今要是为孔子立铜像，当然只要那副九尺六寸的魁梧身躯，岸然道貌，不会让他带有几分生于乱世道不得行的忧时的气象。

　　美国西雅图的大学附近有一家日本杂货店，卖稻米、豆腐、瓷器，以及台湾制的蒸笼屉等，后门外有一小块空地作停车场，壁上用英文大书："孔子曰：'凡非本店顾客，请勿在此停车。'"这位日本老板很有风趣，虽然是开玩笑，但没有恶意，没有侮辱圣人之意。我们从他的这场玩笑，可以看出若是把孔子当作一个偶像看待，那是多么令人发噱的事。给孔子建五丈多高的铜像，纯然出于敬意，但也近于偶像崇拜，如果征求孔子同意，我想他必期期以为不可。

计　程　车

　　观光客（包括洋人与华裔洋人）来此观光，临去时，有些人总是爱问他们有何感想。其实何需问。其感想如何，我们早已耳熟能详，其中有一项几乎是每人都会提到的："交通秩序太乱，计程车横冲直撞，坐上去胆战心惊。"言下犹有余悸的样子。我们听了惭愧。许多国家都比我们强，交通秩序井然，开车的较有礼貌。但是，我们自己的国家究竟是我们自己的国家。

　　尽管我们的计程车不满人意，但不要忘记计程车的前一代的三轮车，更前一代的人力车。居住过上海租界的人应能记得，高大的外国水兵翘起腿坐在人力车上，用一根小木棒敲着飞奔的人力车夫的头，指挥他左转右转，把人当畜牲看待，其间可有丝毫礼貌？居住过重庆的人应能记得，人力车过了两路口冲着都邮街大斜坡向东急行，猛然间车夫为了省力将车把向上一扬，登时车夫悬吊在半空中，两脚乱蹬而不着地，口里大喊大叫，名曰"钓鱼"，坐在车上的人犹如御风而行，大气都不敢喘，岂只是胆战心惊？三轮脚踏车，似乎是较合于人道，可是有一阵子我每日从德惠街到洛阳街，那段路可真不短，有一回遇到台风放雨尾，三轮车好像是扯着帆逆风而行，足足走了将近两个小时，进退不得，三轮车夫累个半死。如今车有四轮，而且马达代替人工，还不知足？

不知足才能有进步。对。不过进步是要一步一步走的，否则便是"大跃进"了。不会走，休想跳。要追赶需从后面加紧脚步向前赶，"迎头赶上"怕没有那样的便宜事。

外国的计程车大抵都是较高级的车，钻进去不至于碰脑袋，坐下来不至于伸不开腿，走起来平平稳稳，不至于蹦蹦跳跳。即使不是高级车，多数是干干净净的。开车的人衣履整齐，从没有赤脚穿拖鞋或是穿背心短裤的。但是他们的计程车并不满街跑，不是招手就来的。如果大清早到飞机场，有时候还需前一晚预约，而且车资之高，远在我们的之上。初履日本东京的人，坐计程车由机场到市内，看着计程表由一千两千还往上跳，很少人心脏不跟着猛跳的。我们的计程车，全是小型低级的，且不要问什么自制率，就算它是国货吧，这不足为耻（我们有的是高级大轿车，那是达官巨贾用的，小民只合坐小车）。一个五尺六寸高的人坐在车里，头顶就会和车顶摩擦。车垫用手一摸，沙楞楞的全是尘土，谁知道哪里来的这么多灰尘。不过若能佝偻着身子钻进车厢，拳着腿坐下，这也就很不错了。我们的计程车会进步的，总有一天会进步到数目渐渐减少，价格渐渐提高到大家坐不起而不得不自己买车开车，现在计程车满街跑，应该算是畸形的全盛时代，不会久。

计程车司机劫财施暴的事偶有所闻，究竟是其中的极少数。我个人所遇到的令人恼火的司机只有下述几个类型。长头发一脸溃泥，服装不整。当然士大夫也有囚首垢面的，对计程车司机也就不必深责。曾经有一阵子要司机都穿制服，若要统一服装，没有希特勒一般的蛮干的力量能办得通么？有时候他口里叼着一根纸烟开车，风吹火星直扑后座，我请他不要吸烟，他理都不理，再请求他一遍他就赌气把烟向窗外一丢，顺势唾一口，唾沫星子飞到我脸上来。又有些个雅好音乐，或是误会乘客都是喜欢音乐的，把音响开得震耳欲聋（已经相当聋的也吃不消），而所播唱的无非是那些靡靡之音。我请他把声音放小一些，他勉强从命，老大不愿意的做象征性的调整，我请他干脆关掉，这下子他可光火了，他说：“这车子是我的！”显然的他忘记了付车资的人暂时也有一点权利可以主张。但是我没有作声，我报以“沉默的抗议”。更有一回，司机以为我是人生地不熟的外来客，南辕北辙的大兜圈子。我发现有异，加以指正。他恼羞成怒，立刻脸红脖子粗，猛踩油门，突转硬弯，在并不十分空荡的路面上蛇行急驶，遇到红灯表演紧急刹车。我看他并没有与我偕亡的意思，大概只是要我受一点刺激，紧张一下而已。为了使他满足，我紧握把手，故作紧张状，好像是准备要和他同归于尽的样子。遇到这样的事，无需惊异，天下是有这等样的人，不过偶然让我遇到罢了。从前人说，同搭一条船便是缘。坐计程车，亦然。遇上什么样的司机也是前缘注定，没得说。

　　绝大多数司机是和善的。尤其是年纪比较大些的，胖胖墩墩的，一脸的老实相，有些个还颇为健谈。

　　“老先生哪里人呀？”

　　“北平。”

　　“我一听就知道啦。”

　　“您高寿啦？”

　　“还小呢，八十出头。”

　　“喝！”他吓一跳，“保养得好！”

　　就这样攀谈下去，一直没个完，到我下车为止。更有些个善于看相，劈头就问：

"您在什么地方上班？"

我没作声。他在返光镜中再瞄我一眼，自言自语的说："不像是做官的。"我哼了一声。他又补充一句："也不像做买卖的。"他逗起了我的好奇，我就反问：

"你说我像是干什么的呢？"

"大约是教书的吧？"我听到心头一凛，被他一语摸清了我的底牌。退休了二十年，还没有褪尽穷酸气。

又有一次我看见车里挂着一张优良驾驶奖状，好像是说什么多少年未出事故。我的几句赞扬引出司机的一番不卑不亢的话："干我们这一行的，唉，要说行车安全，其实我们只有百分之五十的把握，"说到这里话一顿，他继续说，"另外百分之五十是操在别人手里。"我深韪其言，其实无论干哪一行，要成功当然靠自己，然而也要看因缘。

鬼

我不信有鬼，除非我亲眼看见鬼。

有人说他亲眼见过鬼，但是我不信他说的话。也许他以为他看见了鬼，其实那不是鬼，杯弓蛇影，一场误会。也许他是有意捏造故事，鬼话连篇，别有用心。

更多的人说，他自己虽然没有见过鬼，可是他有一位亲近而可信赖的人确实见过鬼，或是那亲近而可信赖的人他又有一位亲近而可信赖的人确实见过鬼，言之凿凿，不容怀疑。他不是姑妄言之，而我却是姑妄听之。我不信。

英国诗人雪莱在牛津时作《无神论之必然性》，否认上帝之存在，被学校开除。他所举的理由我觉得有一项特别有理。他说，主张上帝存在的人，应该负起举证的责任，证明上帝存在，不应该让无神论者举证来证明上帝不存在。我觉得此一论点亦适用于鬼。谁说有鬼，谁就应该举证，而且必须是客观具体确实可靠的证据，转口传说都不算数。

王充《论衡》之《论死》《订鬼》诸篇，亟言"人死不为鬼"，"凡天地之间有鬼，非人死精神为之也，皆人思念存想之所致也"。王充是东汉人，距今约二千年，他所说的话虽然未能全免阴阳五行之说的习气，但在那个时代就能有那样的见识，实在难能可贵。他说："夫为鬼者，人谓死人之精神。如审鬼者，死人之精神，则人见之，宜徒见裸袒之形，无为见衣带被服也……"这话有理，若说人死为鬼，难道生时穿着的衣服也随同变为鬼？

我不信有鬼，但若深更半夜置身于一个阴森森的地方，纵无鬼影幢幢，鬼声啾啾，而四顾无人，我也会不寒而栗。这是因为从小听到不少鬼故事，先入为主，总觉得昏黑的地方可能有鬼物潜伏。小时候有一阵子，我们几个孩子每晚在睡前挤在父亲床前，听他讲一段《聊斋》的鬼狐故事。《聊斋》的笔墨本来就好，经父亲绘影绘声的一讲，直听得我们毛发倒竖。我知道那是瓜棚豆架野老闲聊，但是小小的心灵里，从此难以泯尽鬼物的可怕的阴影。

虽然我没有"雄者吾有利剑，雌者纳之"那样的豪情，我并不怕鬼。如果人死为鬼，我早晚也是一鬼，吾何畏彼哉？何况还有啖鬼的钟馗为人壮胆？我在清华读书的时候，有一次冬寒之夜偕二三同学信步踱出校门购买烤白薯，时月光如水，朔风砭骨，而我们兴致很高，不即返回宿舍，竟觅就近一所坟园，席地环坐，分食白薯。白杨萧萧，荒草没径，我们不禁为之愀然，食毕遂匆匆离去。然亦未见鬼。

在青岛大学，同事中有好事者喜欢扶乩，尝对我说李太白曾经降坛，还题了一首诗。他把那首诗读给我听，我就不禁失笑，因为不仅词句肤浅，而且平仄不调，那位诗鬼李太白大概是仿冒的。不过仿冒归仿冒，鬼总是鬼。能见到一位诗鬼题一首不够格的歪诗，也是奇缘，我就表示愿意前去一晤那位鬼诗人。他欣然同意，约定某日的一夜，那一天月明风清，我到了他住的第八宿舍，那地方相当荒僻，隔着一条马路便是一片乱葬岗。他取出沙盘，焚香默祷，我们两人扶着乩笔，俄而乩笔动了。二人扶着乩笔，难得平衡，乩笔触沙，焉有不动之理？可是画来画去，只见一团乱圈，没有文字可循。朋友说："诗仙很忙，怕是一时不得分身。现在我们且到马路那边的乱葬岗，去请一位闲鬼前来一叙。"我想也好，只要是鬼就行。我们走到一座墓前，他先焚一点纸钱，对于鬼也要表示一点小意思。然后他又念念有词，要我掀起我的长袍底摆，作兜鬼状，把鬼兜着走回宿舍。我们再扶乩，乩笔依然是鬼画符，看不出一个字。我说这位鬼大概不识字。朋友说有此可能，但是他坚持"诚则灵"的道理，他怪我不诚。我说我不是不诚，只是没有诚到盲信的地步。他有一点愠意，最后说出这样的一句："神鬼怕恶人。"鬼不肯来，也就罢了，我不承认我是恶人。我无法活见鬼而已。

我的舅父在金华的法院任职很久，出名的廉明方正，晚年茹素念佛，我相信他不诳语。有时候他公事忙，下班很晚，夜间步行回家，由一个工人打着灯笼带路。走着走着，工人趑趄不前，挤在舅父身边小声说："前面有鬼！"这时候路上还有别的行人。工人说："你看，那一位行人就要跌跤了，因为鬼正预备用绳索绊倒他。"话犹未了，前面那位行人扑通一声跌倒在地。舅父正色曰："不要理会，我们走我们的路。"工人要求他走在前面，他打着灯笼紧随在后。二人昂然走过，亦竟无事。这样的事发生不止一次，舅父也觉得其事甚怪。我有疑问，工人有何异禀，独能见鬼，而别人不能见？鬼又何所为，作此促狭之事，而又差别待遇择人而施？我还是不信有鬼。

鬼究竟是什么样子？也许像"乌盆计"或"活捉三郎"里的那个样子吧？也许更可怕，青面獠牙，相貌狰狞。哈姆雷特看见他父王的鬼，并不可怕，只是怒容满面，在舞台上演的时候那个鬼也只是戎装身上蒙一块白布什么的。人死为鬼，鬼的面貌与生时无殊。吊死鬼总是舌头伸得长长的，永远缩不回去。我不解的是：人是假借四大以为身，一死则四大皆空，面貌不复存在，鬼没有物质的身躯，何从保持其原有相貌？我想鬼还是在活人的心里。疑心生暗鬼。

好　汉

　　从前北平每逢囚犯执行死刑之前，照例游街示众，囚犯五花大绑，端坐大敞车上，背上插着纸标，左右前后都有士兵簇拥，或捧大令，或持大刀，招摇过市，直赴刑场。刑场早先在菜市口，到了民国改在天桥。沿途有游手好闲的人一大群，尾随着囚车到天桥去看热闹。押着死囚去就戮，这一行叫作"出大差"，又称"出红差"。

　　我从未去过天桥，可是在路上遇见过出大差的场面。囚犯面色如土，一副股栗心悸的样子，委实令人看了心伤，不过我们也只能报以一声叹息。有些囚犯，犯了滔天大罪，而犹强项到底，至死不悔，对着群众大吼大叫："这算不了什么，过二十年又是一条好汉！大家给我捧个场吧！"于是群众就轰然的齐声报以"好！"囚犯脸上微微露出一抹苦笑。他以好汉自命，还想下一辈子投生为人，再度作违法乱纪的勾当，再充好汉。群众报以一声好，隐隐含着一点同情的意思。好像是颇近于匪徒杀人伏法之后，还有人致送"宁死不屈""天妒英才"之类的挽幛一般。

　　一般的说法，仗义任侠的人才算是好汉。《水浒传》二十一回："江湖上久闻他是个及时雨宋公明——是个天下闻名的好

汉。"宋江算不算得好汉，似乎值得研讨。说他及其一伙是江湖
上的好汉，大致是不错的。他在浔阳楼上醉后题反诗，有什么
"他年若遂凌云志，耻笑黄巢不丈夫"之句，口气好大，就不仅
是仗义任侠，他想造反，并且想要和黄巢较量一下杀人的纪录。
造反不一定就是错，"官逼民反"的时候多半错在官。造反而能
有宗旨，有计划，有气度，若是成功便是王侯，败就是贼。如果
仅是激于义愤，杀人放火，不择手段，不计后果，虽然打着"替
天行道"的幌子，最多只能算是江湖上的好汉。然而江湖好汉亦
不易为，盗亦有道，好汉也有他一套的规律。宋江自有他不可及
处，至少他个人不大贪财。弄到大笔财物之后大家分，他并不独
吞，所以不发生分赃不均或黑吃黑的情事。大块肉，大碗酒，大
家平起平坐，谁也没有贵宾卡。

　　英国有一套传统的有关罗宾汉的歌谣。据说罗宾汉是个亡命
徒，精于射箭，藏身在森林之中，神出鬼没，玩弄警长于股掌之
上，但是他有义气，他劫富济贫，他保护妇孺，有些像是我们所
熟悉的江湖好汉。但是这一伙强人并无大志，一味的乐天放肆，
和官府豪富作对，吐一口胸中闷气而已。有人说罗宾汉根本无其
人，是好事者诌出来的故事，但是也有人说确有其人，本来是亨
丁顿伯爵，化名为罗宾汉，据说他被人陷害之后，墓地还有一块
石碑，写明死期是一二四六年十二月二十四日。无论如何，罗宾
汉算是好汉。

　　我国古时有较为高级而且正派的好汉。《旧唐书》卷八十九
《狄仁杰传》，有这样一段：

　　则天尝问仁杰曰："朕要一好汉任使，有乎？"

　　仁杰曰："陛下作何任使？"

　　则天曰："朕欲待以将相。"

　　对曰："臣料陛下若求文章资历，则今之宰臣李峤、苏味道，亦足为文吏矣。岂非文士龌龊，思得奇才，用之以成天下之务者乎？"

　　则天悦曰："此朕心也。"

　　仁杰曰："荆州长史张柬之，其人虽老，真宰相才也。且久不遇。若用之，必尽节于国家矣。"

　　则天……后竟召为相。柬之果能复兴中宗……

　　武则天虽然有些地方不理于人口，但是她知人善任，她想求一好汉任使，使为将相，而且她肯听狄仁杰的话！能"成天下之务"的奇才，才算是好汉。这种好汉不但志节高超，远在任侠使气的好汉之上，亦非器量局狭拘于小节的"龌龊"文士所能望其项背。但是这种好汉也要风云际会才能有所作为。

　　我们现在心目中的好汉，其标准不太高。俗语说："好汉不怕出身低。"这句话有多方面的暗示，其中之一是挑筐卖菜者流只要勤俭奋发，有朝一日，也可能会跻身于豪富之列。如果他长袖善舞，广为结纳，也可成为翻云覆雨炙手可热的好汉。凡是能屈能伸，欺软怕硬，顺风转舵，蝇营狗苟的人，此人也常目之为好汉，因为"好汉不吃眼前亏"。时来运转，好汉也有惨遭挫败的时候，他就该闭关却扫，往日的荣华不必再提，因为"好汉不提当年勇"，如果觉得筋斗栽得冤枉，也不必推诿抱怨，因为"好汉打落牙，和血吞"。好汉固当如是。无论就哪一个层面上讲，好汉应该是特立独行敢做敢当的顶天立地的一条汉子。"富贵不能淫，贫贱不能移，威武不能屈"。

球　　赛

　　凡是球赛都多少具有一些战斗意味。双方斗智斗力斗技，以期压倒对方，取得胜利。人，本有好斗的本能，和其他的动物无殊。发泄这种本能之最痛快的方法，莫如掀起一场战争。攻城略地，血流漂杵，一将成名万骨枯，代价未免太大。如果把战斗的范围缩小，以一只球作为争夺的对象之象征，而且制订时间，时间一到立刻鸣金收兵，画定规则，犯规即予惩罚不贷，这样一来则好勇斗狠的本能发泄无遗，而好来好散，不伤和气。所以球赛之事，到处盛行。球赛不仅是两队队员在拼你死我活，还一定包括奇形怪状如中疯魔的啦啦队，以及数以千计万计摇旗呐喊的所谓球迷，是集体的战斗行动。

　　年轻人戒之在斗，年轻人就是好斗。但是也不限于年轻人。自己不斗，斗鸡、斗蟋蟀、斗鹌鹑也是好的，看赛狗赛马也很过瘾。就是街上狗打架，也会引来一圈人驻足而观。何况两队精挑细选的赳赳壮汉，服装鲜明，代表机关团体，堂堂的进入场地对决？

　　球赛之事，学校里最盛行。我在小学念书的那几年就常在上体操的时候改为踢足球。一班分为两队。不过一切都很简陋。有球场但是没有粉灰界限，两根竹竿插地就算是球门，皮球要用口吹气，后来才晓得利用脚踏车的唧筒。无所谓球鞋，冬天穿的大毛窝最适用。有时候一脚踢出去，皮球和大毛窝齐飞。无所谓制服，其中一队用一条红布缠臂便足资识别。无所谓时限，摇铃下课便是比赛终了。无所谓前锋后卫，除了门守之外大家一窝蜂。一个个累得筋疲力竭汗流浃背，但是觉得有趣。在没有体育课的时候，也会三三五五的聚在一起，找个小橡皮球，随地踢踢也觉得聊胜于无。

　　我进入清华，局面不同了。想踢球，天天可踢。而且每逢周末，常有校外的球队来赛球，或篮球或足球。校际比赛，非同小可，好像一场球赛的输赢，事关校誉。我是属于一旁呐喊的一群，两只拳头握得紧紧的，直冒冷汗。记得有一次南方来了一支足球劲旅，过去和清华在球上屡次见过高低，这回又来挑衅，旧敌重逢，分外眼红。清华摆出的阵式：前锋五虎，居中是徐仲良、左姚醒黄、右关颂韬、右翼华秀升、左翼小邝（忘其名）、后卫李汝祺、门守陆懋德等。这一场鏖战，清华赢了，结果是星期一全校放假一天，信不信由你，真有这种事。更奇怪的事，事隔约七十年，我还记得，印象之深可想。篮球赛也是一样的紧张刺激。记得城里某校的球队实力很强，是清华的劲敌，其中有一位特别的刁钻难缠，头额上常裹一条不很干净的毛巾，在乱军之中出出入入，步也不放松，非达到目的不止，这位骁将我特别欣赏，不知其姓名，只听得他的伙伴喊他做"老魏"。老魏如仍健在，应该是九十岁左右了。

　　球场里打球，有时候也会添一段余兴作为插曲，于打球之外也打人。球员争球，难免要动肝火，互挥老拳，其他的队员及啦啦队球迷若是激于"团队精神"，一齐进场参战，一场混战就大

有可观了。英国人讲究"运动员精神",公平竞技,而有礼貌,
尤其是要输得起,不失君子风度。这理想很高,做起来不易。不
要相信英国人个个都是绅士。最近一大群英国球迷在布鲁塞尔球
场上大暴动,在球赛尚未开始就挤倒一堵墙,压死好几十意大利
球迷,英国方面只阵亡一人,于球迷混战之中大获全胜。这是什
么"运动员精神"!比较起来,前不久北平香港足球之战,北平
球迷在输了球之后见外国人就打,见汽车就砸,尚未闹出命案,
好像是文明多了。

　　"君子无所争,必也射乎!"就是射也有一套射礼。"揖
让而升,下而饮,其争也君子。"这是孔子说的话(见《礼记》
四十四"射义"),"射求正诸己,己正然后发,发而不中,则
不怨胜己者,反求诸己而已矣。"如果球赛中,输的一方能"不
怨胜己者",只怪自己技不如人,那么就不会有何纷争,像英国
球迷之类的胡闹也永不会发生。我们中国古代有所谓"蹴鞠",
近于今之足球。刘向《别录》:"蹴鞠者,传言黄帝所作,或曰
起战国时。"《文献通考》:"蹴球,盖始于唐。植两修竹,高
数丈,络网于上为门以度球。球工分左右朋,以角胜负。岂非蹴
鞠之变欤?"《水浒传》里也提到宋朝"高俅那厮,蹴得一脚好
球"。可见足球我们古已有之,倒是史乘中尚未见过像英国球迷
那样滋事的丑态。

　　据传说李鸿章看了外国人打篮球,对左右说:"那么多人
抢一只球,累成那样子,何苦!我愿买几个球送给他们,每人一
只。"不管这故事是否可靠,我们中国人(至少士大夫阶级)
不大好斗,恐怕是真的。可是他还没见到美国足球比赛,他看了
会觉得像是置身于蛮貊之乡。比赛前夕照例有激励士气的集会
(pep meeting),月黑风高之夜,在旷野燃起一堆烽火,噼噼啪

啪的响，球员手牵着手，围绕着熊熊烈火又唱又跳又吼，火光把每个人的脸照得狰狞可怖杀气腾腾。印第安人出战前夕举行的仪式，大概就是这个样子。翌日比赛开始，一个个像是猛虎出柙，一个人抱着球没命的跑，对方的人就没命的追，飞身抱他的大腿，然后好多好多的人赶上去横七竖八的挤成一堆。蚂蚁打仗都比这个有秩序！

偏　　方

　　一位酱油公司的老板，患有风湿和糖尿的病症，听信日本人的偏方，大吃螺肉寿司，结果全家五口染上病毒，并且殃及友人和司机。目前已有两位不治！老板本人尚在病榻上挣扎，其夫人已有一目失明（后来还是死了）。病从口入，没有什么稀奇，想不到有人会生吃螺肉，蘸上一点芥末硬往口里塞。

　　何谓偏方？凡非正式医师所开之非正常的药方，或非正常的治疗方法，皆是偏方。医师本无包治百病的能力，许多病症不是药石所能奏效的。病家情急乱投医，仍然不见起色，往往就会采纳热心而又好事的人所献的偏方。姑且一试，死马当活马医。而且偏方所用药物多属寻常习见，性非酷烈，所以大概是有益无损。毛病就常出在这有益无损上。

　　自从燧人氏钻木取火，我们老早就脱离了茹毛饮血的阶段而知道熟食，奈何隔了数千年仍不能忘情于吃生鱼、生虾、生蟹、生螺？说吃生螺能治风湿糖尿，如果有医学的根据，至少应该注意到其中有无寄生的虫类。何况风湿糖尿现在尚无"根治"的方法，一个偏方就能治病，天下有此等便宜事！笔者患糖尿久矣，风湿亦时常发作。针灸对于神经系统的疾病确有或多或少的功效，有理论、有实验，不算是偏方。糖尿在我们中国有悠久历史，自从文园病渴，迄今好几千年，实际上没有方法可以根治。凡是说可以根治的，都是不负责的夸张语。至于偏方更是无稽之谈了。有一位素不相识的人，远道辱书，附带寄来一包药草，据他说是母亲亲自上山采集的药草，专治糖尿。这一包无名的药草，黑不溜秋，半干半软，教我如何敢于煎服下肚？我只好复书道谢，由衷的道谢。又有一位熟识的友，膀大腰圆，一棒子打不倒，自称是偏方专家，可以活到一百二十岁（结果打了六折），听说我患糖尿，便苦口婆心的劝我煎玉蜀黍须，代茶饮，七七四十九天，就会霍然而愈。看我迟迟没有照办，便自己弄来一大包玉蜀黍须送上门，逼我立刻煎汤，看着我咕嘟咕嘟的喝下一大碗，他才扬长而去。玉蜀黍须做汤，甜滋滋的，喝下去真真是有益无损，但是与糖尿似乎是风马牛。

有些偏方实在偏得厉害，匪夷所思。匐行疹是一种皮肤病，患者腰际神经末梢发炎，生出一串的疱疹，有时左右各一串，形似合围之势，极为痛疼。西医无法处理，只能略施镇定解痛之剂，俟其自行复元。此地中医某，有秘方调制药粉，取空心菜（即瓮菜）砸成泥，加入药粉混拌，有奇效。但是又流行一个偏方，就离奇得可笑了，其法是以毛笔蘸雄黄酒，沿着患处写一行字："斩白蛇，起帝业，高祖在此。"匐行疹俗名转腰龙，龙蛇本相近，汉高祖是赤帝子，赤帝子斩白帝子，一物降一物。雄黄为五毒药之一，蛇为五毒虫之一，以毒攻毒，自然攻无不克，无知的人听起来好像入情入理！

某公得怪病，食不下咽，睡不得安，面黄肌瘦，形容枯槁，摇摇晃晃，气若游丝。服用维他命，注射荷尔蒙，投以牛黄清心丸，猛进十全大补汤，都不见效。不知他从哪里搜得偏方，吃产妇刚刚排出的胞衣，越新鲜的越好（中药"紫河车"是干燥过的胎盘，药力差）。于是奔走于妇产科医院，每天都能如愿以偿，或清炖，或红烧，变着花样享用，滋味如何只有他自己知道。说也奇怪，吃了三十多个胞衣之后，病乃大瘥。究竟其间有无因果关系，谁知道。任何病症，不外三种结果：一个是不药而愈，一个是药到病除，一个是医药罔效。胞衣这个偏方有无功效，待考。

记不得是治什么病的一个偏方，喝童子便。最好是趁热喝。案：人的排泄物列入本草的有"人中黄""人中白"二味。《本草·人屎》："腊月截淡竹，去青皮，浸渗取汁，治天行热疾中毒，名粪清。浸皂荚甘蔗，治天行热疾，名人中黄。"《本草·溺白垽》："滓淀为垽，此乃人溺澄下白垽也，以风久日干者为良。"一曰取汁，一曰风久，究竟不是要人大嘴吃屎大口喝溺，童子便则是直接取饮，人非情急，恐怕未肯轻易尝试。

有些偏方比较简单易行。不知是什么人的发现，蛇胆可以明目。捕蛇者乃大发利市。市上公开宰蛇，取出蛇胆，纳小酒杯中，立刻就有顾客仰着脖子囫囵吞了下去，围观者如堵。又有人想入非非，根据吃什么补什么的原理，喜食牛鞭，生鲜的牛鞭，当中剖开切成寸许断片，细火高汤清炖，片片浮在表面。曾在某公宴席上看到这一异味，我未敢下箸，隔日问同席猛吃此物的某君有无特别感受，他说需要常吃才行，偶吃一次不能立竿见影。

患痔的人很多，偏方也就不少。有人扬言每天早起空着肚子吃两枚松花皮蛋，有意想不到之效力。可惜难得有人持之以恒，更可惜无人作实验的统计或药理的分析。假如皮蛋铅分过多，就令人望而生畏，治一经损一经，划不来。

伤风寻常事，也有偏方不离吃的范围。据说常吃鸡尖，即鸡的尾端翘起处，包括不雅的部位及其附近一带，一咬一汪子油，常吃即可免于伤风的感染。有此一说，信不信由你。又有人说土鸡炖柠檬同样有效。

　　我无意把所有偏方一笔抹煞。当初神农尝百草，功在万世，传说他有一个水晶肚子。偏方未尝不可一试，愿试者尽管试。不过像华佗的漆叶青黏散，据说“久服可以去三虫利五脏，轻体，使人头不白”，我还是不敢试。

厌恶女性者

不要以为男人都是好色之徒，也有厌恶女性者。

《周书·列传第四十》，萧统三子萧詧，曾在江陵称帝八载，据说他"少有大志，不拘小节……性不饮酒，安于俭素……尤恶见妇人，虽相去数步，遥闻其臭。经御妇人之衣，不复更著"。

一个曾临九五的人，无论在位如何短暂，疆土如何狭小，我们可以想象内宫粉黛，必极其妍。而萧詧恶见妇人，事属不经，似难索解。女人离他数步之遥，他就闻到她的臭味，更是离奇，难道他遇到的妇人个个都患狐臭？因思古时淳于髡一斗亦醉，一石亦醉，最欢畅的时候是"州闾之会，男女杂坐……前有堕珥，后有遗簪""男女同席，履舄交错……主人留髡而送客，罗襦襟解，微闻芗泽"。芗泽就是指女人身上散发出来的一股特殊的香气。淳于髡说的大概是实话。这种香气须在相当亲近肌肤的时候才能闻到。《红楼梦》里宝玉不是就曾一再勉强的要闻黛玉的袖口么？只因袖口里有芗泽。这种香气，萧詧大概是无缘消受。不过萧詧雅好佛理，曾有"内典华严般若法华金光明义疏四十六卷"的著作行世，也许因潜心佛理而厌恶女色，亦未可知。可是事实上他生了八个儿子，死时才四十四岁，这又怎么说？

　　厌恶女性者，英文叫作misogynist，在文学作品中有时也有很率直的描述。例如：十六世纪作家约翰·黎利（John Lyly）所作《优浮绮斯》（Euphues），其中有一封长信，是优浮绮斯在离开那不利斯返回雅典时写给他的一位朋友及一般痴情男子的。这封信号称为"戒色指南"（The Cooling Card）。其言曰：

　　她如果贞洁，必定拘谨；如果轻佻，必定淫荡；如是严肃的婆娘，谁肯爱她？如是放浪的泼妇，谁愿娶她？如是侍奉灶神的处女，她们是誓不嫁人的；如是追随爱神的信徒，她们是势必荒淫的。如果我爱一个美貌的，势必引起嫉妒；如果我爱一个貌寝的，会要使我疯狂。如果生育频繁，则负担有增无已；如果不能生育，则我的罪孽愈发深重；如果贤淑，我会担心她早死；如果不淑，我会厌恶她长寿。

　　把女人说得一无是处，其结论是"避免接近女人"。优浮绮斯的私行并不谨饬，被蛇咬过一回，以后见了绳子也怕。所以他的厌恶女性的论调实是有感而发。

　　异性相吸，男女相悦，乃是常情。至于溺于女色者，如纣王之宠妲己、幽王之宠褒姒，以至于亡国，则罪不全在妲己与褒姒，纣王幽王须负更大之责任。只因佳人难再得，遂任其倾城倾国，昏君本人之罪责岂容推诿？赵飞燕的女弟刚接进宫，就有人在背后议论："此祸水也，必将灭火。"汉得火德而兴，是否因此一女子而澌灭，且不去管它，"祸水"一词从此成了某些女性的代名词。西谚有云："任何事故，追根问柢，必定有个女人。"话并不错，不过要看怎样解释。一个人在事业上有所成就，很大部分是因为家有贤妻，一个人一生中不闯大祸，也很大部分是因为家有贤妻。"女人是水做的，男人是泥做的"，是女性崇拜的说法，指女人为祸水，是厌恶女性者的口头禅。

教育你的父母

　　"养不教，父之过。"现在时代不同了，父母年纪大了，子女也负有教育父母的义务。话说起来好像有一点刺耳，而事实往往确是这样。

　　"吃到老，学到老。"前半句人人皆优为之，后半句却不易做到。人到七老八十，面如冻梨，痴呆黄耇，步履维艰，还教他学什么？只合含饴弄孙（如果他被准许做这样的事），或只坐在公园木椅上晒太阳。这时候做子女的就要因材施教，教他的父母不可自暴自弃，应该"当一天和尚撞一天钟"，"人生七十才开始"。西谚有云："没有狗老得不能学新把戏。"岂可人不如狗？并且可以很容易的举出许多榜样，例如：

　　一、摩西老祖母一百岁时还在画。

　　二、罗素九十四岁时还在奔走世界和平。

　　三、萧伯纳九十二岁还在编戏。

　　四、史怀泽八十九岁还在非洲行医。

　　五、歌德写完他的《浮士德》时是八十三岁。

　　旁敲侧击，教他见贤思齐，争上游，不可以自甘老朽，饱食终日。游手好闲，耗吃等死，就是没出息。年轻人没出息，犹有指望，指望他有朝一日悔悔自新。上了年纪的人没出息，还有什么指望？二辈子！

孩子已经长大成人，甚至已经生男育女，在父母眼中他还是孩子。所以老莱子彩衣娱亲，仆地作儿啼，算是孝行。那时候他已经行年七十，他的父母该是九十以上的人了。这种孝行如今不可能发生。如今的孩子，翅膀一硬，就要远走高飞，此后男婚女嫁，小两口子自成一个独立的单位，五世同堂乃成为一种幻想，或竟是梦魇。现代子女应该早早提醒父母，老境如何打发，宜早为之计，告诉他们如何储蓄以为养老之资，如何锻炼身体以免百病丛生。最重要的是要他们心里有所准备，需要自求多福，颐养天年，与儿女无涉。俗语说："一个人可以养活十个儿子，十个儿子养不活一个爸爸。"那就是因为儿子本身也要养活儿子，自顾不暇，既要承上，又要启下，忙不过来。十个儿子互相推诿，爸爸就没人管了。

代沟之说，有相当的道理。不过这条沟如何沟通，只好潜移默化，子女对父母未便耳提面命。上一代的人有许多怪习惯，例如：父母对于用钱的方式，就常不为子女所了解。年轻人心里常嘀咕，你要那么多钱干什么？一个钱也带不了棺材里去！一个钱看得像斗大，一串串的穿在肋骨上，就是舍不得摘下来。眼瞧着钱财越积越多，而生活水准不见提高。嘀咕没有用，要事实上逐步提示新的生活模式。看他的一把坐椅缺了一只脚，垫着一块砖，勉强凑合，你便不妨给他买一张转椅躺椅之类，看他肯不肯坐。看他的衣服捉襟见肘，污渍斑斑，你便不妨给他买一件松松大大的夹克，看他肯不肯穿。这当然不免要破费几文，然而这是个案研究的教学法，教具是免不了的。终极目的是要父母懂得如何过现代的生活，要让他知道消费未必就是浪费。

　　勤俭起家的人无不爱惜物资。一颗饭粒都不可剩在碗里，更不可以落在地上。一张纸，一根绳，都不能委弃。以至家家都有一屋子的破铜烂铁。陶侃竹头木屑的故事一直传为美谈，须知陶侃至少有储存那些竹头木屑的地方。如今三房两厅的逼仄的局面，如何容得下那一大堆的东西？所以做子女的在家里要不时的负起清除家里陈年垃圾的责任。要教导父母，莫要心疼，旧的不去，新的不来。

　　我们一般中国人没有立遗嘱的习惯，尽管死后子女打得头破血出，或是把一张楠木桌锯成两半以便平分，或是缠讼经年丢人现眼，就是不肯早一点安排清楚。其原因在于讳言死。人活着的时候称死为"不讳"或"不可讳"，那意思就是说能讳时则讳，直到翘了辫子才不再讳。逼父母立遗嘱，这当然使不得。劝父母立遗嘱，也很难启齿。究竟如何使父母早立遗嘱，就要相机行事，乘父母心情开朗的时候，婉转进言，善为说辞，以不伤感情为主。等到父母病革，快到易箦的时候才请他口授遗言，似乎是太晚了一些。

　　教育的方法多端，言教不如身教。父母设非低能，大抵也会知道模仿。在公共场所，如果年轻人都知道不可喧哗，他们的父母大概也会不大声说话。如果年轻人都知道鱼贯排队，他们的父母也会不再攘臂抢先。如果年轻人不牵着狗在人行道上遗矢，他们的父母也许不好意思到处吐痰。种种无言之教，影响很大，父母教育儿女，儿女也教育父母，有些事情是需要解释的，例如：中年发福不是好现象，要防止血压高，要注意胆固醇等等。

　　有些父母在行为上犯有错误，甚至恶性重大不堪造就，为人子者也负有教育的责任。子曰："事父母，几谏；见志不从，又敬而不违，劳而不怨。"这就是说，父母有错，要委婉劝告，不可不管；他不听，也不可放弃不管，更不可怨恨。当然，更不可以体罚。看父母那副孱弱的样子，不足以当尊拳。

干 屎 橛

《五灯会元》里有这样一段记载：

> 僧问云门："如何是佛？"门云："干屎橛。"

凡能"自觉""觉他""觉行圆满"者皆谓之佛。人人皆有佛性，皆可成佛，不一定对释迦牟尼才可称佛。但是，佛是人生至高无上的一种境界，也是至尊无上的一种尊称，这是我们大家所共认的。僧问云门如何是佛，有心向上，所以才发此问。云门乃是五代一位禅宗高僧，本名文偃，居韶州之云门山，建云门寺，为云门宗之祖，世以云门称之。以这样的一位有道之士，何以口出秽言，以这样不堪的话语来答僧问？须知这正是禅师之猛下钳锤处。禅宗主旨，在于明心见性，一无所染，至于湛然寂静的境界。若是口中说佛，便是心中尚横亘着一个佛的观念，尚存有凡圣差别之心。云门怕听人说佛之一字，所以干干脆脆以最难听的比喻回答他：佛就是不值一提的干屎橛。这是禅师呵佛骂祖的一贯作风。僧若有缘，当下即应有悟。

何谓干屎橛？不要误会以为那是在粪场里我们所习见的纵横

狼藉被阳光晒干了的屎橛。这里所谓的干屎橛，乃是拭粪之具。干作动词解。印度风俗，人于便后用小木竹片拭粪，谓之厕筹，亦名厕橛。干屎橛就是指这个厕橛。现在印度是否还有此种风俗，我不知道。当初有这种风俗，其陋可想。可怪者是佛教东来，我国寺观之中也传来此种陋俗，云门寺中当必有此设备。元人陶宗仪《南村辍耕录》："今寺观削木为筹，置厕圊中，名曰厕筹。"是元时寺庙之中尚有此物。而宋人龙衮所著《江南野史》，记南唐史事，述"李后主亲为桑门削作厕简子"。厕简子亦即是这个干屎橛。李后主为僧人做厕筹，大概也自认为是一种敬礼三宝的功德。

寺观之外，干屎橛是否在民间普遍使用，如其不用则以何物代替，何时才知道开始用纸，恕我孤陋寡闻。我知道清末北方乡间一切都还是十分简陋的。城里人知道用草纸，黄澄澄的粗糙之极，纸面上有草屑，有时还有蒲公英的花絮，硬挺挺的，坚而且厚。乡下人求草纸而不可得，地面上的砖头石块，俯拾即是，可以随意取用。如果入得青纱帐里，扯下一片高粱叶玉米叶，可以技巧的一划而不至于划破皮肤。

人到了什么地方就要适应什么环境。就是物质文明很高的国度里，其穷乡僻壤高山丛林之中也不见得就有卫生设备以及卫生纸。我知道有几个在美国习森林学的青年，经常攀登野外的高山，在长年积雪的原始森林中做长期间的实习，他们的行囊已经够重，并不携带卫生纸。我问他们如何解决如厕的问题。他们笑答说："很简单，拣一棵比较容易爬上去的大树，跨在一根横枝上，居高临下，方便无比。"我再问何以善其后，他们乃大笑说："在地面上掬起一捧雪，加紧捏凑成为一个坚实的雪团，就可以代替卫生纸了，用了一个还可以再做一个。"我问他感觉如何。他说："冰凉的，很好受。"大概胜似干屎橛吧？只是我们哪里有那样方便的雪？

风　水

　　何谓风水？相传郭璞所撰《葬书》说："葬者乘生气也。经曰，气乘风则散，界水则止。古人聚之使不散，行之使有止，故谓之风水。"这话好像等于没说。揣摩其意，大概是说，丧葬之地须要注意其地势环境，尽可能的要找一块令人满意的地方。至于什么"气乘风则散，界水则止"，就有点近于玄虚，人死则气绝，还有什么气散气止之可说？

　　葬地最好是在比较高亢的地方，因为低隰的地方容易积水，对于死者骸骨不利；如果地势开廓爽朗，作为阴宅，子孙看着也会觉得心安。这都是可以理解的。不过一定要寻龙探脉，找什么"生龙口"，那就未免太难。堪舆家所谓的各种各样的穴形，诸如"七星伴月形""双燕抱梁形""游龙戏水形""美女献花形""金凤朝阳形""乌鸦归巢形""猛虎擒羊形""骑马斩关形"……无穷无尽的藏风聚气的吉穴之形，堪舆家说得头头是道，美不可言。我们肉眼凡胎，不谙青乌之术，很难理解，只好姑妄听之。更有所谓"阴刀出鞘形"者，就似乎是想入非非了。

　　吉穴的形势何以能影响到后代子孙的发旺富贵，这道理不容易解释。历来学者有许多对于风水之说抱怀疑态度。《张子全书》："葬法有风水山冈之说，此全无义理。"全无义理，就是胡说乱道之意。司马光《葬论》："《孝经》云：'卜其宅兆。'非若今阴阳家相其山冈风水也。"他也是一口否定了风水的说法。可是多少年来一般民众卜葬尊亲，很少不请教堪舆家的，好像不是为死者求福，而是为后人的富贵着想。活人还想讨死人的便宜。死人有剩余价值，他的墓地风水还能给活人以福祉灾殃！"不得三尺土，子孙永代苦。"真有这种事么？

有人仕途得意，历经宦海风波，而保持官职如故，人讽之为五朝元老，彼亦欣然以长乐老为荣。或问其术安在，答曰："祖坟风水佳耳。"后来失势，狼狈去官，则又曰："听说祖坟上有一棵大树如盖，乃风水所系，被人砍去，遂至如此。"不曰富贵在天，乃云富贵在地！在一棵树！

人做了皇帝，都以为是子孙万世之业，并且也知道自古没有万岁天子，所以通常在位时就兴建陵寝。风水之佳，规模之大，当然不在话下。我曾路过咸阳，向导遥指一座高高大大的土丘说："那就是秦始皇墓。"我当然看不出那地方风水有什么异样，我只知道他的帝祚不永，二世而斩。近年他的坟墓也被掘得七零八落了。陵寝有再好不过的风水，也自身难保，还管得了他的孝子贤孙变成为飘萍断梗？近如清朝的慈禧太后，活的时候营建颐和园，造孽还不够，陵寝也造得坚固异常，然而曾几何时禁不住孙殿英的火药炮轰，落得尸骨狼藉。或白：这怪不得风水，这是气数已尽。既讲风水，又说气数，真是横说横有理，竖说竖有理。

阴宅讲风水，阳宅焉能不讲？民间最起码的风水常识是大门要开在左方。《礼记·曲礼上》："行，前朱鸟而后玄武，左青龙而右白虎。"其实这是说行军时旌旗的位置。后来道家思想才以青龙为最贵之神，白虎为凶神。门开在右手则犯冲了太岁。迄今一般住宅的大门（如果有大门）都是开在左方的。大家既然尚左，成了习俗，我们也就不妨从众。我曾见有些人家，重建大门，改成斜的，是真所谓"斜门"！吉凶祸福，原因错综复杂，岂是两扇大门的位置方向所能左右？车靠左边走，车靠右边行，同样的会出车祸。

不知道为什么别人家的山墙房脊冲着我家就于我不利，普通的禳避之法是悬起一面镜子，把迎面而来的凶煞之气轻而易举的反照回去，让对方自己去受用。如果镜子上再画上八卦，则更有除邪厌胜的效力。太上老君诸葛孔明和捉鬼的道士不都是穿八卦衣么？

据说都市和住宅的地形也事关风水，不可等闲视之。《朱子语录》："古今建都之地，莫过于冀，所谓无风以散之，有水以界之也。"可是看看那些建都之地，所谓的王气也都没有能延长多久，徒令后人兴起铜驼荆棘之感。北平城墙不是完全方方正正的，西北角和东南角都各缺一块，据说是像"天塌西北地陷东南"，谁也不知道这究竟起了什么作用。只知道如今城墙被拆除了。住宅的地形如果是长方形，前面宽而后面窄，据说不仅是没有裕后之象，而且形似棺木，凶。前些年我就住过这样的一栋房子，住了七年，没事。先我居住此房者，和在我以后迁入者，均奄忽而殁，这有什么稀奇，人孰无死？有一位朋友，其家背山面水，风景奇佳，一日大雨山崩，人与屋俱埋于泥沙之中，死生有命，非关风水。

近来新官上任，纵不修衙，那张办公桌子却要摆来摆去，斟酌再三，总要摆出一个大吉大利的阵式。一般人家安设床铺也要考虑，大概面西就不大好，怕的是一路归西。西方本是极乐世界所在，并非恶地。床无论面向何方，人总是一路往西行的。

　　客有问于余者曰："先生寓所，风水何如？"我告诉他，我住的地方前后左右都是高楼大厦，我好像是藏身谷底，终日面壁，罕见阳光，虽然台风吹来，亦不大有所感受，还说什么风水？出门则百尺以内，有理发馆六七处，餐厅二十多家，车龙马水，闹闹轰轰，还说什么风水？自求多福，如是而已。

天　气

　　熟人相见，不能老是咕嘟着嘴，总得找句话说。说什么好呢？一时无话可说，就说天气吧。"今天好冷啊。""是呀，好冷好冷。"寒来暑往，天道之常，气温升降，冷暖自知，有什么好说的？也许比某些人见面就问"您吃饭啦？""您喝茶啦？"，或是某些染有洋习的人之不分长幼尊卑一律见面就是一声"嗨！"要好得多。拿天气作为初步的谈话资料，未尝不可，我们自古以来，行之久矣，即所谓"寒暄"，又曰"道炎凉"。

　　天气也真是怪，变化无常。苦了预报天气的人。我看过一幅漫画，画着一位可怜巴巴的预报天气的人向他的长官呈递辞书。长官问他何故倦勤，他说："天气不与我合作。"我看了这幅画，很同情他。他以后若是常常报出明天天气"晴，时多云，局部偶阵雨"，我不会十分怪他。天有不测风云，教谁预报天气，也是没有太大把握。不过说实话，近年来天气预报，由于技术进步，虽难十拿九稳，大致总算不错。预报正确，没有人喝彩鼓掌，更没有人发报鸣谢。预报离了谱，少不得有人抱怨，甚至大骂。从前根本没有什么天气预报之说，人人撞大运。北方民间迷信，娶妻那天若是天下大雨，硬说是新郎倌小时候骑了狗！古人预测天气，有所谓"月晕而风，础润而雨"之说（见苏洵《辨奸论》）。谁能天天仰观天象而且天上亦未必随时有月。至于础，础润由于湿度高，可能是有雨之兆，但是现代房屋早已没有础可寻了。西方人对于预卜天气也有不少民俗传说。例如：蝙蝠飞进屋，牛不肯上牧场，猫逆向舔毛，猪嘴衔稻草，驴大叫，蛙大鸣……都是天将大雨的征兆。有人利用蟋蟀的叫声，在十五秒内听他叫多少声，再加三十七，就等于那一天的气温（华氏表）。又有人编了四句顺口溜：

> 燕子飞得高，
>
> 晴天，天气好；
>
> 燕子飞得低，
>
> 阴天，要下雨。

西太平洋热带附近和中国海的台风是有名的。元忽必烈汗两度遣兵远征日本，不顾天时地利，都遭遇了台风而全军覆没，日本人幸免于难，乃称之为"神风"。我们知道台风是有季节性的，奈何忽必烈汗计不及此？我初来台湾，耳台风之名，相见恨晚，不过等到台风真个来袭，那排山倒海之势，着实令人心惊。记得有一年遇到一个超级的西北台风，风狂雨骤，四扇落地窗被吹得微微弯曲，有迸破之虞，赶快搬运粗重家具将窗顶住，但见雨水自窗隙汩汩渗进，无孔不入，害得我一家彻夜未能阖眼。于是听人劝告，赶制坚厚的桧木柙板，等到柙板做成，没有使用几次，竟无大台风来。我们总算幸运，没有北美洲那样强烈的飓风（即龙卷风），风来像一根巨柱，把整栋的房屋席卷上天！我们的台风来前，向有预报，这恐怕要感谢国际合作，以及卫星帮忙。虽然偶有来势汹汹而过门不入的情事，也乐得凉快一阵喜获甘霖，没得可怨。

人总是不知足。不是嫌太热，就是嫌太冷。朔方太冷，冰天雪地，重裘不暖，好羡慕"暖风熏得游人醉"的景况。炎方太热，朱明当令，如堕火宅，又不免兴起"安得赤脚踏层冰"的念头。有些地方既不冷又不热，好像是四季如春，例如我国的昆明便是其中之一，住在这种地方的人应该心满意足没话可说了。然而不然，仍然有人抱怨，说这样的天气过于单调，缺乏春夏秋冬的变化，有悖"天有四时"之旨。好像是一定要一年之中轮流的换着四季衣裳才觉得过瘾。好像是一定要"春有百花秋有月，夏有凉风冬有雪"，才算是具有良辰美景赏心乐事。我看天公着实作难，怎样做都难得尽如人意。

久晴不雨则旱，旱则禾稻枯焦。久雨不歇则涝，涝则人其为鱼。这就是靠天吃饭的悲哀。天气之捉弄人，恐怕尚不止此。据气象家的预测，如果太阳的热再加百分之三十，地球上的生物将完全消灭。如果减少百分之三十，地球将包裹在一英里厚的冰层内！别慌，这只是预测，短期内大概不会实现。

礼　貌

　　前些年有一位朋友在宴会后引我到他家中小坐。推门而入，看见他的一位少爷正躺在沙发椅上看杂志。他的姿势不大寻常，头朝下，两腿高举在沙发靠背上面，倒竖蜻蜓。他不怕这种姿势可能使他吃饱了饭呕出来，这是他的自由。我的朋友喊了他一声："约翰！"他好像没听见，也许是太专心于看杂志了。我的朋友又说："约翰！起来喊梁伯伯！"他听见了，但是没有什么反应，继续看他的杂志，只是翻了一下白眼，我的朋友有一点窘，就好像要猴子的敲一声锣教猴子翻筋斗而猴子不肯动，当下喃喃的自言自语："这孩子，没礼貌！"我心里想：他没有跳起来一拳把我打出门外，已经是相当的有礼貌了。

　　礼貌之为物，随时随地而异。我小时在北平，常在街上看见戴眼镜的人（那时候的眼镜都是两个大大的滴溜圆的镜片，配上银质的框子和腿）。他一遇到迎面而来的熟人，老远的就刷的一下把眼镜取下，握在手里，然后向前紧走两步，两人同时口中念念有词互相蹲一条腿请安。我至今不明白为什么二人相见要先摘下眼镜。戴着眼镜有什么失敬之处？如今戴眼镜的人太多了，有些人从小就成了四眼田鸡，摘不胜摘，也就没人见人摘眼镜了。

可见礼貌随时而异。

　　人在屋里不可以峨大冠，中外皆然，但是在西方则女人有特权，屋里可以不摘帽子。尤其是从前的西方妇女，她们的帽子特大，常常像是头上顶着一个大鸟窝，或是一个大铁锅，或是一个大花篮，奇形怪状，不可方物。这种帽子也许戴上摘下都很费事，而且摘下来也难觅放置之处，所以妇女可以在室内不摘帽子。多半个世纪之前，有一次在美国，我偕友进入电影院，落座之后，发现我们前排座位上有两位戴大花冠的妇人，正好遮住我们的视线。我想从两顶帽子之间的空隙窥看银幕亦不可得，因为那两顶大帽子不时的左右移动。我忍耐不住，用我们的国语低声对我的友伴说："这两个老太婆太可恶了，大帽子使得我无法看电影。"话犹未了，一位老太婆转过头来，用相当纯正的中国话对我说；"你们二位是刚从中国来的么？"言罢把帽除去。我窘不可言。她戴帽子不失礼，我用中国话背后斥责她，倒是我没有礼貌了。可见礼貌也是随地而异。

　　西方人的家是他的堡垒，不容闲杂人等随便闯入，朋友访问以时，而且照例事前通知。我们在这一方面的礼貌好像要差一些。我们的中上阶级人家，深宅大院，邻近的人不会随便造访。中下的小户人家，两家可以共用一垛墙，跨出门不需要几步就到了邻舍，就容易有所谓串门子闲聊天的习惯。任何人吃饱饭没事做，都可以踱到别人家里闲磋牙，也不管别人是否有功夫陪你瞎嚼蛆。有时候去的真不是时候，令人窘，例如在人家睡的时候，或吃饭的时候，或工作的时候，实在诸多不便，然而一般人认为这不算是失礼。一聊没个完，主人打哈欠，看手表，客人无动于衷，宾至如归。这种串门子的陋习，如今少了，但未绝迹。

　　探病是礼貌，也是艺术。空手去也可以，带点东西来无妨。要看彼此的关系和身份加以斟酌。有的人病房里花篮堆集如山，像是店铺开张，也有病人收到的食物冰箱里装不下。探病不一定要面带戚容，因为探病不同于吊丧，但是也不宜高谈阔论有说有笑，因为病房里究竟还是有一个病人。别停留过久，因为有病的人受不了，没病的人也受不了。除非特别亲近的人，我想寄一张探病的专用卡片不失为彼此两便之策。

　　吊丧是最不愉快的事，能免则免。与死者确有深交，则不免拊棺一恸。人琴俱亡，不执孝子手而退，抚尸陨涕，滚地作驴鸣而为宾客笑都不算失礼。吊死者曰吊，吊生者曰唁。对生者如何致唁语，实在难于措词。我曾见一位孝子陪灵，并不匍伏地上，而是跷起二郎腿坐在椅子上，嘴里叼着纸烟，悠然自得。这是他的自由，然而不能使吊者大悦。西俗，吊客照例绕棺瞻仰遗容。我不知道遗容有什么好瞻仰的，倒是我们的习惯把死者的照片放大，高悬灵桌之上，供人吊祭，比较合理。或多或少患有"恐尸症的"人，看了面如黄蜡白蜡的一张面孔，会心里难过好几天，何苦来哉？在殡仪馆的院子里，通常麇集着很多的吊客，不像是吊客，像是一群人在赶集，热闹得很。

　　关于婚礼，我已谈过不止一次，不再赘。

　　饮宴之礼，无论中西都有一套繁文缛节。我们现行的礼节之最令人厌烦的莫过于敬酒。主人敬酒是题中应有之义，三巡也就够了。客人回敬主人，也不可少。唯独客人与客人之间经常不断的举杯，此起彼落，也不管彼此是否相识，也一一的皮笑肉不笑的互相敬酒。有些人根本不喝酒，举起茶杯汽水杯充数。有时候正在低头吃东西，对面有人向你敬酒，你若没有觉察，对方难

堪，你若随时敷衍，不胜其扰。这种敬酒的习惯，不中不西，没
有意义，应该简化。还有一项陋习就是劝酒，说好说歹，硬要对
方干杯，创出"先干为敬"的谬说，要挟威吓，最后是捏着鼻子
灌酒，甚至演出全武行，礼貌云乎哉?

高　尔　夫

　　高尔夫是洋玩意儿，哪一种球戏不是洋玩意儿？半个世纪前，我看到洋人打高尔夫。好像只有豪门巨贾才玩那种球戏，政坛显要不大参预其间。知识分子还不时的加以嘲笑，称之为TBM的消闲之道。TBM是"倦了的商界人士"之简称，多少带有贬义。商业大亨在豪华的办公室内精打细算，很费脑筋，一个星期下来头昏脑涨，颇想到郊外走走，换换空气，高尔夫恰好适合这种要求。

　　一片片的绿草如茵，一重重的冈峦起伏，白云朵朵，暖风习习，置身在这样的环境中，能不目旷神怡？在发球区的球座上放一只小小的坑坑麻麻的白色小球，然后挺直身子，高高举起杆子，扭腰，转身，飕的一下子挥杆打击出去，由于技术高或是运气好，这一下子打着了，球飞跃在半天空。这时节还不忙着把身体恢复原状，不妨歪着脑袋欣赏那只球的远远的飞腾，自己惊讶自己怎有此等腕力。过几秒钟，开步向前走，自有球僮跟着为你背那一袋大大小小的球棒，快步慢步由你，没人催没人赶，一杆一杆的把那小白球打进洞里。打完九个洞或十八个洞，腿也酸了，人也乏了，打道回家，洗澡吃饭。这就是标准的TBM周末生活方式。

　　"高尔夫"源自苏格兰。起初并无光荣历史。大约是在十五世纪初期，在离爱丁堡之北约五十里处的圣安德鲁斯，才有人开始打高尔夫，但是也有人说是起源于荷兰，因为高尔夫是荷兰语，义为杆。更有人说较早的球杆不过是牧羊的曲杖，牧羊人一面看羊群吃草，一面以杖击石为戏。这一说也没有什么稀奇，我们台湾的红叶少棒队当初也是一群穷孩子用树枝木棒打石子苦练成功的。一四五七年，苏格兰王哲姆斯二世时代，议会通过法案："足球与高尔夫应严行取缔"，主要原因是球戏无益，浪费时间，而且不是高雅的消遣。士大夫正当活动应该是练习射箭，我们古代六艺中之所谓"射"，射是保卫国家的技能。哲姆斯四世本人爱打高尔夫，可是他也承认高尔夫耗时无益。人民不听这一套，爱打高尔夫的越来越多。十六世纪中，苏格兰女王玛丽成为历史上第一位出名的高尔夫女将。她呼球僮为caddie，这是一个法文字，因为她是在法国受教育的。

　　高尔夫盛行于美国，是有道理的，那里的TBM特别多。据说如今美国有一万二千五百个高尔夫球场（公私合计），打高尔夫的有一千六百万人之多，每年总共投资进去在三亿五千万美元以上。脑满肠肥的人，四体不勤的人，出去活动活动筋骨，总比在灯红酒绿的俱乐部里鬼混，或是在一掷万金的赌窟里消磨时光，要好得多。打高尔夫的不仅是商人了，政界人士也跟踪而进。本来开杂货店的卖花生的摇身一变可以成为总统，做大官的摇身一变也可以成为什么董事长总经理之类，其间没有太大的区别，打高尔夫，有钱就行。有人说，高尔夫应该译为高尔富，不无道理。

　　日本是战败国，但也是暴发户，而且传统的善于东施效颦。

据说高尔夫在日本也大行其道。最近十年中，日本的高尔夫运动的人口已经突破一千万人大关。全国每十二个人当中便有一个打高尔夫。全国大大小小的高尔夫球场有三百四十几个。要想打高尔夫需要先行入会，入会费高低不等，最低的日币二三十万元，高的达到二千万至三千万元之数，而以小金井高尔夫球场为最高，高到九千万。会员证可以买卖转让，有行情，可以分期付款。所以高尔夫不仅是消闲运动，还是一种投资，亏得日本人想得出这种鬼主意。

不要说我们台湾地窄人稠，不要说我们的生存空间不多，试看我们的各大都市郊外哪一处没有一两个规模不小的高尔夫球场？其中颇有几个人影幢幢在那里挥杆走动。我是没有资格打高尔夫的，但是"同学少年多不贱"，很有几位是有资格的，好多年前，我去拜访一位老同学，他正在束装待发，要去北投挥杆。说好说歹，把我拉上车去要我陪他去走一程，并告诉我北投球场的担担面很有名，他要请我吃面。我去了，我看了，我吃了，可是事后想想，我付了代价。在草地上走了好几个钟头，只为了看着那个小白球进洞，直走得两腿清酸。一洞又一洞，只好一路向前，义无反顾。吸进的新鲜空气固然不少，喷出去的喘气也很多。好不容易的绕了一个大圈子，绕回出发的地方，朋友没食言，真个请了我吃担担面，当时饥肠辘辘，三口两口吞下肚，也不知道滋味如何。低头看着自己的两只脚，鞋子上沾满雨露湿泥，归去费了好大劲才刷洗干净，以后还想再去参观别人打高尔夫么？永不，永不，永不！

真有人劝我加入高尔夫的行列。他们说除了消闲运动之外，还有奥妙无穷。我想起了两个故事，一个是晋惠帝九岁时，天下糜沸，民多饥死，帝曰："何不食肉糜？"一个是法国路易十六之后玛丽安朵奈闻人民叫嚣，后问左右，曰："人民无面包吃，故聚众鼓噪。"后曰："何不食蛋糕？"朋友怪我久居都市，心为形役，何不驱车上草原，打个十洞八洞，一吐胸中闷气？我无以为对。我宁可黎明即起，在马路边独自曳杖遛达遛达。